【学者文库】

陕西理工大学"一流专业"教材建设项目资助

当代陕西作家专题研究

陈一军◎主编

九州出版社

JIUZHOUPRESS

图书在版编目（CIP）数据

当代陕西作家专题研究／陈一军主编 . -- 北京：
九州出版社，2020.2

ISBN 978－7－5108－9045－1

Ⅰ.①当… Ⅱ.①陈… Ⅲ.①当代文学—文学研究—
陕西 Ⅳ.①I209.941

中国版本图书馆 CIP 数据核字（2020）第 032198 号

当代陕西作家专题研究

作　　者	陈一军　主编
出版发行	九州出版社
地　　址	北京市西城区阜外大街甲 35 号（100037）
发行电话	（010）68992190/3/5/6
网　　址	www.jiuzhoupress.com
电子信箱	jiuzhou@jiuzhoupress.com
印　　刷	三河市华东印刷有限公司
开　　本	710 毫米×1000 毫米　16 开
印　　张	17.5
字　　数	260 千字
版　　次	2020 年 4 月第 1 版
印　　次	2020 年 4 月第 1 次印刷
书　　号	ISBN 978－7－5108－9045－1
定　　价	95.00 元

前　言

　　陕西是中国当代文学的重镇。从某种意义上讲，当代陕西文学创作所取得的成就代表了中国当代文学的高度，不管是"十七年"还是新时期四十年都是这样。

　　"十七年"时期，陕西涌现了不少作家，其中柳青、杜鹏程、王汶石可谓这一阶段陕西文学的杰出代表。杜鹏程的《保卫延安》真正意义上开启了"十七年"革命历史题材小说创作，尽管其在叙述方式上存在明显缺陷，但是所取得的成就和产生的重要影响不容低估。王汶石这一时期从事的戏剧创作，尤其是短篇小说创作引人注目，被称为"中国的契诃夫"，也成为这一时期中国文学的重要注脚。柳青则是人们公认的"十七年"文学的代表，他创作的《创业史》（第一部）标识了"十七年"文学所达到的高度。

　　进入新时期，陕西文学展现出更加蓬勃的创造力，迎来了更为辉煌的创作历程。路遥、陈忠实、贾平凹是这一时期陕西文学的突出代表，他们分别是陕西北部、中部和南部孕育成材的优秀儿子，是屹立于新时期陕西文坛的"三棵大树"。路遥是这一时期我国改革文学的杰出代表。他凭借其创作创造了这一时期文学的阅读神话。陈忠实以展露"民族秘史"的雄姿为中国当代文学奉献了厚重的史诗般的堪称经典的《白鹿原》。而作为"文坛独行侠"的贾平凹则以不竭创造力努力打造着中国当代文学的"高峰"。然而，作为新时期陕西文坛最杰出代表的他们并不能遮蔽这一时期陕西文坛的广茂风景。新时期陕西文坛是林木丰郁的森林，许多独具特色、各呈其美的实力派作家为其增亮添彩。这些实力派作家和路遥、陈忠实、贾平凹等人一起共同构筑了新时期陕西文学绚烂的大地和天空。陕西新时期实力派作家随便列举就是一长串：高建群、京夫、程海、邹志安、王蓬、杨争光、冯积岐、方英文、叶广芩、红柯、陈彦、伊沙、李汉荣、沈奇……

　　因此，作为一本讲授当代陕西文学创作的教材，这些不同时期最具代表性的作家自然要囊括其中，但是又不能仅仅局限于此，还应纳入那些实力派作家，方能呈现陕西当代文学的基本面貌。于是，本教材除了讲述柳青、杜鹏程、王汶石、路遥、陈忠实、贾平凹这些杰出代表的文学创获，还兼顾了高建群、王蓬、叶广芩、红柯、伊沙、李汉荣、陈彦等人的文学创作。

　　乍看起来，对这些实力派作家的选择颇为随意，但其实这些选择是编者慎重考虑的结果。红柯的文学创作成就斐然，影响巨大；他虽然已经离世，但在当今文坛的影响并未削弱；究其实，红柯堪称新时期陕西文坛的"第四棵大树"。高建群的长篇小说创作虽然在结构上存在问题，但是他被视为我国浪漫主义文学的"最后一位骑士"，特色鲜明。伊沙可谓新时期陕西诗坛的重要代表，他的民间立场的口语化诗歌创作在中国当代诗坛颇具颠覆性。至于其他实力派作家，都和陕南存在一定关联。这体现了编写本教材的一个重要标准。陕西理工大学坐落在汉中，当前学校的中文学科和专业正在凝练方向、突出特色，加快建设与发展的步伐。那些与陕南有渊源、或者纯粹就是汉中宝地孕育成材的作家就成为必须重点讲述的对象。事实上，选择切近学校所在区域的作家，既能增强学生的亲切感，加深学生对文艺创作复杂情境的理解，又能提升学校的文化自信。这样的选择是符合学校改革方向和培养人才的目标的。

　　于是，这一教材的特点就此形成了，既有当代陕西文学创作的代表

性、典型性与高度，又有当代陕西文学创作的多样性及作为根基的地域
性的特点。

　　本教材的编写体例参照温儒敏、赵祖谟主编的《中国现当代文学
专题研究》，结合目前学术界的重要研究成果，对涉略的每一位作家的
创作特点进行了较好的概括和总结，力求把握的准确性；对引述的相关
文献尽可能脚注，力求编写的严肃性。每个专章后面都配有相应的思考
题，力求问题的明晰度，富于启发性和实用性。

　　本教材适合大学中文专业本科生的教学，也可作为中国现当代文学
专业硕士研究生的重要教学参考资料。当然，应该补充一句，这本教材
最适用于陕南高校、陕西高校中文专业本科生和研究生的教学与学习。

目　录
CONTENTS

第一讲

柳青：社会主义文艺的杰出创业者

中国当代文学跨越了 70 年，形成了多个阶段，其成就主要体现在"十七年"（1949—1966）时期和新时期。① 陕西作家柳青被学术界公认为"十七年"文学创作的杰出代表。

柳青的重大贡献是给当时的文坛奉献了《创业史》（第一部）。这部作品写于 1954 年春，1959 年 4 月发表于《延河》月刊，名为《稻地风波》，同年 8 月更名为《创业史》。这部作品一经发表就引起轰动，奠定了柳青在当代文坛的崇高地位。柳青的文学道路其实开启得很早，新中国成立前他就创作了不少散文、中短篇小说乃至长篇小说，其中长篇小说《种谷记》等被看作是《创业史》创作的重要前期准备。

《创业史》体现了突出的"史诗性"特点，这和它所塑造的典型人物以及所坚守的"三个学校"文艺创作理念一起，为当代作家尤其是为当代陕西作家树立了光辉的典范。对《创业史》的评价不仅关系到"社会主义现实主义"理论的合法性问题，关系到当代小说的艺术源流问题，更为重要的是牵涉到对农业合作化这段历史事件的评价问题，而对柳青的合理性评价更有助于我们认识作为"理念人"的优秀小说家应该具备的精神特点。本章将聚焦《创业史》，通过柳青的创作道路探究其文学艺术的日臻成熟，探讨《创业史》被誉为"红色经典"的内在原因，也寻绎柳青与陕西当代作家文学创作的深厚渊源。

---

① 新时期这一概念有狭义和广义之分，狭义是指 20 世纪 70 年代末到 80 年代前期。广义则指从 20 世纪 70 年代末开始直到当下，有 40 多年的时间。本著在广义上使用新时期这一概念。

一、《创业史》的前期准备

长篇小说《铜墙铁壁》问世之前，柳青的小说创作多为短篇小说和散文创作。有很多学者认为这些小说作品都有刻意模仿的痕迹，艺术上谈不上成熟。然而我们要准确评价《创业史》，透视柳青的文艺思想以及创作理念，这些短篇小说创作是不能绕过去的。因为它们和《创业史》之间存在紧密关系，比如，《创业史》中"梁生宝买稻种"这一细节就源自《种谷记》。

1. 《创业史》之前柳青的短篇小说创作

1940 年至 1942 年，柳青创作了一组抗战小说，这些小说全部描写的是小人物。《误会》讲述的是一个在战斗中负伤的休养员在餐馆偶遇"我"，把"我"当作汉奸进行盘问并报告给组织，最后误会被澄清的事件。《牺牲者——记一个副班长的谈话》以旁叙的方式——第三者"战友"的口吻，讲述了一位叫马银贵的战士在战斗中负伤，最后英勇牺牲的故事。《废物》讲述的是部队里一位名叫王得中的马夫，因为年龄过大，不便跟随部队行军打仗，被部队领导决定调到自卫队里去，但是老人却固执坚守自己八路军的身份，不愿离去。这位在战前流浪、抗战爆发后进入部队的老战士，在别人眼里或许是个"废物"，但是在最危急的时刻，他却拉响手榴弹和敌人同归于尽。在《一天的伙伴》里，作者以先抑后扬的手法为我们塑造了一位长相丑陋却为抗战奔忙的运输员。日本人将他家的骡子全部征发去做苦力，而在我军夺得辎重时，他加入了部队，积极为部队送子弹、给养、军衣等。《地雷》讲述李树元老人的两个儿子为前线送地雷并参军时，老人李树元丰富的内心活动：一方面为儿子担心，在老婆和儿媳面前强作镇静，背地里却又去关爷庙祈求神灵保佑儿子，对儿子前去参军很不满意。然而他在路上听到了许多人对儿子的赞许，尤其是当乡长说银宝的事迹上了报，还把随身带的一条曲沃烟送给他时，老人又感到万分的荣耀。从李树元的身上我们可以看到《创业史》中梁三老汉的影子。《创业史》中，梁三老汉一方面对儿子积极投身互助组的事情埋怨不已，然而在互助组遇到阻力时他又极度担心；最后互助组成功了，在打油队伍中，当排队的庄稼汉们知道这是灯塔农业社梁主任他爹时，都坚持让他先打油，老人"庄严地走过人群"①……梁三老汉的这种尊严与自豪与李树元老人的荣耀同出一辙。今天学界津津乐道梁三老汉的真实性，事实上柳青在20世纪40年代就已经成功塑造出了生动丰满的旧式农民形象。从像李树元这样的旧式农民形象身上，我们可以看到卑小人物所具有的缺点，但是在这些缺点中不乏闪光点，这成为柳青抗战作品一个鲜明的写作特点。柳青在创作抗战题材的小说时，闪烁着契诃夫的影子。柳青笔下的小人物是走进人群就难以辨别的小角色，但是在他们的身上又有着不畏强暴的民族精神，而这些民族精神又在淡化这些小人物身上的缺点。柳青着力书写这些小人物，对他们青睐有加，应该是受苏联文学传统的影响。

柳青在学生时代就深受苏联文学的影响。那时柳青阅读了大量的苏联文学名著，像高尔基的《母亲》、法捷耶夫的《毁灭》，等等，苏联文学在年青的柳青心中产生了难以磨灭的印记。柳青曾在《我的生活和思想回顾》中写道："我看这一门课程（公民课），对学生思想的影响，远小于读一套苏联的小说，如《铁流》《毁灭》《静静的顿河》《被开垦的处女地》《布罗斯基》。"② 柳青抗战小说中继承的苏联文学传统在后来的《创业史》中有了更为明晰的体现：其一就是通过展现人物身上所蕴含的民族精神来弱化人物身上的缺点。高增福是《创业史》中塑造的命运颇为不济的人物形象。妻子死后，他时常带着儿子东奔西走；他穷困潦倒，经常是吃了上顿没下顿；但是，他活得最有尊严，面对姚世杰的"鸿门宴"和美人计，他敢于说"不"，当场揭发他们的阴谋，时时监视富农的一举一动，发现问题立即报告。凡此种种彰显了贫贱不移的民族精神，正是这样的民族精神弱化了他身上遇事显得慌张之类的弱点。其二是在《创业史》中坚持苏联文学的社会主义现实主义文学创作方式。《创业史》就是以社会主义现实主义的笔触为我们展现了轰轰烈烈的农业合作化运动。因而柳青也一度

---

① 柳青：《柳青文集》（第二卷），人民文学出版社，2005年版，第433页。
② 蒙万夫、王晓鹏、段夏安、邰持文：《柳青传略》，陕西人民教育出版社，1988年版，第16页。

被誉为我国无产阶级革命文学发展史上"最重要的作家"。①

　　1942 年 3 月柳青在《谷雨》第五期发表《在故乡》，10 月创作完成《喜事》，1945 年又写就《土地的儿子》，这是柳青以故乡为题材创作的三篇小说作品。作者在创作这些作品中积累的大量素材以及练就的刻画人物的众多手法都直接为后来的《创业史》提供了必要准备。《土地的儿子》叙写中国农民翻身做主的故事。漫长的历史中，众多中国农民只能在别人的土地上耕作，没有土地的所有权。解放区实行土改以后，广大农民终于有了自己的土地，得到土地的喜悦以及对党的深深感激之情也只有这些真正作为土地的儿子的人才能深切体会得到。小说的主人公李老三在旧时是一个低劣的手艺人，因为手艺不高，难以养家糊口，索性做起贼来。土改之后，李老三分到了三垧地，翻身作了土地的主人，成为土地的儿子，人也改过自新，完全变了一个人。土地与农民的这种亲缘关系，在后来的《创业史》中柳青进行了极力抒写和呈现，小说中人物成分的划分依据就是占有土地的多少，因为土地是粮食产生的基础条件，土地的多少往往决定了拥有粮食的多少，而拥有粮食的多少又成为一个人、一个家庭的实力和财富的象征。正因为作为"富农"的姚世杰拥有大量的土地资源，所以他在蛤蟆滩才颐指气使，为所欲为。土改要解决的就是这种土地聚积于少数人手中的问题，以便在农村建立平等的社会关系。土改这一事件，也成为推动《创业史》情节发展的重要因素。种种迹象表明，《创业史》之前的小说创作和《创业史》本身有着紧密关系，它们是在为《创业史》的创作进行铺垫和准备。这主要是从生活积累和表现主题方面看。从艺术上看也是如此，柳青在《创业史》中塑造人物形象的一系列手法也都来源于这一时期的积累，比如：在故乡叙事系列，柳青继承鲁迅的"写灵魂"的手法，努力创造"典型环境中的典型人物"，这一叙事手法实际是《创业史》刻画人物性格的基本方法，具有"直杠"② 性格的王二瞎子，真实的旧式农民形象梁三老汉、富农姚世杰、革命新人梁生宝、贫贱不移的高增福、

---

　　① 蒙万夫、王晓鹏、段夏安、邰持文：《柳青传略》，陕西人民教育出版社，1988 年版，第 2 页。

　　② 忤埂、邢小利、董颖夫：《柳青研究文集》，西安出版社，2016 年版，第 148 页。

青年女团员徐改霞都是这一手法自如运用的结果。

　　2. 作为《创业史》创作基石的《种谷记》

　　《种谷记》是新中国成立前夕柳青完成的第一部长篇小说，小说初稿写于1943年，到1947年完成前后花费了5年左右的时间。《种谷记》描绘了解放区不同出身、不同性格的农民在变工种谷这件事情中的不同心理变化以及他们之间的复杂微妙关系，这是中国现代文学史上首部描写农业合作化运动的长篇小说。关于《种谷记》的研究成果不少，有的是针对《种谷记》思想内涵和艺术特点进行的分析，比如，《"经济逻辑"与解放区长篇小说的文本裂隙——以〈种谷记〉和〈高干大〉为例》。① 也有一些将《种谷记》与《创业史》进行比照的研究成果，如《从〈种谷记〉到〈创业史〉：看柳青农村叙事的被规训》。② 对比《创业史》和《种谷记》，我们会发现：《种谷记》有诸多显得不成熟的地方，不过正是这些不成熟让柳青充分意识到了自己创作中存在的问题，并在《创业史》的创作中极力规避这些问题，才成就了《创业史》这部文学杰作。学术界认为，《种谷记》的不足主要表现在主题与艺术特色两个方面。许杰、程造之等人认为，小说的题材和内容尽管十分真实，但是在写作手法上存在问题。细腻是这部作品的好处，但坏处却是这些细腻使文本显得过于沉闷，缺少故事的波澜曲折。叶以群指出，小说沉闷是由于选择和采用的素材过多，以致冲淡了主题和人物。魏金枝指出在人物形象的塑造上，小说中一些年老的、落后的人物有较为鲜明的个性，例如六老汉；而那些年轻的、先进的正面人物形象却往往个性模糊、平淡，例如王克俭。从"文艺为工农兵服务"的角度出发，许杰认为小说在政治教育意义方面显得主题不够明显，人物不够生动和突出。魏金枝则指出，《种谷记》中的人物太多，性格不鲜明，使工农兵读者往往只关注到小说的故事，而忽略了人物的教育意义，他建议应该使人物典型化。蒙万夫认为，当柳青把王家沟作为艺术创

---

① 陈思广、廖海杰：《"经济逻辑"与解放区长篇小说的文本裂隙——以〈种谷记〉和〈高干大〉为例》，《社会科学研究》，2017第1期。

② 姜萍：《从〈种谷记〉到〈创业史〉：看柳青农村叙事的被规训》，《湖北广播电视大学学报》，2009第3期。

造环境时，只显示了王家沟这个特定环境的具体性，而忽视了整个农村社会的普遍性，将注意力放在王家沟所发生的一些事件和人物关系的精细刻画上，却忽视了它与其他同时代农村社会的复杂关系，因此使得作品的现实主义深度与广度不足。① 与以上意见相左的是冯雪峰，他认为，《种谷记》的人物和情节不曾被典型化，恰恰正是这部小说优秀的地方："这些人和这些事，使我们觉得不但真实，并且真实到非常精确的地步。我认为这部小说的价值，是在于它把当时共产党抗日根据地陕北的一个村庄的面貌介绍给我们，介绍得非常准确和非常详细。无论怎样，我们总能从《种谷记》这类作品中，得到一些我们研究和理解在革命中的农村关系和农民生活的可靠的真实材料。"② 冯雪峰充分肯定的是《种谷记》作为现实主义的作品，为我们提供了认识抗日战争时期解放区农民真实生活关系的可靠材料，是就《种谷记》的认识价值而言。1950 年，竹可羽在《文汇报》著文《评柳青的〈种谷记〉》，认为小说在表现和刻画人物上很成功，而其中最成功的人物是王加扶，其次是六老汉。并且评论者强调小说中的王加扶是一个优秀且真实的农民典型，且在人物塑造上没有当时文艺界一般都有的"概念化的毛病"。③

　　尽管仁者见仁，智者见智，意见不统一，但不可否认的是，这部作品确有如许杰、魏金枝等人所说的具有明显的缺点和不足。就是竹可羽本人，也不回避其问题，他认为，小说的思想性还不够强，并提出作家应该进一步增加作品中革命的浪漫主义，对主人公王加扶要进一步正面烘托，加强和扩大正面人物的典型性。"如果谈到'加'，我却只感到作家还没有'加'够，我认为，这小说的思想性不够强，正是和这没有'加'够密切相关着的，就现实主义要求不仅写人怎样，而且也要求写人应该怎样，而

---

① 张琰：《"十七年"时期柳青小说研究述评》，《西安文理学院学报》，2019 年第 22 期。
② 冯雪峰：《〈种谷记〉座谈会上的讲话》，《小说》，1950 年第 5 期。
③ 孟广来、牛运清：《中国当代文学研究资料——柳青专集》，福建人民出版社，1982 年版，第 141 页。

这正是《种谷记》的弱处。"① 与竹可羽一样持类似态度的还有日木、丁洛等人。1950 年 4 月 15 日，日木在《文艺》刊物发表《评柳青的〈种谷记〉》，1951 年 3 月 27 日，丁洛在《大公报》上发表《反映和发扬了人民的情感——读"种谷记"和"红石山"后》，② 它们从思想政治意义角度对《种谷记》给予了高度的肯定，但在艺术审美价值、小说主体思想的深度上持明显的否定态度。关于《种谷记》的思想深度问题，柳青后来也曾说："我在那本小说里所歌颂、谴责和鞭挞，都是有限量的，我太醉心于早已过时的现实主义的人物刻画和场面描写，反而使得作品没有力量。"③柳青是一个不断追求超越的作家，在后来《创业史》的创作中，他极力克服和避免这些问题，力求做到主题"深刻"，艺术特色鲜明。不仅写当下，写农业化合作化本身以及人们的心理变化历程，并且体察当下背后的历史，将人物放置到历史演进和人性变化的过程中去看，有效克服了《种谷记》所表现的思想深度不够的问题。在艺术表现上，柳青运用多种艺术表现手法，很少再对人物做细琐的、静止的、工笔式的描绘，而是善于抓住一个人物身上的突出特征进行刻画，比如：姚世杰有眼上的疤，任老四弯着的水蛇腰，高增福的棉花絮子，改霞的大辫子等。还运用写意方法塑造典型化的人物，很好地规避了《种谷记》中塑造人物形象不够鲜明的问题。就此而言，《种谷记》的确为《创业史》的创作打下了坚实基础。

柳青还有一部未发表的长篇小说，也值得注意。刘可风在《柳青传》中谈到书稿余烬的问题，就跟这部未发表的小说有关。1953 年在任长安县县委时，柳青写了一部九万七千字的长篇小说，这部小说的故事很简单，写"我"一次在县委领导产棉区人民治愈棉虫害的过程。这部作品着力要表达的是：干部在工作中依然要坚持共产党的传统，要有深入实际的工作作风，坚持民主平等的工作做法，具有吃苦耐劳的工作精神。这部作品也

---

① 孟广来、牛运清：《中国当代文学研究资料——柳青专集》，福建人民出版社，1982 年版，第 144 – 145 页。

② 张琰：《"十七年"时期柳青小说研究述评》，《西安文理学院学报》，2019 年第 22 期。

③ 蒙万夫、王晓鹏、段夏安、邰持文：《柳青传略》，陕西人民教育出版社，1988 年版，第 40 页。

提出新老干部之间的矛盾问题，工农干部和知识分子干部、曾在白区工作的干部和解放干部之间的矛盾问题。柳青认为这部作品与《铜墙铁壁》的水平相仿，没有太大的提高，但是为了践行自己的创作理念，不愿意在已有的水平上徘徊，在老路上走来走去，因此柳青点燃了这部书稿的一角，却又不忍心让自己的劳动成果就这样付诸东流，于是又掐灭了刚刚燃起的火苗。① 蒙万夫的《柳青传略》也提到了这部未出世的书稿，但记述和刘可风的却不一致，蒙万夫这样写道：1953 年，柳青写了一部二十多万字的长篇初稿，也是关于社会主义的东西，但是统购以后，他被新的农业合作化的火热生活所吸引，坚决废弃了这部作品，开始了新的创作构思。② 尽管刘可风和蒙万夫对于这部书稿有异议，但是我们依稀可以看到，这部未发表的书稿也在为《创业史》的创作打基础，某种程度上甚至可以认为它就是《创业史》的初稿。可见，《创业史》的创作绝非一日之功，它实际是柳青文学创作长久积累和探索的结晶。

二、红色经典《创业史》

1942 年，毛泽东发表了著名的《在延安文艺座谈会上的讲话》（以下简称《讲话》），开辟了文学史上一个崭新的时代。《讲话》明确了文艺首先为工农兵服务的总方向，事实上这也确定了新中国的文艺方向。1953 年9 月，全国第二次文代会召开，在本次会议上，社会主义现实主义被作为指导文艺界创作和批评的最高准则和根本方法。1960 年 7 月，革命现实主义和革命浪漫主义"两结合"的创作方法在全国第三次文代会上被作为代表主流意识形态话语要求的创作方法提出。"两结合"理论把创作的根本任务设定为塑造无产阶级的英雄典型。正是在这样的政治背景下，柳青在1960 年出版了《创业史》，而《创业史》也因此被纳入"十七年"文学的典范之作。也因此在 20 世纪 80 年代的高校中国当代文学史教学活动中，教师对包括《创业史》在内的"十七年"文学，总是采取不屑的少提甚至

① 刘可风：《柳青传》，人民文学出版社，2016 年版，第 155 – 157 页。
② 蒙万夫、王晓鹏、段夏安、邰持文：《柳青传略》，陕西人民教育出版社，1988 年版，第 77 页。

不提的教学态度，随便给其贴上几张诸如"公式化"和"概念化"的标签，其实际被"文学史"和"历史"拒之于门外。但是这种情况到了20世纪90年代末和新世纪初期发生了很大变化，其时和《创业史》一起的一批"十七年"文学作品又获得了"红色经典"这一当代文学高等级的命名，随之而来的是令人难以想象的高度肯定与褒扬。这到底是为什么呢？为什么不同时段人们对《创业史》的态度如此悬殊呢？人们对《创业史》褒贬不一的原因到底是什么，《创业史》到底是一部怎样的作品，又具有什么样的文学史上的地位与价值呢？用"红色经典"来评判《创业史》到底是否准确呢？

首先要弄清楚"红色经典"这一概念，其次要搞清楚"红色经典"的评判标准。温儒敏、赵祖谟认为："'红色经典'原指在毛泽东《讲话》指引或规范制约下创作的曾产生空前广泛社会影响的涉及文学、政治、音乐、戏曲、美术等门类的那批文艺作品。"① 这里的"红色经典"并不等同于我们所讲的如《红楼梦》等超越时空的界限、历经时间检验的传世之作，而是在特定历史阶段影响广泛的作品，"红色"当然具有鲜明的政治倾向性。

《创业史》是属于"十七年"现实主义文学范畴的一部作品，突出表现了农民合作化要求的自发性，表现了合作化运动的必要性和必然性。首先就文学价值的"真实性"而言，人们对《创业史》的评价存在两种截然不同的观点。一种观点认为它的真实性不足，无法准确地反映当时的农业合作化运动，李建军是这类认识的突出代表。在《被时代拘制的叙述》一文中，李建军认为，柳青在创作《创业史》时，因为权力的影响，他不能大胆而批判地说出自己的观点，因此"《创业史》不可能，事实上也没有为我们认知那个时代提供多少新鲜的信息和真理性的内容"。② 显然他在强烈质疑《创业史》的"真实性"。另一种观点则认为，《创业史》真实地反映了农民参与农业合作化运动的热情。叶扬兵在《中国农业合作化运动

---

① 温儒敏、赵祖谟：《中国现当代文学专题研究》，北京大学出版社，2013年版，第178页。

② 忤埂、邢小利、董颖夫：《柳青研究文集》，西安出版社，2016年版，第25页。

研究》的论著中，对于当时的农村合作化运动有这样的统计：1954 年春，全国有 7000—8000 个自发社。① 从这个意义上讲，在当时的历史阶段，人们对于农业合作化还是抱有很大的热情。在《创业史》中，柳青并没有过分地夸大蛤蟆滩人民参与农业合作化的热情，而是运用高超的艺术技巧对于当时人们接受"农业合作化"这一新生事物的心理变化进行了深刻揭示，使其达到了"艺术的真实"。

其次，从艺术感染力、思想启迪方面来看《创业史》。"经典"的文学作品必定会感染大量的读者，使人们在获得审美享受的同时，情操受到陶冶，思想受到启迪，精神受到激励。何西来在《流派开山之作》中这样论述：尽管以梁生宝为代表的合作化道路失败了，但他的意义在于，不管是梁家父子的冲突还是蛤蟆滩上梁生宝与郭振山的矛盾，其归宿都显示出蕴含在中国农民心灵深处的极其顽强的创业意识和创业精神，勤劳、节俭、强韧、百折不挠、锲而不舍、开拓进取、失败了重来、跌倒了重新站起来的奔向富裕的创业精神。这种精神就是柳青的发现，也是《创业史》的贡献，也是这个民族"生生不灭，绵延五千年的法宝"，所谓《创业史》的"永恒的价值"便来源于此。在这个意义上，《创业史》称得上是一部"经典作品"。②

第三是《创业史》的"红色性"。红色就意味着鲜明的政治立场与态度。柳青与同时代的很多作家一样，是从明确的政治角度来描绘社会、表达人生的，《创业史》在这方面达到了一种深度和鲜明度，使它成为"十七年"社会生活的一个标本和"十七年文学"创作的一种范式。这种范式就是按"阶级"将所有人分成对立的阵营。对于"反动阶级"，作者对其只能持批判态度，"富人"就是"异类"，作者就得"丑化"他们，对"穷人"则只有讴歌，这样的范式必然会对作品的艺术性带来影响，不利于揭示人性的复杂性以及丰富性。但是不可否认，这样的局限性在不同的"红色经典"作品中表现的程度是不一样的，高明的作家往往会凭借深厚

---

① 叶扬兵：《中国农业合作化运动研究》，知识产权出版社，2006 年版，第 812 页。
② 何西来：《流派开山之作》，忤埂、邢小利、董颖夫：《柳青研究文集》，西安出版社，2016 年版，第 3 页。

的生活积累与高超的写实技巧，对其进行弱化，柳青就是这样一位高明的作家，因此《创业史》的政治鲜明性并不显得特别直露。

"红色经典"的文学价值一度还因为塑造了一些太过理想的人物而遭受质疑。《创业史》中的梁生宝就是一个显明的例子。严家炎很早在《文学评论》上就提出这个问题："为了显示人物的高大、成熟、有理想，作品大量写出这样的理念活动：从原则出发，由理念指导一切。但如果仔细推敲，这些理念活动又很难说都是在当时条件下人物性格的必然表现。"[1] 然而对此柳青并不接受。他写了一篇措辞严厉的文章反驳严家炎。柳青这样讲："小说选择的是以毛泽东思想为指导思想的一次成功的革命，而不是以任何错误思想指导的一次失败的革命……梁生宝只不过是一个由于新旧社会的不同的切身感受而感到党的无比伟大，服服帖帖听党的话，努力琢磨党的教导，处处想按党的指示办事的朴实农民出身的年轻党员。在这方面，他有时不是达到天真的程度吗？……小说字里行间徘徊着一个巨大的形象——党，批评者为什么没有始终看见他呢?"[2] 这一问题后来柳青在同长女刘可风谈话时也提到了。刘可风认为，严家炎对于梁生宝这一人物形象的评价是中肯的；柳青则认为，所有的人物形象都具有阶级特征、职业特征、个性特征，阶级特征、职业特征这两个共性只能通过个性特征反映出来。进而刘可风认为，梁生宝这一人物形象有偏离职业特征的现象，柳青对此是接受的。[3] 当时柳青之所以对严家炎的批评持强烈的反对意见，一方面是柳青认为严家炎写这篇文章是受了某些反党集团的指使，后来这一问题被澄清之后，柳青在一定程度上肯定了严家炎的批评。对于梁生宝这一人物形象的塑造，柳青的观点是：文学作品是内容与形式的统一，用心理描写这种艺术形式是为了表现梁生宝在整党学习之后于实际生活中产生的心理活动这一内容，如果不采用这种艺术形式，正面写整党，就会损害郭振山这一人物形象，因为整党主要目的是批判郭振山在土改中利用自

---

① 忤埂、邢小利、董颖夫：《柳青研究文集》，西安出版社，2016 年版，第 29 页。
② 刘可风：《柳青传》，人民文学出版社，2016 年版，第 216 页。
③ 刘可风：《柳青传》，人民文学出版社，2016 年版，第 406 页。

己的优势为自己获取崇高荣誉。① 这也是柳青实现人物形象塑造多样化的一种尝试。再回到 20 世纪 50 年代，那是一个人们政治热情普遍空前高涨的特殊历史时期，而梁生宝作为一个生性善良，富有同情心，自尊心又极强，力图干出一番大事业的有志青年，一直在寻找实现自身价值的机会，农业合作化运动恰好为他提供了一个很好的平台，因此为了实现自己的人生理想，他是可以克制欲望，忍受一切艰难困苦的。从这方面来看，梁生宝的所作所为是合乎情理的，而梁生宝这一"革命新人形象"的塑造无疑也成为柳青对于当代文学的一个重大贡献。

　　就人物形象塑造来讲，其他关于《创业史》的重要研究著作还有：董之林的《旧梦新知："十七年"小说论稿》，李杨的《50～70 年代中国文学经典再解读》，余岱宗的《被规训的激情——论 1950、1960 年代的红色小说》，蓝爱国的《解构十七年》。李杨的《50～70 年代中国文学经典再解读》认为："对《创业史》的重新阅读其意就不在否定前一种'农民'知识的合法性，而是探讨另一种在 80 年代的文学史写作中被压抑的有关'农民'的现代性知识的孕育、演变与生产的过程。"② 余宗岱则使用中外文本研究的方法，将《创业史》与苏联小说《未开垦的处女地》做比较，也认为梁生宝形象的塑造过于理想化、透明化，不像《未开垦的处女地》里的人物存在着思想的迷茫、困惑。

　　与同时代的农村题材小说相比而言，《创业史》还具有无法替代的位置。新中国成立后，赵树理发表了第一部反映农业合作化运动的长篇小说《三里湾》，这部小说奠定了"十七年"农村题材小说阶级斗争的主题。此后孙犁创作的《铁木前传》、周立波创作的《山乡巨变》等大量作品均或多或少与阶级斗争的主题相关。但是"作家的杰出之作，是敏锐地揭示还不为许多人所注意的'生活潜流'，揭示潜在的、还未充分暴露的农村各阶层的心理动向和阶级冲突，并向历史处延伸，挖掘了矛盾的、现实的、

---

① 刘可风：《柳青传》，人民文学出版社，2016 年版，第 217 页。
② 李杨：《50～70 年代中国文学经典再解读》，山东教育出版社，2003 年版，第 141页。

历史的根源"。① 柳青的《创业史》正是这样的作品。《创业史》中，作者在诸多矛盾中抓住四个不同的阵线（阵营）：一是以梁生宝、高增福等为代表的贫雇农，他们积极倡导农村合作化运动，在农村的巨大变革中具有自我牺牲精神，试图寻找到一条通过"创业"带领贫雇农走共同富裕的道路；二是土改时弯下了腰，现在又想重拾威风，破坏合作化运动的富农姚士杰、富裕中农郭世富等；三是以郭振山为代表的 1949 年后农村中产生的第一代党员干部，他们在土改时发挥过巨大作用，但在获得土地后却满足于个人的小富即安，对于年青一代农村干部努力走合作化的道路表现出一种蔑视的态度；四是以梁三老汉为代表的夹在几条阵线中徘徊不前、摇摆不定的农民。作者在这四个主要阵线（阵营）中突出了合作化运动中复杂的阶级矛盾，通过富农、富裕中农和贫雇农的矛盾斗争体现出农民阶级主体性的形成，也通过农民内部不同阵线的矛盾斗争体现了农民"创业"的艰难。因此，相比于其他同时代的作品而言，《创业史》"反映农村广阔生活的深刻程度"是最为突出的。

"红色经典"或多或少都受到时代的局限，这种局限是整个"十七年文学"固有的现象。通过柳青的《创业史》，我们可以看到"十七年"作家个体与时代社会的共在关系，这是时代生活特征与作家主体创造特征显示出前所未有的同向性与一致性的独特现象，由此形成了"十七年"文学异常鲜明突出的时代风格特征，就是突出的政治意识形态性。这从整个新文学史的角度来看，也是具有其特点的。然而不管政治意识形态有多强烈，对于作品来讲关键在于作家本人如何将自己的内在审美体验与它自然地融合。就《创业史》而言，因为其要表达的主题是：中国农村为什么会发生社会主义革命和这次革命是怎样进行的，而回答这一问题是通过一个村庄各个阶级的人物在合作化运动中的行动、思想和心理的变化过程表现出来的，② 所以，反映"农业合作化"这一重大历史事件就是这部作品的核心，强烈的政治意识形态性就成为其本质特点，而柳青用自己独特的生命体验与高超的写作技巧将这一重大政治历史事件艺术地呈现在我们面

---

① 洪子诚：《中国当代文学史》，北京大学出版社，1998 年版，第 91 页。
② 洪子诚：《中国当代文学史》，北京大学出版社，1998 年版，第 91 页。

前。阎浩岗在 2009 年出版的专著《"红色经典"的文学价值》中称"红色经典"的文学作品是"戴着镣铐跳舞",《创业史》就是"戴着镣铐跳舞"的代表作。阎浩岗还认为,对于"红色经典"的文学作品不应该关注"镣铐",而应该关注"舞蹈"本身是否优美,是否有欣赏价值,这就要通过文本细读发现其奥妙。① 那么,细读柳青及其《创业史》会有什么独到的发现呢?

"十七年"的柳青是独特的。畅广元在细读柳青唯一一篇理论文章《艺术论》后这样表述:"感受到柳青把他曾真诚接受的,却又在艺术实践的检验中意识到未必正确的、诸如文学为政治服务之类的观点,巧妙化解(转化、理解)为作家艺术创作所必须遵循的艺术原则的智慧。"认为《艺术论》要告诉人们的基本旨意,是作家的生命价值在于其作品具有久远的艺术生命力……柳青首先把彼时文学话语的政治修辞化解为艺术规律的阐释。② 细读《创业史》,的确会发现其独到的"修辞策略、叙事结构、内在的文化逻辑、差异性的冲突内容或特定的意识形态内涵的实践方式。"③《创业史》的艺术叙写手法有这样的特点——它是由两个角度形成的:"一个便是作家对于客体的描写渗透进主体的分析、议论、联想、抒情;一个是作家的主观叙述溶进了作品中人物的灵魂、眼光、感情、心理和口吻。"并认为,在《创业史》之前,无论中国和外国都没有一个作家成体系地使用过这种叙写法。柳青这种独特的叙写法,形成了自己的叙写体系。这是他"作出的不容忽视的一大贡献"。④《创业史》中的人物形象耐人寻味。李星在《一个富有生命力的农民典型》一文中,对王二直杠(也就是王瞎子)的人物形象特征进行了具体论述。李星认为,《创业史》中王二直杠的人物形象刻画采用了虚实结合的方法。王二直杠是一个做起活来拼命、出尽了力气的庄稼汉。他具有一般劳动者都具备的勤劳、正直的品德。他这样讲:"产业要自己受苦挣下的,才靠实,才知道珍惜。外财不扶人。"

①　阎浩岗:《"红色经典"的文学价值》,人民出版社,2009 年版,第 143 页。
②　忤埂、邢小利、董颖夫:《柳青研究文集》,西安出版社,2016 年版,第 53 – 61 页。
③　忤埂、邢小利、董颖夫:《柳青研究文集》,西安出版社,2016 年版,第 287 页。
④　忤埂、邢小利、董颖夫:《柳青研究文集》,西安出版社,2016 年版,第 138 页。

当王二直杠身上所具备的靠自己辛勤劳动来创造幸福生活的态度与阶级意识、小农经济狭小的生活眼界、落后的生产方式结合起来时，就产生了一种压抑生活自觉的惰性力。于是，传统美德在王二直杠身上就发生了奇异的变态。王二直杠的身上还具有一定的"奴性意识"，对于压迫他的财东、官府，他忠顺、驯服，对于比他弱小的人，对于平等待他或者企图改变他奴才地位的人，他却骄横、蛮不讲理，俨然一个赫赫的"杠子"。自己过的是非人的奴才生活，也不让别人过人的生活，顽固地抗拒改变自己以及自己阶级命运的革命变革，成为王二直杠主要的精神特征。透过王二直杠这一人物形象我们可以看到旧时代给一个正直农民深烙的印记。王二直杠的精神缺陷，固然是王二直杠的，也是千万蒙上了旧生活尘垢的农民的缺点的集中呈现。王二直杠是一个生活、艺术容量都非常大的典型形象，他的身上聚积了旧时代给农民的全部精神苦难，也折射出时代生活所发生的巨大变迁。王二直杠性格全部的丰富性使他成为反映新旧两个时代生活的一面镜子。① 《创业史》中的梁生宝也是一个意味深长的人物形象。继承严家炎批评路径的人认为，梁生宝这一人物形象塑造，就思想和性格而言是不成熟的，属于典型的"跟跟派"，没有养成独立的思考问题的习惯，随时准备不加思考地服从领导的指示。因此他的口头禅是："有党，咱怕啥？"梁生宝不是一个真实而可爱的人，而是一个僵硬的躯壳，没有真实的生理活动，没有真实的生理冲动。然而，有学者指出，梁生宝这种过于"纯粹化"的形象是有深刻社会原因的，也是情有可原的，而且认为：在20世纪50年代那种政治统率一切，政治比天还大的环境里，能把自己心仪的人物写得几十年后仍活灵活现在已发黄的书页中，活在千千万万个读者的心里，是值得尊敬的。② 《创业史》中的郭振山的人物形象也是颇有意味的，他是一个被政治意识形态书写误解和矮化了的人，实际最能代表普通农民阶层的生活态度和生活诉求。郭振山这一人物形象在复杂的生产

---

① 忤埂、邢小利、董颖夫：《柳青研究文集》，西安出版社，2016年版，第150－152页。

② 忤埂、邢小利、董颖夫：《柳青研究文集》，西安出版社，2016年版，第205－210页。

和斗争中，实际变得越来越老练、越来越精彩，因此，形象也越来越鲜明。①

《创业史》中人物形象最为鲜明的自然还是梁三老汉。柳青刻画的梁三老汉这一人物形象最接近真实农民的样子。梁三老汉就是一个地地道道的农民，他习惯于顺民式的感恩，把土地证往墙上一钉，就立即对毛主席跪下磕起了头；有朴素的同情心，于细节中体现对家人的柔情，对梁生宝的舐犊情深，对童养媳妇的关爱。② 梁三老汉的刻画应该融入了作家最为深层内在的主体情感。梁三老汉是浸透了作家血肉疼痛的一个人物，梁生宝作为"党的儿子"似乎有点虚，有点不着边际，连梁三老汉都感到儿子和他有距离，未免有点失落；而梁三老汉又实实在在是一位"父亲"，他穿着厚实的棉衣，那副笨拙的模样，让人领略着亲情和温暖。因为梁三老汉这一形象凝聚了作家丰富的农村生活经验，融入了作家的幽默和谐趣，使得这一形象不仅深刻，而且浑厚；不仅丰满，而且坚实。③ 总之，《创业史》的人物刻画不管完美与否，都蕴藏着深刻的内涵和意蕴，体现着特定时代作为作家的柳青所秉持的艺术原则。吴进这样讲："革命义学的本身当然的弊端当然影响到了《创业史》，它对人物设置的高度阶级化考虑和它时常超出故事和结构的需要的抒情议论是它最明显的毛病，但它之所以超过别的同类作品而能成为革命经典，就在于它能够最高程度地完成革命意识形态的要求，并在尽可能的情况下将这些要求具体化、艺术化了。"④结果，柳青在坚持对中国几代农民革命历程的理性认识和背负神圣阶级使命而迸发内心深处政治热情的情况下，使主客体的碰撞基本达到了融合状态，也使《创业史》成为有机统一的艺术整体。当然，这不仅仅属于柳青个人，也属于时代。⑤

---

① 忤埂、邢小利、董颖夫：《柳青研究文集》，西安出版社，2016 年版，第 35 页。
② 忤埂、邢小利、董颖夫：《柳青研究文集》，西安出版社，2016 年版，第 35 页。
③ 忤埂、邢小利、董颖夫：《柳青研究文集》，西安出版社，2016 年版，第 162 页。
④ 忤埂、邢小利、董颖夫：《柳青研究文集》，西安出版社，2016 年版，第 103 页。
⑤ 忤埂、邢小利、董颖夫：《柳青研究文集》，西安出版社，2016 年版，第 161 页。

三、柳青对当代陕西作家的影响

作为一个实干家，柳青用自己的全部热情和真诚将文学当作史诗来书写，实际上是对人类历史上曾经发生过的社会主义革命进行形象化的记录，对正在进行的社会主义实践进行形象化的探索，直接启发了后来的作家如何在现实主义文学的框架下，处理好作品和历史的关系，也启发作家如何在社会主义文学的体制内，使文学更好地贴近人性自我。

当代陕西作家的突出创作风格是把小说视为历史的文学记录，追求现实主义意义上的史诗性，"史诗性"的特点在陕西作家的作品中都有所体现。他们都力图在一部作品中展示现代中国的发展脉络，比如路遥的《平凡的世界》，贾平凹的《浮躁》《山本》，陈忠实的《白鹿原》，高建群的《最后一个匈奴》等。它们都注重对当下社会结构大规模严肃的展现，尤其是注重当代历史的发展对陕西农村社会的影响，并用传统严谨写实的风格进行乡村叙述。追求"史诗性"就不可避免地追求规模的宏大，形成一种"巨著情结"。同时这种史诗性的巨著要求写作的宏阔性与思想性。宏阔性又有两种具体的内涵：要么在作品中展开一个丰富的社会断面，呈现一个浓缩了的社会框架，表现社会的各个阶层和侧面，展示出特定时期的整体社会图景；要么追求历史的纵深感，在一个相当长的历史时期内写出一组或者一群人的变化，从而反映出历史的变迁。由此出发，《创业史》表现出革命和政治的乡村，《平凡的世界》表现现实和道德的乡村，《白鹿原》表现的是文化和历史的乡村，《浮躁》表现的是亢奋和躁动的乡村，《山本》表现的是苦痛与欲望的乡村。不管是落后的、贫穷的、灾难深重的乡村，还是百废待兴、处在历史转折点上的乡村，抑或是充满欲望的亢奋的乡村，作家都力图用充满情感的现实主义来表现底层大众的生活脉搏。

柳青为当代陕西作家提供了秦腔入文的范式。《创业史》中，柳青多次引用了简单的秦腔戏词，主要是为了表现人物的内心活动。共出现了四次，第一部第三章："孙委员快乐地唱着秦腔：老了，老了实老了，十八年老了王宝钏。"① 此时的孙水嘴，高兴地接受郭振山的命令去问高增福拉扯一两户中农入互助组的事情弄成了没有，顺意溜出的哀伤调子，却表现欢快的内容，完全一副小人得志的嘴脸。第二次出现在第一部第二十九章，当高增福被选为互助组副组长时，冯有万高兴地唱着秦腔："元帅升帐，有何吩咐，小的遵命就是了……"② 略带调皮的秦腔将社员们因为高增福被选为互助组组长而高兴的心理描写得淋漓尽致。第三次出现在第二部第十三章，王亚梅在向县委副书记杨国华汇报问题时说："白占魁唱了两句秦腔——老牛力尽刀尖死，韩信为国不到头。"③ 委婉地表达对互助组疏远自己的不满。也正是这一句秦腔，揭示出了人物复杂的性格心理，引起了杨国华的高度警惕。一句简单的秦腔，暗示了两个人的不同内心活动，有四两拨千斤的作用。第四次是在第二部第二十三章："拉着五百斤黄豆回到蛤蟆滩的路上，白占魁不断地在空中打响鞭，唱着不合调的秦腔。"④ 因为此时的白占魁在黄堡镇粮站上拉黄豆回来时，路上遇见了姚世杰，姚世杰冷嘲热讽思想大为进步的白占魁，导致白占魁的内心发虚。柳青这种"秦腔入文"的做法被后来的陈忠实、贾平凹等人发挥到了极致。贾平凹可以称得上是秦腔的专家，散文《秦腔》充分显示了贾平凹丰厚的秦腔知识素养。长篇小说《秦腔》更是以秦腔戏曲作为主线牵引出故事的发生，白雪和夏天是故事中的两个主要人物，他们的命运也与秦腔息息相关。秦腔是白雪的另一张脸，也是她的一切，她为秦腔而生，为秦腔而恋爱，因为秦腔步入婚姻的殿堂，又因为舍不得离开秦腔剧团而和城里的丈夫失和，最后在哀婉的苦吟慢板的秦腔中两人分道扬镳。夏天智也是如此，他完全沉浸在秦腔里，努力传递秦腔薪火，然而他的家势却和秦腔一样不可避免地走向衰落，兄弟的失和，儿子和白雪的离婚，没有屁眼的孙女的出生，最终击倒了这个靠秦腔维系生命的老人，他只能在秦腔《辕门斩子》的悲伤调子中抚慰心灵的创伤。贾平凹的《秦腔》以"秦腔"为

---

① 柳青：《柳青文集》，人民文学出版社，2005 年版，第 65 页。
② 柳青：《柳青文集》，人民文学出版社，2005 年版，第 396 页。
③ 柳青：《柳青文集》，人民文学出版社，2005 年版，第 137 页。
④ 柳青：《柳青文集》，人民文学出版社，2005 年版，第 251 页。

载体，真实而生动地再现了中国社会大转型给农村带来的巨大冲击和变化。

陈忠实的《白鹿原》同样是一部深度融合秦腔的作品。《白鹿原》的第一章将白嘉轩的第六房妻子称为秦腔《游龟山》中的胡凤莲。"当嘉轩从新房挤出来到摆满坐椅饭桌的庭院里的时候，有人就开始喊胡凤莲，那是秦腔《游龟山》里一位美貌无双的渔女。"① 第五章也这样写道："整个工程竣工揭幕的那天，请来了南原上麻子红的戏班子，唱了三天三夜。"第六章，冷先生一行人在看秦腔名角宋得民的《滚钉板》时，白狼来抢；第十七章，白嘉轩犁地时，也唱的是秦腔："汉苏武在北海……"。等等细节在作品中大量出现。小说第十六章出现的重大转折也是靠秦腔的出演完成的。贺家坊的"忙罢会"，贺耀祖主持请来了南原上久负盛名的麻子红戏班连演了好几日。本戏《葫芦峪》之前加上了折子戏《走南阳》，《走南阳》是讲刘秀调戏村姑，白孝文就是在看这出戏的时候，被田小娥拉进了砖瓦窑，《走南阳》这出戏暗示了小说轻佻的气氛。……在白家遭抢之后为了显示对白嘉轩的尊重，麻子红将原先安排的戏曲换成了《金沙滩》，把白鹿村悲怆的气氛推向了高潮。当白孝文和田小娥的事情败露后，险恶用心的鹿子霖用"辕门斩子"来比喻白嘉轩的境地，一个执法如山、恪守礼仪的老族长的形象也呼之欲出。秦腔入文这一特点被陈忠实发挥得淋漓尽致，不仅起到了展示人物性格，烘托气氛的作用，更与作品完美地融合在了一起。秦腔入文看似是一个并不重要的现象，但是它昭示了陕西当代文学创作在挖掘和表现秦地文化方面所达到的深度。这是当代陕西文学现实主义应该有的内容。柳青以秦腔入文显示了《创业史》所开启的地域文化向度，在后来被陈忠实、贾平凹等人推向纵深，使陕西当代文学有了深沉的历史品格和文化意味。

柳青对于当代陕西作家的影响，更主要体现在对他们创作理念和精神的影响。路遥、陈忠实的文艺创作理念和精神就深受柳青影响。赵学勇在《"柳青现象"的文学史书写及反思中》一文中认为："路遥在柳青那里继

---

① 陈忠实：《白鹿原》，人民文学出版社，2015 年版，第 14、61 页。

承的更多的是乡土情结、进取精神以及殉道者的决绝和苦吟者的坚韧，追踪着柳青的现实主义创作道路。"① 路遥曾多次亲临柳青的教诲，他称柳青为"我的人生导师和教父"。他说："真的，在我国当代文学史上，还没有一本能像《创业史》那样提供了十几个乃至几十个真实的，不同历史和现实中已有的艺术典型相雷同的典型。可以指责这部书中的这一点不足和那一点错误，但从总体看，它是能够传世的。"② 可以看出柳青对于路遥的影响之巨大。赵学勇还认为《平凡的世界》是《创业史》的延伸，孙少平这一人物形象是梁生宝这一人物形象的生命延续。③ 陈忠实严格奉行柳青"三个学校"的主张，努力践行"生活的学校"。在1962年到1982年这漫长的20年时间里，他一直深入生活的底层和基层，积累了大量的素材，为了搜集到原始的素材，走访了上百个村子，查阅了几十个县的县志，写成了《白鹿原》。

当代陕西作家都很好地传承了"柳青精神"。贾平凹说："柳青精神是什么？就是忠于人民、热爱人民、扎根人民、深入生活、深入实际、刻苦写作。"④ 柳青为了努力践行这一主张，主动放弃优越的生活条件，居住在皇甫村14年之久，与当地的人民建立了密切的联系。而这一精神在后来的当代陕西作家中得到了明显的体现，路遥在写作《平凡的世界》的第二部时，为了真实地描绘孙少平在煤矿的生活，1985年8月，赴铜川鸭口煤矿体验生活，9月由于身体不适，住进陈家山煤矿医院。在生病住院期间，他也依然坚持写作。目前，处于激烈经济洪流的浪潮中，陕西当代作家面临着许多物质的诱惑、急功近利的求实心理、创作上严峻的精神资源枯竭等问题。想要解决这些问题，就要从柳青这里取得精神遗产，来充实自己，进一步提升自身的人生观、世界观和价值观。这样才能在这个时代洪流中，仍然坚守作家最本分的原则，保持质朴坚韧的人生品格和严肃认真

---

① 忤埂、邢小利、董颖夫：《柳青研究文集》，西安出版社，2016年版，第262页。
② 路遥：《病危中的柳青》，载《路遥文集》（第二卷），陕西人民出版社，1993年版，第382页。
③ 忤埂、邢小利、董颖夫：《柳青研究文集》，西安出版社，2016年版，第262页。
④ 贾平凹：《在长安皇甫村深切感知柳青精神》，《陕西日报》，2014年11月26日第5版。

的创作态度，才能有更多有筋骨有温度的作品问世，从而保持文艺事业的繁荣不朽。

在当代文学中，对于柳青以及《创业史》的评价，尽管存在着争议，但是柳青精神，柳青对于当代陕西作家的影响，"红色经典"《创业史》都已经是巨大的存在，如同一座屹立的大山，风光旖旎。如刘宁所说，《创业史》文本中人物的理想性与真实性是否完美融合？知识分子与农民话语是否相互交融？柳青的身份到底是什么？作品的历史真实性和美学性是否统一？这一切都需要我们从不同的角度对《创业史》进行细致的考察，在一路荆棘中，收获研究的花香，体味这位优秀作家的存在。

思考题

1. 如何认识作为"红色经典"的《创业史》的历史地位和价值？

2. 柳青文学创作对新时期陕西文学有什么重要意义？

3. 未完成的《创业史》是成就了《创业史》，还是成为《创业史》永恒的遗憾？

第二讲

与时代携行的杜鹏程

　　杜鹏程，1921年生于陕西韩城，40年代就开始发表新闻作品，1948年发表剧本《宿营》，1954年发表第一部长篇小说《保卫延安》，以后持续从事文学创作。无论创作题材还是个性特征，杜鹏程都是比较独特的，因此也确立了他在中国当代文学史中不可替代的价值和地位，成为中国当代文坛的一位重要作家。

　　杜鹏程开创了书写战争和经济建设的小说创作新领域，具体说，就是书写解放战争中的延安保卫的战事和共和国成立后的铁路工程建设。杜鹏程是一位很敏锐的作家，他的创作时刻紧跟时代脉搏，及时追踪历史足迹，同时他也是一位忠实的作家，始终坚持现实主义文学创作。杜鹏程不仅进行小说创作，还著有大量散文，虽然作品数量不多，但是始终保持对文学的热忱。继《保卫延安》之后，他先后创作了中篇小说《在和平的日子里》《历史的脚步声》，短篇小说《工地之夜》《夜走灵官峡》《第一天》《延安人》，小说集《年轻的朋友》《平凡的女人》《杜鹏程小说选》，散文集《杜鹏程散文选》《杜鹏程散文特写选》，评论集《我与文学》等。另外，他有一部描写和平建设时期的斗争生活的长篇小说，已经形成初稿，取名《太平年月》，由于十年动乱摧毁了他的身体，导致这部长篇小说最终未能完成。长篇小说《保卫延安》既是杜鹏程小说创作的处女作，又是他的成名作，也是他的代表作。《保卫延安》不但是一部英雄史诗，也是我国描写革命战争题材的小说中当之无愧的里程碑。为创作《保卫延安》，杜鹏程以顽强的毅力，九易其稿，才把百万字的报告文学反复加工修改为三十多万字的长篇小说，其中的艰辛可想而知，《保卫延安》获得巨大的成功也就不足为奇了。但是这部深受广大读者欢迎的小说在十年动乱中遭到禁止、销毁，动乱结束后才得以一版再版，后来被人们奉为"红色经典"。

一、恢宏壮阔的英雄史诗

长篇小说《保卫延安》正式出版于1954年6月，此前，它的部分章节——《沙家店》《蟠龙镇》《长城线上》分别在《解放军文艺》和《人民文学》上发表。《保卫延安》讲述了1947年国民党军队重点进攻延安，毛泽东、彭德怀主动放弃延安到收复延安的事情。我军主力纵队的一个英雄连，在彭德怀将军的总指挥下，经过青化砭、蟠龙镇、沙家店等战役，彻底粉碎了敌军重点进攻的图谋，呈现了保卫延安的壮阔历史场面，作品着力塑造的周大勇、李诚、王老虎等英雄形象所呈现的无所畏惧、英勇奋战的精神又令作品回肠荡气。长篇小说《保卫延安》一出版立即在文艺界和广大读者中引起了强烈的反响。冯雪峰在《文艺报》连载了长篇评论《〈保卫延安〉的地位和重要性》，全国各报刊陆续发表了几十篇评论和介绍文字。当时的解放军、学生、教师、工人等各行各业的人们都争相传阅，热烈讨论。随后，又由民族出版社出版藏文、朝文、维吾尔文等民族文字译本，1980年出版了哈萨克文译本，此外，还由外文出版社出版了英、俄、蒙、越等语种的译本。一两年内，印刷近百万册，这是解放初期的小说所少有的发行数量。《沙家店》一章又被人民文学出版社作为"文学初步读物丛书"之一单独出版，《夜袭粮站》一节也被通俗读物出版社单独出版，二者都曾被选编入中学语文课本。剧作家周军、鱼讯曾将小说改编为话剧在西安上演，受到观众的欢迎。由此可见《保卫延安》在当时的历史环境中所受欢迎的程度。当《保卫延安》被总政文化部决定作为"解放军文艺丛书"之一予以出版，这时的中国作家协会副主席、人民文学出版社社长冯雪峰，"象发现了镭那样，发现了《保卫延安》"，① 并且给出了弥足珍贵的赞誉："这部作品，大家都会承认，是够得上称为它所

---

① 王笠耘：《第三十个春天》，《文学书窗》，1981年第15期。

描写的这一次具有伟大历史意义的有名的英雄战争的一部史诗的。"① 因此，史诗性是《保卫延安》的一个重要特性。

黑格尔说："战争情况中的冲突提供最适宜的史诗情境，因为在战争中整个民族都被动员起来，在集体情况中经历着一种新鲜的激情和活动，因为这里的动因是全民族作为整体去保卫自己。"② 中国是在硝烟炮火中诞生的国家，中国革命的历史本身就是一部恢宏壮丽的史诗。《保卫延安》所反映的是第三次国内革命战争中西北战场上人民解放军由战略防御转为战略进攻的历史进程，延安保卫战在第三次国内革命战争中有极其重大的意义。如果我军失败，将会严重影响各解放区军民的士气，推迟中国革命的胜利进程。毛泽东在《目前形势和我们的任务》这个报告中指出："这是一个伟大的转折点，也是一个伟大的事变。这个事变一经发生，它将必然走向全国的胜利，并且对东方被压迫民族、欧美各国被压迫人民是一种鼓舞和援助。"③ 延安保卫战作为这个伟大事变的一部分，在中国革命史上，以至在世界现代史上，都有重要意义。"保卫延安战争是一场无比伟大、无比辉煌、无比壮烈的战争，是英雄史诗的题材"。④ "作为伟大历史转折的重要组成部分，延安保卫战相当充分地表现了中国国内革命战争的基本特点和发展进程。""因此，可以说，延安保卫战，是中国革命战争特别是第三次国内革命战争的一个缩影。这一切，就为直接参加过延安保卫战的杜鹏程提供了一种客观的可能性，使他的长篇小说《保卫延安》具有成为中国现代革命战争的英雄史诗的可能。"⑤

时代的需要与历史的必然使战争的亲历者情不自禁地以胜利者的姿态拿起笔来，为这一历史性的胜利写下恢宏的史诗式的篇章。他们顾不得文学功底的薄弱和文学积累的多寡，责无旁贷地将责任感和使命感担在了肩头。这种史诗情结使创作者力图在广阔的战争背景下全面地再现战争的历

① 冯雪峰：《论"保卫延安"》，新文艺出版社，1956 年版，第 2 页。
② 黑格尔：《美学》（第 3 卷下册），商务印书馆，1981 年版，第 126 页。
③ 毛泽东：《毛泽东选集》（第四卷），人民出版社，1991 年版，第 1243 – 1244 页。
④ 赵俊贤：《论杜鹏程的审美理想》，文化艺术出版社，1990 年版，第 39 页。
⑤ 潘旭澜：《诗情与哲理》，人民文学出版社，1987 年版，第 58 页。

史风貌，揭示出战争的伟大意义。延安保卫战是由西北野战军总司令彭德怀亲自指挥进行的一场具有历史意义的重大战役，题材本身就已具备了宏大的气势和不凡的规模。为确保《保卫延安》的史诗品格，杜鹏程瞩目于全国各战场乃至国际形势的变化和发展，以周大勇的成长历程为中心，围绕他所在连队的战斗生活作纵向展开，以李振德老人一家在战争中的遭际和与人民军队的血肉联系作横向拓展，现出"史"味；以对事物深入的理解和对战斗主体充满激情的叙述作深度开掘，见出"诗"情。题材本身的厚度固然是史诗性文体的前提，但是在人物的设置、结构的安排上，同样需要相应的艺术手段才能使之符合体裁本身的内在要求。《保卫延安》出场的有名有姓的人物超过 50 人，人物众多，自成体系，他们由三大类组成：我军、敌军、人民群众。这样的人物设置来自题材及题旨自身的要求。战争题材必然出现敌我双方的对立，在人民战争观支配下的战争小说自然将我方作为主体重心，敌方作为客体，人民则作为后盾来体现。人物的安排也依照一定的职能关系呈均态分布。《保卫延安》以赵劲主力团为主体，以周大勇为中心。纵向看，以我方为主体，以部队人员配置的实际构成为基点，上到司令员，下至普通战士，无不齐备，敌我友三方一个不能少，既突出了中心，也在一定程度上显示出生活的深度；横向看，以亲情关系、阶级关系形成纽带，接通社会脉搏，以可然性事件构成有机体，展示生活场景，这种人物选择与建构本身看来确实包含有史诗的特质。

对于这样具有重大历史意义的英雄史诗的题材，作家们可以从不同侧面、不同层次、不同角度去艺术表现。相对于广阔的社会生活，延安保卫战只是生活历史的一个节点，但是内涵却极其丰富，与社会存在着复杂的联系，本身又存在错综复杂的矛盾，这就为作家提供了不同艺术处理的条件。除了杜鹏程的《保卫延安》，柳青的长篇小说《铜墙铁壁》描写的也是延安保卫战的战争场景。长篇小说《铜墙铁壁》是以延安保卫战中的沙家店战役为背景，描写在沙家店粮站工作的人民群众保护粮食、支援前线的英勇事迹，在它的题材里显示了人民群众是革命斗争的铜墙铁壁这一鲜明的题旨。而《保卫延安》则在题材选择以及主题表现上更加宏阔，它全面地描写了延安保卫战的全貌，而沙家店则只是其中一个章节，尽管只是一个章节，却也重点描写展示了撤离延安到半年后收复延安的过程。这两部长篇的题材选择和艺术处理各具特色。从整个保卫延安战争来看，《铜墙铁壁》展示的是战争的局部、战争的一翼、战争的一个侧面，而《保卫延安》则是写战争的全局，从正面展开，呈现出了战争的全貌，还展示了整个解放战争的伟大进程；从主题表现上来看，《铜墙铁壁》展示的是人民群众是革命斗争的主体，是革命斗争坚强的后盾，表现出人民群众的伟大力量，而《保卫延安》则是从历史与现实的深广联系中，表现和歌颂人民战争中高度发扬的革命英雄主义。杜鹏程自己曾说："要写出被压迫、欺凌了千百年的人民奋起抗争的那种排山倒海的力量，要写出战士在旧世界的苦难和创立新时代的英雄气概，以及他们惊天动地而泣鬼神的丰功伟绩。"①《保卫延安》展示了错综复杂的矛盾，相比而言，《铜墙铁壁》则不如《保卫延安》那般具有史诗的宏大与丰富。在《保卫延安》之前，我国还没有哪一部长篇小说，以如此规模、格局反映人民革命战争，在它之后，才出现日益增多的反映现代战争的长篇小说，比如，50 年代的《红日》《林海雪原》，70 年代末的《东方》，等等，虽然它们各自在很多方面都有所突破，但是在多层次反映一场重大战争的全局方面还有所欠缺，在这个意义上，《保卫延安》还是迄今为止尚未被逾越的人民战争史诗。1977 年，杜鹏程在《延河》10—11 月合刊号上发表短篇小说《历史的脚步声》，这是"文化大革命"结束后杜鹏程出版的又一部以革命战争为题材的作品。《历史的脚步声》描写了解放战争中西北野战军某部在追击敌人、进军新疆途中，飞越终年积雪的祁连山的英雄事迹。高山恶水，狂风暴雨，寒冷缺氧，种种几乎无法逾越的障碍摆在面前，指战员们以大无畏的精神与敌人博弈，与自然抗击。同样是革命战争题材的小说，同样展示了革命战士的大无畏精神，场面壮阔、格调悲壮激越。

　　《保卫延安》塑造了一批为人民造福、使大地生辉的英雄形象，浓墨重彩地表现了伟大人民战争的波澜壮阔，热忱歌颂了毛主席战略思想的伟大胜利。杜鹏程对于英雄和烈士们无比钦佩，对于他们所创造的惊天伟业

---

① 潘旭澜：《诗情与哲理》，人民文学出版社，1987 年版，第 63 页。

和老一辈无产阶级革命家的历史功勋怀着十分崇高的敬慕。对杜鹏程而言，记录这一切是他内心道德的要求，也是责任的驱使，否则就于心有愧。《保卫延安》所形成的排山倒海的磅礴气势，动人的战斗激情，对生活的深入开掘以及人物心灵美的揭示，强烈、明快、火辣辣的语言，都与作品题材的选择和作家主观素质有密切关系。中国革命战争的磅礴气势和惊心动魄的战斗场面本身就是一首壮丽无比的史诗。

《保卫延安》着重塑造了周大勇、王老虎、李诚、陈兴允、孙全厚、马全有、卫毅等一大批赤胆忠心、英勇顽强的革命英雄。周大勇是一个光辉的英雄人物，是《保卫延安》取得的重要艺术成就。杜鹏程自己曾谈道："像周大勇这样的战斗英雄，在部队中接触很多，但我克服了初稿中塑造这个形象的一些缺点，把许多连级干部形象加以集中，做了较多的虚构。"① 周大勇是以现实生活中实实在在的人物做依托。但在进行形象塑造时，作者突破了真人真事的条条框框，进行了艺术上的虚构。然而在虚构的过程中并没有放弃真实的社会生活，而是将作者所熟悉的、亲身经历的生活融入其中，使人物形象更具有典型性。作者并没有把周大勇写成一个天生的英雄，而是让他经历战争的洗礼，从战争的发展过程来展示他由一个不成熟的革命者发展为一个优秀的革命战士的成长过程。有论者讲，"作者塑造周大勇的形象是从生活出发而不是概念出发，是现实主义的创造而不是某种思想的演绎，因而，即使周大勇的形象还有一定的不足之处，但却是有血有肉的活人，是生动丰满的艺术形象"。②

作者在塑造周大勇这个形象，并确定其为《保卫延安》的重点人物时，并不是采取直接描述的方式对人物进行细致介绍，而主要是通过他人对周大勇进行回忆和评论，通过多种形式加强、突出、补充主人公的人生经历，使人物形象更加丰满立体，同时也不由自主地熔铸了作者自己的血和泪，把自己的向往和追求灌注在人物的身上，所以这个人物形象既有血有肉，又亲切感人。假如作者对这个人物形象平铺直叙地写下来，不做集

---

① 陈纾、余水清：《杜鹏程同志谈〈保卫延安〉的创作问题》，《福建师大学报》，1979 年第 2 期。

② 潘旭澜：《诗情与哲理》，人民文学出版社，1987 年版，第 89 页。

中突出的描写，不做侧面的烘托，人物形象肯定会显得单薄和平面化。

　　然而，总的来讲，杜鹏程在《保卫延安》中所塑造的人物具有崇高的精神、伟岸的形象以及回肠荡气的英雄气魄，是近乎完美的人。杜鹏程塑造英雄人物形象是带有强烈的颂歌色彩的。杜鹏程明确指出："作家是自己时代的儿子，要赞扬叱咤风云的英雄人物。"① 作者在这种创作思想指导下创作的人物被过分理想化了，使人物的个性化存在明显的不足。就拿周大勇的人物形象来说，周大勇是在真实原型"温广生"的基础上发展起来的，而作者为了塑造这个艺术典型刻意做了周大勇的专章《长城线上》，在这一长达5万余字的章节里，周大勇跳过崖，负了重伤，又劳累病倒，但还要坚持指挥战士们对付来袭的敌军，并且还要相机主动偷袭敌军，当周大勇带着几乎走不动的战士找到主力部队时，又接到上级吩咐的从敌方手里搞粮食的任务，接着又在九里山阻击战中，带着连队插入几万敌军中冲杀。这些英雄的革命战士似乎是金刚铁臂，刀枪不入。这种艺术虚构带着理想化的色彩，甚至有把人神化的趋势，他们没有个人思想品质上的弱点，没有丝毫的利己动机，没有个人的缠绵感情，所考虑的只有战争的胜利和光明的未来。赵俊贤把这种艺术虚构的理想化认为是作品中人物英雄形象内心世界的明朗与单纯，但是他也委婉地指出"他们的思想方法未免僵直了些"。② 可见，作者为了忠实贯彻当时的文艺思想和文艺路线，对人物形象过度地拔高，这样做的结果是使得"高、大、全"的人物形象缺少了人所具备的性格弱点，也就致使人物性格单一，不够丰富立体，反而形象失真。

　　慷慨激昂的抒情是《保卫延安》最为鲜明的特色。《保卫延安》能够受到读者的喜爱，在一定程度上与作品昂扬激越、豪迈爽朗的抒情分不开。杜鹏程在谈到《保卫延安》时曾说："这部小说没有什么曲折的故事和离奇的情节，而抒情成分较浓厚。"③ 浓厚的抒情为小说融入了人物描写

---

① 陈纾、余水清：《杜鹏程研究专集》，福建人民出版社，1983年版，第23页。
② 赵俊贤：《论杜鹏程的审美理想》，文化艺术出版社，1990年版，第10页。
③ 杜鹏程：《略论话剧〈保卫延安〉》，杜鹏程：《杜鹏程文集》（第三卷），陕西人民出版社，2008年版，第254页。

的主观化色彩和景物描写的情感化色彩，通过这种主观情感化抒写严峻而热烈的激情，提高了小说高昂的情感基调。杜鹏程以饱满的激情进行写作，将满腔热血灌注到作品的人物身上，化情为诗。但是"他常常压抑不住激情的喷泉，直接对事件、对人物进行富有哲理意味的议论和抒情，他在反映创作上的这种特点，形成了作品中诗情与哲理的结合"。① 思基在《论杜鹏程的艺术独创性》时也提到"杜鹏程同志艺术的独创性，还突出表现在他的深刻的人生哲理和饱满的战斗抒情相结合"。② 抒情是作品的主调，而强烈的抒情中又蕴含着许多生活的哲理和人生经验，以激情反映生活，更深入地揭示人物的心灵美和诗意。无论是激烈残酷的战斗还是普通思想认识的矛盾，杜鹏程都能写得诗意盎然，使作品成为昂扬激越的英雄颂歌。同时他又对生活中存在的问题，进行哲理性的议论和思考，既发人深省又具有深刻的现实意义。诗情和哲理的结合使得杜鹏程的艺术创作产生一种激动人心的力量。《保卫延安》的抒情首先就体现在人物形象的塑造方面。杜鹏程在作品中的人物形象身上熔铸了强烈的情感色彩。周大勇等人对于战争胜利的信心，对于祖国未来的期待，对于革命的热情，都有着作家本人的影子。正因如此，他对周大勇等人的言谈举止充满炽热的欣赏和赞美，对于他们的英雄事迹发自内心的喜悦和敬佩。他把他们视为祖国未来的希望，尽情讴歌这些人身上高尚的思想和无畏的牺牲精神。杜鹏程在《保卫延安》重印后记中说，表现战士的令人难忘的精神"不仅是创作的需要，也是我内心波涛汹涌般的思想感情的需要"，③ 他既能够把自身情感与人物本身紧密融合，又能够将抒情熔铸于整部作品之中，既能表现出对于革命战士的欣赏和赞美，又能够使热烈的情感与读者产生强烈的共鸣。同时杜鹏程还依托小说人物之口直接抒情。《保卫延安》中毫不利己专门利人，乐于助人的革命老黄牛孙全厚在沙漠里倒下时，作者的情感喷薄而出："老孙啊！老孙！同志们走路你走路，同志们睡觉你做饭。为了同志们能吃饱，你三番五次勒裤带，你背上一面行军锅，走在部队行列

---

① 陈纾：《杜鹏程的生活与创作道路》，《复旦学报》（社会科学版），1983 年第 1 期。
② 思基：《论杜鹏程的艺术独创性》，《社会科学战线》，1980 年第 2 期。
③ 杜鹏程：《杜鹏程文集》（第一卷），陕西人民出版社，2008 年版，第 495 页。

里，风里来雨里去，日日夜夜，三年五载。你什么也不埋怨，什么也不计
较；悄悄地活着，悄悄地死去。你呀，你为灾难的中国人民献出了自己的
一切的！"诚挚的感情，朴素的言辞，和谐的节奏，这短短的一段抒情却
丝毫不遮掩对于这些献身革命事业的英雄人物和英雄精神的赞美。另一方
面，作者也借助景物的描写抒发情感。《保卫延安》中开头描写延安风光，
红艳艳阳光下的宝塔山，青山绿水间的窑洞，山坡上追逐跳蹦的羊群，朴
实优美的"信天游"……无不浸透着作家对于延安满怀深情的强烈的情感
力量，具有浓郁的诗意和感染力。《保卫延安》的结尾中，陈兴允等人从
望远镜中看到那夹杂雷霆的风暴，粗犷而又有排山倒海的气势，是带着强
烈的象征性的景物描写。一切景语皆情语，《保卫延安》中的景物，粗犷
雄伟；人物，高尚伟岸；情感，炽热深沉。作家通过人与景的展开描写，将
情感穿插其中，三者交互融合，构成了《保卫延安》鲜明的抒情特色。但是
作者由于强烈的抒情而出现了大量的哲理性议论，这些议论减少了作品的含
蓄美，使得作品有累赘拖拉之感，也影响了《保卫延安》的艺术性。

二、社会建设的时代凯歌

20 世纪 50 年代是中国社会发生历史巨变的重要时期。1956 年，社会
主义改造完成，社会主义制度在中国大地上确立起来了。从此中国进入了
社会主义建设时期。首先是"一五"计划的展开。《关于建国以来党的若
干历史问题的决议》这样说："我国第一个五年计划的经济建设，依靠我
们自己的努力，加上苏联和其他友好国家的支援，同样取得了重大的成
就。一批为国家工业化所必需而过去又非常薄弱的基础工业建立了起
来。"① 正是在这样的背景下，杜鹏程创作了《在和平的日子里》和短篇
小说集《年轻的朋友》。这一时期，文艺创作的题材主要有三类：一是写
第三次国内革命战争和抗日战争，二是写农业合作化，三是写"大跃进"、
人民公社或畅想共产主义。由于这一时期的不少文学作品创作上偏离了现
实主义的轨道，影响了作品的艺术性，于是就有了发现新的"文学场域"

---

① 潘旭澜：《诗情与哲理》，人民文学出版社，1987 年版，第 193 页。

的必要。杜鹏程发现，在社会主义建设时期我们的生活发生了很大变化，厂矿、铁路工地等已经变成了我们的主要生活场景，而我们的文学创作却很少关注和书写工业建设、铁路建设这些火热的生活。为了弥补这种不足，杜鹏程决定将眼光放在新时期的社会主义建设上。1957 年，杜鹏程发表了《在和平的日子里》；1962—1963 年，分别出版了短篇小说集《年轻的朋友》和《平常的女人》，这些作品和 1977 年出版的短篇小说集《光辉的里程》都是以工业建设为创作题材和背景的。《在和平的日子里》描写的是在雨季到来之前，在剩下的十天里完成铁路通车的任务期间发生的一系列矛盾冲突。《工地之夜》讲述一位吉普车司机，深夜里送工地总指挥到城里开会，他悄悄为总指挥做一些力所能及的事情以减轻工地总指挥的劳累和辛苦的故事。《第一天》写的是第二个五年计划开始的第一天，人们要到新的铁路工地的时候，党委书记赵志群为即将到工程学院深造的战友杨方送行时回忆起他们刚到这工地的种种困难的情形。《夜走灵官峡》是通过"我"和一个小孩成渝的短暂接触和谈话，看到了在风雪夜中工人的工程建设情况。《延安人》通过人物之间的重逢，写当前的工地建设，又穿插十年前延安保卫战的往事回忆。《难忘的摩天岭》写的是小董不满意当前平凡的工地建设，而想要参加轰轰烈烈的革命，在革命前辈张大牛的带领下，逐渐成长的故事。杜鹏程在创作的过程中完全立足于社会主义建设。在《在和平的日子里》的后记中他曾明确交代，这部作品实际上只是"工地生活一月记"。① 对于社会主义工业建设题材的选择，杜鹏程也有过解释："我总是不断地在思索我置身于其中的斗争生活的意义，不断地思考党、人民和中华民族所走过的道路，力求从一定的时代高度来分析和提出问题。"② 工业题材的选择最深刻的原因应该是杜鹏程认识到经济建设的重要性以及反映经济建设的重大意义（潘旭澜）。中篇小说《在和平的日子里》是杜鹏程继《保卫延安》的又一部力作。虽然不及《保卫延安》那样具备史诗的规模，显得慷慨恢宏，但在题材开掘上却表现出与

---

① 杜鹏程：《杜鹏程文集》（第二卷），陕西人民出版社，2008 年版，第 186 页。

② 陈纾、余水清：《杜鹏程同志谈〈保卫延安〉的创作问题》，《福建师大学报》，1979 年第 2 期。

《保卫延安》一脉相承的雄浑开阔、质朴拙重。有研究者对《在和平的日子里》的评价颇高，认为"在当代文学史上，在'文革'前十七年的工交战线题材作品中，《在和平的日子里》无论是在思想或艺术方面，都是突破性的作品，其中显示着杜鹏程对生活的许多独特发现和独到见解。这部作品所给予人们的现实感和历史感，它所具有的感染力量，大大超出了当时许多同类题材的作品，就是《保卫延安》在历史的纵深感方面，也有不及此作之处"。① 杜鹏程在社会经济发展过程中，在和平的日子里，站在时代的高度去思考认识生活，向人们提出了新的时代话题，并且始终坚持革命现实主义的创作方法，通过个性鲜明的人物形象和炽热的情感向历史和人民作出激动人心的回应。

错综复杂的矛盾书写是《在和平的日子里》最为鲜明的艺术特色。中篇小说《在和平的日子里》描写的虽不是战火纷飞、硝烟弥漫的杀敌战场，而是铁路工地的工程建设，但是所表现的却也是激烈喧闹的社会主义建设的战场，社会主义建设的革命英雄们要和大自然的淫威搏斗，战崇山、斗洪水，还要和各种消极势力斗争，表现的依然是革命英雄们在社会主义建设时期为事业展开高昂雄壮的斗争，这的确承袭了《保卫延安》那恢宏壮丽的与自然搏斗的豪迈激情，但是也有所突破，这就表现在对革命内部错综复杂的矛盾书写上。对此赵俊贤曾说："如果说《保卫延安》事件本身就包含错综复杂的矛盾，那么《在和平的日子里》则透露了作家挖掘与开拓矛盾的耿耿苦心与巨大能力。"② 《在和平的日子里》仅是一部刻画了七八个人物的十多万字的中篇小说，作家却组织了那么多复杂却又典型的矛盾冲突。首先展露眼前的就是人与自然的矛盾。为了推进社会主义的经济发展，促进民族复兴，所进行的社会主义工业建设必然少不了人与自然的斗争。作品中建设者们与严酷的天气、凶猛的洪水做激烈的搏斗，这种人与自然之间的矛盾贯穿在这部小说作品中，使其呈现出波澜壮阔的格调。作品中又以阎兴和梁建之间的矛盾冲突作为故事推进的支点，呈现

---

① 蒙万夫：《略谈柳青的生活创作道路——兼及柳青的同辈陕西作家》，《西北大学学报》（哲学社会科学版），1983 年第 3 期。

② 赵俊贤：《论杜鹏程的审美理想》，文化艺术出版社，1990 年版，第 7 页。

了建设生活的全貌和进程中的本质性矛盾，领导干部的人生道路的矛盾，自我发展与献身社会的矛盾，并且通过阎兴和梁建的矛盾冲突展示了其余人物之间错综交叉的关系，形成了多样化的矛盾冲突。短篇小说集《年轻的朋友》中的很多作品不仅描写了社会主义建设过程中不可避免的人与自然之间的矛盾斗争，例如《第一天》中人们征服高耸入天的雪山来建设"中国最长的隧道"，《夜走灵官峡》中工人与陡峭的万丈悬崖绝壁的斗争；而且也反映了在经济建设中的人民内部的矛盾，尤其是错误的思想导致了自我矛盾和人民之间的矛盾，在《难忘的摩天岭》中小董错误的思想以及因之而起的与革命前辈张大牛之间的矛盾就是这样。作家对于矛盾冲突的掘进，一方面表现在他所提炼与展示的矛盾冲突来自生活底层，体现着深刻的社会内容，反映着我国战争和建设历史进程的规律，一方面表现在他所提炼与展示的矛盾冲突来自人物心灵深处，不是人物外向的琐屑斗争，而是人物灵魂之间的撞击。阎兴、梁建、刘子青等人的心灵都在作者的透视下袒露于读者面前，高尚的心灵得到冶炼从而升华，卑下的心灵还在经受着煎熬的考验。杜鹏程曾说："我认为，把人物放置在突出的斗争尖锐的情况中，放置在重大的考验中，不仅在于这样做可以使作品达到戏剧的高潮，造成一种雄伟、热烈、紧张的气象，而且在于：它能一下子便把人物的性格、心灵和精神状态强烈而突出地显现出来。这种做法，从实际的斗争生活说，是有充分根据的，而不是任意制造紧张局势。"[1] 杜鹏程敢于直视社会建设过程中严峻的挑战和冲突，他并不将矛盾冲突简化，而是深入其中展示更为深重复杂的社会建设，既有鲜明的时代色彩又有普遍的社会意义，《在和平的日子里》以及小说集《年轻的朋友》等作品，充分而准确地反映了多种多样的现实矛盾，塑造了阎兴、梁建等一批鲜明的人物形象，将他们真实的心灵袒露出来，彰显出作品的真实感和历史性，矛盾冲突既充分激化又很有分寸，为后来的文学创作正确反映人民内部矛盾提供有益的创作经验。

　　《在和平的日子里》的另外一个突破就是作品中呈现出一股温情的力

---

①　杜鹏程：《论短篇小说创作》，人民文学出版社，1979 年版，第 149 - 150 页。

量。杜鹏程在中短篇作品里似乎开始有意舍弃轰轰烈烈的战斗和工业建设场面，而是以工业建设为背景，着力去表现社会主义建设过程中人们平凡的生活小事，在平凡而又琐碎的小事中，夹杂着作者对普通人的欣赏和喜爱。作者通过这些零碎的不被人注意的小事去呈现人民在社会建设中的伟大精神和情操。虽然梁建与阎兴是从战争中一路走来、拥有深厚革命友谊的战友，但是进入新的社会时期，在工地建设中他们却存在着各种各样的矛盾，梁建会与阎兴不时出现分歧、发生争执，也会在工人面前诽谤多年的革命战友阎兴，但是当他内心存在烦恼、困惑、焦虑的思想斗争时，首先想到的还是寻找阎兴沟通解惑。《在和平的日子里》所展示的阎兴与梁建在河边柳树下的夜谈，张如松对于阎兴的信任，韦珍对于刘子青的爱慕，这些小事情的描写给作品添加了一种温情的力量，不同于《保卫延安》时期那种崇高的激情渲染。小说集《年轻的朋友》《平常的女人》也接续了这种温情的力量，将视角转入平凡的小人物，虽然工业建设依然作为大的时代背景，但是作者却将重心放在小人物的身上，舍去了那种时代英雄楷模的轰轰烈烈、叱咤风云，反而着重展示平凡的普通人身上的那些优秀的品质，在对小人物形象的展示过程中作者不自觉地流露出对这些人物的关怀、赞美。《夜走灵官峡》中开头描写"我"与"成渝"的见面就极为温情：

　　石洞挺大，里头热腾腾的，有锅碗盆罐，有床铺。床头贴着"胖娃娃拔萝卜"的年画。墙上裱糊的报纸，让灶烟熏得乌黑。"屋里怎么没有人哪？"我一边说，一边抖着大衣和帽子上的雪。

　　坐在那里的小孩扭转头，眼睛忽闪忽闪地望着我，说："叔叔！我不是个人？"他站起来背着手，挺着胸脯站在我跟前，不住地用舌头舔着嘴唇，仿佛向我证明：他不仅是个人，而且是个很大的人。

　　我捧住那挺圆实的脸盘说："小鬼！你机灵得很哟！"

　　他把我的手推开，提着两个小拳头，偏着脑袋质问："哼！叫我小鬼？我有名字呀！"他指着床上那个睡得挺香的小女孩说："妹妹叫宝情（成），我叫情（成）渝！"①

　　这段文字对石洞内部状况的描写显示出一种浓烈的生活气息，而成渝与"我"之间的对话既表现出成渝的机灵可爱又显得亲切自然，这样的对话中就展示出了一种温情与和谐，展现了艰苦的工作环境下，人民的淳朴可爱与对未来的信心。《工地之夜》中司机老赵在送总指挥去开会的路上的种种关怀，总指挥忙工作忘了吃早餐，他早准备了可口的食物，为了减轻领导的负担，他以总指挥的名义为一个工点调拨急需材料，作品表现出了一种温暖的人情美。类似这样的描写，在小说集《年轻的朋友》和《平常的女人》中有很多。杜鹏程是"站在历史唯物主义的高度来观察生活，以艺术家特有的敏感来把握生活，所以，他能够从平凡的人物的战斗和劳动中，听到历史的脚步声，从这些外表平凡、埋头苦干、默默无闻的劳动者身上，看到就是这些宽阔而坚实的肩膀，支撑着这万里江山，这些人既平凡又崇高，虽然名不见经传，却是真正的英雄，是祖国的脊梁骨和擎天柱"。② 杜鹏程在描写平凡小人物时所展现的温情加深了作品的情感力量，使作品回归到了实实在在的生活当中，同时也能够通过这样的温情力量，透视出人们在艰苦奋斗年代对国家建设的崇高热情以及轰轰烈烈搞建设的大时代，杜鹏程用他的作品为社会主义建设高唱了一首时代的赞歌。

三、追随历史的足印

　　杜鹏程拥有广阔的文学领域，他不仅创作小说、戏剧，同时也从事散文创作。杜鹏程的散文创作，共计有一百多万字，受到读者的好评。这些散文的创作大致可以分为三个时期：第一个时期是1943年至1949年，这一时期正是第三次国内革命战争时期。1943年，杜鹏程在延安工会出版的油印刊物上发表散文《车夫老张》，这可算是他散文创作的一个起点。这一时期，杜鹏程写下了大量的通讯，报道革命斗争中涌现出来的新人新事，如《追赶运动——为和平建设而努力工作》《消极指责还是积极帮

---

　　①　杜鹏程：《杜鹏程文集》（第二卷），陕西人民出版社，2008年版，第386页。

　　②　潘旭澜：《杜鹏程短篇小说论片》，《当代作家评论》，1984年第6期。

助——工厂生活小集》等，而更多更重要的则是散文，如《行军途中》《王老虎》《警戒线上》等，这些作品大都发表在当时的《解放日报》《群众日报》等报刊上。第二个时期是 1949 年至 1966 年。经过三十多年艰苦卓绝的革命斗争，我国新民主主义革命取得了伟大胜利，新中国成立以后我们很快就建立了社会主义的崭新制度，国家进入了社会主义建设时期。这一时期杜鹏程创作了《天安门》《生活的教科书》《时代在召唤》《嘉陵江畔》《初到华沙》《从莫斯科写出的信》等大量散文作品，反映和表现我国多民族丰富多彩的生活。第三个时期是 1977 年以后，"文革"结束以后，经过一系列拨乱反正，我国进入了社会主义建设的新时期。杜鹏程经历了动荡的十年，重返文坛后首先给读者奉献的就是散文。1977 在 9 月，他在《人民文学》发表了《莫难忘的关怀——回忆毛主席接见知识分子的一次盛会》。经历了艰难岁月的磨砺，他除了身体上发生变化，精神心理也有了很大改变，他对家国人生有了更为深切也更为清醒的认识。这个时期的散文情感不似他的前期作品那样激荡昂扬，而是在字里行间熔铸进浓烈深切的情思，显得沉雄有力，意蕴深邃。这个阶段的作品主要是对文坛上的一些名家大家以及对他的创作产生过重大影响的人士的缅怀和纪念，如《为战士歌唱，为英雄树碑》《回忆雪峰同志》《致友人书》《延安沉思》等。1984 年出版的《我与文学》这部散文集，集中反映了杜鹏程对文学艺术的认识和思考，也是他深厚的文学理论的合集，著名的有《创作思考之一》《从作品的诗意说起》《动笔之情——也谈报告文学》等篇章。相比小说而言，杜鹏程的散文创作题材更为丰富。小说总体只涉及战争和工业两种题材，而散文创作除这两种题材外，还涉及人生际遇、塞外异域、感物怀人、书信日记，以及为友人文集写的序跋题词，或者自己对生活、对艺术的真知灼见等等。杜鹏程的散文创作和他的小说创作具有深切的关联性，有论者指出："可以看出，他这些散文和小说，风格是一致的，总是涌动着一股不可遏止的激情，充满着诗意和哲理，都是不可多得的佳篇。"① 显然，这样的评价也是颇高的。

---

① 柏峰：《论杜鹏程的散文创作及其美学特征》，《固原师专学报》（社会科学版），1988 年第 2 期。

　　杜鹏程的散文紧跟时代变迁，不仅记录流变的社会历史，而且也展现了在历史进程中作者内心对时代的思考。历史性是杜鹏程散文最为显著的特征。国内革命战争时期，杜鹏程创作了《记王老虎》，描写出了在延安保卫战中英勇无畏、视死如归的英雄革命者王老虎的形象，展现了延安保卫战的激烈壮阔；《写于阵地上》充分表现了残酷的战争和战士们浴血奋战杀敌的气概；还有《战士赵常五》《警戒线上》等篇章真实地描绘了革命战士的无私无畏、为国献身的崇高精神和高贵品质，不仅能够鼓舞广大革命战士的斗志，而且也能够让读者真正了解到战争的残酷以及带给人们的伤痛。建国初期，全国人民满怀壮志豪情，全心全意投入到新中国轰轰烈烈的建设热潮当中，热情谱写壮丽的理想诗篇。杜鹏程面对热火朝天的社会经济建设，始终扮演着"史官"的角色，怀着高度的革命热情，关注那些值得思考的人生和社会现象。他不仅用笔描绘着那个激情燃烧岁月的壮丽画面，记录着流变的时代与社会的足迹，也抒发着个人澎湃的赞叹之情。《在秦岭工地》记录了在秦岭工地宝成线上，"好几万人在这里以自己的双手削平高山，改造河道，创造英雄的时代和不朽的业绩"；[①] 在《沙漠青色》《塞上行》等作品中记录了充满艰辛危险的改造山河工程，使荒漠变绿洲、沙地变良田的伟大壮举；《我看见列宁》《华沙生活片段》等篇章描写了杜鹏程随中国作家代表团去苏联及部分东欧国家访问，参观莫斯科、瞻仰列宁遗体的人生经历。"文革"结束后，杜鹏程又拿起笔创作了大量的表现时代新特点的散文，如《岁暮投书》《我这一支笔》《致友人书》等。作为散文家，杜鹏程从现实生活当中汲取艺术原料，以丰富的艺术感受力描绘生活，记录历史。他的散文作品，都有着深厚扎实的历史内容，这来源于他对历史前进中时代脉搏的准确把握，留给读者深刻而新鲜的生活印象和历史沉思，这一切也都与他重视深入生活、体验生活、思考生活密切相关联。如他所言："我认为，只要长期不懈地这样去实践，长期而勤奋地积累经验，积累思想，积累感受，你便有话要说，便有见解要申诉，你眼前老是立着众多的活生生的形象，你脑子里充满了激动人心的

---

　　① 杜鹏程：《杜鹏程散文特写选》，陕西人民出版社，1984 年版，第 55 页。

生活画面。"① 历史与现实，在他笔下生动感人的具有生活气息的丰满的形象，带着扎根历史深处的时代激情，为我们展示了特定历史年代的独特风貌，具有丰富的认识意义。

杜鹏程的散文不仅记录历史的变迁和社会的足迹，还能够让人们看到在历史进程中，社会变迁给他带来的心灵烙印，在这个意义上他的散文就是他自我人格的写照，将他的自我形象真实地呈现在读者面前。杜鹏程成长过程中，得到过很多人深切的关怀和帮助，他们或言传身教，或以人格、作品的力量对杜鹏程的为人和创作产生了不可估量的影响，杜鹏程怀着一颗感激之心，在散文作品中真切表现出他对于这些人生导师的感怀和敬佩，字里行间展示的不仅是那些文学大师的高尚情操，也暴露出作者本人令人动容的人生情感与品格。《知识分子的伟大典型——悼念茅盾大师》一文，通过回忆与茅盾交往的一些生活片段和人生场景，表现出茅盾独特的人格魅力及其创作的巨大社会意义，着重表现了茅盾本人对他创作的指导和影响："茅公就多次指出过我的作品的不足和失败之处，从而使我得到终生难忘的教益"，同时"也从他那些具有深厚知识和卓越见解的评论文章中，获得了巨大的勇气和力量"。②《我的第二故乡》怀念才华横溢的诗人闻捷，《我们的柯老》描写柯仲平，《神坛树凭吊》《回忆雪峰同志》抒写评论家冯雪峰，《我的老师》写李秉衡等等。杜鹏程以深情的笔触描画这些给予他无私帮助的人，他们为人谦逊、和蔼、严谨、热情，这些高尚品格始终影响着他的人生及其创作，也由此呈现出一个谦虚好学、常怀感恩之心的作家杜鹏程。另外，阅读杜鹏程的散文作品，我们也会感受到那一颗具有高度责任感和使命感，为祖国为人民的赤诚之心。杜鹏程的许多散文作品，都饱含着深切的爱国之情。《我心中的歌》这样深刻反思和总结："三十年来，我在建设工地工作过许多年，我走过了全国著名的大建设工地，也走过了千百个村庄。我在八十年代的建设中不是旁观者，因此，对中国的每一项成就，我都无比欢悦；对它的每一次失策，我都深为

---

① 杜鹏程：《我与文学》，陕西人民出版社，1984 年版，第 78 页。
② 杜鹏程：《杜鹏程文集》（第三卷），陕西人民出版社，2008 年版，第 10 页。

痛苦。"① 这是杜鹏程发自内心的声音，他将国家的兴衰荣辱与自身联系在一起，真正地与国家同呼吸共命运。阅读杜鹏程的散文，不仅能够洞悉历史，也能够深入作者的内心，感受到他对生活的激情与热爱，对祖国和人民的深切期望。

杜鹏程是一个具有强烈使命感和创作欲望的作家，他不仅关注社会发展，也时刻关心文学本身，探究文学发展的理论，为此出版了文学评论集《我与文学》，努力探索文学发展的新形式，新道路，为文学理论建设做出了应有的贡献。他曾以病弱之躯，庄严宣誓："只要一息尚存，就要继续用血汗和生命来书写新的历史篇章。"② 在三十年的创作生涯中，他奉献给社会的作品数量并不繁多，质量也有待时代检验，但不可否认的是，他为文坛提供了有益的欣赏对象的同时也开创了新的独特创作领域，使得中国文学史具有更为丰富的多样性。《保卫延安》开启了历史题材创作风气，将中国革命事业纳入艺术创作的范畴，为后来的革命历史题材的小说创作提供了典范，为我国当代文学开辟了一块富有特色的艺术空间，也为当代文学创造了一系列光辉动人的艺术形象。杜鹏程的文学作品在当代文学史上占有重要的位置，这是不容否认的。但是纵观杜鹏程的小说创作，还是存在题材不够丰富广阔，审美特性也显不足的问题。而就小说、散文整体而言，都存在题材的开放性不够，开掘面狭小，难以深入挖掘的问题。就作者塑造的艺术形象而言，也还存在着典型化的程度不高、过度浪漫的理想化色彩以及人物个性不够强烈等问题。造成这种状况的原因是复杂的，作者自身的美学局限应该是一个重要原因。然而不管怎样，以杜鹏程《保卫延安》为代表的英雄史诗型的战争题材小说采用典型、集中、概括和理想化的艺术手段，张扬革命英雄人物的主动性和积极性，歌颂具有理性色彩的崇高军人品格，追求宏大叙事与史诗品格，为中国当代文学留下了不可磨灭的一页。尽管由于人们审美趣味的转变，使得这类战争小说渐渐退出历史舞台的中心，但是它们依然是人们认识那个时代的重要精神文本，其所蕴含的时代的独特的审美特质，不仅成为影响一个时代的文学范式，

---

① 杜鹏程：《杜鹏程文集》（第三卷），陕西人民出版社，2008 年版，第 68 页。
② 赵俊贤：《论杜鹏程的审美理想》，文化艺术出版社，1990 年版，第 231 页。

也成为后人反思与超越的历史起点。

思考题

1. 《保卫延安》被认为是一部"史诗性"的巨作，请问：其史诗性是如何体现的？与古希腊荷马史诗相比，它们有何异同？

2. 杜鹏程的短篇小说在艺术上有哪些突出特点？

3. 分析杜鹏程《保卫延安》的"红色经典"特性。

第三讲

王汶石："中国的契诃夫"

　　王汶石是从红色延安和革命年代中走过来的作家，坚持"深入生活，贴近时代"的文学创作原则，是党的作家，人民的儿子。他始终为党为人民写作，具有良好的写作观。

　　王汶石是《在延安文艺座谈会上的讲话》（以下简称《讲话》）精神直接培养起来的党的文艺兵。长期的革命斗争实践，形成了他坚定的无产阶级文艺观，他始终坚持"我们的文艺是革命的文艺，是革命工作的一部分"的信念。在革命战争年代，王汶石写秧歌剧、快板、歌词，直接用文艺鼓舞战士和人民，重视文艺的宣传作用。新中国成立以后，他热情歌颂新时代、新生活和新人物，充满了正能量。不过，需要指出的是，王汶石这种一味歌颂的姿态也让其作品过于单一和透明。著名文学评论家雷抒雁曾这样为王汶石感到惋惜，"他的作品里没有抗争、忧郁和哀伤；也没有矛盾、痛苦和警觉；他的人物都是争先恐后的顺应；他的农村也嫌平和健康。一个优秀的作家应有的见识和勇气，被劣质时代以错误的方式磨灭了"。① "十七年"时期，短篇小说是一个复杂的存在，这意味着主要从事短篇小说的王汶石的文学选择面临一道难题。然而，一个作家文学观念和美学风格的形成，与他的生命经验、文学气候、时代环境等因素密不可分，这不是一个单一的形成过程，我们不应对这批赤诚的革命老作家说三道四，那是作家自己的文学选择，我们无权干涉。② 当然，留下不少历史

---

① 雷抒雁：《一个优质作家与他的劣质时代》，《小说评论》，2007 年第 2 期。
② 金汉：《矢志不渝的艺术追求——读四卷本〈王汶石文集〉感言》，《小说评论》，2005 年第 3 期。

教训的文学作品会给后来的创作者敲响警钟。

笔耕一生，王汶石的作品实际涉及了广泛的文学体裁，主要作品有短篇小说集《风雪之夜》，中篇小说《黑凤》，秧歌剧《边境上》《战友》等，评论集《亦云集》，还留下了大量的红色诗歌、散文、日记和文学书信等。

一、"中国的契诃夫"

王汶石是 20 世纪五六十年代（即"十七年"）的著名作家，他将毛泽东《讲话》的基本观点和精神作为自己文学创作的出发点和落脚点。王汶石的创作态度极为严谨。尽管他的文学作品数量不多，但质量都比较高，是典型的量少质高的作家。因为他对当时的文学艺术有一定开拓，当时评论界有人就称他为"中国的契诃夫"。① 这事实上涉及他两方面的文学成就：一是他在正式从事小说创作活动之前，在文工团主要从事戏剧创作、改编和演出的工作；二是他被公认为五六十年代优秀的短篇小说家之一，他的短篇小说是当时话语背景下的典型产物，是传送红色的典籍。

（一）下农村·下基层·下部队：时代洪流中的文学准备

生活活动是文学创作的前提和来源，从生活到艺术是一个长期探索的过程，五六十年代的作家在《讲话》精神的浸染之下，首要解决的是文学创作的"源泉"问题，主动开掘现实生活中可以作为文学素材的现象和事件。正如毛泽东所说的"到生活中去"，是开辟文学天地的第一步，这使得众多的文艺工作者拥有作家和基层干部双重身份，在农村中体察一切社会现象、生活现象和斗争形势，寻找文学和艺术的原始材料。"当政治的和社会的现象伸展入文学意识领域后，就产生了一种介于战斗者和作家之间的新型作者，他从前者取得了道义主义承担者的理想形象，从后者取得了这样的认识，即写出的作品就是一种行动。"② "十七年"作家无疑是和主流话语形态一致的积极实践者，在主动发挥文学的工具作用，将文艺看

---

① 陕西省作家协会：《王汶石图传》，太白文艺出版社，2014 年版，第 64 页。
② ［法］罗兰·巴尔特：《写作的零度》，李幼蒸译，中国人民大学出版社，2008 年版，第 18 页。

作是社会主义事业的一部分，将做人与做文联系在一起。王汶石就是这样一个认真对待生活的人，重视生活所给予的文学启示，并将之提炼与升华，"富有的生活并不薄带任何人。但是只有肯下功夫，并善于耕耘的人，才能从生活的大地上，获得丰收；只有敢于深入生活宝山和善于开采的人才能敲出生活宝山的大门。"①

在专业从事文学创作之前，王汶石有一段刻骨铭心的文工团工作经历，那时创作剧目、改编剧本以及参加汇演等是他生活的重要内容，这给他带来了新风尚、新思想和新艺术。七年的文工团生涯，王汶石创作了大量的剧本，主要有《边境上》《张金顺》《望北桥》《黑牛坡农会》《挂门牌》《复仇》等，几乎文工团的每一次活动都有他创作的节目或由他参加演出。文工团的工作主要包括行军、演出、为部队服务、宣传鼓动群众。在那个时代，具有革命色彩的秧歌剧、腰鼓戏的演出，足以引起民众的兴趣和震颤，故当时许多专业的文艺团体下农村，下基层，下部队，用文艺真正为工农兵服务。王汶石的秧歌剧《边境上》是他的在舞台上演出最多的一个剧本，素材和灵感正是来源于他在边区农村深入生活的亲身经历。在那里，他有机会接触农村基层社会形态中的各色民众，了解到很多震动人心的英雄事迹，深切地体悟到了黄河岸边的农村现实斗争，在情感上激起阵阵波澜。王汶石在边区文协任职期间，为少数民族地区的斗争生活所感染，又创作了一篇反映回族农民反对暴乱生活的小说《阿爸的愤怒》。这是王汶石结束文工团生活，正式开始文学创作生涯以来发表的第一篇小说，在当时的文坛引起很大反响。抗美援朝战争期间，王汶石还作为赴朝慰问团成员去了朝鲜，他亲眼目睹了朝鲜这片热土所遭受的摧残和迫害，看到了两国人民和革命战士的血浓于水、水乳交融的感情。歌剧《战友》是回国之后为表彰人民志愿军的丰功伟绩而作的，是他最成功和最有名的一个剧本，这部歌剧的成功上演受到国家有关部门的高度重视和广大民众的热烈欢迎。

王汶石在"十七年"小说中是以创作农村题材短篇小说著称的。农村

---

① 韩望愈：《汶石艺概》，陕西人民出版社，1986年版，第225页。

短篇小说是"十七年"文学的亮点,在当时发挥了不可替代的作用。如果没有长期深入农村的生活经验,王汶石就不可能创造出优秀的短篇小说,也不会在1949年后培养起来的新一代作家中崭露头角。或者说,参加农村中社会主义建设的新工作,及时了解农村生活所发生的巨大变化,成就了留下系列经典红色文学的王汶石。渭南农村的生活经历,是他小说世界的时代环境和生活因素的重要来源,是他文学创作的新起点,也是不断为他提供创造力和文学经验的精神家园。他的成名之作《风雪之夜》就是在渭南农村生活体验之上的文学书写,发表后引起了很大的社会反响。《卖菜者》是他参加哲学读书自修班时创作的,追求"更加细致、更加深刻地来展示出劳动者精神世界的全部宝藏和无限的美",① 是反映各方面农村生活的一个大胆的试验。此后,《老人》《套绳》《蛮蛮》《白烟升起的地方》等一批成功的短篇小说喷涌而来,显示出王汶石独特的艺术追求和对农村生活独到的解读。正是对在渭南农村所摄取的生活素材的创造性加工,王汶石才创作出了不少优秀的短篇小说,王汶石的经历和表现也形象地揭示了生活美和艺术美的辩证关系。

(二)展示而非讲述:"戏剧化"小说的艺术追求

在救亡压倒启蒙的时代,王汶石的精品短篇虽然适应了民众神圣的时代,但潜在的"戏剧化"艺术追求一定程度上冲淡了政治对文学的规制性,一定程度上使得王汶石的小说创作符合了京派文学的艺术追求。作为京派文人的沈从文追求文学永恒的艺术价值,不愿牺牲文学的艺术本质而使文学沦为政治和时代的使用工具。他鼓励小说家从其他艺术品中汲取营养,"短篇小说的写作,从过去传统有所学习,从文字学文字,个人以为应当把诗放在第一位,小说放在末一位。……至于小说学小说,所得是不会很多的"。② 京派文学的继承者汪曾祺继承他的老师关于小说创作的观点,认为小说的创作不可仅限于小说这一狭小的范围内,应该从其他艺术中习得一点知识,增加作品的深度,"我们宁可一个短篇小说像诗,像散

---

① 韩望愈:《汶石艺概》,陕西人民出版社,1986年版,第144页。

② 钱理群:《二十世纪中国小说理论资料》(第四卷),北京大学出版社,1997年版,第112页。

文，像戏，什么也不像也行，可是不愿它太像个小说，那只有注定它的死灭。"① 王汶石短篇小说像戏的布景设计无疑延长了它的艺术生命力。

王汶石以戏剧入短篇小说的笔法具有明显的契诃夫小说的印记，也创造了舞台一样的戏剧效果。根据小说中叙述者声音的明显与微弱，小说可以形成两种不同的叙述方式，即"讲述"与"展示"。契诃夫从捍卫现代小说"中立性"品质出发，倡导"艺术家不应该是他的人物和他们谈话的评判者，而应该是一个无偏见的见证人"，② 这显然强调的是"展示"的叙述方式。"展示"的叙述方式直接缩短了读者与故事之间的距离，具有舞台直观性的特点。在时空上，契诃夫的短篇小说借鉴戏剧的表现手段，擅于集中表现某个时间、某个地点发生的事，故事事件一般是从人物开始会话到会话结束。由于长期从事戏剧创作和改编方面的工作，加之从中国传统戏剧艺术中汲取养分，所以王汶石的短篇小说也采用了一种新的小说写法，即场景化、戏剧化的小说写作。③ 在小说的叙事模式和结构方式上，不再讲究故事的来龙去脉和线性情节，而是弱化了作者的叙事功能，赋予人物以尊严，直接将人物放到一个个特定的场景中，通过人物的言语和行为或通过人物之间的会话和碰撞，从而形成矛盾冲突，像戏剧一样演下去，最后完成对人物的塑造和主题的表达。

本来 20 世纪五六十年代的短篇小说为了展示时代事件和生活画面，凸显了故事性和人物性格描摹，以适应追求文学"大众化""民族化"的时代主题。而王汶石向中国传统戏剧和西方现代剧本取经的故事叙事艺术，更加强化了这一特征。戏剧要讲究戏剧性，短篇小说也要讲究戏剧性，戏剧与短篇小说之间本来有着千丝万缕的文学联系，诸如戏剧和短篇小说同样表现"有动作的人物"，同样追求人物与布景之间适当的关系，以及矛盾冲突的高潮化。这些在王汶石手里都建立了更为紧密的关系。王汶石擅

---

① 钱理群：《二十世纪中国小说理论资料》（第四卷），北京大学出版社，1997 年版，第 439 页。

② ［美］W·C·布斯：《小说修辞学》，华明、胡苏晓、周宪译，北京大学出版社，1987 版，第 78 页。

③ 金汉：《矢志不渝的艺术追求——读四卷本〈王汶石文集〉感言》，《小说评论》，2005 年第 3 期。

长用人物会话的描写手法塑造人物、诉说事件，会话成为他的小说艺术中不可或缺的元素。《风雪之夜》是王汶石取得不凡成绩的短篇小说集，里面几乎每一篇都通过人物会话的形式展示情节、表现人性，在布景中安置小说人物并使之生存。《新结识的伙伴》是王汶石最优秀的短篇小说之一，是典型人物会话的场景化、戏剧化小说，充分表现了人物性格冲突。在国家主流意识形态的规约下，小说将政治主题聚焦于两个先后从家庭走向社会的妇女张腊月和吴淑兰，这是新时代的女性神话，一个贤淑温良，一个则泼辣直爽，通过人物的会话使读者一目了然：

"我是个火炮性子，一点就响，不爱磨蹭。"张腊月高喉咙大嗓子说，"头回生，二回熟，今天见了面，就是亲姐妹啦。……我都打问过了，咱俩同岁，都是属羊的吧，对吧？"

"对！"吴淑兰笑着回答。

"啊！你看，多巧啊！"

张腊月望着吴淑兰，不服气地说道："啊！几天来，我一直在想：那个吴淑兰啊！一定有三个头，六个膀，……一定比我高，比我壮，……人家说你长得比我秀，我就不信，……想不到，你这个俏娘儿，竟然同我作起对来了！"

淑兰笑着说道："张姐，你也很俏啊！"①

上面所引人物会话时的短句，简单自然，将会话与人物安排得错落有致，颇具戏剧的意味，成为塑造社会主义新人形象和表现新生活效果极好的艺术形式。

王汶石创作的短篇小说主要是农村题材的短篇小说。他善于描摹农村社会主义建设的景象及农民的高昂情绪，展示农村生活的场景，追求一种"平淡"的艺术趣味。王汶石提倡"'观察、体验、研究、分析'，找出这一切看来'平淡'的生活现象的时代根源、社会根源、阶级根源，提炼出它的社会政治意义"。② 因而，他的小说中所描写的平凡的生活场景，就不

---

① 王汶石：《王汶石文集》（第一卷），陕西人民出版社，2004 年版，第 267 页。
② 金汉：《王汶石研究专集》，陕西人民出版社，1984 年版，第 75 页。

是毫无意义的生活琐事，而是有其比较深刻的社会内容；所要表达的思想主题，都是严肃的生活课题，一般都是在特定历史时期里农村中的有重要意义的问题。《春节前后》这一短篇小说开篇首先描写了合作化之后农村的生活画面："春节刚过，新年的气氛还笼罩着乡村，农民们就上地干活了。吃过早饭，日红天暖，男人们到社里去领活，送粪载土；女人们要预备全家人的夏衣，留在家里织布纺纱。大车辚辚，纺车嗡嗡，满村满巷，一片欢乐勤奋景象。"① 此后，笔锋一转，将读者的视线移向大姐娃杂乱无章的农家小院这一情景中进行细节描写，揭示人物的心理状态："日头已下窗台，她还没做早饭。炕不叠，地不扫，恶声恶气地站在院中，嚷鸡骂狗，忽又捞起根棍子，赶得脱圈的猪娃满院跑，直到鸡狗猪们被她制服，她才闲站下来，却又觉得闲着不做事，反而格外空虚寂寞。"② 这里，将夫妻小吵小闹后大姐娃的心情写得活灵活现，村巷里欢腾的生活，与大姐娃呆坐冷清的日子形成鲜明对比，丝毫没有概念化地宣传政治观念，而是向平淡的生活现象的一瞥，来表现貌似平凡而实际上有着深刻社会意义的冲突。夫妻之间的矛盾，这本是属于普通的生活纠葛的事情，在王汶石的笔下，却反映了两种思想、两种世界观的矛盾冲突，表现了他对"平淡"这一艺术趣味乐此不疲的追求。

茅盾发现 20 世纪五六十年的短篇小说普遍有这样的特点："五六千字的短篇小说大部分用的是'第一人称'的方式——就是用'我'作为故事展开的线索。"③ 王汶石的短篇小说一反千篇一律的叙述手法，以戏剧为小说，更多采用"第三人称"的叙事视角来表现生活，热衷于塑造社会主义新人形象，表现出非凡的艺术概括和追求创新的能力。《风雪之夜》是对真正忠诚于党和国家的农村干部的一瞥，作者隐没于布景之后，通过言语和动作展现出生活原型，"隐含作者"并没有破坏读者从客观的角度而得来的看法。小说的主角是严克勤，他一出场，便置身于狂风怒吼、雪浪翻

---

① 王汶石：《王汶石文集》（第一卷），陕西人民出版社，2004 年版，第 68 页。
② 王汶石：《王汶石文集》（第一卷），陕西人民出版社，2004 年版，第 68 页。
③ 洪子诚：《二十世纪中国小说理论资料》（第五卷），北京大学出版社，1997 年版，第 276 页。

滚的环境里，"树木折裂着，狂号着；那滚滚的狂风，卷着滔滔的雪浪，在街巷里急驶猛冲，仿佛要在瞬间把整个村庄毁掉似的。道路全被雪盖住了。风雪打得人睁不开眼"。① 在风雪之夜的映照下，小说显示了严克勤勇往直前的革命精神和建设新社会的革命热情，作者对人物的漠然态度恰巧是小说"戏剧化"的强烈表达。《大木匠》是对跨越新旧两个时代新农民的塑造，小说用展示会话、动作、场景的方式表现出他与旧时代私有观念的绝缘，完全是一个崭新的人。《卖菜者》《井下》《土屋里的生活》等小说重视"戏剧化"的矛盾冲突，展现了新旧习惯、意识、思想、道德风气之间的抗衡，个人主义与集体主义之间的对立，两种选择和两种生活道路之间的抉择。"故事在讲述自己，请注意。……这就是戏剧化的讲述。"② 王汶石的短篇小说不破坏社会现实的真实性，是追求戏剧性的生动体现。

"十七年"短篇小说的文学传统主要来源于两方面，即"五四"文学传统和解放区文学传统，王汶石身为在新中国成立后成长起来的新一代作家，对党和国家的政策有着忠实的信仰，主动将文学看作是唤起民众未来和希望的一面"号角"，是远处的一盏"灯火"，所以继承了更多的解放区文学传统。不过，王汶石短篇小说也暗涌着或隐或显的"五四"文学思潮和西方艺术技巧，摆脱了短暂艺术生命力的悲剧命运，极力追求"平淡"的艺术趣味，一定程度上消解了浓烈的政治气味，悄然流淌着非理性小说"戏剧化"意味的艺术血液。

二、时代的代言人

在延安的七年，是王汶石人生成长、思想进步的七年，这为其在当代文学史上的地位奠定了坚实基础。作为一个无产阶级作家，特别是一个党员作家，王汶石将自己的文学创作自觉地同党的政策纲领联系起来，主动学习马列主义、毛泽东思想等一系列理论知识，配合国家的社会主义革命和建设，将文学视为特定时期革命事业的一部分。与此同时，在生活中，

① 王汶石：《王汶石文集》（第一卷），陕西人民出版社，2004年版，第3页。
② ［美］W·C·布斯：《小说修辞学》，华明、胡苏晓、周宪译，北京大学出版社，1987年版，第30页。

他用心体察大众的情绪、愿望和心理，把握实际生活中体现的方向和规律，不单是为了证明党的决策的正确性，也为了搜集人民实际生活的生动事例。在王汶石看来，文学绝非高兴时的游戏、失意时的消遣，而是那个时代责无旁贷的使命。文学，是时代、社会的一面"镜子"，来源于现实，反映真实；文学，是神圣的、革命的、人民的事业，是发展社会主义事业的重要方式。

（一）短篇小说："共名"时代背景下的文体选择

短篇小说在中国文学史上已走过漫漫长路，不同于西方小说史是从史诗式的长篇精简为短篇的过程，中国小说史有着本民族独具一格的特色，它是一个由短篇小说逐步成长为长篇小说的征程，古代话本体白话小说和古代笔记体文言小说是现代短篇小说重要的文学传统。因此，中国现代短篇小说有着极为深厚的渊源。就中国现代短篇小说本身来讲，正如陈思和在《关于中国现代短篇小说中》中所言："现代短篇小说是新文学运动以来成就最为辉煌的文学艺术品种。"① 中国现代短篇小说自鲁迅起就开启了自觉的发展进程，试图将文学从章回体式的长篇小说这一体式的束缚中解放出来。20 世纪五六十年代是继"五四"以来的中国现代短篇小说发展的又一个黄金时代。这一时期的短篇小说继承了鲁迅引领的短篇小说创作潮流和传统，适应时代的呼唤，符合民众的阅读兴趣，受到了格外的重视，得到了长足的发展。这也缘于这一时期的短篇小说创作与主流意识形态的"共名"关系。陈思和著名的"共名说"作为文学研究中一个重要的文学概念，涵盖了不同时代的精神走向，是关于知识分子和时代主题之间关系的探寻。毋庸置疑，"十七年"短篇小说的兴盛是与国家政治命运息息相关的结果，追求"一体化"的文学格局是"共名说"最好的史实呈现。

王汶石被公认为"十七年"时期优秀的短篇小说家之一。1956 年到1964 年，是王汶石文学创作的黄金时期。王汶石是《讲话》精神濡染下成长起来的一代作家，非常适应当时的话语建构秩序，这也唤起了王汶石作为知识分子在革命中的主动性，让他站在为工农兵服务的阶级立场上，用

① 陈思和：《关于中国现代短篇小说》，《文学评论》，2000 年第 1 期。

心体察群众的情感、愿望和心理，使文学真正通往人民大众的大门。这一时期，王汶石创作了不少的短篇小说，一篇胜似一篇，他的创作渐入佳境，使得作为革命事业方式之一的文学创作蒸蒸日上。王汶石之所以专攻短篇小说，并不是他不能写或不爱写中长篇小说，也不是没有驾驭长篇巨著的能力，而是在"共名"时代背景下所做出的文体自觉选择，也就是说，这是由时代背景和他自己的艺术思想共同决定的。

文体的"两极化"追求是"十七年"文学的特殊现象。所谓"两极化"，主要是指长篇小说和短篇小说创作在当时所取得的创作优势，两者徜徉在"乌托邦"的神圣构想中，承担起了弘扬红色精神的文学使命。中篇小说由于概念界定模糊，一直以来难以得到作家们的青睐，在20世纪五六十年代表现乏力。诗歌、散文、戏剧等虽然创作快捷，但因为自身文体的限制，在反映社会现实的广度和深度上有困难，故而显得较为平淡。长篇小说与短篇小说则不然，二者齐头并进，互为补充，在长篇小说承担关于社会主义建设事业这一宏大的国家主题之余，短篇小说以其精短性与现实性呈现民众生活各方面真实的细节描摹，高度契合了1949年后的时代情绪和节奏。

"山药蛋派"作家马烽曾将五六十年代短篇小说的共同特点归纳为"新、短、通"，"所谓'新'，就是要大力表现新的时代，新的生活，新的群众，积极反映生活中新生的、革命的、具有无限生命力的新事物。……最重要的是要表现那种属于共产主义的新风格，新的精神面貌和新的道德品质"。"短篇小说就应该写得短些，精悍些。如果写得空洞冗长，既浪费读者的时间，又失去了它的特点。""所谓'通'就是要把作品写得通俗易懂，平易近人，尽可能地使结构顺当，脉络分明，语言能念出口，能听得懂。也就是作品要群众化。"① 1949年后的文学组织生产方式主要是在体制之内的，逐渐形成了高度"一体化"的文学秩序，正因为短篇小说"新、短、通"的文体特点与"一体化"的文学格局相为表里，所以受到了高度关注和扶持。当时全国上下兴办的文学刊物主要以发表短篇

① 洪子诚：《二十世纪中国小说理论资料》（第五卷）北京大学出版社，1997年版，第360页。

小说为主，这也促进了短篇小说的兴盛。

就王汶石自己而言，受曾祖父、祖父和父亲的影响，他很早就受到传统文化的熏陶，这为他后来喜爱和从事文艺工作特别是文学事业产生了深远影响。当然，王汶石的文学阅读范围不仅限于传统文化，“五四”以来中国现代第一批知识分子的文学作品，尤其是鲁迅的短篇小说无疑给予了他更多的文学启发。王汶石对短篇小说价值的理解如鲁迅所说的一样深切：“在巍峨灿烂的巨大的纪念碑的文学之旁，短篇小说也依然有着存在的充足的权利。不但巨细高低，相依为命，也譬如身入大伽篮中，但见全体非常宏丽，眩人眼睛，令观者心神飞越，而细看一雕栏一画础，虽然细小，所得却很为分明，再以此推及全体，感受遂愈加切实。”① 因此，王汶石对短篇小说这一特有的艺术形式充分开掘，通过压缩的文学结构表现深刻的社会主题，展现浓缩了的大刀阔斧的社会改革画面。王汶石还受到苏俄革命文学的影响，对世界三大短篇小说巨匠之一契诃夫的短篇小说特别赞赏，借鉴了他“以戏剧入小说”的创作笔法。

王汶石之所以能够在同时代的短篇小说家中脱颖而出，可贵之处在于通过独辟蹊径达到了当时精英知识分子文学创作的新高度。他关注了20世纪五六十年代文坛的创作现状，思索了农村生活的真实情况，认识到柳青的《创业史》、周立波的《山乡巨变》、赵树理的《三里湾》等关于农村题材的长篇小说已展露艺术光芒，自己很难有新的突破，而短篇是一个可以驰骋的疆域。当然，这样的考虑就是策略性的选择了。

（二）农村题材小说：新时代·新生活·新人物

王汶石是革命文艺的忠实信仰者，在新中国成立后，他以全部的热情歌颂新的时代，歌颂农村翻天覆地的变化，是新时代、新生活、新人物的热情歌颂者。他的短篇小说主要是农村题材的文学创作，再现了20世纪五六十年代社会主义在农村热火朝天的建设和摸索。同为农村题材文学的创作，同是《讲话》精神培养起来的一代作家，赵树理与王汶石文学创作理念差别甚大。赵树理是地道的农民作家，他的小说也被称为“问题小说”，

---

① 鲁迅：《三闲集》，译林出版社，2014 年版，第 115 页。

主要针对农村社会主义建设中确实存在的具体问题，全力维护农民的利益。然而，在大跃进、人民公社时期，由于农村政策越来越"左"，农民的利益受到损害，赵树理的不适应性就凸现了出来。这一时期赵树理作为文学界代言人的热度迅速下降，为后来居上的王汶石和柳青等人所取代。王汶石坚持"文学是人学"的创作理念，创作的每一篇小说都极力塑造为了社会主义建设而付出辛劳的坚定信仰者的形象，塑造的是"把生活推向前进"的农村社会主义新人，因此，王汶石把自己的命运同党和国家的命运紧紧联系在一起，牢牢地跟随和支持党的各项政策，期盼跟随党迈向共产主义照亮全部的永恒一刻。在《风雪之夜》的后记当中，王汶石交代了在创作这些小说的时候，他的创作目标是相当明确的："要把笔墨献给新生活，献给新人物；要以现实生活为基础，以革命理想为主导，在本质伟大、貌似平凡的生活现象中，概括和复制无产阶级新人物的形象，展示他们崭新的思想感情。实在说，这永远是我们的文学对于党、人民和时代的责任。"①

王汶石的创作紧跟生活的脚步，着重写人，写性格，写心灵，善写"最新的生活"。关于社会主义新人形象，王汶石主要塑造了三类：

第一类，农村新时代女性。《新结识的伙伴》是王汶石最优秀的作品，也是"十七年"最优秀的短篇小说之一。这篇小说虽以"大跃进"为背景，而且是写轰轰烈烈的社会主义劳动竞赛，但从未正面展现"大跃进"和劳动竞赛的火热场面，而是集中笔力正面描写农村新时代女性。在国家主流意识形态之下，小说将政治主题聚焦于两个先后从家庭走向社会的妇女张腊月和吴淑兰，弘扬的是妇女解放，鼓励妇女走出家庭，与男子一样参与革命和建设。"十七年"文学女性形象普遍倾向于男性化，这是革命时代所带来的产物，张腊月就是其中的代表，她是一个"从土改到现在""已经闯惯了"的"闯将"，待人直爽、热情、赤诚，一言一行，一举一动，都显得雷厉风行。无论外貌、言谈举止还是个性气质，张腊月都表现出雄性的倾向：圆肩头，红喷喷的脸，翘起的上唇，积极主动，永远自

---

① 王汶石：《王汶石文集》（第一卷），陕西人民出版社，2004年版，第455页。

豪，大胆赤诚，"像狮子一样泼辣"，在她与吴淑兰相识之后，张腊月说："旧前呀，男儿志在四方，五湖四海交朋友；如今，咱们女人也志在四方啦，咱们也是朋友遍天下……"① 作为一个新时代女性的典范，张腊月这一形象无疑是新中国妇女解放、男女平等时代主题的最好表达，这样的女性形象是符合时代新气象的。王汶石的长篇小说《黑凤》同样塑造了男性化的"铁姑娘"形象黑凤，在全民热火朝天大炼钢铁的时代，黑凤这样天不怕地不怕的人物的涌现是正常的，这是抽象激情的投射，猛虎式的女英雄是特定时代的冲锋者。在背矿石的过程中，黑凤遭遇了一场出乎意外的大雨，但她的潜意识里始终隐约浮现着一个念头，再难走，也不能甩下矿石和竹篓。这是怎样一个血气方刚的年轻人，将集体利益超越个人安危而放在首位，是革命年代培养的社会主义劳动新人。

　　我们回顾"十七年"文学中的女性雄化现象，那似乎是女性革命化的同义词，革命的女性必定走向男性化，女性解放某种程度上只是革命的附属物。当然，毋庸置疑的还有值得肯定的一面，这是女性解放道路上的重要的一环，将压抑于封建男权话语之下的女性解救出来，充分张扬女性的自我意识，但我们要意识到女性更多的是作为"人"被解放的，而且这一解放是制度层面的，而非心理文化层面的。②

　　第二类是农村新干部。《风雪之夜》是王汶石的第一篇小说，也是较早反映我国农业合作化运动的短篇小说，它及时地反映了新的社会主义群众运动的高潮在我国一些农村已经到来。小说的主角是严克勤，他对待工作不是一般地认真负责、任劳任怨，而是以时代主人的姿态出现的。严克勤一出场，便置身于狂风怒吼、雪浪翻滚的环境里："树木折裂着，狂号着；那滚滚的狂风，卷着滔滔的雪浪，在街巷里急驶猛冲，仿佛要在瞬间把整个村庄毁掉似的。道路全被雪盖住了。风雪打得人睁不开眼。"③ 正是在这样一个风雪交加的新年除夕之夜，出人意料地出现"凛凛然屹立着一

---

　　① 王汶石：《王汶石文集》（第一卷），陕西人民出版社，2004 年版，第 271 页。

　　② 喻晓薇：《十七年文学女性形象雄化特征——以王汶石小说〈新结识的伙伴〉为例》，《哈尔滨学院学报》，2007 年第 5 期。

　　③ 王汶石：《王汶石文集》（第一卷），陕西人民出版社，2004 年版，第 3 页。

个雪人"。① 严克勤在见社干部们之前，已经在这些社员群众中摸清了这里工作的"底"，所以向干部们提出更高的生产指标，决定把全区的工作部署提前一步。他在农业合作化高潮中谆谆教导他所领导的基层干部，"要思考在前，动作在前，要走在前面"；② 他以细致入微的工作方法和高瞻远瞩的思想，启发、帮助基层干部如何精打细算、挖掘潜力股。当人民公社遭到国内外敌人的攻击和污蔑的时候，王汶石在《严重的时刻》中塑造了一位在民众面对自然灾害束手无措之时进行鼓舞士气的领导者陆蛟，这是一位有预见且果断的公社党委陆书记，凭他的坚强意志和乐观精神，大伙儿从迷惘中振奋起来了，通过对人民公社的热烈赞颂来保卫人民公社。《沙滩上》所选取和描写的仍然是比较平凡的生活场景，但是它所表现的主体思想却是具有深刻的现实意义的，一方面表现了整风运动对于培养和提高干部的积极意义，同时作品又为我们提出了一个值得深思的问题：一个真正忠实于党和人民的干部应该以怎样的态度对待当前的整风运动。

第三类是跨越新旧两个时代的新农民形象。北顺奶奶（《老人》）、大木匠（《大木匠》）就是跨越新旧两个时代的新农民。我们在大木匠身上已经几乎找不到旧社会、旧时代的影子，可以说他已经与私有观念绝缘了。他为了减轻社员们的劳动强度，提高劳动效率，醉心于钻研农业技术革新，甚至牺牲自己的公分。任何冷言冷语、冷嘲热讽都没有消减他对农具改革的热情，反而他的研究兴趣越来越大，精神越来越集中，以至于把给女婿买见面礼的钱都投入到了改革农具当中去。当他的老友摆地摊货的李栓嬉皮笑脸地探问他发明新农具得到政府多少奖赏时，他"肺都要气炸了"，③ 深深感到这是对自己的侮辱。相比于旧社会，他完全是一个崭新的人。北顺奶奶因为过去的生活经历是"靠山山崩，靠水水流"，④ 而在今天的现实生活中，她找到了永远也不坍塌的靠山——党所领导的农业合作社。小说集中描写了北顺奶奶聚精会神听党课的场景，"风雪包围着她，

---

① 王汶石：《王汶石文集》（第一卷），陕西人民出版社，2004 年版，第 5 页。
② 王汶石：《王汶石文集》（第一卷），陕西人民出版社，2004 年版，第 7 页。
③ 王汶石：《王汶石文集》（第一卷），陕西人民出版社，2004 年版，第 174 页。
④ 王汶石：《王汶石文集》（第一卷），陕西人民出版社，2004 年版，第 119 页。

她似乎一点也没有察觉，周围的隆隆细语，也对她没有一丝半点的骚扰。她的神情给我极大的鼓励，使我从慌乱中镇静下来。我的思想和语言重新走上轨道，会场也跟着平静下来……"① 她是一个坚定走社会主义道路的新农民，她爱社如家，有着蓬蓬勃勃的向前精神，她想尽一切办法和共青团员去区上听讲棉花丰产的经验，这是一个有着年轻心态的老人，把自己的命运与国家的社会主义事业水乳交融地结合在一起，真心诚意地跟着党向共产主义社会迈进。

王汶石的这种写法和赵树理有所不同。在赵树理的农村题材小说中，虽然也塑造了不少的新人形象，但他更"善于表现落后的一面，不善于表现前进的一面"。赵树理是凭借对农民深厚的情谊，按照自己对生活强烈的深切体验进行创作的，不盲目跟风。而王汶石出于对党和国家政治决策的坚决拥护，一直在为主流意识形态寻找一种契合的艺术表达。当然，我们不能否认小说中展现的农民的热情和欢腾也是一种真实。"我们尽管可以对当时报刊对农民热情的各种欢腾记载表示一定的疑问，但却不能从根本上否定农民热情存在的真实性。"② 如此说来，尽管王汶石的小说创作过于切近时代，过于理想化，但也从另一个侧面显示了时代的面影。

三、走民族化的创作之路

弥漫在 20 世纪中国文学中挥之不去的烟尘，某种程度上就是指中国知识分子与人民大众的隔阂和对立。一面是精神界的战士，一面是受益的对象；一面是先驱者、启蒙者，一面是芸芸众生，是启蒙对象；一面是高高在上的拯救姿态，"哀其不幸，怒其不争"，一面是麻木不仁、俯首帖耳，丝毫意识不到自己的独立价值而任人宰割者。在这种对立的背后，隐藏着的是 20 世纪中国知识分子深深的悲哀与寂寞，鲁迅毕生的"我以我血荐轩辕"，更多的只是提供了一种"孤独的先驱者"的形象，他的《呐喊》是为文学革命的呐喊，他的《彷徨》和《野草》是为自己孤独灵魂的绝望

---

① 王汶石：《王汶石文集》（第一卷），陕西人民出版社，2004 年版，第 115 页。
② 贺仲明：《真实的尺度——重评 50 年代农业合作化题材小说》，《文学评论》，2003 年第 4 期。

反抗，完全是鲁迅自我式的独语。"五四"狂飙突进的启蒙时代召唤着每一位知识分子的社会良知，他们全身充斥着的"立人"情怀，是浪漫主义的激情燃烧，是对民族国家之宏伟蓝图的文学想象，这是一种悲壮的自我努力。在救亡试图时时压倒启蒙的 20 世纪中国文学史上，"人民神话"的诞生，更加符合特定历史时期的需要，知识分子开始走进农村，为文学中的民间世界寻找真实的依据，从而确立了知识分子为大众"代言"的合法身份。新中国成立后召开的第一次文代会，确立了符合主流意识形态的大众化的文艺纲领，正式消解了知识分子的中心地位，在"人民神话"的光芒笼罩下，知识分子再也不是人民大众的拯救者或启蒙者了，在文艺大众化的这一过程中，知识分子反倒成了被教育者和被改造者，知识分子实在是付出了惨重的代价。①

从另一个视角来看，知识分子被改造的过程，也是文艺"大众化"的过程，高度契合主流意识形态，随之而产生的文学作品是认识价值和革命意义大于思想价值和审美意义的作品，是抽象激情抽空心理真实的作品。当然，完全概念化的传达政治意识形态的作品随着时间的流逝也早已付之东流，而能够称为"红色经典"的文学作品在政治气息之外，还充满着民间真实感和艺术感染力。

文艺大众化的问题常常是与民族形式问题的讨论联系在一起的。早在左联成立之初，就设立文艺大众化研究会，大众化问题成为左联文艺理论的重要问题。鲁迅作为中国现代文学的奠基者，他提出的"拿来主义"有力地促进了文学的现代化与民族化，即古代、民间与外国文化"我们要拿来"，"或使用，或存放，或毁灭"，"没有拿来的，文艺不能自成为新文艺"。② 20 世纪 40 年代又引发了关于"民族形式"问题的论争，这一时期，由于抗战宣传的需要，民族意识空前觉醒与高扬，利用旧形式的通俗文化也逐渐增多，文艺大众化的问题又重新受到重视，文艺工作者最大的着力点就是如何在文艺创作中更加突出民族特色。毛泽东曾在党的会议上明确指出：要把"国际主义的内容和民族形式"结合起来，创造"新鲜活

---

① 蔡翔：《日常生活的诗情消解》，学林出版社，1994 年版，第 33 - 45 页。
② 鲁迅：《鲁迅全集》（第六卷），人民文学出版社，2005 年版，第 41 页。

泼的，为中国老百姓所喜闻乐见的中国作风和中国气派"。① 毛泽东的号召直接指导和推进了"民族形式"问题的讨论，并且逐渐深入到形式与内容的关系以及如何对待中外文化遗产等实质性的问题上。

20 世纪三四十年代兴起的民族形式问题大讨论的潮流和运动，更多的是文艺成为政治表现形式观念的兴起，上承现代新儒家所倡导的民粹主义救国思路和精神，依靠民族传统对民族国家进行深切关怀和未来构想，直到 20 世纪五六十年代，都在有力地证明文学和政治、时代的密切关系。这一时期，世界资本主义阵营与社会主义阵营势不两立，反映在文学上即是更多地杜绝西方文艺形式，提倡充分挖掘本民族有特性的文学形式。"十七年"时期的诗歌和戏剧无疑是民间文艺对时代情绪最好的文学表达，民间文艺因素得到充分的肯定和重视。

当代陕西作家具有强烈的政治意识和文化诉求，第一代陕西作家群基本上是从延安作家演化而来的。毛泽东曾在《论新阶段》中指出："洋八股必须废止，空洞抽象的调头必须少唱，教条主义必须休息，而代之以新鲜活泼的，为中国老百姓所喜闻乐见的中国作风和中国气派。"② 延安文艺时代文艺界重要的领导者和参与者柯仲平在《谈"中国气派"》曾言："最浓厚的中国气派，正被保留、发展在中国多数的老百姓中。"③ 在《介绍〈查路条〉并论创造新的民族歌剧》中强调："以封建为基础的旧戏，便敌不过我们以民主为基础，而同时是具有戏剧形式的特点，从吸收了旧形式技巧而发展的秦腔新剧。"④ 由此可见，在党的文艺方针的领导下，延安时期的陕西作家群进行了民族形式的有益探索，这种民族化是传统文化在革命年代的"改头换面"，是旧瓶里装新酒。

---

① 毛泽东：《论新阶段——抗日民族战争和抗日民族统一战线发展的新阶段——一九三八年十月十二日至十四日在中共扩大的六中全会的报告》，《解放》，1938 年第57 期。

② 毛泽东：《论新阶段——抗日民族战争和抗日民族统一战线发展的新阶段——一九三八年十月十二日至十四日在中共扩大的六中全会的报告》，《解放》，1938 年第57 期。

③ 柯仲平：《谈"中国气派"》，《新华日报·"新生"专栏》，1939 年 2 月 7 日。

④ 柯仲平：《介绍〈查路条〉并论创造新的民族歌剧》，《文艺突击》，1939 年第 2 期。

自"五四"以来，诗歌是最有力的表现体裁，其根本特质是个人情感的艺术表达。进入到"十七年"文学时期，由于时代的需要，诗歌逐渐成为集体意志的表达，个人情感基本被集体激情所取代，成为人们对社会主义和共产主义追求的文化想象。在这样的时代、诗人与人民三位一体、水乳交融的时期，诗歌某种程度上成为国家意识形态诱导的产物，表现出极强的政治性，往往认识价值大于审美价值，不过也有人民自发形成的情感积淀于其中，诗歌也在唤醒民众的激情和信仰，给予人们心灵的激荡。这一时期的诗歌主要指的是颂诗，包括抒情诗和叙事诗两种类别，但更多的是叙事诗。对于诗人特别是革命诗人，他们倾尽全心讴歌这一新来的时代，"毛主席""太阳""共产党""解放军"等一系列革命词汇频频出现，秉持四十年代延安文艺的传统，用革命话语取代表现自我情感的话语，融入伟大的新中国。王汶石的《太阳一出满山红》是典型的红色颂歌，"太阳一出满山红，毛主席是咱们的大救星。及时雨来应时风，共产党领导咱们大翻身。水有源来树有根，好光景忘不了咱解放军。众人拾柴火焰高，配合咱们解放军把革命闹。"① 当时的诗歌充分利用民间资源，显现出口语化、朗朗上口的特点。颂歌不仅仅是对党和领袖的赞颂，更经常的是颂扬1949年以后的新时代、新生活、新人物。王汶石的《想象与劲头》是对"大跃进"时代民众革命干劲的展现，"天明入工厂，日暮犹未还；归时望枕席，儿女睡正酣。"② 这红色诗情，句句铿锵有力，与劳动乌托邦完满地整合在了一起，艺术格调鲜明，是时代精神最好的表达样式之一。在"革命文学"的叙事中，"劳动"是占据主流话语位置的中心词汇之一，不仅仅是政治意识形态的渗透，也有民间社会合情合理的需要，既指向农民的情感需求，同时确立了社会所倡导的正义观。如《土地》中的"挖得一亩荒坡坡，吃得一口细窝窝"。用诗歌的形式将民众奋力劳动的场面表现出来，同时"得"这一语气词吸收了陕西民间文艺的语言表达特色，回旋往复，节奏感强。

相比于短篇小说，王汶石的诗歌取得的成就一般，无须放到华光异彩

---

① 王汶石：《王汶石文集》（第二卷），陕西人民出版社，2004年版，第578页。

② 王汶石：《王汶石文集》（第二卷），陕西人民出版社，2004年版，第613页。

的地位捕捉其意义和影响，但在 20 世纪五六十年代具有强大的感染力，是中国社会主义文学特色的重要代表，他把对社会主义的全部想象和激情都赋之于上。从特色上去理解它也是非常有必要的：

第一，吸取民歌中的节奏韵律强烈的唱腔，表演性极强，也极具渲染力。在《解放区人民之歌》中，高歌解放区和毛主席的力量，"解放区大，解放区强，解放区的人民闹翻身，有了土地有了牛羊，高兴得嘴巴都合不上"，"毛主席亲，毛主席爱，毛主席爱的是劳动人民，领导咱穷人挖了穷根，领导咱人人勤劳动"，① 可读性很强，甚至可以用陕北民歌唱出来。再如《庆祝宜川大捷》中的第一小节，"打起一阵花鼓敲起那彩锣，咱二人唱个胜利歌，唱上胜利歌，献上个红花朵，解放军大胜利要庆贺"。② 这完全是民歌式的唱词，可以看作秧歌队的花鼓词，显露了张扬着地方性的民族特色。

第二，借用小说叙事功能，明显带有民间说书体的烙印。《郭拴背枪》就是一篇书词，全篇读起来就像给他者讲述故事，或称为"说书"。"世界大事我不讲/说一件咱们边区的事/书名就叫《郭拴背枪》"，"郭拴就住在那富县城关/日月光景倒也安然/不缺牛来不缺驴/分到土地有吃穿/娶了个婆姨叫崔玉兰……"③ 诗歌中间还有"道白"的部分，充分发挥了诗歌的叙事性。

王汶石的文学创作有一面是和"秧歌剧运动"的民族形式大讨论联系在一起的。抗战时期，广大文艺工作者从四面八方奔赴延安，他们将专业的文艺理论知识与陕北民间传统的秧歌表演相结合，兴起了新秧歌运动。特别是以"鲁艺"为首的文艺团体积极下农村、下基层、下部队，将一系列内容浅显易懂、形式精彩多样的文艺作品带到群众中间，在当时产生了强烈的社会影响，推动了延安时期秧歌运动的快速发展，使之很快成为群众喜闻乐见的一项文艺活动。秧歌是陕北最流行的一种民间文艺形式，是广大劳动人民的集体娱乐形式，深得劳动人民的喜欢。传统的陕北秧歌形

---

① 王汶石：《王汶石文集》（第二卷），陕西人民出版社，2004 年版，第 567 页。
② 王汶石：《王汶石文集》（第二卷），陕西人民出版社，2004 年版，第 571 页。
③ 王汶石：《王汶石文集》（第二卷），陕西人民出版社，2004 年版，第 584 页。

式多样，有单纯配合音乐扭动的秧歌舞，也有唱扭相结合的秧歌剧；有三五个人表演的秧歌小剧，也有几十人甚至上百人的广场秧歌。秧歌主题也丰富多彩，有表现平时农忙的，表现某个典型人物的，也有表达男女爱情的，等等。在1942延安文艺座谈会上毛泽东发表《讲话》后，鼓励文艺工作者下农村、下部队，为工农兵服务，民间文化资源成为他们重要的文学形式，这时在延安的许多文艺工作者都注意到陕北的秧歌剧这一民间特色，大规模的新秧歌剧运动悄然兴起。在当时产生轰动效应的秧歌剧是《兄妹开荒》，作为新秧歌剧的代表加以推广，演遍了延安的大街小巷。

1943年在延安兴起的新秧歌运动是现代文艺史的一大盛事，它第一次继承、创新和发展了秧歌这一民间艺术，将古代粗鄙、难登大雅之堂的民间文化改造成为民族的、科学的、大众的文化。它不仅在内容上贴近群众、贴近生活，让占人口大多数的文化程度不高的工农大众都能够完全看懂秧歌演出所要表达的意思，而且艺术形式多样，无论是几人的秧歌小剧还是人数众多的大场子秧歌，都带给群众欢乐的氛围和启迪民智的效果。总之，延安时期的新秧歌运动处在一个承上启下的重要位置，对将来的新文艺发展具有十分重大的意义。新秧歌剧主要借鉴的是民间传统的歌谣和民歌，召唤了大量的民谣、山歌、民间叙事诗，使得文艺走上了一条更为宽广的发展道路，秧歌剧的口语化特征表明这是完全的工农兵的文艺，是拥抱党的路线和社会主义道路的文艺。

强烈的责任意识和文学使命感使得王汶石在广泛接触各种群众和农村现实生活之后，开始练习写秧歌剧本，《拉壮丁》是他在延安创作的第一个秧歌剧本，抒情性较强，表演性较弱。在了解了很多十分感人的英雄事迹，搜集到大量的生活素材后，王汶石对黄河沿岸的人民生活有了更为深切的认识，创作了在舞台上演出最多的秧歌剧《边境上》。这部剧作主要是通过人物的唱词展现矛盾冲突和推动情节发展的，丰富了民间艺术的表现形式。在行军和为部队服务中，王汶石亲眼目睹了野战医院中白衣天使的日常工作和男同志做俘虏兵的真实情况，分别创作了《慰问伤员之歌》和《张金顺》，随着舞台表演经验的日渐丰富，王汶石创作的秧歌剧本变得更加具有强烈的戏剧感，而且通俗易懂。

秧歌剧和颂诗的兴盛是时代的需要，社会主义革命和建设需要文艺为其鼓足干劲，人民也需要用文艺来滋养心田，民间文艺形式无疑是一个不错的选择。当然，还有一个关键的原因在于，旧有的文艺叙事方式存在于文艺工作者的潜意识中，这也促使他们本能地挪用深入骨髓的民间文艺形式进行文艺运动的试验。

总之，王汶石是 20 世纪五六十年代的重要作家。他尝试了不同形式的文学创作，在短篇小说和戏剧创作领域取得了比较突出的成就。王汶石的短篇小说来源于民间活生生的事实，具有强烈的现场感，即使宏大的时代主题，事实上也是作者用个人叙事熔铸了的建立在生活经验基础之上的富有政治意义的追求和呼应。王汶石的剧作同样来自诚实的生活，而且他的小说和剧作之间形成了深刻的呼应关系，以至于为王汶石赢得了"中国的契诃夫"的美誉。当然，时代和社会环境的不同，使得作为"十七年"时期"中国的契诃夫"的王汶石不可能像俄国的契诃夫那样讽刺和批判。面对新生的共和国，从《讲话》中一路走来的王汶石只有不可遏制的真诚的讴歌和赞颂。这当然影响到王汶石文学创作的复杂性和深刻性。但是我们不应无端怀疑那个时代像他那样的作家的忠诚。重读他的作品，我们不应简单地责怪他对政治的依泊，而应把握创作背后隐藏的心理、情感和思想，牢牢抓住意识形态在文本中透视出来的时代焦虑感，以及这一时代焦虑感所包含的文化政治内涵。

思考题

1. 为什么王汶石被称为"中国的契诃夫"，这是在什么意义上讲的？

2. 结合王汶石的具体创作，理解文学史上的"民族形式"问题。

3. 有人说，红色时代已经一去不复返了，那是否意味着红色时代产生的文学作品也将淹没在浩瀚的历史烟波中呢？王汶石的短篇小说在今天是否还有阅读的价值？

第四讲

路遥：城乡交叉地带的文学耕耘

  路遥，原名王卫国，出生于陕北清涧县的一个农民家庭，后过继给邻县延川的大伯大妈。路遥的青少年时代经历了各种起伏波折，导致这样一个艰难求学、受尽苦楚的贫农子弟，一直生活在自卑和怯懦中。"文革"动乱年代为其提供了无所顾忌表现自我的舞台，凭借满腔政治热情和富有战斗力的文笔，路遥成为全县红卫兵的头头，在盲目的狂热情绪支配下做了一些荒唐的事情，留下了终身难以抹去的疤痕。后来几经波折上了延安大学，毕业后进入《陕西文艺》担任初审编辑，每一步都充满了巧合和变动。幸运的是，他终于从事了自己愿意为之奋斗、为之牺牲的文学创作工作，并从中得到了充实和骄傲。路遥最早以创作诗歌、散文、短篇小说等涉足文坛，之后主要创作中长篇小说。20 世纪 80 年代初期，中篇小说《人生》发表，轰动全国，随后改编成同名电影更是让路遥的名字响彻大江南北。后来他蛰伏六年，完成了史诗般的巨著《平凡的世界》，于 1991 年以高票获得第三届茅盾文学奖。由于长期艰苦写作，积劳成疾，于 1992 年病逝。路遥是一位用生命书写的作家，是文学沙场上一个夸父式的勇士，他给我们留下了宝贵的精神财富，激励着我们这些平凡的人追逐理想、痛快淋漓地为人生奋斗。

  俗语说：一方水土养一方人。由此决定了每个作家的与众不同。每个作家在进行创作时，大多会以他熟悉和了解的故乡为原型，选取材料，汲取养分，带着一种审视的目光来描写他生活和成长的地方。如沈从文的湘西世界、老舍的皇城北京、赵树理的晋中地区……而陕北这块土地，是路遥创作灵感的源泉，他生于斯，长于斯，这里承载了他的所有，他自然而然深情地书写这片土地。在这片贫瘠的土地上，一直自称"乡下人"的路遥书写着带有他的精神追求和审美理想的故事，将他的所感所受、所思所想通过书中的人物传达出来。阅读路遥的作品，我们仿佛可以看到一代代劳动人民用血汗铸造了不朽的丰碑，在城乡结合交叉地带的土路上，荡着迷茫的黄尘，伴随着悠扬的信天游，一个个鲜活的人物挑着担子、背着竹篓向我们走来……

一、"自传"性质的苦难书写

文学作品反映一个作家的内心世界。作家在个体生命体验中得到的深切情绪、情感记忆，会通过心理的内化，生成创作的思想主旨、精神内涵以及美学表现形式。这就是说，一个作家的创作由于创作主体独特的人生经历和感受，会给作品带来潜移默化、不可忽视的影响，并使作品在一定层面上体现出明显的个性情绪色彩和个体化生命记忆的痕迹。这种将内心体验转化为艺术表现的形式体现在路遥的大多数作品中，作家塑造的人物成为他意识或者潜意识的自觉或者不自觉的投射，路遥把他的自卑心理和苦难意识投射在作品的主人公身上。① 穷人的孩子往往更早地认识这个世界，因为贫穷能让孩子过早地体会到生活中的种种不公，饱尝无法言说的冷漠和委屈，缺乏安全感。为了免于受侮辱和责骂，他们总是表现出与自己年龄不相称的懂事，在别人的眼神、表情和语气中学会察言观色；或者总是做出一副强硬的样子，以高傲倔强的姿态来掩饰内心的自卑和怯懦，生怕被人小瞧了去。路遥曾在随笔《早晨从中午开始》中描述过自己儿时的时光："童年，不堪回首，贫穷饥饿，且又有一颗敏感自尊的心。无法统一的矛盾，一生下来就面对的现实。记得经常在外面被家境好的孩子们打得鼻青眼肿撤退回家，回家后又被父母打骂一通，理由是为什么去招惹别人的打骂？三四岁你就看清了你在这个世界上的处境，并且明白，你要活下去，就别想指靠别人，一切都得靠自己。因此，当七岁上父母养不了一路讨饭把你送给别人，你平静地接受了这个冷酷的现实，你独立地做人

---

① 王燕：《从〈人生〉中的高加林看路遥的自卑与超越》，《传播力研究》，2018 年第 32 期。

从这时候就开始了。中学时期一月只能吃十几斤粗粮，整个童年吃过的好饭几乎一顿不拉记起来。"① 童年时期的路遥感受最深的是贫穷、饥饿、白眼、冷落和欺侮，当面对着各种各样的生存困境，活着，本身就是一件充满艰辛和苦痛的事。毫无疑问，童年时代的记忆会对人看待世界的眼光产生重要的影响。穷人的孩子，每天见到的都是父母愁苦的脸、黯淡的眼神，脸上带着讨好的笑去巴结别人，低声下气、畏畏缩缩地活着，始终处于一种胆小自卑的状态。生活在这种状态下的孩子，在谨小慎微的同时，也激起了强烈的自尊心，不仅要在精神上维护着自己的尊严和价值，还要以实际行动证明自己作为人的本质力量。② 路遥的好友李天芳曾经做过这样的论断：在路遥拼力搏击的一生中，潜意识里一直有一个支撑点，希望通过不懈的奋斗来摆脱苦难和贫穷的童年带给他的诸多难堪和阴影。这种心理有着强大的影响力和渗透力，在创作时会不知不觉地流露出来而影响路遥的创作，从他作品中的每一个贫穷而又倔强的人物身上，都可以看到他的影子，这是他潜意识的自我证明和无言反抗。

　　寒门子弟路遥深知跻身在城里同学之间的乡下学生是如何的自卑与怯懦，虽然是在困难时期，但贫富的差别在农村子弟和县城子弟之间仍然是悬殊的，衣着破烂、面有菜色的路遥跻身于骄傲体面的同学们之间，简直像一个叫花子。还有什么比在一群富足的人面前展示贫穷更让人难堪的呢？由此而产生的自卑心理和委屈心态被他移植到了作品中的人物身上，通过人物的独白，将自己的心声吐露出来，让书中的这些人物替他呐喊：我并不奢求同学们的友爱，只是希望能够平等地生活在人群中。③《在困难的日子里》很大程度上是路遥的自传，马建强所遭遇的种种委屈和嘲笑都是少年时期路遥的亲身经历，每天食不果腹，不仅要和饥饿做斗争，还要忍受干部子弟没由来的侮辱和奚落。明明受了委屈和诬陷，却又百口莫辩，别人甚至不给他解释的机会，就理所当然地把他当成了小偷，用鄙夷的眼神和冷漠的语气表现出对他的厌恶，这一切都是因为他是一个穷人

---

① 路遥：《路遥文集》（第二卷），陕西人民出版社，1993 年版，第 40 页。
② 王刚：《路遥年谱》，北京时代华文书局，2016 年版，第 51 页。
③ 路遥：《路遥文集》（第二卷），陕西人民出版社，1993 年版，第 108 页。

啊！可马建强并没有因为贫穷而放弃做人的尊严和骄傲，他会愤然拒绝带着嘲弄神情的周文明的施舍，会把在野外拾到的粮票如数上交，尽管饿得头晕眼花、体力不支，却依然固守着自己的道德底线，更不容许任何人有心或者无意的试探和践踏。最终他凭借优异的成绩、良好的品格获得了友谊和尊重。这可以看作是路遥潜意识里的自我证明，以一种大雪压青松，青松挺且直的骄傲姿态进行反抗，是对那些占据优越条件而轻视小看穷苦百姓的人进行思想上的教育，不要捉弄和小觑一个穷人，因为他在人格上是高大伟岸的，精神上更是达到了你们这些自命不凡的人难以企及的高度。

在《平凡的世界》的开头，展现给读者的是孙少平在大雨中偷偷刮盆底那混着雨水的菜汤的画面，铁勺刮盆底的嘶啦声让他心惊肉跳，从房檐上滴下的水落在菜汤里，溅进他的眼里，从他眼里流出来的不知是雨水还是泪水。为了避免遭受别人鄙夷的目光，孙少平只有等到同学们走后才敢去拿属于自己的两个"黑高粱馍"，蹲在一边偷偷吃完。进入青春期的孙少平多么希望自己能够穿一身体面的衣服，吃中等的饭菜，不敢奢求能有干部子弟和城里孩子的待遇，只要能和普通农家子弟一样就满足了，这不是为了虚荣和嘴馋，而是为了减少由于贫困而给自尊心带来的伤害。[1] 但他又深深地明白，自己现在拥有的已是家里人最大限度能够承担起的，所以，求而不得而又无能为力的苦楚感一直折磨着他。当穷孩子路遥在延川高小上学的时候，每天只能吃糠麸少苦菜多的冷团子。到了炎炎夏日，糠菜团子发霉变酸，他不舍得丢弃，总是躲在墙角旮旯，闭着眼睛，屏住呼吸，将团子迅速放在嘴里，嚼也不嚼几下，狼吞虎咽几大口，再喝一碗刷锅水。[2] 这情景是何其相似，总是最后吃饭的孙少平正是躲在墙角偷偷吞咽发霉了的糠菜团子的少年时期路遥的变形，极力掩饰自己的贫穷和难堪。他不愿让别人通过审视和怜悯自己的贫穷而得到高人一等的窃喜或施舍同情的欣慰，那样只会让敏感的自尊心多受几分挫磨。尽管处在恶劣的生活条件下，孙少平和路遥一样，从来不曾放弃任何学习的机会，通过如

---

① 路遥：《路遥文集》（第三卷），陕西人民出版社，1993年版，第9页。
② 张艳茜：《路遥传》，陕西人民出版社，2017年版，第55页。

饥似渴地吮吸着精神上的食粮，来抵御物质上的贫寒，充实自己的内心，在高谈阔论之中凸显自己的不凡，获得钦佩和青睐。

1969 年冬天，路遥倾注了单纯而饱满热情的那场政治运动，以前使他得到了荣誉感和成就感，现在却突然转过身来扑向他，让他毫无招架之力，他无处可诉、无人可说，从万众瞩目的高处跌回到黄泥地里，只得返乡参加劳动，在畔崖上挥舞着几斤重的镢头，卖力地一下又一下，不停地砸向坚硬的地面，一双手先是出了水泡，然后是流血不止，再后来结下一层厚厚的老茧。他的情绪极端低落沮丧，甚至有一种眼看着自己坠入深渊却无药可救的绝望。① 而《人生》中的高加林，被人从教师岗位上挤了下来，刚开始参加劳动时，正是这样发泄自己内心的愤怒和委屈。高加林，尽管有才学、有见识，但手握大权的高明楼大手一挥，他就只能下岗，尽管内心恨得咬牙切齿，表面还得装出一副风平浪静的样子。当愤怒无济于事时，委屈无处可诉时，他只能通过高负荷的体力劳动，迫使自己将纷乱的思绪集中在劳作上，使精神上的痛苦变为某种麻木。

凭借转业归来的叔父的权力，高加林终于从比"前门"威力更大的"后门"进入了城市。他竭尽所能、不辞劳苦，做的不比任何一个城市青年差，可最终绕了一圈，还是不得不回到农村。当丢了工作、没了对象的高加林走在回村的路上，心情是怎样的沉重啊！我们可以联想到，当路遥被他所热爱的政治运动抛弃，他以往付诸热血和激情的光荣事迹都成了他的罪行，心爱的女友此时又离他而去，他和高加林的心情是何其相似啊！一样是有抱负的热血青年，渴望大展身手的时候，遭到了当头棒喝。一个前途葬送，还背着"负心汉"的骂名，一个身上有着政治问题、人命案子，都不知该何去何从。

苦难是试金石，一些人不堪一击从此一蹶不振，而另一些人则披荆斩棘、涅槃重生，正确地理解苦难，可以使人变得伟大。因为领略过人生的各种滋味，在屈辱和冷眼之中加深了对生活的理解，所以更加渴望证明自己，渴望出人头地。因此，在路遥的小说中，我们很少看到被苦难和挫折

---

① 张艳茜:《路遥传》，陕西人民出版社，2017 年版，第 117 - 119 页。

击倒在地的人物，无论承受的打击有多么沉重，路遥笔下的主要人物都具有英雄一般的坚韧不屈的承担能力。他们不用那种消极的、毁灭性的方式对抗苦难，而是用一种对生活质朴而博大的爱，来包容苦难、超越苦难，从而走上苦难拯救之路。

在那个狂热地进行各种各样政治运动的年代，没有考上大学的孙少平只能回家当农民，像他的父亲和大哥一样，重复着把太阳从东方搬到西边的劳作。可他读了书，开阔了眼界，已经见到了比双水村和石圪节更大的地方，就不甘心再窝在一眼都能望到头的村子里，照着一条既定的人生轨迹按部就班地过完平凡安稳的一生。所以他义无反顾地选择去外面迎接苦难，从一名揽工汉做起，凭借踏实、勤奋和善良，在黄原城里安身立命。"他是在社会的最底层挣扎，为了几个钱而受尽折磨；但他不仅仅将此看作是谋生活命——职业的高低与贵贱，不能说明一个人生活的价值。恰恰相反，他现在倒很'热爱'自己的苦难。通过这一段血火般的洗礼，他相信，自己历经千辛万苦而酿造出的生活之蜜，肯定比轻而易举拿来的更有滋味——他自嘲地把自己的这种认识叫作'关于苦难的学说'……"① 在这种磨炼中，体味人生的真谛。孙少平凭借他的诚实、勇敢、坚强、责任心……以一个男子汉的高大体魄征服了他渴望拥有的一切，只有尝过生活的苦难，才能理解人生的意义，活出尊严和骄傲。而高加林只有经历了人生的重大挫折，拖着沉重的步子、悬着疲倦的心走回生他养他的村庄，回首自己走过的弯路、受到的打击才能更深刻地明白他得到的和失去的是什么，才能知道自己应该以什么样的态度来对待人生。

路遥不遗余力地向我们证明，吃得苦中苦，方为人上人。承受苦难是一个人成长的必经之路，只有经过劳动的洗礼、岁月的磨难，才能感受到活着是一件多么沉重而又甜蜜的事情。一个人无法选择自己的出身，却可以选择自己的人生道路，并以昂扬的姿态、战斗的精神去迎接生活的挑战。苦难是人生的必修课，在这课堂中，我们可以得到各种超容量的人生感受、人生内容和社会信息，也就得到了超长度的生命，人生因此而充

---

① 路遥：《路遥文集》（第四卷），陕西人民出版社，1993 年版，第 189 页。

实，精神因此而长寿。①

二、"乡下人进城"的曲折进程

由于中国的户口政策，人被分为"城里人"和"乡下人"。城市有更好的生活环境、生产条件和教育资源，是广阔的、开放的、繁华的，城里人带着一种自命不凡的倨傲态度理所当然地接受着乡下人艳羡的目光。而农民是被户籍身份划分捆绑在资源相对匮乏的土地上，甚至必须为国家工业化完成资本原始积累的阶层，他们承受了太多社会主义制度性的不公和歧视。② 所以，农村子弟希望通过努力上学，从而"鲤鱼跳龙门"，改写乡下人的身份，然而社会的变动使他们的命运不完全掌握在自己手里。在城市开阔了眼界的他们无可奈何地回到封闭落后的农村，就会认真审视自己以前的生活，发现那是一种怎样的煎熬啊！无力改变既成事实的他们，不仅要忍受肉体上的痛苦，还要承载精神上的沉重。城市给他们留下的辉煌印象无时无刻不再召唤着他们，他们渴望在城市谋一份职业，安家立命。然而由于出身的限制，他们往往需要付出更大的代价。

当一脸破败相的高加林提着一篮子馒头在县城的街道上像做贼一样躲避着熟人，内心是何等的煎熬啊！在半路上，他对着空旷的野地都无法张嘴叫卖，面对熙熙攘攘的人流，更是开不了口，此时此刻，他才明白了什么叫作"讨生活"！他看着才华和学识都不如自己的张克南和黄亚萍拥有体面的工作，快活的人生，心里只能发恨：谁让人家是干部子弟呢！挑几桶粪，明明是下力气地帮城里人清理卫生，非但没有得到体谅和尊重，还得忍受他们的讥讽和白眼，"乡里人就这么受气啊！一年辛辛苦苦，把日头从东山背到西山，打下粮食，晒干簸净，捡最好的送到城里，让这些人吃。他们吃了，屁股一撅就屙就尿，又是乡里人来给他们拾掇，给他们打扫卫生，他们还这样欺负乡下人！"③ 一种不甘的愤怒从心底升腾，他迫切

---

① 肖云儒：《路遥的意识世界》，雷达：《路遥研究资料》，山东文艺出版社，2006 年版，第 73 页。

② 杨晓帆：《路遥论》，作家出版社，2018 年版，第 45 页。

③ 路遥：《路遥文集》（第一卷），陕西人民出版社，1993 年版，第 100 页。

希望改写自己被人轻视和践踏的命运，让这些眼高于顶、目中无人的城里人看看，乡下人不比你们这些自命清高的城里人差。顽强的做城市人的意愿和乡下人身份的冲突，构成其无法回避的行为与人格矛盾。① 他为了维护自己仅存的尊严，下意识地说出和做出违反自己本心的话和事。

他用咄咄逼人的语气和尖酸刻薄的话使那些真心想帮助他的同学难堪，不让别人在他面前有任何有意或者无意显示优越感和能力的机会，并从中得到回击的快感，可在内心深处对他们有着极端的嫉妒并渴望成为他们那样的人。对于那些滥用权力换取利益的干部，他前后也是不一样的行为和心理。"他鄙视那些利用权势牟取私利，欺上瞒下的农村干部，甚至决心与他们一决雌雄，但一旦遇到仰仗的权势可以使自己发迹的时候，他又坦然地利用了权势。"② 叔父的转业归来使他通过比"前门"威力更大的"后门"成为城里人，当上了记者，立马享受到了不一样的待遇，他满心欢喜地接受着别人的称赞和羡慕，陶醉在众人的追捧中。他在城市得到了做人的骄傲、生活的激情，他再也离不开城市了。高加林还是高加林，却因为身份的变换，由看人脸色、唯唯诺诺的乡巴佬变成了风头十足、谈吐优雅的好青年。农村和城市之间有一条看不见的线，将二者隔成了两个截然不同的世界，从一个世界进入另一个世界的人更能感受到其间的差距。城里的黄亚萍不会为了爱情嫁给乡下人高加林，只会选择与她门当户对的干部子弟张克南，只有高加林具备了"城里人身份"这个必要条件时，黄亚萍才会勇敢地说出自己的感情。农民高加林会满足有一个俊女子巧珍当媳妇，甚至觉得自己是高攀了。可当他有了正式工作，城市给他提供了大展身手的舞台，黄亚萍给他描绘的更广阔的未来在召唤他的时候，他会重新审视不识字的乡下女子巧珍。他和她在一起，只能听巧珍喋喋不休地说家长里短，尽管巧珍竭尽全力地讨他欢心，却总是碰壁、徒劳无功。他认真思考了和巧珍结合的后果，在把两个深爱着他的女孩反复比较

---

① 徐德明：《乡下人进城的一种叙述——论贾平凹的〈高兴〉》，《文学评论》，2008 年第 1 期。

② 陈骏涛：《对变革现实的深情呼唤》，雷达：《路遥研究资料》，山东文艺出版社，2006 年版，第 306 页。

之后，做出了使自己利益最大化的选择。

当高加林心满意足地接受命运馈赠的时候，哪里知道，这一切，都已经在暗地里标好了价格。通过不正当的手段得到的一切具有很大的变动性，意外得来的一切可以在一夕之间灰飞烟灭，他又被打回了原形。当高加林丢了工作，声名狼藉，只得回到农村时，那条难以逾越的鸿沟又横亘在了他和黄亚萍之间，高傲的高加林不会以道德为要挟，也不会用情感来绑架，更不会用世俗舆论的压力来逼迫黄亚萍继续跟他在一起，如今的他只能向昔日的巧珍学习，干净利落地放手是他唯一的选择，起码可以保留自己最后的尊严。此时此刻，被他抛弃的巧珍也已经心如死灰地嫁给了别人，再也没有人会在他操劳之后，用温柔的眼神和甜蜜的话语来抚慰他，帮他驱走一天的疲惫，再也没有人会将他视为珍宝小心呵护。他从农村进入了城市，转了一圈之后又灰溜溜地回来了，丢了工作，还背上了负心汉的骂名。但是，能够将所有的错误都归咎到他的身上吗？社会不能够给他提供发展的机遇，他又偏偏不甘心当一个农民。别人运用权力夺走了他的饭碗，他也依仗权力得到了梦寐以求的一切。当社会的权力机制不能公平公正公开地运行，就会有无数个受害者出现，也会有无数个投机取巧分子涌出，而受害者和投机分子之间的位置经常是相互转换的，在一些看不见的地方，当人治大于法治，这样的情况就会一直存在。

路遥的地之子身份使他用一种悲悯和宽恕的情感审视众生，难免会对笔下的人物过于慈爱，有时不能只从生活真实和艺术上去推敲这些细节，要明白作者对这些人物倾注的感情及背后蕴含的精神追求。对于高加林，路遥虽然给予了一定的批判，但也为这个人物做了一定的辩解。最终路遥在《人生》中给高加林留下了一个开放式的结局，尽管这次进城以失败告终，但如果有机会，高加林还是会进入城市，因为只有广阔开放的城市才能满足他全部的生活需求和人生追求。相信随着社会的发展和前进，他最终是会走到人生正道上的，但今后的道路对他来说，注定还是不平坦的。社会要给予这些青年足够的关怀和重视，在目前社会不能全部满足他们的生活要求时，他们也应该正确地对待生活和人生。①

从农村进入城市求学，又从城市回到农村的孙少平，已经不再是原来的孙少平了，他无法再心平气和地接受一成不变的农村生活了。"他的精神思想实际上形成了两个系列：农村系列和农村以外世界的系列。对于他来说，这是矛盾的，也是统一的。一方面，他摆脱不了农村的影响；另一方面，他又不愿受农村的局限。因而不可避免地表现出既不纯粹是农村的状态，又非纯粹的城市型状态，永远会是这样一种混合型的气质。"② 这种气质，使他无法变成一个地道的城里人，也无法踏实地做一个温顺的庄稼人，青春的热情在他内心激荡，自由和远方在呼唤他。剩余劳动力是他从农村进入城市的唯一身份，所以他不能够获得和先行现代化的城里人平等的身份地位。为确立新的身份和主体地位、抵御客观上必然遭遇的遏制，主观的自觉抗争愈显重要。③ 而这种抗争，更多地是一种强烈的自我证明以及对外部世界征服的渴望，这些欲望使他的进城之路注定无法一帆风顺，也注定他会勇往直前。

孙少平进入了城市，这个城市只给他提供了一个卖力气的场所，他与市民之间还是有着巨大的鸿沟。"一个典型的市民，除了较长时期生活在城镇之外，还应对城市生活及其意识形态，特别是与城市生活及其密切相关的商品经济、价值观、伦理观，有相当的亲和与理解，或许还应有相对稳定的居所和社会关系。"④ 孙少平没有城市户口，没有稳固的依靠，没有正式工作，想要存活下去，只能去东关市场上当揽工汉，等着有人来买他的力气。尽管他早就做好了吃苦的准备，可所要承受的艰辛远远超出了他的想象："每当背着石块爬坡的时候，他的意识就处于半麻痹状态。沉重的石头几乎要把他挤压到土地里去。汗水像小溪一样在脸上纵横漫流，而他却腾不出手去揩一把；眼睛被汗水腌得火辣辣地疼，一路上只能半睁半

---

① 路遥：《路遥文集》（第二卷），陕西人民出版社，1993 年版，第 415 页。
② 路遥：《路遥文集》（第三卷），陕西人民出版社，1993 年版，第 447 - 448 页。
③ 徐德明：《乡下人进城的一种叙述——论贾平凹的〈高兴〉》，《文学评论》，2008 年第 1 期。
④ 邵宁宁：《骆驼祥子：一个农民进城的故事》，《兰州大学学报》（社科版），2006 年第 4 期。

闭。两条打颤的腿如同筛糠，随时都有倒下的危险。这时候世界上什么东西都不存在了，思维只集中在一点上。"① 他在这里忍受着生活的沉重，也许这比他的父辈和哥哥所做的修理地球的工作更艰难，但是他不愿意回去，回去意味着妥协，意味着放弃，意味着他心甘情愿地被动接受命运的安排，选择一种虽然安逸但缺少激情的生活，一眼便能望到尽头的人生。

"他在我们的时代属于这样的青年：有文化，但没有幸运地进入大学或参加工作，因此似乎没有充分的条件直接参与到目前社会发展的主潮之中。而另一方面，他们又不甘心把自己局限在狭小的生活天地里。因此，他们往往带着一种悲壮的激情，在一条最为艰苦的道路上进行人生的搏斗。他们顾不得高谈阔论或愤世嫉俗地忧患人类的命运。他们首先得改变自己的生存条件，同时也不放弃最主要的精神追求；他们既不鄙视普通人的世俗生活，但又竭力使自己对生活的认识达到更深的层次……"② 这种复杂的心理注定会促使他踏上一条充满了艰辛和曲折的道路，但他仍义无反顾一往无前，哪怕撞得头破血流也要经历这场孤注一掷的探险，总要给自己热血沸腾的青春一个交代，不然拿什么来安慰和说服自己一颗躁动激荡的心！对于年轻人来说，远方始终是一个闪耀的字眼，代表着自由和希望，包含了无数个可能性，他要用双手在广阔的天地淘出理想的金子来。

底层人物进入上层阶级，农村人进入城市，几乎都是以否定自己身上的农业文化和缺陷心理为前提的。他们向城市化冲击的突围的奋斗过程，同时也是用现代城市文化、用更高水平的文明改造、提高自己的过程。③ 在这种改造过程中，他们是一边失去，一边得到。大多数乡下人刚进城的时候，是脱离不了泥土的气息的。"庄稼人的人生哲学，不是来自哲学理论的修养，也不是来自对生存方式的科学认识，而是来自于他们生存和发展的需要本能，来自于历史文化的传承，来自于祖祖辈辈的生活经验。"④

---

① 路遥：《路遥文集》（第四卷），陕西人民出版社，1993 年版，第 123 页。

② 路遥：《路遥文集》（第四卷），陕西人民出版社，1993 年版，第 194 - 195 页。

③ 肖云儒：《路遥的意识世界》，雷达：《路遥研究资料》，山东文艺出版社，2006 年版，第 83 页。

④ 李星：《在现实主义的道路上——路遥论》，雷达：《路遥研究资料》，山东文艺出版社，2006 年版，第 53 页。

他们固执地坚守着自成体系的道德信仰、社会理义和处事方式，不懂圆
滑、不会变通。这很难用"愚昧""落后"来概括，因为正是这种"淳
朴"和"慈悲"滋养了我们中华民族的精神世界，使我们这个古老的民族
得以延续。这些生活经验，赋予了他们踏实的做事风格、忠厚的性格特
点、朴实的生活态度。正如孙少平给兰香的信中说道："我们出身于贫困
的农民家庭——永远不要鄙薄我们的出身，它给我们带来的好处将一生受
用不尽；但我们一定又要从我们出生的局限中解脱出来，从意识上彻底背
叛农民的狭隘性，追求更高的生活意义。"① 孙少平从不因为自己农民的身
份而怨天尤人、妄自菲薄。他一方面始终抱着一种既来之、则安之的开阔
心态，坦然接受生活中的一切艰难挫败；另一方面，他始终不放弃更高的
人生追求，即使处于最艰难的生活条件中，也竭尽全力向上攀登。

　　路遥笔下的男主人公都具备一种勇于开拓的奋斗精神。"《平凡的世
界》从主题上来说，是中篇《人生》的一次扩充和拓展，贯穿并支撑起全
书的，仍然是高加林式的雄心勃勃的个人奋斗的灵魂。但《人生》中那被
理想折磨得躁动不安、痛苦不堪的精神冲撞，在《平凡的世界》里已经平
和了很多。"② 孙少平和高加林都是出身于农村，渴望在城市占据一席之
地。孙少平身上带有和高加林一样的执着和倔强，然而，他们选择了不同
的奋斗方式，也得到了不同的结局。高加林为了前程违心地舍弃了爱情，
最终失去了爱情，也断送了前程。而孙少平始终在正确的道路上以螺旋状
前进，对传统道德和社会礼义的坚持、对劳动生活的激情和热爱使孙少平
成了一个难能可贵的人，得到了普遍的尊重和敬佩。在最后，孙少平放弃
走"后门"，放弃做大城市的人，选择回到大牙湾煤矿，继续做一名煤矿
工人，照顾去世师傅的老遗孀和幼子，自觉地承担起了这不属于他的责
任。而煤矿本身在地理和文化上都是亦城亦乡的，孙少平成为了结合城乡
两种气质的人，他身上仍旧具备着乡下人的朴实诚恳，并从未丢弃，也没
有将自己的眼光局限在农民的狭隘性中，他结合了这两种人的优点，弥补

---

① 路遥：《路遥文集》（第四卷），陕西人民出版社，1993 年版，第 365 页。
② 熊修雨、张晓峰：《穿过云层的阳光——论路遥及其创作对中国当代文学的反思》，
　　雷达：《路遥研究资料》，山东文艺出版社，2006 年版，第 262 页。

了自身的不足。

三、对女性奉献意识和牺牲精神的讴歌与赞美

哪个少男不钟情，哪个少女不怀春？一个人的青春如果少了爱情的滋润将是多么索然无味啊！路遥享受过爱情的甜蜜，也拥有美满的婚姻，然而，他未能一直拥有他理想中甘于奉献、勇于牺牲的"好婆姨"。"文革"期间，延川县来了不少北京知青，与这些知青的交往成为路遥重新思考人生目标、走出乡村的极大动力。① 此时，路遥非常喜欢接近这些从大城市里来的青年，渴望通过与他们的交往开阔自己的视野，提升自己的学识。其中有一个清瘦、白净的女孩——林虹，文质彬彬且又待人和气，路遥被她的学识、心胸所吸引，林虹也为路遥的才情所折服。动乱的年代为他们的爱情提供了可能，他们也曾海誓山盟互诉衷肠过，也曾风花雪月地将浪漫进行到极致。然而，在路遥仕途失意的时候，已经成为公家人的女友写信表示与路遥一刀两断，而女友的"铁饭碗"还是痴心路遥的爱情馈赠，万念俱灰的路遥甚至产生了自杀的念头。上一段感情留下的伤疤由于林达的到来得到了愈合，他们的爱情建立在同样对于理想的追求和文学的热爱上。然而，爱情经得起狂风骤雨，婚姻不一定能在柴米油盐的琐事中保持美满，总有一方要学会妥协，做出牺牲。一场婚姻的破裂很难判定出谁对谁错，因为一个好作家不一定是一个好丈夫，一个妻子也不一定愿意放弃对事业的追求，甘心当男人背后的小女人。所以，现实生活中得不到的自己理想中的情爱，使路遥沉醉于在作品中创造一段段美好纯洁而又热烈的情感。在作品中，出于心理补偿的作用，他重复地塑造着他理想中的女性人物形象，极力刻画女性的体贴温顺和无私奉献，这些女性身上存在着很多的共性，如《人生》中的刘巧珍，《姐姐》中的小杏，《平凡的世界》里的田润叶、孙兰花和贺秀莲，《在困难的日子里》的吴亚玲……她们都无私地给予男性关怀和帮助，且是那样的周到与妥帖！在《平凡的世界》这部男人们的奋斗史中，作者也用了大量的笔墨来描写女性，他极力赞美

---

① 杨晓帆：《路遥论》，作家出版社，2018 年版，第 38 页。

符合传统文化标准下的道德判断和审美理想的女性，她们始终默默付出，不求回报。

俗话说，嫁人是女人的第二次投胎，每个少女都希冀自己的终身伴侣可以给予她们情感上的愉悦和物质上的富足，当爱情和面包只能选择其一时，路遥笔下的女性就显现出了伟大的一面，毅然决然、心甘情愿、不辞劳苦地陪着男人风雨同舟，并且从来没有半句怨言。这些女性往往存"妻性"和"母性"为一体，是路遥心中理想女性伴侣的化身。这些女性没有自己独立的人格，也没有什么人生追求，只是作为男性形象的附属品，事事以男性为中心和重点。现实生活中的匮乏需要在虚构的文学作品中加以补偿，作者为了满足其心理方面的情感补偿，过多渲染作品中的女性身上具有的传统美德，给现实世界中的自己虚构出水中月、镜中花，安慰自己孤苦的心，这也在一定程度上影响了作品中人物的丰满和立体。

所有人都看不起"逛鬼"王满银，他不是个称职的丈夫，更不是个合格的父亲。可忠厚善良的农家姑娘孙兰花却满心欢喜地爱着这个"二流子"男人。一身花衣服，几句甜言蜜语，就燃起了她对爱情渴望的熊熊烈火，让这个温顺的农家姑娘勇于反抗自己的父亲，死也要死在王满银的门上，这个单纯执着的女子义无反顾地跳进了"火坑"。兰花给王满银生养了两个娃娃，心甘情愿在家里地里操磨着，从不怨恨不务正业的丈夫。只因这个男人在她那没有什么光彩的青春岁月里，给了她爱情的欢乐，唤醒了她的情感世界。她不怕受苦受累，只要王满银能够待在家里，她愿意周到地侍候他。可悲的是，兰花的生命活力投注到的是一个自私地攫取了她的体力和情感的人身上，这个人得到了她便得到了纵意地享受生活的权利，而兰花却陷入了生活和情感的重压之下，在以后孤寂而贫苦的生活中，支撑她思想行为的便是头脑中根深蒂固的以夫为纲的妻性。① 当王满银"逛性勃起"，屁股一拍出门去花花世界游荡，兰花就在操劳中守护着这个穷家，等待丈夫归来。在王满银领了个"南洋女人"回家后，兰花去求助公社领导，因为害怕人家会抓自己的丈夫，兰花打碎牙齿和血吞，一

---

① 丁红梅、王圣：《男权思想统照下的女性世界——浅谈路遥〈平凡的世界〉中的几个女性形象》，雷达：《路遥研究资料》，山东文艺出版社，2006年版，第457页。

方面舍不得让自己的丈夫受罪，另一方面不愿意丢人现眼，走投无路的她选择了自杀。大难不死后，王满银讨个好求个饶，兰花泪眼蒙眬地看着炕上嘻嘻哈哈挤成一团的父子三人，幸福感和满足感就又充满了这个女人的心。

兰花完全可以重新选择一个踏实能干、忠厚疼人的男人做自己的丈夫，享受一个女人应得的呵护和体贴。可中国传统女性的坚忍，从一而终的传统观念和嫁鸡随鸡、嫁狗随狗的旧意识使她坚定地跟着这个不成器的丈夫。不仅做好一个妻子能做的一切，也给予丈夫母亲般的怜爱和包容。王满银除了过年的时候，给她几天温存，再未尽过作为丈夫的责任，就让这个女人心甘情愿地付出一年的操劳和等待，忍受一年的寂寞和孤苦。因为知道这个笨女人会在家安分守己地等着他，用温暖的怀抱慰藉他满身的辛劳和疲惫，这个"逛鬼"才没有后顾之忧，随心所欲地在外逛花花世界。当他迷途知返后，兰花不仅舍不得让他劳动，还想尽办法让他吃好喝好，让他款款地在家里盛着，一味地将本该为她遮风挡雨的丈夫当作不懂事的孩子来宠溺。"嫁汉嫁汉，穿衣吃饭"，这个男人连起码的温饱都无法为她提供，还要靠兰花承担起一家子的生活重担，这个弱女子在没日没夜的操劳中加速了衰老，几乎成了一个老妈子。尽管在外人看来有些悲哀和心酸，但兰花却在这种献身和牺牲中得到了她想要的幸福和欢乐。

一贫如洗的泥腿把子孙少安，不敢也不能接受公办教师田润叶的爱，青梅竹马、两小无猜的感情在根深蒂固的门第观念和传统习俗对男性主宰、女性附庸的角色规定面前不堪一击。[1] 贫贱夫妻百事哀，他也不舍得让生活富足安逸的润叶忍受辛苦操劳的日子，不忍心拖累这个如花似玉的娇娇女。他需要的是一个和他门当户对，踏实能干的"婆姨"，在一定意义上，贺秀莲是他退而求其次的选择。他也确实是从能否劳动的角度来打量这个女子，门里门外的活都能干，能吃苦受累，不要彩礼，不嫌他穷，这就够了。

贺秀莲把一颗热腾腾的心，交给了远路来的孙少安，连一身好衣服都

---

[1] 丁红梅、王圣：《男权思想统照下的女性世界——浅谈路遥〈平凡的世界〉中的几个女性形象》，雷达：《路遥研究资料》，山东文艺出版社，2006年版，第458页。

没舍得让亲爱的少安给她买，就心甘情愿地和她满心爱着的男人一起扛起了这个穷家的担子。她是孙少安称职的好婆姨、体贴的贤内助，无怨无悔地为这个家操劳，有什么好吃好喝的都紧着少安。孙少安承包拉砖的活儿没有本钱，是秀莲问娘家借的；少安要办砖厂，是秀莲忙前忙后，做饭烧火、点砖算账。有秀莲在，少安就放心了，放心地把这个家交给她，自己去外面忙外交、拉业务。在孙少安破产的时候，她不仅要给他言语的安慰，给他温柔的抚爱和体贴，唤起他对生活的勇气和信心，还要做他的出气筒，让男人满腔的愤懑有个发泄的对象，忍受他无理取闹的打骂。秀莲是孙少安精神的支柱，让少安懂得了什么是真正的"患难夫妻"，他们不仅在肉体上相融在一起，整个生命和灵魂也都相融在了一起，他们用汗水和心血汇聚了深情的海洋。① 就在他们的生活步入正轨，日子逐渐走向红火的时候，这个积劳成疾的女人，终于支持不住自己的身体，倒了下去。她不愿让男人担心和分心，要陪他迈过人生的每一个坎儿才能安心，总以为自己可以用强大的意念支撑着沉重的病体再陪这个男人走上一段。她无怨无悔地为这个家操劳了多年，孝顺公公婆婆，善待弟弟妹妹，为丈夫生养了一男一女两个娃娃。她做到了一个妻子能做的一切，陪这个男人走过了所有的风雨，熬过了所有的艰难苦痛，却没有来得及过上一天的好日子。她将传统女性的贤良温顺做到了极致，就像一只荆棘鸟，将自己整个人都嵌进孙少安人生的这根刺中，以血泪为代价，执着地唱了一曲凄美动人的歌，留下了一段悲怆的绝唱，曲终而命竭。

田润叶一开始是不爱李向前的，当她在前方左右抵挡李向前的追求时，她为之而战的后方却烧成了一片火海——她的少安哥领回来了一个山西姑娘。万念俱灰的她，听信了徐国强老汉的话，为了解决她二爸田福军在官场上的危机，毅然牺牲了选择爱情的权利，违心地嫁给了李向前。婚后，润叶无法和一个自己不爱的男人生活在一起，也没有勇气承受因为离婚而带来的种种世俗舆论压力，就和李向前维持着名义上的夫妻关系。多年来，田润叶一直过着寡居式的生活，哀悼着自己逝去的爱情。可当李向

---

① 路遥：《路遥文集》（第五卷），陕西人民出版社，1993 年版，第 289 页。

前出了车祸，成了残疾，一股油然而生的恻隐之心唤醒了田润叶所有的人性、人情和人的善良，她认真地审视了自己从前的所作所为，他们两个人的不幸归根结底是她造成的，她在备受折磨的同时这个深爱着她的男人也是痛苦不堪。传统道德的规范使她义无反顾地做出了牺牲和献身，她的感性和理性结合在了一起，同情和怜悯让她做出了选择，让她毫不犹豫地承担起了照顾李向前的责任。对于李向前，她不仅给予妻子的温柔和体贴，还付出母亲般的抚爱和乖哄，给他活下去的勇气和希望。而在这种牺牲中，她也得到了内心的平静和安乐，精神上的慰藉和解脱。她努力去做一个好妻子，一个残疾的丈夫需要的不仅是妻子贴心的陪伴、言语的宽慰，还渴望生活的热情、劳动的快乐。润叶尊重李向前的想法，给他鼓励，让他重拾人生的信心。

这些女性，不管嫁给了一个怎样的男人，经历了怎样的挫折，最终都在奉献和牺牲中得到了家庭的圆满和婚姻的幸福。她们存"妻性"和"母性"为一体，也许并不具有现代审美下的独立和自强，却都显现出了传统女性的贤良和温顺。而这些体贴是路遥在现实生活中所缺少和渴望的。路遥需要的是一个温柔顺从的小女人，依偎在他身旁，向他投来钦羡的目光，愿意为了他默默地无私付出；而不是一个独立自主，过于刚强的现代女性。他在现实世界中的遗憾只能通过文学中的虚构来弥补，借用作品来传达他内心深情的呼唤。

结语

20世纪80年代之后，各种各样的写作手法涌入了中国的文坛，先锋主义、现代主义、魔幻现实主义等大行其道，对生活的如实描写和反映成了"老套"，而路遥坚持用这种自己所擅长、也最能表达他所思所想的写法来创作，同时，也证明了，对于大多数文化水平不高的人，现实主义是他们最容易接受和理解的，文学是精英的，更是大众的。作品中用大量的笔墨描写了陕北地区的自然景观和风俗民情，信天游的运用为这本书渲染了浓重的"陕味"，方言俗语的使用使这本书更加贴近百姓的生活，用一种普通人喜闻乐见的方式呈现出人生百态和人情世故。另外，作品中大量使用"亲爱的兰香""我们的少平""亲爱的读者朋友"这些让人倍感亲切的字眼，一股淳朴的气息扑面而来，增强了读者的代入感，也调动了读者的感情，容易让读者设身处地、换位思考，引起共鸣和反响。正是由于作品通俗易懂，契合百姓生活的原貌，对真善美的追求，对民间哲学和中国传统文化的继承和传播，《平凡的世界》在文学史上的地位不算太高，可在读者中却大受欢迎，一直位于阅读书单的榜首。

不难看出，《平凡的世界》一书的创作，代表了路遥的"巨著情结"，渴望写一本体现中国在社会变革过程中各个方面变化的"百科全书"。这种情节也使这本书为了"大"而过多地用笔墨渲染一些没必要的细节，语言有些啰唆，不够凝练；人物过于庞杂，甚至有些人的出场成了画蛇添足。但是，瑕不掩瑜，正如作者路遥所说，只要它完成了，就是好的。路遥的一生是短暂的，但他像一个诚恳的老农在文学的田野上不遗余力地耕作着，给我们留下了丰硕的精神食粮。当我们徘徊在人生的十字路口，也许每个人都会像高加林一样，面临痛苦的抉择，很难说哪个选择是对的，哪个选择是错的。路遥所传达出的人生哲学为：人生是一条漫长的路，可关键性的就那么几步，只有心存善良，用劳动和汗水向前进，才不至于误入歧途，才能为自己挣得成功的人生。路遥作品自有他独特的文学价值和美学意义，他在书写的过程中掺入了大量自身的情感，我们很容易在人物中看到他的影子，在作品中听到他的呼唤，接受道德的洗礼。在当下社会，随着知识水平和审美水平的提升，人们看待文学作品，由更多的感性转向了更多的理性。那么，以《平凡的世界》为代表的众多的路遥作品，是否能经得起时间的考验，继续激励一代又一代的中国人，能否适应日新月异的市场变化，经久不衰？路遥精神能否传承？路遥式的写作方法是否值得学习和借鉴？都是值得探讨的话题。

思考题

1. 分析《人生》的悲剧结构。

2. 《平凡的世界》在中国当代文学史上普遍不被重视，可是在读者中却大受欢迎，这是为什么？

3. 请从精神分析角度看待路遥小说中的爱情书写。

陈忠实：三秦大地上的灵魂书写

陈忠实，1942 年生于陕西西安，1965 年开始发表作品，是一位"用生命写作"的作家。他的作品极富地域色彩，是陕西关中地区的"活名片"。生长于斯，写作于斯，死于斯；他的创作始终围绕着三秦大地展开，书写着关中人民的悲欢离合，展示着三秦大地孕育的文化，表现着儒家文化熏染下的独特灵魂。他一生致力于小说和散文的创作，散文集主要有《家之脉》《别路遥》《原下的日子》《告别白鸽》等，短篇小说主要有《猪的喜剧》《尤代表轶事》《信任》《日子》《腊月的故事》等，中篇小说主要有《梆子老太》《蓝袍先生》《康家小院》《四妹子》等，《白鹿原》是陈忠实唯一的长篇小说，同时也是陈忠实最具有艺术价值、审美价值和社会影响力的作品。《白鹿原》的问世将陈忠实推出陕西，推向全国，走向世界，标志着陈忠实迈入了卓越作家的行列。作为现实主义文学最忠实的追随者，陈忠实的《白鹿原》将历史滚滚向前中人民所遭受的苦难和不幸最真实地记录着，表明人民不仅是历史的承担者，更是历史的创造者；这部作品具有鲜明的史诗性。

一、三秦大地上的文学理想

陈忠实同万千陕西农村娃一样，家庭的贫穷使他内心敏感而好强，面对着光鲜、体面的城里学生，他是自卑的、压抑的，甚至是痛苦的。但文学的出现将这个农村青年的世界点亮了，他找到了精神之船停泊的港湾，找到了一生为之献身的伟大事业。何以解忧，唯有文学。青年时期的创作不仅为后期作品的创作奠定了扎实的基础，更成为陈忠实散文创作素材的直接来源。吃白水馍和睡冷板子的生活并没有浇灭这个农村娃对文学的坚持，人生两次选择的岔路口，他都义无反顾地选择了与文学为伴。在灞河河堤的会战工程完工后，陈忠实选择了亲近文学。1978 年秋天，陈忠实调入西安郊区文化馆，找了一个破败但安静的房子开始大量阅读文学作品，启动了他真正意义上的文学创作。

（一）特立独行的反叛者

柳青几乎是所有新时期以来陕西作家文学创作道路上的灯塔。路遥、陈忠实等都不例外。陈忠实说，"柳青是我最崇拜的作家之一，我受柳青的影响是重大的。在我进行小说创作的初始阶段，许多读者认为我的创作有柳青的味儿，我那时以此为荣耀，因为柳青在当代文学上是一个公认的高峰。"① 柳青对陈忠实的影响主要体现在陈忠实早期的作品中，无论是对关中农村的书写，还是对农村政治生活的表现都充满了浓郁的柳青味。但陈忠实很显然不满足于对柳青的模仿，他铆足劲儿想要开辟自己的一片新天地，找到属于他自己的作品特色。"我开始意识到这样致命的一点：一个在艺术上亦步亦趋地跟着别人走的人永远走不出自己的风姿，永远不可能形成自己独特的艺术个性，永远走不出被崇拜者的巨大阴影。譬如孩子学步，在自己没有能力独立行走的时候需要大人的引导，而一旦自己能站起来的时候就必须甩开大人的手，一个长到十岁的正常的孩子还牵着大人的手走路是不可思议的。艺术创作更是这样，必须尽早甩开被崇拜者的那只无形的手，去走自己的路。这一方面的教训是有目共睹的，不仅柳青的崇拜者没有在艺术上超出柳青的，荷花淀派的创始者孙犁的崇拜者也没有超出孙犁的，沈从文的学生们也没有弄出超过沈从文先生的作品。这是一个悲剧也是一个误区。凡是背叛了被崇拜者的人倒是有不少人成了气候、成了大家。这应该是一个很简单也很正常的现象，艺术的要害在'创'新而忌讳模仿。"② 后来的创作实践证明了陈忠实的态度和选择是正确的，唯

---

① 李星、陈忠实：《关于〈白鹿原〉与李星的对话》，雷达：《陈忠实研究资料》，山东文艺出版社，2006 年版，第 31 页。

② 李星、陈忠实：《关于〈白鹿原〉与李星的对话》，雷达：《陈忠实研究资料》，山东文艺出版社，2006 年版，第 31 页。

有反叛，才能超越前人的藩篱，走出自己的道路。他前期的作品依旧没有走出那个时期作家的老路子，讲述的故事大多停留在社会矛盾的分析，并不具有穿透性格外壳的功力。

陈忠实一直将人生中的两次把握当作人生最关键性的选择，如果说调入文化馆让他又回到文学世界，继续自己的文学梦想，那么发生在 1982 年的第二次选择则决定了他从一个优秀作家向伟大作家的转变，为他创作出《蓝袍先生》《四妹子》《梆子老太》乃至于优秀长篇小说《白鹿原》奠定了不可替代性的基础。20 世纪中国文坛呈现出异彩纷呈的局面，各种流派、各种主义交相辉映，你方唱罢我登场。"其中有一种'文化心理结构'的创作理论，使我茅塞顿开。人是有心理结构的极大差异的。文化决定着人的心理结构的形态。不同种族的生理体形的差异是外在的，本质的差异在不同文化影响之中形成的心理结构的差别上：同种同族同样存在着心理结构的截然差异，也是文化因素的制约。"① 文化心理结构理论对陈忠实的影响最直接体现在他 1982 年之后创作的《蓝袍先生》《梆子老太》《轱辘子客》等作品中，在这些作品中陈忠实剥离现实的迷雾，真正地进入人物的内心世界，找寻人物内心结构背后支撑的文化。

（二）虔诚的现实主义信徒

陈忠实是一个虔诚的现实主义信徒，他所信奉的是文学来自现实生活。"无论这部小说属优属劣，必须是自己对生活的独立发现，人物描写是这样，风景描绘也必须是这样。作品中人物活动的天地和环境，必须是我可以见得到的具体的东西，其前提必是我经历过也是我观察过的东西。我没有见过的东西，是无法写出一词一句的。"② 这样的创作观念在创作初期对陈忠实的益处非常明显，作品中出现的人物和画面是真实的、可感的，读者能够在作品中感知到生活中的具体细节，这就拉近了作品和读者之间的距离。但从长期来看，这会局限陈忠实的创作，当遇到自己熟悉的

---

① 陈忠实：《借助巨人的肩膀——翻译小说阅读记忆》，雷达：《陈忠实研究资料》，山东文艺出版社，2006 年版，第 94 页。

② 陈忠实：《创作感受谈》，雷达：《陈忠实研究资料》，山东文艺出版社，2006 年版，第 5 页。

题材时作者的创作显得游刃有余，但碰到了作者不熟悉的领域或者准确说是作者没有经历过的生活时，作者只能蜻蜓点水般地进行简单描写，甚至避开这一部分对其不进行艺术呈现。《白鹿原》的创作就存在这样的问题。同时，作者太重视自身的见闻和经历将导致作者作品的题材呈现出单一化特点，作者无法真正充分发挥自己的想象力进行虚构创作，作品题材局限于作者的亲身之感，这对于一个作家想要取得更大的成就，写出超越地域、超越时代的经典作品是致命的阻碍。这部分解释了为何陈忠实在创作《白鹿原》之后无法再创作出更加伟大作品的原因。对关中大地深沉的爱成就了陈忠实，也阻碍了他取得更好的成就。

二、三秦大地上的人生关怀

陈忠实的中短篇小说的创作可以分为三个时期，第一个时期是 1965 年到 1982 年之间，主要作品有短篇小说《猪的喜剧》《尤代表轶事》《信任》《早晨》；第二个时期是 1982 年到 1992 年《白鹿原》发表之前，这一时期的中短篇小说主要以《康家小院》《梆子老太》《四妹子》和《李十三推磨》等作品为代表；最后一个时期就是《白鹿原》发表之后，主要创作了《日子》《腊月的故事》《作家和他的弟弟》以及《猫与鼠，也缠绵》等作品。总体来看，陈忠实的中短篇小说题材内容前后变化不大，主要以三秦大地为背景，视角也多集中于农村，讲述人民群众在历史发展过程中所遭遇的困境和面对的问题。前期作品个人特色不够明显，对农村矛盾缺乏深刻认识。中期受到文化心理结构理论的影响，同样是描写关中大地的农村生活，但与前期的作品相比，作品显得更为成熟、深刻。后期作品主要是从语言方面进行突破和创新，但作品内涵相较于中期却稍显逊色。

（一）做人民的作家

陈忠实是农民的儿子。"陈忠实是以农民作家的身姿登上文坛来的，成为专业作家之后他也基本上以农村为自己生活的定居点。作为一个农裔城籍作家，人们一直认为，陈忠实的经历、个性、气质、心理、情感，他的审美感受和审美情趣，在当代中、青年作家中，如果不是最富于农民群众心理结构和生活经验色彩的话，也是其中佼佼者之一。"① 处在探索期的陈忠实扎根农村，将农村生活作为书写对象，将农业文明视为文学创作的底色和基调。

创作于 1979 年的《猪的喜剧》讲述的是来福老汉在吃大锅饭的年岁里为了多挣几个钱解决家里柴米油盐的用度，却因为大队政策一变再变，终使老汉养猪挣钱的心愿落空的故事。陈忠实从农民养猪挣钱这一角度切入，揭示了靠力气吃饭的庄稼汉无论怎样努力都难以摆脱被支配的命运；政策一变，他们日复一日的努力瞬间化为乌有，甚至很多时候，还会带来灾祸。通过《猪的喜剧》，陈忠实批评了特殊年代政策的随意性给农民带来的伤害，批评了作为弱者的农民在面对不公时，选择一再退让的做法。怒其不争、哀其不幸。小说《尤代表轶事》讲述不靠谱的尤喜明借助"四清"工作组长老安同志急于找到工作突破口的机会，通过批斗党支部书记尤志茂成功"洗白"，变成了一个遭受迫害的"苦大仇深的贫农代表"，讽刺了那些在特殊年代为了达到龌龊目的不择手段戕害他人的人。同时，也警醒这些"投机倒把"分子，这样的成功是不可靠的、偶然的；在所谓的"革命"中，他们往往充当的是整人斗人的工具，时机一过，自然又回到最初的原点。一旦他们的期待得不到满足，他们就会愤愤不平、愤怒不已，还会"鼓起勇气"为自己"鸣不平"。等到真正意识到自己又一次被革命队伍彻底抛弃，他们的所谓勇气也就消失殆尽。这种以最快速度适应时机转变的人，就是我们经常看到的"革命"的投机分子。《信任》中陈忠实将视角放置到"文革"后农村如何化解"文革"所遗留的问题上，成功塑造了平反后的罗村党支部书记罗坤这一人物形象。作为在"文革"期间受迫害的对象，罗坤在平反后重新又回到领导岗位，他并没有记恨着那些整过自己的人，他在乎的是如何为受过伤的人抚平伤痕，重新将这些遭受命运捉弄的可怜人团结起来。这是一个理想化的人物。陈忠实运用了大量语言动作描写这个人物，使其形象异常丰满，将人物内心的矛盾冲突表现得淋漓尽致。这一形象代表了陈忠实的前期创作在人物塑造方面所达到

---

① 王仲生：《从与农民共反思走向与民族共反思——评陈忠实 80 年代后期创作》，雷达：《陈忠实研究资料》，山东文艺出版社，2006 年版，第 123 页。

的最高水平。

总之，陈忠实前期的中短篇小说聚焦中国农村所呈现的复杂丛生的社会矛盾，塑造了各色人物，暴露了"文革"过后整个中国农村大地最真实的面目。整个创作过程中，陈忠实始终站在人民大众的立场上，为人民哭泣，为国家反思，这是一个具有家国情怀的作家，始终站在现实主义文艺的立场上，为国家、为民族刮骨疗毒。但前期作品在艺术上的价值显然低于其社会现实意义。究其实，陈忠实前期的作品整体缺乏个人特色，还没有表现出自己明显的特点，无论是写人还是叙事都缺乏作家"自己的句子"。

（二）历史的反思者

"陈忠实的作品，我以为逐渐显示了一种他过去作品中不曾有过的异质。把农业文化的底色化入到更为广大而深远的我们时代的文化背景之中，成为陈忠实的一种自觉的追求，他的作品，开始鸣响着另一种声音。或者说，他在农业文化的基点上，作扇面形展开，扩大了他的艺术视野，同时也深化了他对生活的思考，努力以他所获得的现代意识作为参照系，从我们民族的过去、现在与未来的历史行程中，对我们的时代进行历史的、道德的审美观照。"① 第二个时期的陈忠实依旧扎根农村，但其关注点已经从对农村生活中矛盾本身的关注，转向了更深层次的文化心理结构的探寻。陈忠实也从农民的儿子摇身一变为历史的反思者。

创作于 1982 年的《康家小院》讲述的是一个 18 岁的农村女子在初为人妻之时参加冬学，被冬学教员欺骗感情的故事。作者所思考的是当男女平等、婚姻自由等新兴思想随着革命胜利的春风吹到广阔的农村大地上时，被居心不良的人加以利用，纯良朴实的农村家庭如何用他们的智慧去化解这一次次危机。农民用那宽广如大地母亲的胸怀接纳了那些被欺骗的、被利用的单纯的农村妇女，同时中国乡村所特有的文化结构、纲常伦理、人情温暖解救了那些被伤害的情感付出者。作者想要表现的是中国农民在对待不幸、苦难时所表现出来的惊人的承受力和不可思议的博大

---

① 王仲生：《从与农民共反思走向与民族共反思——评陈忠实 80 年代后期创作》，雷达：《陈忠实研究资料》，山东文艺出版社，2006 年版，第 123 页。

胸怀。

《康家小院》中有一段是这样呈现的："他想告诉她，康家村发生了许多亘古闻所未闻的吓人的事，村里来了穿灰制服的官人，而且不叫官人叫干部，叫同志，还有不结发髻散披着头发的女干部。财东康老九家的房产、田地、畜生和粮食，分给康家庄的穷人了。用柳木棍打过他屁股的联保所那一伙子恶人，三个被五花大绑着压到台子上，收了监。他和勤娃打土坯挣钱，挣一个落一个，再不用缴给联保所了。"① 这表明，《康家小院》中陈忠实对历史的理解显然还较为肤浅、幼稚，他所理解的历史和表现历史的方式方法并没有突破一般作家的写作范式，因为在《康家小院》中，依然是革命的胜利推动着劳动人民朝前走，并享受着革命胜利的果实。而在《白鹿原》中，人民群众在这样一场伟大胜利中不仅是受益者，更是胜利的缔造者，他们用自身的牺牲、一代又一代人的自我革命推动着历史的车轮滚滚向前。也就是说。直到《白鹿原》的出现，陈忠实才突破了历史的局限，站到了一个更高、更广阔的位置上看待这场变革，挖掘并表现出普通大众在这样一场历史的胜利中所起到的作用。《康家小院》是陈忠实这一时期相对稚嫩的作品，在随后的《梆子老太》《蓝袍先生》《四妹子》中，作者的创作渐入佳境。

写于 1985 年的《蓝袍先生》相较于之前的《康家小院》应该说算是作者对自我的一次超越。这种超越缘于作者受到了文化心理结构学说的影响，自觉追求社会现实矛盾背后更加深刻的存在于中国人精神中的根深蒂固的文化因子。"到了八十年代中期，我觉得我已经开始从另一个视角去看生活，虽然看的也是当代生活，但视角已经不是一般的触及现实生活矛盾这些东西了。这主要是因为我这时接受了一种文化心理结构学说，并开始用这种视角来解析人物。"② 这种理解和追求不仅仅使陈忠实塑造的人物形象变得更加饱满立体，克服了前期在人物刻画上较为单一的弊端，并且所讲述的故事具有了穿越性格表象的深刻性。《蓝袍先生》中，面对父亲

---

① 陈忠实：《康家小院》，《李十三推磨》，作家出版社，2009 年版，第 12 页。
② 李遇春、陈忠实：《走向生命体验的艺术探索——陈忠实访谈录》，雷达：《陈忠实研究资料》，山东文艺出版社，2006 年版，第 55 页。

包裹在封建礼教下的独断专行，徐慎独自始至终都无法抵抗，他甚至都没有勇气去质疑父亲所作所为的合理性。当父亲为他娶回了一个丑媳妇时，他也曾怀疑过父亲所遵循的那一套美色误人的理论，但很快就被父亲说服了。在接受了新的教育，接受了新的思想后，他帮助田芳解除了婚约，使她重获自由，但是他却没有能够彻底解救自己。当他被别有用心的人划为右派时，他甚至都没有怀疑过这个结果，他所有的认知就是因为不当的言行为自己带来了灾祸，他甚至从心底里认同了这个决定，用他所谓积极的行动来赎清自己的原罪。这不可谓不可笑，脱去了蓝袍穿上了列宁服的徐慎独终究没有走出那个桎梏自己的圈子。"我的心怦怦直跳，做人的出头之日到来了吗？我按捺不住激动的心情，向他做出了一个感激涕零的笑，却说不出话来。"① 徐慎独单纯地以为，只要自己一味地付出，认真改造，就能得到组织的宽容、谅解，重新活回人的样子。当他发现父亲给他的嘱言"慎独"已经被他抛之脑后，他所得到的结果刚好是因为他没有做到慎言慎行，他再一次对父亲的教诲深信不疑了。他重新为自己写下了"慎独"二字。"我把它贴在床头，使我无论坐着或躺着都能看到。我感到内心的惶恐，绝对需要这样一张护身护心的神符来保佑我，再甭出乱子。"②无论是旧社会还是新时代，不管是接受传统教育还是新文化洗礼，徐慎独这样的人无法真正地突破自我，他永远活在文化的压制下，这俨然已经不是性格悲剧所能解释清楚的了。

小说《四妹子》写于1986年。这时的陈忠实很显然已经不再满足于对关中人文风情的描述，不再满足于对特殊年代人民所遭受的苦难进行书写，他所直面的是地域文化的冲突，所讲述的是四妹子这一陕北文化的代表冲入关中平原，走进传统关中家庭带来的冲击和矛盾。从文学地理角度划分，陕西可以分为三个文学功能区：陕北、陕南和关中。其中陕北受少数民族和自然环境影响，人们天性向往浪漫、自由，性格中带有野性和彪悍，也因为独特的地理环境，养成了陕北人吃苦耐劳、勇于开创的性格品质。当具有这样性格特点的四妹子嫁到礼教森严的关中大家庭中时，文化

---

① 陈忠实：《蓝袍先生》，《李十三推磨》，作家出版社，2009年版，第122页。
② 陈忠实：《蓝袍先生》，《李十三推磨》，作家出版社，2009年版，第140页。

间激烈的碰撞不可避免地发生了。克俭老汉作为这个大家庭的掌舵者，他秉承传统关中的治家理念，通过严格的礼教约束儿子儿媳的行为，这是一个将家庭声誉看得比个人幸福更高的传统大家长。他高傲地以为只要让陕北妹子吃饱饭，她就会乖乖地驯服于关中文化的管治，不料四妹子一次又一次地进攻和反叛，但这并未唤醒克俭老汉重新审视关中礼教，反而迫使他使用自己的手段去捍卫他的礼教。进攻的斗争有多激烈，阻挠的势力就有多强大，我们的中华民族就是在这样充满苦痛的革新中前进的。

上述几个优秀中篇小说为陈忠实创作《白鹿原》打下了坚实基础，也就是说，《白鹿原》的书写其实是作者前期创作经验和创作素材的一次汇总。不过需要说明的是，《白鹿原》对几个中篇小说素材的利用并不是简单的。不同于一般作家将同一素材进行原封不动的重复使用，陈忠实在使用同一素材时，能够针对具体作品的气质，或者说因为想要达到的效果，对素材进行不同的加工处理。例如，《蓝袍先生》中读耕传家的家训到了《白鹿原》中就成为白嘉轩的治家信条之一，并创造性地改为耕读传家，耕读传家明显更符合白嘉轩作为一个具有一定社会地位的乡绅对土地的重视。他教育子女不仅要求要饱读诗书，更重要的是能够与土地建立亲密的联系。而《蓝袍先生》中"我爷爷徐敬儒，人称徐老先生，是清帝的最末一茬儿秀才，因为科举制的废止而不能中举高升，就在杨徐村坐馆执教，直到鬓发霜染，仍然健坐学馆。也不知道出于什么思想的影响，我爷爷把门楼上那幅题匾挖掉了，换上一幅'读耕传家'的题匾，把'耕'和'读'的位置做了调换。"①《蓝袍先生》中"读耕传家"很显然蕴含着我爷爷徐敬儒对整个家族的期望，在这个大家庭中读书比起耕地更受重视，这也为后文父亲愿意徐慎独走入新式学堂埋下了伏笔。显然，在不同的作品中，同一材料的调用是服从表现的主题和形式的。

总之，为了表现而表现，最终的作品必定是勉强的、索然寡味的。而一旦作家不再流于对现实的表现和讽刺，着重关注人与人之间的关系、矛盾、冲突背后所体现出来的文化，真正进入整个民族真正的灵魂深处，挖

---

① 陈忠实：《蓝袍先生》，《李十三推磨》，作家出版社，2009年版，第56页。

掘其中更深层的文化原因，那么作品本身所呈现的内容必将更加丰满且富有层次，也就愈来愈富有艺术感染力和文化内涵。正是因为这一时期丰厚的积淀，保证后来陈忠实创作出了不同凡响的《白鹿原》。这也使得这一时期的创作在陈忠实的整个文学创作过程中显得举足轻重。

（三）自我的超越者

《白鹿原》获得巨大成功以后，陈忠实并没有放弃在文学路上的继续探索。他像每一个胸怀大志的文学家一样，急于想要展示自己创作具有的多样性和丰富性。他不再仅仅满足于关中大地给予他的滋养，他需要用更多的艺术变化来回馈读者，也想证明：他不仅仅只能讲好关中故事，还能讲好时代的故事。这使得陈忠实进入了自己创作的最后冲刺阶段。陈忠实"'晚郁时期'的写作是一种更加沉静内敛的写作，看不到激烈的形式变革，但却是一种艺术表现的内化经验。这种经验看上去不起眼、不张扬，却是作家对自己过往经验的极有力的超越"。① 陈忠实对自我的超越是全面的，不仅仅表现在题材、内容上，在故事的讲述方式、艺术手法运用上都较前期有了不同程度的超越。

在《日子》《腊月的故事》《作家和他的弟弟》以及《猫与鼠，也缠绵》等作品中，陈忠实将眼光从对历史的审视中抽回，注视当下的发生。"我最近的几个短篇《日子》《作家和他的兄弟》《腊月的事》，说责任感也罢，说忧患也罢，关注的是当代生活中的弱势群体，不是一般意义上的同情和呼吁，是着重写生存状态下的心理状态，透视出一种社会心理信息和意向，为社会前行过程中留下感性印记。关于创作我从不做承诺，我的创作忠实于我每个阶段的体验和感悟。我觉得当代生活最能激发我的心理感受，最能产生创作冲动和表现欲。"② 这一时期的作品是与时俱进的，不论是《日子》中描写的淘石头为生的农家夫妇肉体和精神双重不自由的生活，还是《作家和他的弟弟》这样似乎带有自传性色彩，讲述作家发迹后

---

① 陈晓明：《无法终结的现代性——中国文学的当代境遇》，北京大学出版社，2018年版，第144页。

② 李国平、陈忠实：《关于四十五年的问答》，雷达：《陈忠实研究资料》，山东文艺出版社，2006年版，第49页。

生活发生变化的故事，都是具有当下性的作品，探讨的都是眼前的事实，都是每天发生在我们身边的故事。

陈忠实前期的文字接近白描，几乎没有一点夸张修饰的成分，但因为用词准确，极具表现力，又多口语化，使读者很容易进入到人物的情感世界，去体会他们的酸甜苦辣。"明天——正月初三，寂寞荒凉了整整十八年的康田生的小庄稼院里，就要有一个穿着花衬衫、留长头发的女人了。"① 短短几十个字就将康田生对儿子娶亲的期盼之情淋漓尽致地表现出来，读者在阅读时也会被这字里行间所洋溢着的激动、兴奋所感染，犹如自己几十年来一直期盼着的梦想实现了，激动之情溢于言表。再如："那块紧紧缠绕着山坡的条田里，长眠着他的亡妻，苦命人啊。"② 这种短篇小说的语言风格与路遥酷似，喜欢用短句，短而有力，直接抒发作者的感叹，多用感叹号结尾，每一句话中所要表达的情感密度大，使得整句话更具有力量。这也是作者早期作品可读性强，受众面大，颇受普通读者欢迎的重要原因。

陈忠实早期小说创作还喜欢穿插使用具有地方色彩的熟语。例如，"俗话说，男人是扒扒，管挣；女人是匣匣，管攒；不怕扒扒没刺儿，单怕匣匣没底儿。庄稼人过日月，不容易哩！"③ 再如，"这儿的村民有句俗话：人过一百，形形色色；有的爱穿红，有的爱穿黑；有的爱唱戏，有的爱做贼；有的爱守寡，有的爱拉客；有的心善，有的缺德；有的白日里正经八百，半夜却偷着和儿媳妇掏灰……"④ 这样的语言运用简洁生动，有强烈的地方色彩，具有很强的艺术表现力和感染力。但不可否认的是，从读者接受角度来看，由于不同读者的生活背景不同，知识水平不同，对于方言写作和地方熟语的接受也具有明显的差异性，实际上在增加作品趣味性和地域性的同时也将一部分读者挡在了作品之外。

陈忠实后期创作在语言上更加精熟，显然能给读者带来更多的想象空

---

① 陈忠实：《康家小院》，《李十三推磨》，作家出版社，2009 年版，第 10 页。
② 陈忠实：《康家小院》，《李十三推磨》，作家出版社，2009 年版，第 21 页。
③ 陈忠实：《康家小院》，《李十三推磨》，作家出版社，2009 年版，第 11 页。
④ 陈忠实：《尤代表轶事》，《李十三推磨》，作家出版社，2009 年版，第 313 页。

间。"他早期小说的语言，似乎缺乏小孩涉过浅溪的那种清零跳脱的活泼感，倒像一个步态徐缓艰难的老者携幼孙行路，过于小心翼翼。这就使他的语言常常给人一种滞重、沉闷、单调的印象。他似乎更倾向于告诉读者，他要说的事情，他要描写的对象到底是什么，而不是把你引领到一个宏阔的想象空间，暗示你他所叙写的东西像什么。陈忠实的质实、求真，使他倾向于直写，而不是选择那种思致微渺的诗性的曲写。"① 阅读陈忠实的后期作品，最直观感受就是他从一个讲故事的老者变成了在言语间开始玩文字游戏的调皮的孩童了。"男人重复着这种劳作工序。女人也重复着这种劳作工序。他们重复着的劳动已经十六七年了。他们仍然劲头十足地重复着这种劳动。"② 显然，后期的陈忠实开始尝试着通过大量的反复来强调这对农村夫妇对生活劳作的习惯，这种习惯不仅仅是身体上的习惯，也是心理上的接受和默认。比起前期陈忠实惯用诚恳的口气告诉读者，这种语言运用自动显现了一对农村夫妇从生理和心理都接受命运安排的意味，显然这种处理使语言表达更具层次性和丰富性，留给读者想象和感知的空间会更多、更大。

然而，陈忠实后期的创作在内容的深刻性上与中期作品相比显然存在较大差距，不过作品的反讽性明显增加了。《腊月的故事》中，秤砣年年过年给自己的好兄弟小卫送羊腿，年年如此，一年不落，但最后却发现偷自己家的牛的就是自己的好兄弟小卫；秤砣给小卫送羊腿却碰上局长给小卫送过年的慰问品，这和秤砣心中小卫一直都是吃商品粮的公家人的形象形成了鲜明对比。反讽的使用无疑将作品的表现力、戏剧性增强了，相较于陈忠实早期的中短篇小说中喜欢运用大量的带有地方特色的熟语来增加故事的可读性的做法，这种反讽手段的运用显得更加高明，这是更加具有国际化进步的表征。

评价陈忠实《白鹿原》之后期的创作，应该站在更加客观的立场上。就其艺术成就来看，无论陈忠实做了何种突破，但最终突破都没有超越

① 李建军：《廊庑渐大：陈忠实过渡期小说创作状况》，雷达：《陈忠实研究资料》，山东文艺出版社，2006年版，第456页。
② 陈忠实：《日子》，《李十三推磨》，作家出版社，2009年版，第434页。

《白鹿原》这座丰碑，然而并不能就此否定陈忠实在创作这条并不容易的道路上所做出的努力。这是一个值得尊敬的选择，是坐在《白鹿原》的成功之上供人高山仰止，抑或是不断进取哪怕并不能翻越自己构筑下的长城？陈忠实选择了后者，这是一个伟大作家对自己的要求，这也是陈忠实创作生涯中极具价值的一个缩影。

三、三秦大地上的灵魂书写

《白鹿原》是20世纪下半叶中国文学最了不起的创造之一，陈忠实对它的定位是"一个民族的秘史"，这其中不仅蕴含着陈忠实对《白鹿原》的定位，事实上也是在体现陈忠实作为一位优秀作家的文学梦想。《白鹿原》也真正完成了它的使命，达到了作者的预期，可以真正称得上是一部中华民族的秘史。

《白鹿原》的诞生并不是一个意外，而是作者十年磨一剑的结果。"实际的情形是截止到长篇《白鹿原》动手，我已经写出了九部中篇，那时候我再也捺不住性了继续实践那个要写够十个中篇的计划了，原因是一个重大的命题由开始发展到日趋激烈、日趋深入，就是关于我们这个民族命运的思考，这是在中篇小说《蓝袍先生》的酝酿和写作过程中触发起来的。以往，某一个短篇或中篇完成了，关于某种思考也就随之终结。《蓝袍先生》的创作却出现了反常现象。小说写完了，那种思考非但没有中止，反而继续引申，关键是把我的某些从未触动的生活库存触发了、点燃了，那情景回想起来简直是一种连续性爆炸，无法扑灭也无法中止。这大致是一九八六年的事情，那时候我的思想十分活跃。"①

这就是说，陈忠实在《白鹿原》中的思考是他前期思考的延续。20世纪80年代，陈忠实接受了从外国传来的文化心理结构理论，开始从一个更高站位审视我们这个民族。"当我第一次系统审视近一个世纪以来这块土地上发生的一系列重大事件时，又促进了起初的那种思索进一步深化，而且渐入理性境界，甚至连'反右''文革'都不觉得是某一个人的偶然的

---

① 李星、陈忠实：《关于〈白鹿原〉与李星的对话》，雷达：《陈忠实研究资料》，山东文艺出版社，2006年版，第19页。

判断的失误或是失误的举措了。所有悲剧的发生都不是偶然的，都是这个民族从衰败走向复兴、复壮过程中的必然。这是一个生活演变的过程，也是历史演进的过程。"① 陈忠实继续说："一个民族的发展充满苦难和艰辛，对于它腐朽的东西要不断剥离，而剥离本身是一个剧痛过程。我们这个民族在 21 世纪上半叶的近五十年的社会革命很能说明这一点，从推翻帝制—军阀混战—国共合作这个过程看，剥离是缓慢而逐渐的，它不像美国的独立战争，只要一次彻底的剥离，就可建立一个新秩序，我们的每一次剥离都不彻底，对上层来讲是不断的权力更替，而对人民来说则是心理和精神的剥离过程，所以，民族心理所承受的痛苦就更多。在《白鹿原》中，我力图将我们这个民族在五十年间的不断剥离过程中产生的矛盾冲突和民族心路历程充分反映出来。我们几千年的封建制度，许多腐朽的东西有很深的根基，有的东西已渗进我们的血液之中，而最优秀的东西和新生的东西要确立它的位置，只能反复剥离，所以，我们这个民族就是在这样一种不断饱经剥离之痛的过程中走向新生的。"② 显然，受到封建礼教影响最深的关中地区在反复剥离中将经受更多的痛苦，捍卫的一代用生命在维护着封建礼教，反抗的一代在极力冲破这吃人的礼教，这注定是一场两败俱伤的战争。

（一）捍卫的一代

中国传统礼教最显著的功绩之一莫不是培养出一批批前仆后继维护封建礼教的孝子贤孙，他们散布在社会的各个阶层，上至高官，下至平民百姓都用自己的方式捍卫着封建礼教的统治。作为乡土中国基层社会的乡绅代表，白嘉轩用自己的一生捍卫着乡村的仁义礼智孝；作为儒家文化的继承者，他通过祠堂、宗族等具有强烈儒家色彩的手段去维护着乡村的稳定与和平，他是乡土中国最无私的守卫者。同时，他身上近乎变态的自律又凸显出传统儒家文化对人的扭曲和倾轧。白嘉轩是白鹿原大家族的族长，在乡党面前克制、冷静、果敢，永远恪守着自己内心的秩序，不论发生什

---

① 李星、陈忠实：《关于〈白鹿原〉与李星的对话》，雷达：《陈忠实研究资料》，山东文艺出版社，2006 年版，第 22 页。

② 陈忠实：《白鹿原》，人民文学出版社，1993 年版，第 472 页。

么，都无法动摇他的意志和决心。《白鹿原》有这样一段描写："白嘉轩等到儿子念完接着说，'我是族长，我只能按族规和乡约行事。族规和乡约哪一条哪一款说了要给婊子塑像修庙？世上只有敬神的道理，哪里有敬鬼的道理？对神要敬，对鬼只有打。瘟疫死人死得人心惶惶，大家乱烧香乱磕头我能想得开，可你们跪到祠堂又跪到我的家门口，逼我给婊子抬灵修庙，这是逼我钻婊子的裤裆！你们还说在我修起庙来给我挂金匾，那不是金匾，是那婊子的骑马布挂到我的门楼上！我今日把话当众说清，我不光不给她修庙，还要给她造塔，把她烧成灰压到塔底下，叫她永世不得见天日。谁要修庙，谁尽管去修庙，我明日就动手造塔。'"① 这是白嘉轩对待田小娥的决绝态度。与其说是白嘉轩具有超人的胆识和气魄，毋宁说这是传统礼教给他的勇气；常年浸染于传统礼教之中，使他对传统礼教的功效深信不疑。在历史车轮滚滚向前，各方反叛者轮番上阵，传统礼教给予他的力量根本无法招架时，他该何去何从。传统礼教给予了他多少力量，此刻他就有多无助，白嘉轩注定是悲剧的。

如果说白嘉轩是封建礼教的执行者，那么朱先生就是封建礼教的代表。一言以蔽之，二者与封建礼教的关系是根本不同的，封建礼教对于白嘉轩是主动一方，白嘉轩处于弱势，他所扮演的角色是守护者；封建礼教对于朱先生是被动一方，朱先生本身处于强势，是封建礼教附着于朱先生，朱先生本身就代表着封建礼教。造成二人最大区别的原因是文化，白嘉轩只能借助外在力量践行封建礼教，他并未真正走入儒家文化最核心、最有价值的部分，他所坚持的是历史上经过一代又一代传承演变下来的宗教礼法，不问是非，不问对错，照单执行，这也是普遍中国人的境遇。朱先生本身就是优秀儒家文化的象征，他身上具有儒家文化中优秀的品质。作为关中大儒，朱先生一不求名，二不为利，以教书育人为生，始终与政治保持距离，国难当头之时，挺身而出，禁大烟，修县志。他身上寄托着陈忠实对儒家文化的理想，他是儒家文化在 20 世纪的最后一个活的化身。白嘉轩和朱先生都用自己的行为在捍卫着儒家传统文化，但二人所取得的

---

① 陈忠实：《白鹿原》，人民文学出版社，1993 年版，第 472 页。

效果是不同的，黑娃就是最好的例子。对于白嘉轩，黑娃的反应更多的是不屑，认为白嘉轩的腰板太硬；在黑娃的潜意识中，白嘉轩正直中还带着虚伪的东西。而对于朱先生，黑娃更多的是尊重，甚至多少有一些敬畏在其中。朱先生身体力行地在践行儒家传统文化中精华的部分，而儒家文化中缺憾的内容则由白嘉轩来承担。这就是为何都是儒家文化的捍卫者，朱先生更多得到的是尊重，而在反叛者的眼中，白嘉轩是猪八戒照镜子——里外不是人的缘故。

（二）反抗的一代

有压迫必然就有反抗，白鹿原大地上不仅孕育了像朱先生、白嘉轩这样的虔诚的儒家礼教的捍卫者，也滋养了黑娃、白灵、田小娥和白孝文这样反抗的一代，他们用各自的方式反抗着那吃人的礼教，或走向"新生"，或走向灭亡。

黑娃是《白鹿原》中最早起来反抗的第一人。他的反抗意识是天生的，他的反抗更像是追求生活本身的意义之路。他像一只无头苍蝇在四处搜寻，寻找自己的身份，寻找自己的文化认同。作为长工的儿子，他天生对主家白嘉轩带有敌意，他总觉得白嘉轩的腰太硬，活得不太像个"人"，他极力想要摆脱父亲鹿三的命运，想要跳出这个划分三六九等的世界，想要建立属于自己的世界。他不断去尝试，打土豪，闹农协，毁族规，当过土匪，干过革命。他也陷入了娜拉出走之后的悲剧中，他并没有真正走出儒家文化的藩篱，当他阅尽千帆，蓦然回首，却发现解脱之路就在原地。"黑娃歉然地说：'我学一点就做到一点，为的再不做混账事。'"① 黑娃最终选择拜入朱先生门下做他的弟子，选择用儒家文化来涤荡灵魂，他自己在否认自己之前的所作所为，他认为那些都是混账事。为何黑娃会有这样的转变？主要是优秀的传统儒家文化让黑娃的内心有了力量，有了目标，他不再像无根的浮萍到处飘摇，他终于找了可以依靠的力量。黑娃的选择其实也是陈忠实的选择，作者在一定程度上肯定了朱先生代表的儒家传统文化。黑娃的反抗是一种自发性的反抗，这种反抗是无明确目标的反抗，

---

① 陈忠实：《白鹿原》，人民文学出版社，1993年版，第585页。

是对自身生成的环境不满所滋生的反抗，这样的反抗在文学作品中比比皆是，鲁迅《阿Q正传》中的阿Q以及易卜生《玩偶之家》中的娜拉就是这样。反抗是文学永恒的母题，反抗之后该何去何从，是不同时代作家一直在追寻的答案。《白鹿原》中，陈忠实给出的答案是传统文化，但这真的能解救吗？答案似乎是悬而未决的。

　　田小娥是《白鹿原》中最具有争议的人物，同时她也是中国现当代文学女性形象中最具有抗争意识的代表。田小娥与中国现当代文学中其他反抗角色最不同的地方是她是通过身体进行反抗，这也暗示着她最后必将走向毁灭。田小娥一开始并未想到利用自己的身体去换取利益，她只是希望能够简单地过自己的小日子。黑娃逃走之后，田小娥又变得孤苦无援，这个时候的她也并未将身体当作反抗的工具，直到鹿子霖指示她去勾引白孝文（这其中有鹿子霖利用她的成分），这时候她真正意识到她的身体可以作为武器去报复她的敌人。但是当她复仇的快感消失之后，真正发现自己只是被鹿子霖利用了，她并没有得到真正的救赎，她的反抗并未取得真正的胜利，只是将自己推入到更加空虚的深渊。身体作为武器是封建礼教所不容的，亲手处决她的不是别人，是她大（黑娃的父亲）。她的存在严重挑战着白鹿原乡党的神经，她就像一颗随时会爆炸的炸弹，威胁着塬上男青年的声誉，谁只要和她沾上，必将走向万劫不复的境地。不过在父权制社会，传统礼教对待男女的态度是不一样的。"同样是堕落与淫乱者，田小娥惨遭杀害，死后还要被白塔镇着；黑娃、白孝文却可以光宗耀祖地回祠堂祭祖，为传统礼教重新接纳。这就是为男权社会服务的传统礼教对待男女的巨大不公。"① 这也预示着田小娥的反抗根本无法获得真正的成功。田小娥的悲剧不是个人的悲剧，而是那个时代整个女性群体的悲剧。

　　白孝文是《白鹿原》中最复杂的人物。作为族长的儿子他被给予厚望，似乎天生自带光环，这也成为他身上沉重的枷锁，他需要随时注意自己的言行举止，保持着一个未来族长应该有的样子。他的人生从他生下来的那一刻就决定了，他无法选择自己的人生。当他的自主意识还没有觉醒

① 　吴成年：《论〈白鹿原〉中三位女性的悲剧命运》，雷达：《陈忠实研究资料》，山东文艺出版社，2006年版，第428页。

时，他会主动接受这样的安排，因为从未有人告诉他"你不应该这样"，相反，身边人对他恭顺的行为往往投来赞许的眼光，这就是文化的力量。白嘉轩更是用极度严苛的家规雕琢这个令人满意的儿子。这样的人物倘若没有外在刺激的干涉，他将沿着父亲设计好的人生道路平稳度过一生。可是，一旦他的自主意识被唤醒，或者说他的被封建礼教压抑下的个体思想一旦活跃起来，那么他首当其冲就会成为最彻底的反叛者和破坏者。

当白孝文和田小娥的事情被白嘉轩撞破，白嘉轩当众在祠堂惩罚了白孝文之后，白孝文的世界就发生了坍塌，他无法再调动已有的经验来处理这让他也让整个家族蒙羞的事情，他深知这样的事情是对家庭最致命的打击，他已然无法做回那个人人尊敬的族长，他该何去何从呢？父亲分家是压死骆驼的最后一根稻草，他没有黑娃的血性和勇气单独生活，去重新捡回失去的面子。他在浑浑噩噩中寻找方向，没有人给他指出方向，所有人看他犹如丧家之犬。他卖地拆房，吸大烟，最终过着流浪狗一般的生活。生活使他别无选择，他走上了罪恶的道路。"'过去要脸就是那个怪样子，而今不要脸了就是这个样子，不要脸了就像个男人的样子了！'"① 当他发现摆脱父亲，事实上是摆脱了仁教礼义那一套东西之后，自己也就能在这个世界上活下去了；甚至当他做出一些伤天害理的事情后，他却得到了仁教礼义无法给予他的一切；他彻底抛弃了仁义礼教，走向了罪恶的深渊。他成为历史洪流的投机者，为了自己的仕途轻易结束了黑娃的生命。在中华民族历史上，白孝文这样的人不是偶然的一个，他代表了那些被自己信仰抛弃之后用更加恶毒手段去反抗、报复他之前所信奉的一切的人。反观他们的境遇，我们不得不承认中华传统文化在给予人正面积极力量的同时，也扼杀了个人的自主意识，忽视了对个人意识的尊重与关怀，传统文化的空隙中能够透出阳光也能滋长罪恶。

"《白鹿原》是一个整体性的世界，自足的世界，饱满丰富的世界，更是一个观照我们民族灵魂的世界。说它是民族灵魂的一面镜子，并不过分。对一部长篇小说而言，它是否具有全景性、史诗性，并不在于它展现

---

① 陈忠实：《白鹿原》，人民文学出版社，1993 年版，第 315 页。

的外在场景有多大，时间跨度有多长，牵涉的头绪有多广，主要还在于它本身是否是一个浓缩了的庞大生命，是否隐括了生活的内在节奏，它的血脉、筋络、骨骼以至整个肌体，是否具有一种强力和辐射力。《白鹿原》正是以这样凝重、浑厚的风范跻身于我国当代杰出的长篇小说的行列。"①

四、三秦大地上的臻善主义

在整个文学创作，尤其是后期文学创作中，陈忠实创作了大量散文，散文是陈忠实文学创作的重要组成部分。

"散文的题材并不需要像小说或叙事诗那样完整，生活中间的一点一滴，凡是引起我们一种较深印象或激发起悲哀、愤怒、欣悦、赞美的感情底东西，都可以是散文的题材。"② 陈忠实的散文来源于他生活的点点滴滴，都是作家用心关注生活，用心感受生活的产物。陈忠实在散文创作中用了大量的篇幅来回忆过去的生活。值得注意的是，这些生活的主题往往和求学、创作有关。有对善良女教师因为"我"休学而落下了"晶莹的泪珠"的感谢；也有对在创作道路上给予"我"机会的编辑朋友的感谢……在《何谓良师——我的责任编辑吕震岳》中，陈忠实用细腻而真挚的笔触向读者娓娓道来发生在他和吕震岳之间的关于文学的故事，字里行间蕴含着作者对这位编辑的感恩和答谢之情。陈忠实不少散文创作的重心都在表达作者与文学的关系，他数十年如一日地在文学道路上默默耕耘着，执着奋进着。《别路遥》一文对路遥轰然离世的遗憾惋惜之情细密地交织在一字一词之中；陈忠实是悲伤的，是遗憾的，同时更多的是一种共情；他们是那么的相似，都是出生在农村家庭的穷苦孩子，同样有对文学近乎献身的热爱。路遥的离开怎能叫他不难过，不悲伤? 这个世界又一个热爱文学的人离他而去! 不过，作者虽然在这些作品中表达了对故旧真挚的感怀之情，但也有一味地抬高、一味地推崇之嫌，这在一定程度上消解了其中的

---

① 雷达：《废墟上的精魂——〈白鹿原〉论》，雷达：《陈忠实研究资料》，山东文艺出版社，2006 年版，第 139 页。
② 葛琴：《略谈散文》，佘树森：《现代作家谈散文》，百花文艺出版社，1986 年版，第 139 页。

真情实感，显得有些不真实、不自然。《家之脉》重点回顾了我和父亲之间的点滴，父亲的教诲不仅仅停留在日常的琐碎之中，更多的是一种对我的期望和要求。"从我第一次走出这个村子到城里念书的时候，父亲和母亲每每送我出家门时的眼神，都给我一个永远不变的警示：怎么出去还怎么回来，不要把龌龊带回村子带回屋院。"①

陈忠实的散文除了回忆生活，还喜欢记录生活中的山、水、树、鸟，比较著名的有《告别白鸽》《绿风》《在河之洲》等，讲述在故居的所见所闻，与自然和谐成趣的故事。其中传达出来的是作者对土地、动物、植物、自然的热爱，对生态环境的关注，对人类命运的思考。陈忠实的散文如同他的小说一般具有强烈的忧患意识，除了关注生命、生活、生存本身，还隐隐包含着对民族未来的担忧，对民族未来该何去何从的思考。陈忠实的散文语言舒朗、自然、少矫揉造作之词，读起来亲切、自然，就像和阁中老友密谈，充满了生活气息。

陈忠实在当代文坛是一个独特的存在，他因长篇小说《白鹿原》获得了极高的荣誉和地位。在这之前，他以老牛的姿态在写作的道路上步履蹒跚地奋进和探索。我们对其创作历程进行简单梳理和概括，就会发现他的成功是必然的：文学给予了他少年时最初而持久的梦想，三秦大地给予了他文化的滋养，关中人踏实肯干的精神又在支撑着他一部一部地写下去。陈忠实在对民族历史的反思和民族未来的关注中越潜越深，终于促成了他由一个优秀作家向伟大作家的转变。

思考题

1. 你读过陈忠实哪部（篇）小说？请结合切实印象，简要论述。

2. 陈忠实的《白鹿原》已经被很多人奉为经典作品，请结合有关经典理论，评析《白鹿原》的经典性。

3. 结合自己的阅读体验，评析陈忠实散文创作的特点及取得的艺术成就。

---

①　陈忠实：《原下的日子》，北京十月文艺出版社，2012 年版，第 59 页。

第六讲

贾平凹：文坛独行侠

　　贾平凹是当代中国文坛的多产作家，其文学创作与身处的生活环境有着紧密联系。贾平凹生长在秦岭山区，那里交通不便，环境闭塞，但是自然环境优美。年少时，父亲被打成"反革命"，这一变故使得身材矮小的贾平凹在性格上变得更加自卑怯懦，不过这也密切了贾平凹与秦岭的山间明月、泉石草木的关系。他放任思想自由地徜徉在自然天地之间，并从中收获乐做人与作文的妙悟，秦岭山水大概是贾平凹文学最初的启蒙。1972年贾平凹经推荐进入西北大学中文系学习，其漫长的山地生活自此告一段落，新奇丰富的城市生活开始进入他的生命体验。在校期间，贾平凹广泛涉猎文学著作，使他的文学素养日渐丰厚，且自觉形成了创作意识，开始投身文学创作实践中。

　　自步入文坛以来，贾平凹一直都是一个备受争议的作家，尤其表现在其对传统与西方文化资源的取向，对于乡村与城市的情感认同，以及对于丑陋与疾病的具象化描摹所产生的审美效果得失等方面。贾平凹的文学观以及文学创作状况与其独特的人生经历息息相关，生活环境的迁移与人生阅历的累积赋予了贾平凹多重身份。作为具有文人意识的现代知识分子，贾平凹的作品深受中国传统文化思想、文学艺术以及地域历史文化的影响，表现出强烈的民族意识。长期的城市生活以及对世界文艺的阅读又使贾平凹深具现代意识，在民族与世界的对接中，他尝试适合自己的文学表达方式。作为城籍农裔作家，贾平凹的城乡观也在随着身份与阅历的转变而发生变化，对乡村及传统文化由依恋到责难，对城市由拒斥到接纳，在时空的置换过程中，作者的文学观念日趋成熟。贾平凹有过长期的患病经历，这使其生理和心理饱受折磨。长期的疾病体验不但给贾平凹的日常生活带来了极大负面影响，而且也潜移默化地影响着他的心理状态及文学创作。于是作为文坛病人，贾平凹的作品中充斥了形形色色的疾病，并赋予疾病以丰厚的美学价值，借此表达他对城市化、对人性等诸多问题的深切思考。

一、贾平凹的文人品格

贾平凹是一个具有传统文人品格的知识分子，其兴趣爱好与文学创作都渗透着强烈的文人气息，同时贾平凹又极具现代意识。从他的作品中，我们可以看到作者总是为平衡传统文化与现代意识、现实世界与意象世界做出尝试。首先，从兴趣爱好来讲，贾平凹对一些古旧事物十分感兴趣，他喜爱书法、绘画，喜欢收藏汉罐等各种古董。贾平凹的书画自成一派，有着浓厚的个性特征。贾平凹的书画拙朴温厚、大智若愚，又暗藏风骨与灵机。由贾平凹的书法、绘画可窥其作文之玄机。贾平凹的这些爱好形式上看起来传统守旧，都是小打小闹，但就其表达的核心而言却在于精神本身，正如作家本人所说："我身上传统的东西也多，但传统的东西也不一样啊，主要看人的精神方面。有人只知道我写写字啊，画画啊，下棋啊，这些好像都是古老的东西，但是他就没有看过具体的字、具体的画，它传达的啥东西，他没有看那个东西。"[1] 这可以说是人们对贾平凹及其作品经常误读的象征。其实，贾平凹往往是通过这些传统性、民族化的形式，来传达富有现代气息的精神内涵，比如对于时代风向的预判，对社会现实的超越与反叛，以及在《废都》《白夜》等作品中所传达的虚无与幻灭精神，在《老生》《带灯》等作品中对宏大叙事的解构，等等。

其次，从文学创作来讲，贾平凹的作品始终秉承着中国文人传统，我们可以从其作品中所体现的古典哲学意味、所继承的文艺传统和作家文学语言运用以及人物形象塑造等方面进行具体论述。

第一，对中国古典哲学精神的融汇。贾平凹创作中所体现的哲学思想

---

① 林建法、李桂玲：《说贾平凹》，辽宁人民出版社，2014年版，第35页。

传统可以从中国传统思想与地域民间文化两个方面来分析。中国传统思想指的是儒释道思想，这里所说的地域民间文化主要指巫楚文化与秦汉文化。中国传统文化的主体是儒释道的贯穿与融合。可以说，抽离了儒释道文化，中国传统文化就成了无源之水，无本之木。在中华文明发展过程中，儒家文化起到了重要的支撑和推动作用，是我国传统文化的正统与核心，经过几千年文明的洗礼与沉淀，儒家思想已经渗透到每一个华夏儿女的血脉当中。佛教是世界三大宗教之一，自传入中国之后，给中国人的政治文化、风俗习惯、文学艺术等诸多方面带来了深刻影响，尤其是因果报应、轮回转世、善恶相报等观念对人的思想的影响。道家思想是中国重要传统思想，它认为道是天地万物的根本，万物遵循自身固有的规律发展变化，所以人们应该顺应天道；而道法自然，所以在为人方面应该清心寡欲，国家治理方面应该顺乎民意、清静无为，实现万民自治。儒释道思想对贾平凹影响至深，费秉勋曾说，贾平凹"从对中国古代文化的混沌感受中，感性地、融合性地接受了中国的古典哲学，其中既有儒家的宽和仁爱，也有道家的自然无为，甚至有着程朱理学对世界的客观唯心主义的认识。在这种融合中，老庄哲学似乎占有较为重要的位置，而禅宗的妙悟也使他获益良多。"[①] 韩鲁华也认为："在他的身上，儒释道三者皆有，但是主调是道家的文化精神。"[②] 费秉勋、韩鲁华等学者都确认了道家文化思想在贾平凹文学思想体系中的主体地位。诚然如此。在贾平凹的文学创作中，与禅道文化相比，儒家文化的印记似乎要暗淡很多。禅与道是贾平凹汲取不尽的重要文化资源。贾平凹作品中不乏寺庙、道观等宗教性的场所，比如孕璜寺、清虚庵、不静冈寺、锁骨菩萨塔、地藏菩萨庙等，也塑造了大量承载着宗教义理的人物形象，如智祥大师、小尼慧明、宽展师父等。佛家的慈悲为怀、因果报应、轮回转世等思想，道家的旷达虚静、顺应天道、自然无为等思想业已渗透在文本中，规约指导着人物的行为选择与故事情节的推进发展。贾平凹作品中对于中国古典哲学思想的吸纳，充分体现了一个当代传统文人的文化自觉。

---

① 费秉勋：《贾平凹论》，陕西人民出版社，2018年版，第272页。
② 韩鲁华：《贾平凹文学创作与中国传统文脉的承续》，《文艺争鸣》，2017年第6期。

　　贾平凹的文学创作也深受地域民间文化的影响。贾平凹出生在陕西省商洛市丹凤县，这里属于古商州的辖区。韩鲁华曾指出："商州处于中国的中间地带，从地域文化角度看，是一种山水地域文化。从历史文化角度看，它是楚文化与秦文化交汇而成的。它又通着中国东部与西部的文化。在这块神奇的土地上，儒释道文化相聚，地域神秘文化浓厚，南北文化于此交汇。"① 这种独特的地域文化，既深刻影响了贾平凹的性情品格，也使其精神渗透到了贾平凹的文学创作中，因而，贾平凹的作品弥漫着浓浓的秦汉与巫楚文化的遗风，其中，楚汉的巫文化对贾平凹作品的影响较为深切。鲁迅指出："中国本信巫，秦汉以来，神仙之说盛行，汉末又大倡巫风，而鬼道愈炽。"② 巫楚文化是以"江汉文化为中心，在原始宗教巫术、神话的沃土中发展起来的一支由楚人创造的具有浓郁地方色彩的开放而多元的南方文化，巫楚文化的重要特征是崇神、信巫、畏鬼"。③ 贾平凹作品中存在着大量神秘现象，这很大程度上得益于鬼巫文化的启发。于是有了《浮躁》里会堪舆、懂天机的和尚，《废都》里奇异的天象与花朵，《白夜》中的再生人与"阴间阳间不分，历史现实不分，演员观众不分，场内场外不分"④ 的目连戏，《山本》中的陈先生与宽展师父等等。事实上在贾平凹的早期的《西北口》《美穴地》《古堡》等作品中，也涉及大量风水堪舆、攘灾求雨、祭神驱邪等情节。由此可见，古老的巫楚文化对于商州人精神世界影响的深远，这种神秘的文化气息早已内化在世世代代生存于此地的人们心中，作为商州一分子的贾平凹也不例外。

　　巫楚神秘文化成就了贾平凹的神秘叙事。贾平凹这种渗透在作品中的神秘气息可以说是和拉美魔幻现实主义有着类似性的民族化表达。按照马尔克斯的观点，拉美魔幻现实主义实际是拉美的现实。贾平凹生长的商州具有的神秘性也是商州的现实，其本质是由商州特有的巫楚文化的神秘性

---

① 费秉勋：《贾平凹论》，陕西人民出版社，2018 年版，第 52 页。
② 鲁迅：《中国小说史略》，人民文学出版社，2006 年版，第 43 页。
③ 蒋正治、贾三强：《巫楚文化其骨　秦汉文化其表——贾平凹文学创作之文化背景》，《社会科学家》，2011 年第 3 期。
④ 贾平凹：《白夜》，长江文艺出版社，2016 年版，第 441 页。

决定的。贾平凹有很多看似刻意魔幻化了的思维方式及民间习俗表达，其实是在民间鬼神文化长期熏陶下人们的自然反应与思维定式。贾平凹作品中的求雨祭祀、婚丧嫁娶，还有一些巫医神算、老道僧侣等神秘人物都是这种神秘文化的载体与表现。于是，山中的猫头鹰叫声将预示着人要遭遇噩运，要出门的人就需要带着女性经血以辟邪，眉心放血以治头晕，金戒指煮水以止心慌……这是贾平凹笔下许多人物的心理共识，也许听起来不可思议，但是这些都是世世代代生活在秦岭山地的人中流传和体验的东西，贾平凹的作品不过是在重复秦岭山地的这种种鬼神传说。

其次，秦岭山地的神秘性又在强化贾平凹创作的神秘特性。秦岭是我国一条横亘东西的山脉，与七大水系之一的淮河形成了中国东部的南北地理分界线。秦岭主体位于陕西境内，向西延伸至甘青边界，与昆仑山相接，向东与河南境内的伏牛山脉、崤山山脉等相接，东西绵延 1300 余千米。太白山、嵩山以及贾平凹作品中屡次提到的终南山、华山等等皆属秦岭山脉。秦岭自古以来就被认为是华夏文明的龙脉，秦岭中也有很多从事风水堪舆的人，贾平凹小说《美穴地》里的柳子言就是这样一个技艺高超的风水先生，《山本》开篇提到的胭脂地里的风水先生也是此类人物，他对整个小说故事情节的发展起着重要作用。

作为南北分界线的秦岭具有重要的地理意义。秦岭的阻隔形成了南北两侧截然不同的气候。秦岭以北的关中地区干燥寒冷，而与关中仅有一山之隔的汉中盆地山清水秀，气候宜人。高大险峻的秦岭山脉阻隔了与外界的交流，使秦岭本身也成为动植物的乐园。狼、熊、麝等动物经常游走于秦岭的深山密林中，甚至还有像水牛一样却长着羊角猪鼻的羚羊、不断变换皮毛颜色的狸子、背上有人面纹的蜘蛛、竹节虫、铁蛋鸟、双头鱼等等奇珍异兽。这样看来，贾平凹小说中的秦岭山地人几乎同野生动物共同生活就不足为奇了。秦岭山里还生长着不计其数的珍稀植物，其中中草药种类多达一千余中，是中国的天然药库，小说《山本》中就提到了许多，比如："荜茇、白前、白芷、泽兰、乌头、青葙子、苍术……"①"蕺菜、大

---

① 贾平凹：《山本》，作家出版社，2018 年版，第 37 页。

叶碎米荠、诸葛菜、甘露子、白三七……"① 等等。总而言之，秦岭是一个神秘莫测的存在，其中有很多难以用科学解释的自然现象，描写对象本身的神秘性给贾平凹的小说创作带来了传奇色彩。中国传统的儒释道思想与神秘的楚汉文化的相互补充与融合，形成了贾平凹作品独树一帜的神奇文化氛围。

第二，对中国古代文艺传统的继承。贾平凹在《带灯》后记中曾坦言："几十年以来，我喜欢着明清以至三十年代的文学语言，它清新，灵动，疏淡，幽默，有韵致。我模仿着，借鉴着，后来似乎也有些像模像样了。而到了这般年纪，心性变了，却兴趣了中国西汉时期那种史的文章的风格，它没有那么多灵动和蕴藉，委婉和华丽，但它沉而不糜，厚而简约，用意直白，下笔肯定，以真准震撼，以尖锐敲击。何况我是陕西南部人，生我养我的地方属秦头楚尾，我的品种里有柔的部分，有秀的基因，而我长期以来爱好着明清的文字，不免有些轻的佻的油的滑的一种玩的迹象出来，这回我真的警觉。我得有意地学学西汉品格了，使自己向海风山骨靠近。"② 可见，贾平凹的文学创作自觉借鉴和继承了先秦、魏晋、汉唐、两宋、明清等各个时期的文学艺术传统。贾平凹尤其推崇苏轼，苏轼精通诗词书画，是有大学问、大境界者，其忧国忧民、自在达观的精神也在影响着贾平凹的处世哲学。贾平凹的小说创作就是融汇了中国古典文艺精华的结果，是继承中的创新。

商州系列小说《鸡窝洼的人家》《小月前本》《古堡》《五魁》《白朗》《美穴地》等作品语言清新自然，细腻雅致，着重刻画原始而秀美的自然风物与野性而纯良的商州人物群像。城镇系列长篇小说《浮躁》《废都》《白夜》等作品主要关注点已经从秦岭山地转向关中都市，自然氛围相对淡化，但其整体语言风格依旧雅致，依旧充满文人气。而贾平凹所说的具有"西汉品格"的《带灯》《老生》等作品很难用一两句话概括小说的内容和主题，浑然天成，洋洋洒洒，自然流动，与所表现的对象相得益彰。所有这些，其实都要归于对古典文艺的妙用和点化。

---

① 贾平凹：《山本》，作家出版社，2018 年版，第 298 页。
② 贾平凹：《带灯》，人民文学出版社，2013 年版，第 361 页。

究其实，贾平凹的小说创作对事物的描写不求形似，而重视神髓，注重表现主观感受，这实际是我国传统文艺重情感、重气韵的一种写意手法，富于东方民族的意味。运用这种艺术手法，贾平凹真实生动地表现了当代中国人的生活与情绪。贾平凹是当代中国"穿长袍的作家"，① 走了一条既不同于主流现实主义作家的创作道路，又不同于那些积极学习西方现代主义、创作上一味逐新的作家的道路。贾平凹是中国当代文坛的"独行侠"。

第三，贾平凹在文学语言运用与人物形象塑造方面，也彰显了其文人品格。

首先，在语言方面。文学是一门语言的艺术，语言功底对于作家来说至关重要，优秀的作家无不具有鲜明的语言特色，比如，老舍作品中的"京味儿"，冯骥才作品中的"津味儿"等等，这些作家都充分发挥了语言的本土特色，将地域方言融入文学叙述以及人物对话中，自然鲜活，生动传神，形成了极具地域风情的文学作品。贾平凹的作品同样具有浓厚的地域特色，这很大程度上得益于其纯熟的语言功底。贾平凹善于在作品中引用方言古语以及歌谣戏词等，形成了独具一格的语言风格，既有关中特色，又有古风遗韵。这种浑然天成的语言风格是长期在当地话语氛围中熏陶形成的。贾平凹是陕西土生土长的作家，"在陕西，民间土语是相当多的，语言是上古语言遗落下来的，十分传神，笔录下来，又充满古雅之气"。② 贾平凹曾坦言自己古文功底并不好，只是由于生活环境的古文化氛围浓厚，于其中熏陶而得古文化气质。除了将方言土语融入日常叙事，贾平凹还强调成语的本义还原，"现在有许多名词，追究原意是十分丰富的，但在人们的意识里它却失却了原意，就得还原本来面目，使用它，赋予新意，语言也就活了。"③ 贾平凹还解释了其作品中"糟糕""团结"等词义的本义，妙趣横生，颇有古人炼字之风。除了改造旧词，贾平凹还强调改造民间土语，认为一些老百姓口头的语言往往更有生活的代入感，更能体

---

① 费秉勋《贾平凹论》，西北大学出版社，1990 年版，第 215 页。
② 林建法、李桂玲：《说贾平凹》，辽宁人民出版社，2014 年版，第 30 页。
③ 林建法、李桂玲：《说贾平凹》，辽宁人民出版社，2014 年版，第 29 页。

现鲜活生动的地域特色与民间文化，不过考虑到作品的文学性与读者的文化差异，对于一些下流龌龊、生僻晦涩的俗语，还是有过滤与改写的必要的。

　　贾平凹的作品还塑造了一系列文人形象，如《废都》中的庄之蝶、《白夜》中的吴清朴、《土门》中的范景全、《高老庄》中的子路、《秦腔》中的夏风、《带灯》中的元天亮等。这些文人形象集中体现了贾平凹作为现代知识分子的文人气质。《废都》这部小说创作于20世纪90年代，安妥了贾平凹"破碎了的灵魂"，是为"苦难之作"。小说创作的时候，作为知识分子的贾平凹本人，也面临着巨大的精神危机。他通过自身的生命体验敏锐察觉到了这个时代对知识分子的淡漠，作为知识分子本质的精英意识与社会责任感该如何与这个物质化的时代相适应，成了一个值得思考的问题。庄之蝶就是市场经济时代来临之际文学边缘化情势下，因社会价值观的扭曲而导致精神空虚与堕落的传统文人的代表。其实不用深究，单单看看大作家庄之蝶与画家汪希眠、书法家龚靖元、艺术家阮知非这西京城中四大名人的名字，就可以看出贾平凹身上具有的传统文人的情结。西京城里这四个颇具古典意味的名人，以他们的命运遭际显示着西京城文化的兴衰。他们是市场经济时代起落浮沉的知识分子，迷惘堕落，无所适从，将生命的热情毫无忌惮地寄托在女人与金钱上面，为了满足一己私欲，不惜投机造假，滥交豪赌，直至消亡在经济大潮中。性欲、赌博、毒品、权钱交易等等层出不穷的腐败现象，已经使西京这座历史文化名城彻底沦为"废都"，而生活在这"废都"之中的四大名人均不得善终，且后继无人，这也意味着文化传承的困境。小说主人公庄之蝶集中体现了知识分子在自我堕落与救赎过程中，内心世界的追求与困顿，这非常契合贾平凹创作《废都》时的心境。相比较庄之蝶，吴清朴是一位比较边缘化的小知识分子。他在经济浪潮中，迫于生存压力，弃文从商，经营饭店；经历了爱情幻灭之后，重回考古队，最终在一次野外活动中意外丧命，当代知识分子的生存困境可见一斑。通过吴清朴，贾平凹也表现了对于知识分子前途的关怀与担忧。后来的范景全、子路、夏风、元天亮身上的知识分子文人气质已逐渐消散，甚至与作品中的主导话语倾向有相悖之处，最为典型的是夏风对以秦腔为代表的民间文化的冷漠和对省城生活方式的向往。贾平凹小说中富有文人气质的知识分子这一类人物形象集中体现了贾平凹的传统文人情结，这类文人形象的生命轨迹则展示了贾平凹对知识分子在时代洪流中的身份定位。

二、城籍农裔作家的城乡观

"农裔城籍作家"这个词最早是由李星提出来的，指的是一批出生在农村，有过长期农村生活经历，在农村文化思想与传统习俗浸润下成长起来，后因为由乡入城户籍变动，但仍然与农村、农民保持密切联系的作家。之所以提出这个概念，用他的话说就是："为了将他们和那些因为某些原因，在乡下，在农村生活了一段时间，而后来又常常以农村、农民为描写对象的'落难公子'型的作家区别开来。"① 现当代文坛中有一批作家都具有农裔城籍身份，比如：废名、沈从文、路遥、贾平凹等。其中贾平凹是陕南山地人，既对基层农村社会有着难以割舍的情怀，又向往着充满诱惑的都市文明。1972 年，贾平凹离开家乡，前往西安求学，由此开始了他漫长的城市生活。由乡入城，由农民变成市民，这不仅仅是地理位置的转移与身份的转换，更是二元对立的文化环境与生存方式的置换。对于自卑穷困的山地人来说，新鲜而丰富的城市生活让人眼花缭乱，贾平凹也曾对自己的进城体验进行过细致入微的描写。农裔城籍这一特殊身份意味着对作家熟悉的生活方式及思维方式的背离，也影响着贾平凹城市意识的变迁以及他的文学创作历程。

贾平凹早期描写商州的作品中就已经引入了现代意识，在歌颂乡土世界环境美与人性美的同时，也在现代意识的指引下，展开了对乡村文明落后的指责与批判。"城市生活和近几年里读到的现代哲学、文学书籍，使我多少有了点现代意识，而重新回到商州，审视商州的历史、文化、传统的和现实的生活，商州给我的印象就相当强烈！它促使我有意识地来写商

---

① 李星：《论"农裔城籍"作家的心理世界——陕西作家论之一》，《当代作家评论》1989 年第 2 期。

州了。"① 贾平凹的这段话点明了城市生活对其创作意识的开启，城市生活以及城市里丰富的文化资源为贾平凹现代意识的形成创造了条件，进而给予了其农村题材写作的城市视角。积累了一定的城市生活经验之后，反观商州的生存环境与乡下人的思维方式，作家对故乡的认识与定位才更加确切。

在贾平凹早期的作品中，对城与乡的态度是十分清晰明朗的，既有对于落后的农民意识的批判，也有对于先进的城市文明的热切呼唤，尤其表现在他20世纪七八十年代创作的中篇小说当中。《山镇夜店》讲的是一个发生在偏远山区小客店里的故事，投宿的山民互不相让，想方设法为自己争取一席之地，当得知书记也来投宿之后，山民们又纷纷让出床位，主动搬到院子里睡，这个故事表现了农民的自私虚荣与迷信权威的心理。《古堡》主要讲述了张老大经营矿洞的辛酸过程，村民们狭隘刁蛮，不通情理，在张老大一家面临绝境时落井下石，表现了农民的保守、嫉妒，甚至残忍心理。《鸡窝洼人家》《腊月·正月》同《古堡》一样，塑造了一批新型农民形象，不过这些新型农民的前途命运与张老大相比显得更加明朗。禾禾与烟峰婚姻重组，二人的生活蒸蒸日上，并且孕育了新的生命。王才克服了重重阻力，食品加工厂越办越好，表现了农民的果断与勇敢，但也暴露了一些旧式农民的狭隘与肤浅。《小月前本》中珍子的母亲为了赚钱不择手段，聚众赌博，走私货物，将城市当作圈钱之所。刘成的外公董三海则是一个唯利是图的守财奴形象，表现了农民的贪婪、投机心理。以上提到的张老大、王才、禾禾与烟峰、小月与门门等新型农民形象，与传统意义上的农民大相径庭，他们多多少少都受到了城市文明的影响，报纸是他们了解外界信息的重要媒介。凭着对时代风向以及现实机遇的准确把握，这批新型农民不断做出令传统农民侧目的举动，他们将城里的抽水机、电磨机、电动机等等新型设备引进农村，大大节约了人力，提高了办事效率。然而这些脱离了土地的人们在旧式农民看来是不务正业的。在这一创作阶段，贾平凹作品中的城市更多的是一种先进、机遇、智慧的象

---

① 贾平凹：《人情练达即文章·文牍篇》，江西教育出版社，2011年版，第57－58页。

征，农民走出深山，走入城市是一种被积极认可的行为。小说中详细描写了小月、烟峰、珍子、秃子等农民的进城体验，或坦然无畏，或自卑怯懦，无论如何都在表现城市人与城市生活的优越。

这样，贾平凹既在留恋商州的山美、水美、人美，也批判封建、顽固的农民意识；既热切呼唤先进城市文明的到来，也揭露城市文明带来的"思想腐蚀，风气混乱"。① 随着社会经济日益发展，外来人员大量涌入像西安这样的历史文化名城，人们的生活方式快速发生着变化，市民心理也明显表现出过渡性，正如小说中所描述的："人们普遍对太洋的东西反感，又对土气的东西鄙夷。"② 尤其表现在城里人对乡下人的态度，比如《商州》中城里人对乡下人极尽嘲笑与挖苦，展示了城市人的傲慢、优越以及对乡下人的不屑一顾。

总而言之，贾平凹早期作品中所表现的城乡双重批判意识已经初见端倪，只是相对来讲，这一时期作家态度相对明朗，忧患意识较为薄弱。如有论者所言："对于城市贾平凹的情感是比较复杂的，他怀着兴奋与欣喜之情逃离落后贫穷的农村，进入了发达的城市社会，这首先就说明作为乡村人对城市以及城市所代表的现代文明的一种向往与渴望。"③ 尽管作家看到了城市发展带来的一些社会问题，但总体上还是在呼唤着城市文明的到来。

从《浮躁》开始，贾平凹对城与乡的态度变得游移难辨、摇摆不定。《浮躁》表现了作家对于乡村与城市、传统与现代的徘徊与纠结，金狗去城返乡的结局，显示了作家对乡村与传统的情感偏向，但城市化是时代潮流，难以以个人意志为转移，金狗返乡之后州河泛滥，这也暗示着城市化背景下，乡下人前途的渺茫。《浮躁》里对城乡价值及情感取向的探索仅仅是一个开始，到了《废都》《白夜》，作家对城市的反叛意识愈演愈烈。《废都》里的庄之蝶同贾平凹一样，也属于农裔城籍作家，虽然久居城市，

---

① 贾平凹：《商州》，译林出版社，2015 年版，第 108 页。
② 贾平凹：《商州》，译林出版社，2015 年版，第 108 页。
③ 苏奎：《徘徊在城市与乡村之间——贾平凹身份意识研究》，《文艺评论》，2005 年第 6 期。

却仍然有着浓厚的农民意识，小说中西京四大名人的悲惨结局昭示了商品经济大潮中，传统知识分子的精神危机，从中我们可以看到作家本人这一时期对现代性的畏惧。《废都》着重表现了商品经济大潮中，知识分子的挣扎与堕落；而在《白夜》中，作家将关注对象转向普通市民，尽管描写对象发生了转移，但是所表达的内涵是相通的，依然透露出作家对城市的厌恶与渴望逃离的心态。最终夜郎入狱，颜铭出走，宽哥离职，清朴去世……《白夜》的人物结局处理方式同《废都》一样，都陷入了绝境，展现了一种近乎绝望、虚无、幻灭的创作心态。

但是到了《土门》《高老庄》和《高兴》，作家对城市文明的厌恶与排斥情绪明显减弱，对乡土的回归情绪也没有《废都》《白夜》中表现得那么强烈。《土门》描写了城中村居民保卫家园，抵制城市化进程的故事。为了保卫住房，村民们在村长成义的带领下，修造村牌楼、修缮墓地、为云林爷盖庙、成立大药房、发展旅游业、恢复菩萨庙会、敲明王阵鼓等等。他们不遗余力地进行自我建设，渴望借此逃避拆迁的命运。在这个过程中，作家尖锐地将矛头指向了传统文化中偏激、狭隘的一面。仁厚村不再是理想乡土家园的象征，反而成了藏污纳垢之所在。不过在这一时期，作者已经开始了关于乡土与城市对接的尝试，并在这种尝试中寻找乡下人的出路。神禾源就是寄寓作家理想栖息地的象征，虽然小说中它只是一个概念化的、乌托邦式的形象，不过从中也能看到希望。《高老庄》可以比较明显地看出作家城乡态度的转变，对城市由厌恶到逐渐接纳，对农村由依恋到批判。贾平凹在《高老庄》后记中谈道："我的小说越来越无法用几句话回答到底写的什么，我的初衷里是要求我尽量原生态地写出生活的流动，行文越实越好，但整体上却极力去张扬我的意象。"① 贾平凹小说中的意象既可以是情节，也可以是人物。肖云儒对于《高老庄》中的人物及其文化意义有着独到的解读："子路、西夏、菊娃这个三角形的人物关系，是作者文化追寻和文化建构的一个象征。菊娃作为传统而又正在变异的乡村文化的代表，西夏作为城市文化、现代文化的代表，子路作为由乡而城

---

① 贾平凹：《高老庄》，漓江出版社，2012 年版，第 253 页。

的文化代表，组合在一起，构成了以菊娃为起点，西夏为终端，子路为连接过程的一个图式。"① 并且提出："作者对西夏这个人的设定，有一种内在的象征感。她具有现代女性的风采和内蕴，又有一种和传统文化、乡土文化粘连在一起的职业——文物考证，这使她成为传统与现代的熔接点，成为提升乡土文化、平衡现代文化的一种力量。"② 这三人象征着三种文化形态，作家将他们集中于同一文本，放下对城市的偏见与农村的偏爱，试图寻找城乡文明的对接点与融合点，最终西夏意欲留在农村，子路却渴望逃离农村，城市文明在乡土文明中汲取养分，乡土文明在城市文明中自我提升，这种戏剧性的转变寄寓了作家对两种文明出路的探寻。《高兴》与之前的几部小说相比，格调略显轻快，没有令人绝望的生存危机与精神危机，也没有苦心经营的结构和技巧，小说的中心用贾平凹自己的话说就是："我要写刘高兴和刘高兴一样的乡下进城的群体，他们是如何走进城市的，他们如何在城里安身生活，他们又是如何感受认知城市，他们有他们的命运，这个时代又赋予他们如何的命运感，能写出来让更多的人了解，我觉得我就满足了。"③ 这部小说以刘高兴、五富等农民工的城市感知为叙写对象，表现以刘高兴为代表的农民城市观念的转变，以及他们的城市体验与城市理想，尽管刘高兴乐观、坚韧，努力在城市生活中克服自身的农民意识，最终还是不能融入城市，这表现了作家对进城农民工前程的担忧。

无论是农村改革系列小说，还是《浮躁》《废都》《白夜》《土门》《高兴》等表现城市生活的小说，都熔铸着浓厚的农民意识，这与作家农裔城籍的身份密切相关。贾平凹 1972 年进入西安生活，长时间以农民自居，时时觉得无法适应这个城市的节奏，其作品也多以进城人为描写对象，他们的一些城市感知从某种程度上来说，也是作家本人体验的加工与变形。对现代性的畏惧与乡土文明的留恋，则是中国农裔城籍作家的普遍心态。

---

① 肖云儒：《贾平凹长篇系列中的〈高老庄〉》，《当代作家评论》，1999 年第 2 期。
② 肖云儒：《贾平凹长篇系列中的〈高老庄〉》，《当代作家评论》，1999 年第 2 期。
③ 贾平凹：《高兴》，漓江出版社，2012 年版，第 268 页。

三、文坛病人的病态写作

贾平凹是"文坛著名病人"，"年轻的时候，几乎是从 19 岁上大学开始，就一直生病。民间有狐狸附体之说，我是病附体了……上了大学，得了几场大病，身体就再也不好了，在最年轻时期，几乎年年住院。30 岁时差一点就死了。"① 疾病影响着贾平凹的现实生活，也影响着贾平凹的文学创作。

贾平凹的文学创作与他常年的患者身份和患病体验密不可分。通常来说，长期患病的人对于生命健康与生存价值的体悟往往比常人更加深刻，对于作家来说更是如此，他们更加能够捕捉到疾病带给身体机能以及人际关系的影响，并且将日常生活中累积的认知经验转化成文学作品。贾平凹在《人病》中对自己患肝炎时期的亲身经历与心理活动有过细致入微的刻画："我突然患了肝病，立即像当年的'四类分子'一样遭到歧视。我的朋友已经很少来串门了，偶尔有不知我患病消息的来，一来又嚷着要吃要喝，行立坐卧狼藉无序，我说，我是患肝炎了，他们那么一呆，接着说：'没事的，能传染给我吗？'但饭却不吃了，茶也不喝，抽自己口袋的劣烟，立即拍着脑门道：'哎呦，瞧我这记性，我还要去××处办一件事的！'我隔窗看见他们下了楼，去公共水龙头下冲洗，一遍又一遍，似乎那双手已成了狼爪，恨不能剁断了去。末了还凑近鼻子闻闻，肝炎病毒是能闻出来的吗？蠢东西！"② 患肝炎之后，贾平凹不仅在日常人际交往当中面临着巨大的心理落差，而且在最亲密的家庭关系中也不得不保持距离："我与他们分餐，我有我的脸盆、毛巾、碗筷、茶缸，且各有固定的存放处，我只坐我的座椅，我用脚开门关门，我瞄准着马桶的下泄口小便……我这样做的时候，我的心在悄悄滴泪。当他们用滚开的热水烫泡我的衣物，用高压锅蒸熏我的餐具，我似乎觉得那烫泡的、蒸熏的是我的一颗灵魂。"③ 肝炎是一种传染性疾病，治疗周期长，治愈难度大，它带给患者的

---

① 贾平凹、谢有顺：《贾平凹谢有顺对话录》，苏州大学出版社，2003 年版，第 99 页。
② 贾平凹：《自在独行》，长江文艺出版社，2016 年版，第 60 页。
③ 贾平凹：《自在独行》，长江文艺出版社，2016 年版，第 61－62 页。

痛苦是常人难以想象的，不但要忍受病情发作时的疼痛，而且要长期经历被隔离、被歧视的精神折磨。作家在患病期间的心理状态必然会影响到他的文学创作动机以及具体表现方式，贾平凹的作品中存在着明显的病态价值取向，在小说文本中，普遍地对性、人体器官以及疾病大肆渲染，一些涉及历史与革命的小说，例如《山本》《老生》等作品，其中的暴力与血腥描写也层出不穷，人命如草芥蝼蚁，大量的死亡场面给受众的感官造成了强烈的冲击，这些也是被部分普通读者与评论家所诟病之处。

　　贾平凹的作品中充斥着大量疾病描写，有学者曾对贾平凹作品中涉及的疾病做过整理："《蒿子梅》中的疟疾、月经不调，《妊娠》中的肝硬化、癌症、瘫病，《人极》中的肥胖病，《浮躁》中的肝病、瘫痪，《白夜》中的牛皮癣，《土门》中的小儿麻痹、肝病、哮喘、牛皮癣、胃癌，《高老庄》中的小儿麻痹症、疯病、皮肤病、肝癌、鼻癌、肺癌、白癜风、心慌病、软骨病，《高兴》中的痔疮、神经衰弱、白癜风、肝硬化、肝癌、乙型肝炎、高血压、高血脂和糖尿病，《怀念狼》中的头疼病、软骨病、肝病、夜游症、痔疮，《病相报告》中的乙肝、哮喘病、疟疾、口腔溃疡、胃病、糖尿病、前列腺炎，《古炉》中的疥疮，《带灯》中的脑溢血、肝癌、抑郁症、食道癌、矽肺病、癫痫病、糖尿病、高血压、烧伤、妇科病、脚气病、内分泌紊乱、前列腺炎、夜游症，《老生》中的瘟疫，等等，几乎将我们日常生活中所见所闻的疾病现象一网打尽，体现出他对疾病问题深切而持久的关注。"① 除了对疾病的描写，贾平凹还塑造了各种医生形象，比如《土门》中的云林爷、《山本》中的陈先生、《古炉》中的蚕婆和善人等等。这一定程度上得益于贾平凹常年的患病与寻医问药经历。以上提到了贾平凹作品中涉及的诸多疾病，有些病症的成因与农村低下的卫生条件有关，反映了一定的农村现实，但有些病症则具有一定的文化隐喻意义，尤其在作家将文化批判思想引入文学创作之后。在这里，我们主要以《白夜》《土门》《高老庄》《秦腔》《老生》中的疾病书写为主要考察对象来论述相关问题。

---

① 姜彩燕：《从鲁迅到贾平凹——中国现当代文学疾病叙事的历史变迁》，《西北大学学报》（哲学社会科学版），2018 年第 6 期。

　　《白夜》中的患病人物颇多，如患牛皮癣的汪宽、瘫痪的祝一鹤、精神抑郁的虞白、夜游的夜郎和颜铭所生的豁嘴婴儿等。汪宽是一个正直、善良的警察，但他却总是被误解、利用，很显然他已经不能适应当下社会的生存，汪宽背上的硬甲就像是现代都市社会中人与人的隔膜，愈积愈重，难以消解。《土门》中时尚美丽的颜铭是一个来自农村的丑女，大城市的整容术改变了她的相貌，也彻底改变了她的命运，就这样颜铭获得了爱情与事业的双丰收。但是，豁嘴婴儿的出生再次使颜铭陷入难堪的境地。人的外在面目可以依靠先进的设备与技术发生改变，造成一种美丽的假象，但是基因却是不能改变的，这也反映了贾平凹对现代整容术的否定。《高老庄》里的石头双腿残疾，并且冷酷残忍，有论者就此提出："石头的生理残疾和怪异性格正是高老庄文化生态和环境的必然产物，它象征了传统乡村文化的种种弊端。"① 另外，"石头又具有画画、针灸、预知未来等奇异才能，这些又隐喻了传统乡村文化的魅力和价值"。② 由此表现了作家对乡土文明的双重态度。《秦腔》中最具文化隐喻意义的患病人物是夏风与白雪的女儿牡丹，"寄托在牡丹身上的希望是整个乡村传统文化传承的希望，这种畸形不仅是夏风白雪婚姻病态的结果，也是农村现代化畸形发展的产物，怪胎女婴牡丹的出生也意味着传统文化的传承之路更加崎岖、坎坷"。③ 夏风是城市化过程中，由农村进入城市的成功者，他厌恶农村、厌恶秦腔，最终与夏天智、白雪和女儿决裂，这表现了他的物质、忘本、冷漠。白雪对牡丹的抢救，从某种程度上来说，也是对秦腔、对传统文化的抢救。高老庄人不与外族通婚，导致人种退化，身材矮小，如果说高老庄人的身高问题还算不上病症的话，那么《老生》中当归村人的身高问题，已然形成了一种病象景观。"无法向上生长的身体正也是村庄无从继续前行的局面，进步理念感召下的村庄所积累的财富也终究敌不过一场

---

① 席忍学：《贾平凹小说中的"畸形儿"及其文化隐喻》，《前沿》，2010 年第 16 期。
② 席忍学：《贾平凹小说中的"畸形儿"及其文化隐喻》，《前沿》，2010 年第 16 期。
③ 雷妮妮：《众生病相与乡村挽歌——论贾平凹长篇小说〈秦腔〉中的疾病书写》，《西安建筑科技大学学报》（社会科学版），2019 年第 1 期。

灾难。"① 城市化是不可逆转的时代潮流，从农民角度来说，富裕便捷的生活环境也是他们追求的目标，农民对城市生活的向往也加速了城市化的进程。一场瘟疫使当归村变为空村，似乎城市化就是这场瘟疫的本来面目。

疾病是人体器官异化的结果，过度渲染这种器官的病变与先天的生理缺陷，则是贾平凹的一种写作策略，具有一定的隐喻意义。小说中描写的病症往往喻示着深层次的精神文化隐疾，群体的病相展览昭示着社会文明的痼疾以及现实社会中人的精神异化，比如传统文化、乡土文明中的保守狭隘与败落趋势，现代都市文明的拜金主义、情欲泛滥等不良风气。《病相报告》是一部采用复调式手法创作的小说，通过人物视角转换的方式，讲述了胡方与江岚之间凄美的爱情故事，时间跨度较长，同时也反映了从延安革命时期到"文革"以后中国各个时期的不同社会状况。胡方和江岚在延安革命时期相识相爱，但由于种种现实原因，两个人最终没能走到一起。时过境迁之后，一次偶然的机会使胡方和江岚再次相遇，二人真挚的感情并没有随着时间的推移而消散，但是碍于双方家庭原因，二人却只能成为情人。后来在朋友的帮助下，两位老人挣脱了种种现实束缚，本以为从此就可以厮守终生，但是胡方却意外离世。胡方与江岚的爱情是纯粹的，但是却不被社会所理解、接受，尽管小说中的种种病态描写引人诟病，但爱情本身不是病相，当世人无法理解与承认爱情的时候，便是这个社会病了。《病相报告》讲述了一个苦难的爱情故事，也是一份中国各个时期的社会病相报告。

"疾病一旦与文学挂钩，它便不再是疾病本身，隐喻的思维方式赋予了它丰富的社会文化内涵。"② 贾平凹作品中层出不穷的疾病意象，和作家本人常年的患病体验密不可分，不过，疾病书写在现当代文学发展的过程中早有先河。《从鲁迅到贾平凹——中国现当代文学疾病叙事的历史变迁》一文比较了贾平凹与鲁迅在疾病叙事方面的审美特征，"我们可以发现其

---

① 苏沙丽：《疾病隐喻：贾平凹乡土文学创作的现代性反思》，《当代文坛》，2017 年第 2 期。
② 谭光辉：《症状的症状：疾病隐喻与中国现代小说》，中国社会科学出版社，2007年版，第 28 页。

中所包含的中医与西医的争论、科学与迷信的纠缠，勾勒出 20 世纪中国文学在东方与西方、现代与传统之间消长起伏的一个面向"。① 与鲁迅相比，贾平凹的疾病叙事更加民间化、传统化、神秘化，相同的是二者都赋予疾病以丰厚的美学价值，鲁迅笔下的病症指涉社会、民族与历史，而贾平凹则以疾病为媒介，在现实生活之上建构意象世界，在进行种种现代性隐喻的同时，发掘地域民间文化的魅力。

总而言之，独特的生活环境与社会经历影响着贾平凹的思想性格与文学创作，使其同时具备了传统文人与现代知识分子特性。纵观贾平凹的创作，我们可以发现贾平凹对乡村及传统由依恋到责难，对城市由拒斥到接纳的态度转变。传统与现代的矛盾始终贯穿于贾平凹的作品当中，无论是在审美艺术层面，还是思想内涵层面，这也是当代作家尤其是城籍农裔作家创作中的相通之处。在这一创作过程中，贾平凹的独特之处在于充分发掘了陕南及关中地区地域及历史文化资源，如鬼巫文化、戏曲文化、饮食文化、方言文化等等，这使得作家在进行现代性形式探索的同时，注入了民族文化的丰厚内涵。

思考题

1. 贾平凹小说创作具有浓厚的神秘特点，请从地域、历史及民间文化角度，分析其神秘叙事的渊源所在，并思考这种叙事现象对于贾平凹小说创作的意义和价值。

2. 贾平凹与鲁迅都有过长期的患病经历，并且二人作品中均有大量的疾病书写，请结合时代文化背景，比较贾平凹与鲁迅小说中疾病书写的异同。

3. 作为现当代文坛的知名作家，贾平凹与沈从文的小说创作都以乡土题材为根，同时，二人均以乡下人眼光对城市生活进行观照，请比较二者都市小说的异同。

---

① 姜彩燕：《从鲁迅到贾平凹——中国现当代文学疾病叙事的历史变迁》，《西北大学学报》（哲学社会科学版），2018 年第 6 期。

第七讲

王蓬：建构陕南文学世界

王蓬是陕西当代著名作家，他10岁以前在西安生活，后因为父亲的历史错案而迁置陕南汉中的乡村。这以后一直生活在陕南，陕南可谓他的第二故乡，他以此为他创作的素材库，创作了一系列散文、短篇小说以及两部长篇小说。陕南深深根植于他的文字中，可以说无论何时，他从来没有忘记过陕南这片故土。

贾平凹曾说陕西产生了以路遥为代表的陕北作家特色；以陈忠实为代表的关中作家特色；以王蓬为代表的陕南作家特色。① 而正是王蓬10岁那一年的人生转折使他与陕南产生不可解的缘分，这个转折点也可以说是成全了王蓬的文学创作。自1958年"大跃进"起，农村经历的一切变革，农民身受的一切酸甜苦辣，他都亲身经历、身受感同。生活使他萌发了文学创作的念头。陕南成就了他，当然在某种程度上也局限了他。

一、富于陕南地域特色的文学书写

纵观王蓬的创作，无论是小说还是散文，都存在两个共同点，一是多写女性，二是具有鲜明的地域性，这也是王蓬文学创作的突出个性特征。按照作者导向理论之一的传记批评论的观点来看，文本是由作者生产出来的，因此文本总是以某种方式反映出作者的观念、情感和生活世界。1970年的深秋，王蓬因听闻一位女知青的悲凉遭际而深受触发，突然觉得胸闷气堵，有一肚子话要倾诉。于是用了一个晚上，在废药处方笺上，写下了

---

① 贾平凹：《王蓬论》，武妙华：《秦岭南边的世界：王蓬作品研究》，西安出版社，2015年版，第198页。

第一篇小说《沦落》。著名学者叶舒宪说，"当今的文艺学理论虽然也在纸上谈兵地大讲文学的认识作用、教育作用和审美作用，却恰恰忽略了文学最初也是最重要的作用：包括治病和救灾在内的文化整合与治疗功能。"① 胸闷气堵对王蓬来讲近似一种病理反应，而《沦落》是这一反应得以疏泄的结果。叶舒宪还认为文学能够满足人类的五种需求："一是游戏的需求（利奥·塔、维特根斯坦等的文字、语言游戏说）；二是补偿幻想的需求（霍兰德的防御置换说、弗洛伊德的艺术白日梦说）；三是释放压力、排解苦闷的需求（亚里士多德的净化说、荣格的原型说）；四是自我实现的需求（拉康的镜像阶段说、布鲁东等的超现实主义说）；五是自我享受的需求（巴赫金的狂欢化说、柏拉图的迷狂说）。"② 这就可以解释王蓬笔下为什么会呈现出那么多美好的女性的原因了。此外，王蓬去北大作家班进修的时候，在北京只拜访了两位创作过著名女性形象的老作家，一位是描绘出正直、泼辣、机灵的"野猫子"（《山峡中》）的艾芜，一位是勾勒出湘西"翠翠"的沈从文。更意味深长的是，他的长篇小说《水祭》的女主人公也叫翠翠。而且，王蓬拜访的这两位老先生的作品都具有一种异域色彩，《南行记》里满是对旖旎的南国风光的描绘，《边城》里则是呈现世外桃源景象的"湘西世界"。王蓬自 10 岁起就和父母举家迁往陕南农村，在那里生活了十几年，这样的生活经历不能不为他的创作提供一个具有陕南地域特色的素材库。甚至王蓬或许还受到了 19 世纪后期英国作家哈代系列的"威塞克斯小说"的影响。

（一）勤劳善良的陕南女性形象

王蓬笔下有众多的女性，而且她们几乎都继承了传统女性的美好品性。勤劳善良的杨嫂（《杨嫂》），是一个小学校的"伙头军"（烧饭大妈），她以农村女性的勤俭麻利操持着学校的食堂，"凡她统帅的案板、蒸笼、水桶、盆罐、刀勺、碗筷、竹篮，甚至拔猪毛的镊子、去土豆皮的刮子都有固定的位置，都拾掇得格外洁净，得心应手，以至成倍地延长着它

---

① 叶舒宪：《文学治疗的民族志——文学功能的现代遮蔽与后现代苏醒》，《百色学院学报》，2008 年第 3 期。

② 叶舒宪：《文学与治疗》，社会科学文献出版社，1999 年版，第 12 页。

们的使用寿命!"① 就算城里来的年轻姑娘陈天琳老师再怎么挑剔她做的饭菜，她也依然勤勤恳恳地坚守着自己的岗位。"文革"时期，老师们跌入不公平的苦难境地，杨嫂"多少次给关进黑屋的老师送去饭菜、衣物和宽心的话语，带走他们捎给家人的嘱托、信札和申诉材料"。② 这足见她的善良和深明事理。当陈老师喝酒精寻短见而无一人挺身而出施救时，陈嫂站出来如"母狗护崽"一样扑上去救护她。即使在一个混乱扭曲的时代，人性美好的一面依旧存在。坚韧的银秀嫂（《银秀嫂》），在失去丈夫的悲痛中被安排到猪场喂猪，她也毫不含糊地把"被窝一抱，带着孩子，住进了饲养场"，为了把猪养好而每天不辞辛苦地把工厂食堂的菜叶瓜皮剩饭剩汤挑回来。吃苦耐劳的六嫂两口子（《竹林寨的喜日》）长年累月地拼命干活织布，养猪喂鸡，辛辛苦苦攒下一千元。勇敢的"野山鹿"姑娘（《车行古栈道》），有着美丽的外表，洋溢着青春的活力，却遭遇母亲去世、父亲年迈、妹妹尚小的窘境，她一人果敢地挑起家庭重担。最典型的是《沉浮》中的"她"，为了救人而不幸被卷入洪水中，死死地抱住了一根木头才得以存活，靠着自己坚强的意念，才在濒临死亡时一次又一次地战胜洪水。在与洪水搏斗中她不断回忆起过去的生活：小时候因为教员家庭导致的不公正待遇带来的童年阴影，高考前父亲去世招致的高考失利，顶替父亲招工的名额被划掉，为了家里的吃穿用度去筛沙砸石淘金，送牛奶，割青草……她甚至战胜自己的恐慌和羞怯，独自办起凉皮店。而一场洪水冲毁了她的一切，她的心上人也"在那劈头扑来的恶浪，尖利惊心的呼啸面前变得惊慌失措，脸色也一下煞白，两腿颤抖着，本能地向后退了……"③ 这是一个苦命的姑娘，心善却没有得到好的结果，可是她的精神坚若磐石。王蓬对底层人民特别是对底层女性的刻画非常具有感染力，不过有人指出："王蓬创作一度使人感到缺乏一种广阔的生活空间和对生活的概括力量，感到作家似乎只是一位农民的代言人而非'时代的书记'。"④ 没有

---

① 王蓬：《王蓬文集》（第一卷），中国文联出版社，2003 年版，第 94 页。
② 王蓬：《王蓬文集》（第一卷），中国文联出版社，2003 年版，第 98 页。
③ 王蓬：《王蓬文集》（第一卷），中国文联出版社，2003 年版，第 193 页。
④ 韩梅村：《王蓬的艺术世界》，陕西人民教育出版社，1996 年版，第 151 页。

一种抵达事物本质的穿透力，人物似乎过于扁平，缺乏深刻度。然而，王蓬这种"民间立场"无疑是人道主义的，他始终不脱离陕南普通群众的生活，力图通过种种平凡折射出时代的"刀光剑影"。在这一点上，王蓬无疑是继承了"京派"的某些传统。

（二）独具特色的"陕南乡土世界"

王蓬的小说和抒情散文，大抵都可以称为乡土文学（当然主要指乡土小说）。乡土文学注重"描绘某一地区的特色，介绍其方言土语，社会风尚，民间传说，以及该地区的独特景色"。① 贾平凹讲："陕西为三块地形组成，北是陕北黄土高原，中是关中八百里秦川，南是陕南群山众岭。大凡文学艺术的产生和形成，虽是时代、社会的产物，其风格、流源又受地理环境所影响。"② 美国小说家赫姆林·加兰也认为，只有土生土长的人才能写出本国的地方色彩来，"对于美国作家来说，写作关于俄国、西班牙或圣地的小说是奇怪的、不自然的。他写这些国家不能像土生土长的人写得那么好"。③ 无疑，王蓬的文学创作是在书写他非常熟悉的人和事，突出表现了陕南地理环境的特性，非常适合从文学地理学的角度批评。"文学地理学的研究对象之一，就是文学与地理环境之间的关系。……文学与地理环境之间的关系，实际上是一种互动的辩证关系。一方面是地理环境对文学的作用或影响，一方面则是文学对特定的人文地理环境的作用或影响。"④ 王蓬10岁之后一直生活在汉中，汉中生活成为他的"文化母体"，这也是汉中给王蓬"最伟大的馈赠"。苏联作家 K·巴乌斯托夫斯基在《金蔷薇》中写道："对生活，对我们周围一切的诗意的理解，是童年时代给我们的最伟大的馈赠。如果一个人在悠长而严肃的岁月中，没失去这个馈赠，那他就是诗人或者作家"。⑤ 王蓬1964年初中毕业后考取中学失败，

---

① 《简明不列颠百科全书》（第八卷），中国大百科全书出版社，1986年版，第540页。

② 韩梅村：《王蓬的文学生涯》，社会科学文献出版社，2008版，第19页。

③ ［美］赫姆林·加兰：《破碎的偶像》，刘保端等译，北京三联书店，1984年版，第89页。

④ 曾大兴：《文学地理学研究》，商务印书馆，2012年版，第55页。

⑤ ［苏联］K·巴乌斯托夫斯基：《金蔷薇》，李时、薛菲译，漓江出版社，1997年版，第25页。

即开始在农村干活，自"大跃进"起，农村经历的一切事变，农民深受的一切酸甜苦辣，他都亲身经历过。王蓬接受了生活给予他的这种伟大"馈赠"，创作中便将陕南的"地方色彩"和"风俗画面"作为重点来呈现。

那么何为陕南？从地理位置看，陕南指陕西南部地区，它北依秦岭、南至巴山，汉江自西向东穿流而过，主要包括汉中、安康、商洛三地。其中汉中尤为突出，汉水穿过整个汉中而形成汉中盆地，这里物产丰富、气候宜人。从历史发展看，公元前312年，秦惠文王"攻楚汉中，取地六百里，置汉中郡"，① 汉中自此在中国历史上显名。楚汉相争时，刘邦曾在此休养生息，为建立西汉打下了牢固基础，因此汉中被称为"汉家发祥地，中华聚宝盆"。汉中周围同湖北、四川、甘肃三省毗邻，尤其与成都平原联系紧密，深受其影响。所谓"汉中淫佚枝柱，与巴蜀同俗"，② 即表明汉中受四川的影响较大，这从汉中人的饮食及语言习惯就能反映出来。在历史和地理位置的双重影响下，汉中人在思想观念、生活习惯、民风民俗等方面都形成了独具魅力的地域性文化特征。

富有地域文化特征的陕南饮食习惯就是王蓬作品重点表现的内容。长篇小说《水葬》中，人们多次"泡汤"（刨膛），"并不一定逢年过节或过红白喜事，谁家宰猪或打到野牲口，都要请整条山沟里人来吃一顿"。"用大脸盆盛起，放在碾盘、树疙瘩上，男女老少都围着去吃，加上成桶自酿苞谷酒，大块吃肉，大碗喝酒，喝得满脸通红，吃得嘴角淌油，热闹非凡。"简单地说，刨膛就是一种集体性分食大型牲口的庆祝活动，这是山里人共同的节日。德国哲学家加达默尔认为，"庆祝的标志在于，它是仅仅只为参加庆祝的人而存在的东西"，"这是一种特殊的、必须带有一切自觉性来进行的出席活动"。③ 在"刨膛"这个民间节日的时空中，山区民众从繁忙的生活压迫中解放出来，合力宰杀清洗牲畜，节日的身体性得到了充分的体现。这正是都市现代文明所弱化的部分——人情味。这种生活

---

① 司马迁：《史记·秦本纪》，中华书局，2007年版，第207页。
② 班固：《汉书·地理志》，中华书局，2006年版，第1666页。
③ ［德］加达默尔：《作为节日的艺术》，伍蠡甫，胡经之：《西方文艺理论名著选编》（下卷），北京大学出版社，1985年版，第601页。

美学正是我们社会快速城市化进程中日益被窒息的东西，让我们在阅读的时候感慨不已。山区饮食自然少不了野味，宋土改在冬花家吃的是红艳艳的烧野兔肉、颤巍巍的炒鹿蹄筋、清炖山鸡、爆炒野猪下杂，红焖狗熊肉里还配着晒干的春笋板栗和当年的黄花木耳，大碗盛着的土蜂蜜糖，喝的是自家酿的山葡萄酒。丰盛美味可见一斑。自有一番乐趣。

　　于此我们可见陕南乡村独特的生活环境。在王蓬早期的代表作《银秀嫂》中，有一段关于陕南乡村风景的描述："那淡蓝的，蓝得几乎透明的天空中，几片薄薄的白云，像被阳光晒化了的鸡毛似的。随风缓浮游着，田地里，小麦开始抽穗了，油菜也正结荚，到处都显出一片浓浓淡淡的绿色，唯有毛苕却开着浅红、淡紫的尾花，引得蜜蜂嗡嗡嘤嘤，在人头顶飞舞，云雀悦耳的鸣叫，小南风吹着，暖洋洋的，醉人心哪！"① 这里描绘了一幅陕南暮春农作物图。那种优美的、异于城镇的乡村风光令人无比陶醉。在《水葬》中，"秋天的秦岭色彩斑斓。茅草、霸王草抽出长长穗箭，绿中带白；霜打了的树叶黄中含紫；苍松毛竹却依然浓绿滴翠。山梨树挂着黄澄澄的果实；野葡萄吊着紫汪汪的珍珠。崖头上一串串五味子红滴滴的诱人。满含秋熟果香的山风一阵阵扑来，沁人肺腑。天空蓝莹莹的，有羊群般洁白的云团飘飞"。② 王蓬在这里调动视觉、听觉、嗅觉、触觉描摹了一幅山区"秋色斑斓图"，这里的秋没有萧瑟，有的是明艳夺目的生机。"小山村偏僻却秀丽，四周山峦游龙般起伏，生满密匝匝的清风翠竹，浓绿滴翠。几十户人家散布在果林、梯田、溪水之间，院落里杂鸡觅食、蜜蜂嗡嘤，田埂上母牛悠闲地啃草，牛犊翘着尾巴蹦跳，一派安居气象。"③ 在这里，王蓬为我们展示了一幅幅乡（山）村"文学景观"，我们很难不联想到京派小说家废名的"黄梅故乡"、沈从文的"湘西世界"，或许王蓬也试着想建构出他眼里的"陕南世界"。在这里，笔者做一个大胆的猜测，王蓬是以京派作家为学习摹本的，特别是京派笔下的"乡土人生"，王蓬有意隔绝现代文明对乡村的影响，与京派一样，以文化保守主义的姿态，

---

① 王蓬：《王蓬文集》（第一卷），中国文联出版社，2003 年版，第 17 页。
② 王蓬：《王蓬文集》（第二卷），中国文联出版社，2003 年版，第 45 页。
③ 王蓬：《王蓬文集》（第一卷），中国文联出版社，2003 年版，第 209 页。

乐于展现原始淳朴的乡土中国，或者可以称之为前现代的中国。只不过废名、沈从文以散文化的笔调营造出柔曼哀婉的氛围，质朴圆熟，散发出浓烈的怀旧气息，而王蓬笔下更多溢出的是蓬勃与野性。

　　由于地处秦巴山区，陕南长期形成了许多与众不同的生活习俗。这在王蓬的作品中也得到充分展示。王蓬作品里涉及的陕南习俗，有赶集、打猎、耕作习俗，等等。赶集，这是我国自古以来就有的一种以定期聚集来进行商品交易的活动，是劳动人民生活中所必不可少的一项生存和娱乐活动，他们既可相互交易生活用品，也能借此机会为生活增添乐趣。赶集具有一定的周期。陕南人把每日都有的集叫作"百日集"，山村人民居住分散，遂产生"单日集""双日集""一三五集""二五八集"等，且都以农历为准，这种"时间意识"留有农耕文明留下的深深印迹。"集镇照例是一条长长的，独独的街道"，① 每月有三天是集日，"称盐灌油的，抓药看病的，买线扯布的，理发寄信的庄稼人，便会推车车、挑担担"，② 把各种蔬菜瓜果、鸡鸭猪仔、竹器农具带到集市摆起摊点，或卖凉粉、面皮、糍粑等各类小食摊，"街道上挤实了人，老远只看见一片攒动的人头"（《赶集记》）。③ 陕南人处于秦巴山地，打猎是陕南人生活的重要内容。按照秦巴山区的古老习俗，人们把猎人叫"打山子"，他们有组织、有明确的分工：有"撵后掌"的，有"坐交"的，《猎熊记》的开头就生动地描绘了打猎时惊心动魄的场面。《山祭》中姚子怀高超的捕猎技巧和丰富的经验，给作品增添了许多惊险刺激的审美趣味，也使姚子怀成为富有传奇色彩的人物。王蓬在《〈山祭〉之外的话题》中回忆，年轻时修水渠曾在一位有名的猎手家住过，亲眼见到他打岩鹰、盘羊的风采，这应该是姚子怀的人物原型。显然，正是陕南独特的生活习俗为作家创作提供了生动的书写素材。陕南属北暖温带和亚热带气候的过渡带，自然条件适宜多种农作物生长，盛产水稻、小麦、玉米及各类果蔬甚至茶叶。耕田种地是陕南农民的头等大事。在《油菜花开的夜晚》里，作者选择了一个特殊的时间——防

---

① 王蓬：《王蓬文集》（第一卷），中国文联出版社，2003 年版，第 66 页。
② 王蓬：《王蓬文集》（第一卷），中国文联出版社，2003 年版，第 66 页。
③ 王蓬：《王蓬文集》（第一卷），中国文联出版社，2003 年版，第 66 页。

霜，作为故事展开的背景。防霜是指用保持接近地层空气、土壤或植被表面的温度的方法，以防御农作物受霜冻或低温的危害。"不能迟，也不能早，要霜下来的时候"，① 人们半夜起床去田野点燃麦糠，让白烟四处弥漫，为油菜花遮挡寒霜。女主人公珍儿边劳作边通过耳听目看，把握要相亲的小伙子的生活环境和村人的思想观念。但劳作亦是非常艰辛的。由于地形限制，山区的田地少且很难连成片，甚至要翻山越岭，"土地全是鸡零狗碎，东一块，西一块，尿布似的悬挂于山腰半崖"，人们却"世世代代、长年累月"地"烧荒、挖地、播种、收获……周而复始、年复一年"。烧荒是山里一种近乎"刀耕火种"的原始耕作方式。春天看好坡场，割砍杂树野草，就地焚烧，再耕作下种，叫作火烧地，开始特别能长庄稼，几年后地力渐贫就扔掉再开一块。固然这在今天来看是一种破坏生态环境的做法，但在当时生产力水平不高的情况下也解决了人们的吃饭问题，发挥了重要作用。山区最艰苦的农活是守号，秦岭深处七八月间为了防止狗熊、野猪破坏庄稼，山区群众在"崖头、山垭、甚至大树枝上"搭起小庵棚，一晚上守着，整个夏秋都要这样度过。而平原地区，种稻的只需扎几个"稻草人"。由此可见，山区民众生活的艰辛困难。这些充满生活底色场景的描写，体现了王蓬对这片土地的熟悉和热爱。

地处秦巴山区的陕南人的方言很有特点。在地域文化方面，"风俗和方言是区域文化最明显最稳定的因素"，② 我国自古就有征集方言来了解民情习俗的传统，《诗经》中的十五国风即是采风的结果。方言是活化石，总是承继着某一区域的历史传统和文化积累，使之与其他地域文化区别开来。当一个作家书写特定地域文化时，当地方言势必就会融入其文学文本。比如，古典小说《红楼梦》涉及南京、北京等地的方言，现代作家老舍的"京味小说"是地道的北京话，当代作家金宇澄的《繁花》则运用上海话和苏北方言。汉中因与关中、四川、湖北、甘肃等省区相接，加之历史上多次大规模移民，人口构成复杂，语言差异也较为明显。如镇巴、南郑、西乡一带口音明显具有川腔川味，与四川话比较接近；洋县话则和关

① 王蓬：《王蓬文集》（第一卷），中国文联出版社，2003年版，第4页。
② 郑择魁：《吴越文化与中国现代文学》，杭州大学出版社，1998年版，第6页。

中话更接近；即便是汉台区内也存在口音差别。与普通话比较，有如下差别：

（1）在发音上：n、l不分，z、c、s和zh、ch、sh不分。

（2）在词汇上，不少词语多带词尾如"子""儿"等，且多用叠字。有川味方言。如"娃儿""妹儿""啥子""目时（现在）""早些年辰""你这碎愚娃子""我羞人去""晓得啵""山娃子哟""砍脑壳的"等等。民歌也体现了这一特点，《大山深处的星星》中有两段民歌：

> 太阳出来红似火，晒的贤妹没处躲。
>
> 我把草帽让给她，好叫太阳来晒我。
>
> 我跟贤妹门对门，眼看贤妹长成人。
>
> 花花轿子抬起走，你看恼人不恼人。

《水葬》开篇即有轿夫粗狂的号歌前后呼应：

> 天上有云星不明。
>
> 地上有石路不平。

麻二赶车时一连唱的四首山歌：

其一

> 清晨起来哟——露水潮，
>
> 露水汪汪呦——搭天桥。
>
> 太阳一出呦——天桥断，
>
> 隔断冤家呦——路一条。

其二

> 四月菜花呦——遍地黄，
>
> 家花没有呦——野花香。
>
> 为尝一口呦——野菜菜，
>
> 脑壳上挨了——几磨杠。

其三

为哥挨打好伤心，
周身打得紫又青。
前门打到后门里，
打死没怨哥一声。
生死不改妹的心！

贤妹挨打果是真，
我在窗外偷着听。
火烧茅坡难下手，
杠子拴腰难拢身。
怕的打坏心上人！

其四

妹子长得白如银，
想死团转年轻人。
多少活的想死了，
多少死的想还魂。①

　　歌词中充满了秦巴山间的生活情趣，语言幽默含蓄，感情柔和细腻，整体上更多地带有川楚之风，与关中陕北民歌的粗犷豪放大相径庭。

　　乐于书写女性的王蓬在作品中自然会展示不少陕南的婚嫁习俗。《油菜花开的夜晚》以女主人公珍儿"由表嫂领着来'相亲认门'"的晚上作为故事发生的背景；《走端阳》中写道，提过亲的小伙子在端阳节这天，"在盖着白毛巾的竹篮里放上新麦面炸的油糕，糯米包的粽子；爱好的还要提上雄黄酒和腊肉之类的礼物去拜访丈人家，而丈人家这天接待的热情或冷淡，常又意味着对亲事的赞同或否决"，② 姑娘出嫁时要请邻家嫂子为

---

① 王蓬：《王蓬文集》（第二卷），中国文联出版社，2003 年版，第 93 – 94 页。
② 王蓬：《王蓬文集》（第一卷），中国文联出版社，2003 年版，第 134 页。

其'开脸',又叫'开光',即用五色花线将姑娘额上、颈上的汗毛绞拔干净,并将眉毛绞得如月牙儿一般弯细,以示姑娘从此就不再是"黄毛丫头"了。《山祭》中冬花出嫁时"被女人们用线绞过汗毛的脸蛋更加白嫩妩媚";《竹林寨的喜日》里接亲队伍中有新郎官、介绍人和四男四女的亲友。此外,喜庆习俗的另一面也藏有悲伤色彩,在《竹林寨的喜日》里新媳妇的娘家除了彩礼外,还要二十斤肉作为"离娘肉",一次次给六婶提出要求;《别了,山溪小路》中玉蓉的两个姐姐,大姐玉兰在"瓜菜代"的年月为了几斗苞谷、荞麦的聘礼含泪嫁给大山深处又傻又聋的男人,二姐亦是因贫穷而草草出嫁。甚至还有为生活所迫出现的招夫养夫的婚姻方式。所谓"招夫养夫"是指"边远山区少数妇女因其夫残疾丧失劳动能力,或过分懦弱以及没有生育能力等原因,为了解决其生活困难或继嗣,便另招一夫同居",① 《山祭》中姚子怀的情况便是如此。有的山区还有"嫁儿留女,娶婿养老"的做法,这种婚俗则"显然带有母系氏族婚姻制的印痕",② 《山祭》中南光荣家的两个儿子"都到别家当倒插门女婿去了,老两口守着个闺女招女婿养老",《水葬》中任义成也是这样招赘到陈家做养老女婿,以及蓝明堂也是这样入赘到蓝记杂货铺,且把原本的黄姓也改掉了。

　　王蓬的散文里也有一个"陕南世界"。汉中是陕西的水乡,又地处南部,遂人称"小江南"。江南给人的印象是小桥流水,是悠长寂寥的雨巷,是撑着油纸伞的姑娘,是流水淙淙的水乡。贾平凹说,"一说起王蓬,我常常就想到水。……汉中是陕西的水乡,必然有好的文学产生,王蓬虽是粗糙男人",(据阎志林对他的外貌描写,王蓬他竟有武夫一般的身材,高大魁伟、脸庞粗糙、螺旋竖眉,看去朴实敦厚)。③ 然而,王蓬的散文却浸透了水乡的柔美和婉约。"水""女人""婉约"是理解王蓬散文的关键。在传统文化里,这三个词也是常常连在一起的,构成一种软性的感触,这种感触以语言为载体,"语言是一种文化现象。语言的背景是文化。一个

① 刘清河:《汉水文化史》,陕西人民出版社,2013 年版,第 24 页。
② 刘清河:《汉水文化史》,陕西人民出版社,2013 年版,第 24 页。
③ 王蓬:《王蓬文集》(第八卷),中国文联出版社,2003 年版,第 1 页。

作家对传统文化和某一特定地区的文化了解得愈深切，他的语言便愈有特点"。① 而王蓬在汉中生活了几十年，其散文语言自然带着陕南这块巴蜀之地的朴实与热辣，如《秋夜絮语》中多女惊喜地喊着："快看，新嫂，这苞谷棒儿怕硬有一尺长哩。掂到手里，就跟秤砣一样，怪沉的，可真爱死人了。"② 十八年的农村生活，也使王蓬的视点落于《农家夜话》《小院琐记》等这种纯朴自然的乡村生活日常，所以他会写《水乡风情》，写《甜酒醇香》《忙月天》等这些寻寻常常的事象。无怪乎贾平凹说，"他的散文主要描写陕南风景风俗人人事事"，③ 这无疑为他的散文增添了浓郁的地域色彩。王蓬写水乡的"开秧门""做甜酒""南堂会"（三月集）等等，也正是为了突出这种地域色彩，深层则是为了使他的散文有民间独有的生活气。"生活是第一位的。有生活，就可以头头是道，横写竖写都行；没有生活，就会捉襟见肘，或者，瞎编。"④ 所以王蓬散文中描写的姑娘多活泼自然，有陕南水乡独有的灵秀。王蓬有一双发现美的眼睛，他从来不与他发现的"世界"脱节，他发现"那里有一幅幅乡村的风俗画，那里有一首首关于田野和生活的歌……"⑤ 这便是王蓬散文里的思想，是王蓬在生活中发现的美和诗意。至于贾平凹所说的王蓬的"婉约"，笔者拿它和汪曾祺描写高邮风俗风景风情的散文作参照，发现似乎还缺少一点"泱泱的水气"，一种可以称之为"婉约"的很灵气的东西。

二、从"山"至"水"的长篇小说创作之路

《山祭》出版于 1987 年，是王蓬的长篇小说处女作。《山祭》讲述了知识分子宋土改和山里女孩姚冬花的爱情悲剧以及山里人的悲剧命运。这部小说以山命名，自然是在写山，那王蓬笔下的山该如何呈现呢？"此前

---

① 汪曾祺：《汪曾祺全集四散文卷》，邓九平编，北京师范大学出版社，1998 年版，第 105 页。
② 王蓬：《王蓬文集》（第四卷），中国文联出版社，2003 年版，第 2 页。
③ 王蓬：《王蓬文集》（第四卷），中国文联出版社，2003 年版，第 1 页。
④ 汪曾祺：《汪曾祺全集三散文卷》，邓九平编，北京师范大学出版社，1998 年版，第 279 页。
⑤ 王蓬：《王蓬文集》（第四卷），中国文联出版社，2003 年版，第 25 页。

曾经看到有的作品写了山的洪荒远古，那不过是为了'寻根派'们进行历史文化反思而设置的一种背景，实在并不是对'山'的真实深切描述；也曾看到有的作品写了山的峥嵘，兽的凶猛和人兽之间惊心动魄的搏斗，那也只是为了要表现一种寓意，一种象征，未必真的是对山体本身的钟情；也曾看到有的作品展示了山的奇诡，民风戆朴，但却总觉得过于外在，还缺乏一种确能吸引人的内在魅力。《山祭》不同，这是一部真正写山，并向读者展示了山的内在神韵的优秀之作。我所以称《山祭》为真正意义上'山'的文学，主要的，……我以为还在于小说通过作品中'我'——民办教师宋土改的导引，为我们展示了具有大山性格的山民姚子怀和姚冬花等人物特有的生活和人生命运。"① 由韩梅村这段话可以看出王蓬《山祭》的主要笔力是放在山民特有的生活和命运上，而不是其他。这部作品展示了陕南山民生活的方方面面，前文中对此已有详尽论说，此处不再赘述。这里主要从人物形象入手探究一下《山祭》。《山祭》中的冬花是"真善美"的化身，有着山花的美丽和活力。"她有张鹅蛋形的脸庞，肤色微黑，显出在山林间劳作的健美红润。一双大眼睛，黑白分明，睫毛很长，一眨眼，几乎盖着眼睛。看人时，略含羞涩，有种无所顾忌的野性。嘴唇抿紧时，显出一种倔强；微张时，又带上纯真的稚气。鼻尖有点上翘，准定在爹娘面前撒娇调皮。但整个身材却丰腴颀长，给人留下稳重的印象。"② 尤其当"她站在我面前，略略垂下眼帘，捏弄着胸前那根独独发辫。有种与这青山翠岭、野花野草十分和谐的韵味，很容易在人心里引起一种心驰神往的情绪"。③ 冬花还有着细腻的心思，考虑到秦岭深处的冬夜漫漫，她为了宋土改能消磨时光便隔三岔五闹着煮肉吃；帮忙引导宋老师不易管教的学生。冬花更是善良懂事的，对来她家上学的学生十分呵护；对瞎瘫老汉尊重孝敬；对细心养育自己的爹爹，又显得极其懂事，她平日里和爹爹一起出山，替他分担农活。情窦初开后，她又有另一种纯真的美，常常逗宋老师玩，大胆接受宋老师的表白，甚至大胆主动追求自己的爱情。人性的

---

① 韩梅村：《王蓬的艺术世界》，陕西人民教育出版社，1996年版，第64－65页。
② 王蓬：《王蓬文集》（第一卷），中国文联出版社，2003年版，第248页。
③ 王蓬：《王蓬文集》（第一卷），中国文联出版社，2003年版，第248页。

美在她身上展现得淋漓尽致。当遭遇政治变故时，冬花一人挑起照养全家的担子，最后义无反顾地嫁给又丑又矮又聋但无比善良的庞聋得。她是东方的"爱斯梅拉达"，而庞聋得就像卡西莫多。诚如陈忠实所言，"从肌肤到心灵都美到令人悸颤的冬花，与外形丑陋不堪的庞聋得入住的茅草洞房，其实是作家王蓬构建的一座人性美的真善美的祭坛"。① 冬花毫无疑问是美好的，但美好的冬花其生长环境一点也不美，她是在一个非正常的环境里长大的。父亲姚子怀和她的亲生母亲两人并没有实质性的婚姻关系，她从小是在一个缺少母爱的环境里长大的，甚至他的父亲还走了"招夫养夫"的路，她的成长环境是畸形的，这也促成了她的早熟，早熟的标志是小小年纪她就无比懂事，所以她能细心照顾一切，包括宋土改，以至令宋土改喜欢。宋土改有一切"才子"的优点，无论是他的外表还是气质，又或者心态和情感都比山里小伙出众。冬花喜欢的是一个不同于目不识丁的山里青年的才子，她的爱情始于崇拜。中国传统文化中就对"才子"有特别的优待，这种放在生理上可以理解为对强者的自动膜拜，按照"士、农、工、商"的等级排序，作为士人的知识分子无疑是掌握山里话语权的。福柯所言"话语即权力"。按照马斯诺需求层次理论，笔者认为这种争取话语权的能力能使女性获得安全的需要、社交的需要、尊重的需要、自我实现的需要，特别是对冬花这样一个姑娘而言，宋土改无疑是极具吸引力的。冬花爱的是宋土改的灵魂，而宋土改喜欢的却是冬花给他视觉带来的外在美，他不了解冬花的灵魂美，他身上仍然带有传统才子的思想，多情的男子对一个俏丽女子不幸遭遇的同情，以及这种同情引起内心的道德谴责，在"江山和美人"之间，他选择了前者。也正是他的选择，使冬花发现宋土改内心那让她陌生的一面，所以冬花最终嫁给庞聋得在某种程度上也解构了古典小说"才子佳人"的叙述模式以及"男人落难，女人拯救"的母题。

此外，笔者认为王蓬或许受到雨果《巴黎圣母院》的启发。某种程度上讲，《山祭》仍然是王蓬长篇小说创作道路上探索性的作品。

---

① 王蓬：《序》，《王蓬文集》（第一卷），中国文联出版社，2003年版，第1页。

《山祭》之后，王蓬又创作了第二部长篇小说《水葬》。

《水葬》是王蓬花了 38 天写成的 22 万字左右的长篇小说，出版于1991 年。作家曾说："书名最早叫《驿道古镇——三条硬汉与一个弱女子的命运》。改为《水葬》是写完最后一章：将军驿为石门水库淹没，一个百年古镇伴着各色人物都将四散或消失，觉得更名《水葬》简洁且更有意味，同时也与第一部长篇《山祭》有所呼应。"① 原名"一个女人和三个男人的故事"正可以说明这部长篇的基本结构。"一个女人"是串起这三个"葫芦"的核心线索，是一个"有意味的形式"。这部作品的女主人公名叫翠翠，和沈从文的《边城》中的女主人公同名。不过与《边城》中的翠翠相比，《水葬》中的翠翠是特别的。她身上有着羌人的基因，"高鼻明眸，俏丽不俗"，将军驿有名的四个男人皆被她吸引。见多识广的任义成流落到将军驿，第一眼就觉得"翠翠身上说不定有远古羌人血缘，无怪眸子黑亮，鼻梁高挺，看人娇嗔着眸子，让男人抵挡不住热情。"② 蓝明堂流浪到将军驿，而后愿意委身入赘蓝记杂货铺，娶一个又丑又懒的女人，就是因为他第一眼看见翠翠，"他就被翠翠苗条匀称的身材、俊俏的瓜子脸庞，以及带着几分野性的眼神惊呆了"。③ 他留在将军驿就是为了得到翠翠。麻二成为翠翠的丈夫完全是因为他使用了极为猥琐的手段，不顾翠翠母亲的遗愿，而趁着兵荒马乱的时机强行将翠翠由名义上的养女变成自己的女人。至于富家公子何一鸣，"一想到小牝鹿般清丽秀气又野性十足的翠翠便心潮翻滚，不能自已。"④ 翠翠天性开朗奔放，又因为生活的遭遇，对男女间的事颇有了解，但"至于街镇上的男人和往来旅客投来的直勾勾的目光，含义深长的微笑，乃至无人处动手动脚，她都黛眉冷竖，冷言拒绝。她翠翠可不是那种由人摆布的女人！"⑤ 所以在翠翠和任义成偷情被麻二当场抓住的时候，翠翠才会利索地跳下床，用赤裸的身体护住任义成，

---

① 王蓬：《王蓬文集》（第二卷），中国文联出版社，2003 年版，第 291 页。
② 王蓬：《王蓬文集》（第二卷），中国文联出版社，2003 年版，第 29 页。
③ 王蓬：《王蓬文集》（第二卷），中国文联出版社，2003 年版，第 90 页。
④ 王蓬：《王蓬文集》（第二卷），中国文联出版社，2003 年版，第 141 页。
⑤ 王蓬：《王蓬文集》（第二卷），中国文联出版社，2003 年版，第 79 页。

这是一个勇敢且有担当的女性。在被蓝明堂威胁纠缠时，她奋力反抗，毫不犹豫地蹬开了他。后来彻底惹恼了翠翠，翠翠便给了蓝明堂几个耳光，甚至拿赶牛鞭子抽打。在阶级斗争的年代，蓝明堂是将军驿镇街的"灵魂和主宰"，而翠翠的反抗更足以见其刚烈脾性。这种脾性固然有后天因素，但更多是基因决定的，小说在描写翠翠母亲性格时写道："身上流淌着四分之一羌人血液的母亲还有着'和则留，不和则去'的羌人基因。一怒之下，带着刚刚几岁的翠翠离开了酒鬼兼赌徒的父亲，开始了流浪生涯。""母亲生性善良，但也嫉恶如仇。受人些许恩惠，恨不得倾囊相报。若受人欺辱，敢拿刀剪拼命。""母亲艰难一世至死都极为倔犟……"① 这又何尝不是翠翠的性格写照呢？小说通篇都在强调翠翠身上的"羌人"血统，正是这一血统使得王蓬笔下的翠翠比沈从文笔下的翠翠多了一份"野性"，"象只野山羊，顽皮英勇、充满野性"。生命的张力在翠翠的身体里伸展，这正是大山才能赋予的原始力量。但笔者发现一个有意思的现象，在对待自己爱情的时候，两个翠翠都显得有点"木"，沈从文的翠翠一直不愿意表露自己的心事而致使遗憾的发生；王蓬笔下的翠翠也带有一种"麻木"，在麻二占有翠翠时，"'一个衬领洁白，梳着偏发的捉鹿少年'形象，曾在翠翠'心灵深处强烈呐喊'过，然而捉鹿少年的呐喊没有激起翠翠行为上的反应，相反，其反倒感到麻二'粗壮多肉'的身体给她'冰冷身体和惶惑的心灵'带来了'慰藉和依托'！"② 可以说麻二和翠翠的结合也有翠翠自身的原因。于是，任义成出现了，打破了翠翠麻木的精神，年轻力壮的他使翠翠第一次意识到麻二的低俗、丑陋不堪以及和麻二在一起时人格上受到的侮辱。翠翠醒了，她开始追求自己的幸福。但王蓬并不是想表现一个当代的"娜拉"的故事，于是翠翠和麻二有了一个女儿，这也可见王蓬对麻二这个人物的复杂感情。"翠翠属于由麻木走向清醒自觉的一代。为了实现这种跨越，翠翠付出了沉重代价，却也收获了幸福。正是在这种从'付出'到'收获'的漫长历程中，作品以其生动曲折的艺术笔触，十分鲜明地跌宕出了翠翠的个人性格。"翠翠是王蓬描写的重心人物，但似乎

---

① 王蓬：《王蓬文集》（第二卷），中国文联出版社，2003 年版，第 75 页。
② 韩梅村：《王蓬的艺术世界》，陕西人民教育出版社，1996 年版，第 86 – 87 页。

并没有完全发挥出这个"有意味的形式"的重要性，假设翠翠中途消失，行文依旧能继续，麻二、任义成、蓝明堂、何一鸣四人依旧可以照常生活，按照"串葫芦"的结构，翠翠应该是葫芦中间的棒子，抽去则故事不可继续进行。且相较起来，倒是这四个男人的形象刻画得更好一些。蓝明堂的奸诈、麻二的能干、任义成的勇敢都表现得很有特色，令人印象深刻。此外，《水葬》的开头极具"古白意味"，而中间生活化的语言打破了文本风格的有机统一，使作品风格前后脱节，并没有显示出王蓬长篇小说创作风格的成熟。

三、带有先觉意味的文化散文创作

王蓬的文化游记散文近年来引起学术界重视，这跟时下"一带一路的国家战略"有一定关系。王蓬的文化游记散文先写蜀道，后写丝路，这是在 20 世纪八九十年代就开始了的。王蓬的这些文化散文与一般的文化散文一样，关心的对象都是特定文化事象的内涵，但更突出文化散文的游记特点。文化散文指 20 世纪八九十年代出现，由一批从事人文学科或社会科学研究的学者写作，在取材和行文上表现出鲜明的文化意识和理性思考色彩，风格上大多较为节制，有着深厚的人文情怀和终极追问的散文，又称"学者散文"或"散文创作上的'理性干预'"。因此，王蓬的文化散文的理性特征是非常突出的。不过他的文化散文既有鲜明的"游记"特征，那么其文化散文就不可避免拥有了强烈的空间感。这种"空间感"无疑是我国自古以来绘画艺术遗留下来的传统，无论是"青绿山水画"还是"水墨山水画"，都可依循画面的路径而"游观"，这种散点透视法可使作者根据需要随时变换自己的视点，在创作时可以突破时空的限制，造成一种深邃的纵深感。而王蓬则将这种传统移植到自己创作的文化散文中。"无论是《蜀道卷》（《王蓬文集》第五卷）还是《丝路卷》（《王蓬文集》第六卷）都以地点（如褒谷口）、与地点相关的事物（如米仓道杜鹃）和与地点相关的人（《功在千秋》的张佐周）为专注对象，其中心都是地点。"① 他像

---

① 火源：《论王蓬文化游记散文的空间——文本空间分析的一个尝试》，《陕西理工学院学报》（社会科学版），2005 年第 1 期。

一个文化记者，用采风似的写作方式，记录当下的所见所闻，所以我们阅读他的散文，便有"身临其境"的穿越感，似乎灵魂已经跟着他的行文走在了路上。但这种方法使得王蓬的散文更关注知识性的传递，他想告诉读者这里曾经发生了什么，而不是自己个人化的历史情思。在《丝路卷》中的《天山天地》一文中，他写"天山东起祁连山尾，横贯戈壁大漠，西接帕米尔高原，把整个新疆一分为二，即人们常说的南疆与北疆。……天山以北有准噶尔盆地，再向北是阿尔泰山，天山以南有塔里木盆地，再往南是昆仑山脉"。① 这样的文笔很难不使我们联想到《水经注》《徐霞客游记》这类作品。王蓬也在散文中发挥了自己的叙事才能，他通过自己的想象"还原"当时的历史情境，从而使散文叙事具有了小说一般的虚构性、细节性及现场感。我们不能轻视其游记散文的文化价值。"丝绸之路"是我国古代与世界联系的重要媒介，是我国古代了解世界的重要窗口，这种"你来"和"我往"之间必定有着丰富的历史沉淀，敦煌的莫高窟即是一例。王蓬的文化游记散文在很大程度上使得这种深厚历史以文字的方式进入人们的视线，引起人们重新的关注。后来"海上丝绸"逐渐代替了"陆路"之后，还有多少人关注着这曾经的辉煌。王蓬帮我们捡起了蒙尘的"过去"，不得不承认，王蓬的文化游记散文起到了一个"重新发现"我们宝贵的历史文化的机会，因而具有重要的历史文化价值。而且这种发现以今天的眼光观照过去，其中有不少思想的闪光点。

然而，阅读完王蓬的文化游记散文，总感觉到它们更多的是以记述和转载历史知识为主，多记叙而少情思，王蓬追求的是一种"无我之境"，这种"无我之境"并不是王国维所表达的审美的无功利、纯粹的无意识之意，而是一种忽略主观因素的客观陈述，这导致了他的文化散文的僵硬沉滞，并且他的散文缺少诗意般的语言，缺少内在的空灵，尽管有一些不痛不痒的"呼唤"，但往往浮于历史表面。因此，他的许多文化散文给人一种拼贴材料式的采风写法，这使得他的文化散文知识性有余而少对历史的纵深挖掘的思想性，用当代著名文学评论家谢有顺的观点来说："历史文

---

① 王蓬：《王蓬文集》（第六卷），中国文联出版社，2003年版，第37页。

化散文的困境，不在于作家们缺乏历史知识，而在于他们缺乏史识，缺乏深邃的精神识见。没有'史识'，作家就无法超越材料，获得洞见；没有'史识'，作家就不可能真正地与历史、文化发生精神对话，反而容易被史料所左右和蒙蔽。"① 王蓬的文化散文与余秋雨的文化散文形成较大反差，余秋雨追求的是一种"有我之境"，他在空间中没有隐匿主体"我"，而始终裸露出"我"的所思所悟，从而使他的"笔锋常带感情"，充满一种文人睿智的灵性之思。余秋雨的"成功"在很大程度上得益于"文化"本身制造的外在巨大效应，以及在散文创作中的巧妙发挥和糅合，他认为"文化最高目的是完成一种阶层价值，文化的内涵是精神价值，是长时间地沉淀出的高尚品格"。② 他的充满文化厚重感的散文，具备了宏阔的历史视野以及巨大的时空跨越感，能不断唤起读者新的阅读期待，因而在 20 世纪90 年代追求平面化、琐屑化的整体文学创作格局中独树一帜。

　　当然，我们在评价王蓬文化散文的时候，不应低估他的重要历史文化价值，因为这终究是一个作家在用心靠拢我们灿烂悠久的历史，为我们提供了不应该遗忘的历史视野和历史追思。

　　思考题

　　1. 阐释以王蓬为代表的陕南作家和以路遥为代表的陕北作家文学创作之间的异同。

　　2. 论述王蓬作品中的女性形象塑造。

　　3. 比较王蓬文化散文和余秋雨文化散文之间的异同。

---

　　① 　谢有顺：《中国新时期散文研究资料》，山东文艺出版社，2006 年版，第 209 页。

　　② 　余秋雨：《我的文化价值观》，《文化学刊》，2008 年第 1 期。

第八讲

高建群：穿越文学的浪漫与传奇

高建群是新时期以来陕西的一位重要作家。20 世纪 50 年代生于关中地区，后来长期在陕北居住和成长，成年以后在新疆伊犁边境地区当过边防军。1976 年开始发表文学作品，迄今已经创作了大量诗歌、小说和散文等文学作品，其中小说创作在当代文坛产生了重要影响。高建群的特殊人生经历，为他的小说创作积累了丰富的素材。这种人生经历，也为他的小说创作带来了强烈的地域文化特色。根据地域文化环境的影响，高建群的小说创作可以分为以下三种类型：一是边关题材的小说创作，有《遥远的白房子》《伊犁马》《马镫革》《大杀戮》《要塞》《白房子争议地区源流考》《愁容骑士》等；二是陕北题材的小说创作，典型的是他的"大西北三部曲"，即《最后一个匈奴》《最后的民间》（又称《六六镇》）和《最后的远行》（又称《古道天机》），还有《骑驴婆姨赶驴汉》《雕像》《胡马北风大漠传》《统万城》等，其中，长篇小说《最后一个匈奴》的影响最为广泛，这部作品被称为陕北史诗，属于新时期长篇小说的重要收获；三是平原题材的小说创作，即他书写的关于自己家乡关中平原的作品《大平原》。从高建群的这些小说作品看，地域文化对他的文学创作的影响是巨大的。有人说："作家的创作都和所处的独特的自然环境，以及长期积淀下来的心理模式和行为规范息息相关。对他们而言，自小生存和生活的地域已经不仅仅是一种物理意义上的存在，而且是一种文化精神上的依托，是他们世界观、方法论以及审美理想形成的产床。"① 诚然。从表达内容的

---

① 莫伸、毋燕：《地域特色对陕西文学的托载》，《小说评论》，2011 年第 6 期。

时间性看，高建群的小说既有描绘历史的宏大书写，也有对于现实世界的深层挖掘。高建群是"一个善于讲'庄严的谎话'（巴尔扎克语）的人；一个常周旋于历史与现实两大领域且从容自如的舞者；一个黄土高坡上略带忧郁和感伤的行吟诗人"。① 高建群最初以一位诗人的身份进入文坛，他有着诗人独特的气质，因此他的小说作品中也充满诗的浪漫与激情，诗的品格与韵味让他拥有了不同于一般作家的独特创作风格。有批评家认为，高建群的创作具有古典精神和史诗风格，是中国文坛罕见的一位具有崇高感和理想主义色彩的写作者，他用浪漫的调子吟唱一曲曲富有传奇色彩的歌谣，被誉为当代浪漫派文学"最后的骑士"。鸿篇巨制承载着他的"远大理想"，他把历史和现实凝铸成"生命的雕像"。② 从文学创作的整体状况看，高建群将自己审视的目光着重放在陕北高原，在他的作品中，我们既能感受到厚重的历史感，又能体会到传奇浪漫故事的温馨。他在历史与现实之间穿行，找寻表达他的价值理想与人文情怀的最佳方式。

一、浪漫传奇的边地书写

边地书写是高建群小说创作的一个重要组成部分，边地书写和他的人生经历是密不可分的。他高中毕业后，1972 年入伍到新疆军区北湾边防站服役，在中苏边境一个荒凉的边防站里，开始了长达五年的"边关"地区的军旅生活。这段艰苦岁月成为他后来文学创作不竭的源泉。当兵时的孤独、寂寞和焦躁让他热爱上了文学，他开始利用业余时间写诗，被战士们视为"小诗人"。当时新疆军区有一位姓耿的政治部主任到边防前线视察，看到高建群当时创作的还不成熟的诗歌，觉得诗意清纯，便向他随意索要了一组，说回去之后推荐发表。之后，高建群以《边防线上》为题的组诗，发表在《解放军文艺》1976 年 8 月号上，这组处女诗作，激发了高建群强烈的创作热情和创作愿望，成为他文学生涯的起点。

高建群文学创作的高峰时期，真正意义上说是从 20 世纪 80 年代开始的。第一部取材于中苏边境边防站"白房子"的小说《遥远的白房子》，

① 高洪波：《解析高建群——兼谈他的四部中篇小说》，《文学评论》，1992 年第 4 期。
② 韩伟：《高建群小说创作论》，《小说评论》，2014 年第 4 期。

发表于《中国作家》1987 年第 5 期头条。这篇小说以"白房子"边防站的战士"我"的口吻讲述一则传奇故事，具有很强的吸引力。故事发生在晚清末年，新疆伊犁边境地区，有个姓马的回族小伙子，跟随父亲在中俄边界从事走私生意。在一次与情人约会时，被情人的丈夫和草原上的牧民们捉住，在肚子上插了把一米来长的大镰刀。小伙子后来被强盗搭救，成为强盗头子，抢回了他的情人萨丽哈，自己也改名为"马镰刀"，称雄整个草原。后来马镰刀被清政府招安当上了边防站站长。再后来，"马镰刀"为"一张牛皮大小"的地皮，酿成一场外交风波。历经波折马镰刀重返白房子，带领他的士兵越过边境，破门而入沙俄边防站。待马镰刀说明事情原委后，沙俄边防站站长也觉得自己对不起中国军人。除了升迁的士官生存之外，沙俄军人在老站长的带领下，全都拔剑自刎。最后，主人公马镰刀因自责而自杀。马镰刀死后，萨丽哈和汉族小伙子掩埋了行义的士兵。后来，汉族小伙子走了，萨丽哈留了下来，成为一个"美丽的传说"。小说以边防战士"我"的口吻，叙述"我"的独特经历，同时以诗化的笔调讲述了马镰刀的传奇人生以及他的情人萨丽哈的美丽、温柔与多情，展示了英雄与美人之间的情感纠葛以及独特的风土人情，使小说本身具有极强的可读性。《遥远的白房子》发表以后，很快引起了强烈反响。楼肇明认为这部小说"一个贡献就是在于它改创置换了一种原型形式，使得这种原来随着岁月的流逝而已经变得苍白无力的形式变得生机盎然，并且由于参照了别的民族的同一的原型形式，探索了人在特定的历史背景中的命运"。① 周政保认为，"也许是那些神秘的国界线、那孤独的'白房子'所具备的意象性的缘故，小说的思情寓意终于穿越时空的荒原，而进入了更富有人类意味的审美世界"。② 这篇小说发表之后也饱经争议，原因是涉及哈萨克民族的一些风俗，以及小说一些细节和局部的失真。后来，《中国作家》专门发表哈文伯《我读〈遥远的白房子〉》等文进行了批评，文中指出小说的缺点后，也较为客观地写道："尽管《遥远的白房子》未能免

---

① 楼肇明：《荒原上的壮士歌——读〈遥远的白房子〉》，《小说选刊》，1988 年第 2 期。

② 周政保：《〈遥远的白房子〉：并不遥远……》，《小说评论》，1988 年第 4 期。

除主观随意性太强之缺陷，但它能够以对历史的观照和探索，表现了爱祖国河山、爱中华民族、爱人民的宏大主旨，仍不失为一部值得注意的具有特色的作品。"① 《遥远的白房子》凭借西部独特文化的魅力，为高建群迎来了文坛的关注，也为当代文坛注入了新鲜血液，学界的很多评论家也开始关注这位浪漫骑士的文学创作，坚定了他的文学创作道路。

高建群从"白房子"出发，开始了他的传奇与浪漫的边地书写。在一般意义上，传奇是对历史传说、民间故事、童话等艺术形式的民间叙事文学的概称，多以历史、爱情、侠义、神怪故事为题材。传奇因神奇非凡的想象力和个性焕发的理想色彩而具有浓郁的浪漫主义诗情。所谓浪漫是指主体在反映客观现实时侧重于从主观内心世界出发，抒发对理想世界的追求，常用热情奔放的语言、瑰丽的想象和夸张的手法来塑造形象。高建群的其他一系列描写边地生活的作品，如《伊犁马》《马镫革》《大杀戮》《要塞》《白房子争议地区源流考》《愁容骑士》等，整体上都呈现出了浪漫传奇的特点。除此之外，高建群的边地题材作品还具有以下几个共同点：一是故事的背景都发生在中苏关系紧张时期的新疆伊犁"白房子"边境线地区；二是以第一人称边防军战士"我"的口吻讲述历史的或现时的故事，将读者带入到故事中去，这实际上是采用了一种有限叙事视角，增加了故事的可信度；三是在故事中掺杂了浪漫爱情的元素，增强了作品对读者的吸引力。这些富有传奇性的故事和浪漫的爱情，再加上作者天马行空般的叙述，一下子就调动起了读者的阅读兴趣，拓展了小说的审美空间。在《伊犁马》中，作者以饱满的热情书写了"我"和马之间的故事，以及"我"对马的深厚情感，同时让"我"领悟到生命的意义。在《马镫革》中，"我"一看到腰间系有"马镫革"的战友，就情不自禁地回到了往事的记忆中。而在《愁容骑士》中，"我"不断地回忆着发生在"白房子"的一件件难以忘却的往事。"在这些小说中，扑面而来的是鲜活的、孤独的、苍凉的、雄奇的、浪漫的西部边关文化气息。"② 作者用宽宏的文

---

① 哈文伯：《我读〈遥远的白房子〉》，《中国作家》，1988 年第 3 期。

② 梁向阳：《传奇故事的诗性写作——高建群"边关"题材小说浅论》，《伊犁师范学院学报》，2004 年第 2 期。

化视野俯视边关军旅生活，在对往事的回忆中抒发自己强烈的情感，使小说叙事不再局限于现实世界，在想象的空间中自由生发，充满浪漫传奇，具有了独特价值。

高建群浪漫传奇的"边地书写"，在先锋文学、寻根文学盛行的 20 世纪 80 年代中后期，无疑是一种执着的价值坚守。他的"边地书写"系列作品开启了新时期"传奇故事"的审美领域，并以"现实主义"价值立场对其进行了独特的美学思考和精神探寻。以"白房子"为标志的边防题材写作，不仅从题材上拓展了新时期中国文学的创作领域，而且在人物形象的建构、叙事技法的处理等方面都进行了新的艺术探索，意在打破"方法热""理论热"的壁垒，坚守中国当代文学的现实主义精神维度。① "边地书写"所呈现的传奇故事与作家强烈的浪漫主义情感，在当代文坛的文学创作中开辟出一条蹊径，给读者带来一股清新的阅读体验。

二、历史与现实交错的陕北文化叙述

（一）从历史文化的角度反观陕北

高建群小说创作的另一个重要组成部分是他的陕北题材小说。陕北高原既是高建群成长的地方，又是他之后几十年的工作之地，他对陕北这片土地有着深厚的感情，陕北的自然环境、风土人情都对他的创作产生了深刻影响。高建群陕北题材小说创作有一个特殊的时代背景，20 世纪 80 年代，西方许多文艺思潮和理论被翻介到中国，其中的拉美魔幻现实主义、文化热等，在中国文坛掀起一股"寻根"的热潮。1984 年，作家韩少功在《文学的"根"》中，第一次明确阐述了"寻根文学"的立场，他认为文学有"根"，文学之"根"应深植于民族文化的深层土壤里，根不深，则叶难茂。② 正如评论家陈思和所言："这种文化寻根是审美意识中潜在的历史因素的觉醒，也是释放现代观念的能量来重铸和镀亮民族自我形象的努力。"③ 作家们开始致力于对传统意识、民族文化心理进行挖掘，他们将关

---

① 韩伟：《高建群小说创作论》，《小说评论》，2014 年第 4 期。
② 韩少功：《文学的"根"》，《作家》，1985 年第 4 期。
③ 陈思和：《中国当代文学史教程》，复旦大学出版社，1999 年版，第 279 页。

注点更多放在禅道文化与民间文化，注重从地域文化、风土人情的角度对传统进行挖掘，例如韩少功的《爸爸爸》《女女女》以及张承志的《黑骏马》等。高建群也同样注意到了这一点，他深知文化在小说中的分量。高建群说解读陕北的钥匙就是文化，他基于历史文化的视点来认识陕北。他用敏锐的眼光看到中华民族的"根"不仅仅只是存在于汉民族文化中，更多的是要从少数民族文化中汲取文化的"营养"。他将文化寻根的视野转向少数民族，致力于少数民族题材小说的创作。在高建群看来，陕北不仅仅是漫天黄土堆积起来的贫瘠大地，也不仅仅只是历史上游牧文明与农耕文明交汇融合之地，而是中原文化与少数民族文化融合发展的地带。这种融合而成的文化，一方面是指在久远的时空环境中沉积下来的风俗、神话、传说、歌谣，以及历史遗迹、物件、手工艺品等；另外一方面是沉浸在陕北人心灵深处的精神品格。这一切的意象，形成了陕北高原丰富而灿烂的文化遗产。

高建群小说创作的高峰时期正好是 20 世纪 80 年代，文化寻根的这一时代语境在他的作品中得到了很好的反映，但他的作品又呈现出不同于同时代作家的独特风格。一方面，他的作品囊括了这一时期中国发生的巨大变革；另一方面，他在小说中坚持着自我的价值取向，竭力向人们展示以往被忽视的少数民族文化。时代的发展要求作家们突破创作的瓶颈，超越以往的创作模式；但回归现实、思考自我之后又使得作家不得不将创作与时代紧密结合。高建群陕北题材的系列小说正是在这样一种背景下应运而生的。他的陕北题材小说，一方面对历史进行追溯，重述历史故事，对人们所遗忘的少数民族文化进行着意发掘；另一方面是把小说人物置身于丰富的陕北文化习俗中加以表现，突出灿烂的陕北文化意象。中篇小说《骑驴婆姨赶驴汉》中，作者将小说的主人公李纪元——一个返乡青年，设定为闯王李自成的后裔，而女主人公麦凤凰是一个高傲自负、美丽多情的城市姑娘。作家在叙述故事和描写人物的时候，在文本中加入了大量的陕北文化元素，如"信天游""陕北剪纸""腰鼓""唢呐"等。这些文化元素凸显了文化陕北的意味，与此同时作家还为小说增加了一些历史的元素，比如"秦直道""赫连勃勃""李自成"等，这些历史元素扩大了小说的容量，丰富了小说浓厚的历史感。这部小说在某种意义上确定了高建群陕北题材小说创作的文化走向。再比如在《老兵的母亲》中，作者一方面将吹鼓手老刘父子设定为匈奴大帝赫连勃勃的后裔；另一方面，运用大量的民间故事、遥远的历史传说和动人的民歌民谣来丰富、衔接自己的故事情节。这样，把故事放置在宏大的文化背景中，既表现出陕北高原母亲为中国革命胜利的无私奉献，又表现出作为"老兵""母亲"在特定历史场合的默默牺牲，从而使人们更好地理解陕北这块黄土地的深厚内蕴。在另一篇小说《雕像》中，高建群通过对大年馑时期的人们被饥饿所迫而发生的"易子而食"现象、具有民间意味的祈雨等场景的刻画，陕北民歌的大量穿插，以及叙述者独立的抒情议论等方式，向人们呈现了独具特色的陕北文化，表现了作者对陕北历史文化强烈的认同感。

代表作长篇小说《最后一个匈奴》仍然是把人物置身于纵深的历史文化的空间里加以显现。正如其后记所言："本书旨在描述中国一块特殊地域的世纪史。因为具有史诗性质，所以它力图尊重历史史实并使笔下脉络清晰，因为它同时具有传奇的性质，所以作者在择材中对传说给予相应的重视，其重视程度甚至超过了对碑载文化的重视。""作者力图为历史的行动轨迹寻找到一点蛛丝马迹。作者对高原斑斓的历史和大文化现象，表现出极大的热情……我们这个民族的发生之谜、存在之谜，就隐藏在作者所刻意描绘的那些自然景观和人文景观中。"① 作者对陕北高原厚重的历史和丰富灿烂的文化意象表现出极大的热情，对逐渐消失在历史洪流之中的少数民族文化给予极大的同情。小说的标题命名为"最后一个匈奴"，本身就给人们提供了一个可供思考的问题，为什么作者要将题目定为"最后一个匈奴"呢？

长篇小说《最后一个匈奴》讲述了一个家族三代人的命运，勾勒了一个世纪陕北高原历史的轮廓。在 20 世纪的革命战争时期和当下的和平建设时期，陕北吴儿堡家族的两代男儿都在中华民族的建设发展过程中贡献力量。小说上卷主要人物是共产党人杨作新和山大王黑大头，由他们贯穿，

---

① 高建群：《最后一个匈奴》，作家出版社，1993 年版，第 580 页。

书写了 20 世纪 20 年代到 40 年代的 30 年间中国大革命的风潮，以杨作新为代表的中国共产党人在大革命中奉献出自己宝贵的生命，由此掀开中国革命史的新篇章。下卷主要人物是杨作新之子杨岸乡和黑大头之子黑寿山，时代背景一下子过渡到 1979 年的"十一届三中全会"后，市委书记黑寿山治理沙漠有方，对新中国社会主义建设做出应有的贡献；作家杨岸乡几经周折，最终转向民族文化研究，进而对悠久陕北文化进行深入挖掘，向世人展现了历史上匈奴民族的辉煌。故事的开头点明"最后一个匈奴"的来历，在民族大迁移的过程中，一位落单的匈奴士兵与一位汉族姑娘在陕北高原山上偷偷结合，由此诞生了一个混血儿，他浑圆的小脚趾盖和嘹亮的啼哭带着古老匈奴民族彪悍、狂放的特点，并将这种特点向后代传递，古老的村庄吴儿堡因此继续延续了下来。小说主人公杨作新是匈奴家族的一个儿子，他所代表的不单单是他个人，而且是整个匈奴民族。作者安排他进入到 20 世纪二三十年代的中国革命进程中，是将整个匈奴民族纳入中华民族现代革命史中，这就告诉人们匈奴民族在现代革命进程中所做出的重要贡献。古老的匈奴民族并不是消失不见了，它仍然活跃于历史中，仍然在中华民族的发展过程中绵绵不绝，仍然在生活的洪流中延续至今，"最后一个匈奴"并不是这个民族的终结，而是在历史的发展进程中融合于中华民族之中，并且一直为中华民族的发展复兴做出巨大的贡献。小说的最后写到杨岸乡致力于民族文化的研究，最终与来自匈牙利的女学者结合。"她是一个流落到欧洲的匈奴人的后裔，是伟大的阿提拉大帝的后人"，匈牙利民族是历史上那个往北迁移的匈奴分支的后代，故事到最后转了一个大圈，被历史阻隔了几千年的匈奴民族血液又再次融合在一起，在历史的长河中这个民族的生命还在继续生长蔓延。《最后一个匈奴》充分证明了作者对匈奴民族的深切关注，体现了作者的大民族立场，将消失了的匈奴民族重新拉回到人们的视野之中。

在《最后一个匈奴》中作家仍然始终关注着陕北的历史文化，小说中大量穿插陕北的文化因素，如陕北婆姨手中的剪纸、婚丧嫁娶时都不可缺少的唢呐、热情奔放的陕北腰鼓以及人们口中传唱的信天游，这些文化因素增强了小说的文化色调。由此可以看出，高建群的陕北题材小说具有浓厚的地域文化色彩，他解读陕北的关键之处在于文化，丰厚的文化因素赋予其小说更为深厚的意蕴，同时作家自身诗化的语言与情感表达，又使小说具有了浪漫主义的色彩，这一切都使他的小说与当代陕西作家的小说具有明显的区别。高建群创作了独具个人特色的文学作品，表现出独特的文学价值。

高建群对陕北的黄土地有着特别深厚的情感，他总是在这块广袤的土地上找到自己的灵感。正如高洪波所言："证明灵性，寻找灵性，直到用自己的作品发掘和再现黄土地的灵性，几乎成为高建群锲而不舍的一种追求。照我的理解，高建群寻找的灵性，其实是一种活力、一种激情、一种诗意笼罩下的昔日辉煌。"[①] 这就说明高建群的文学创作不仅善于从现实文化中发现灵感，还善于从历史中激活灵性，挖掘历史成为他创作又一不竭动力。他的《统万城》就是再现了匈奴这样一个消失了的民族，表达了作者对一个曾经无限辉煌而如今悄然泯灭的民族的深切同情。长篇小说《统万城》，作者自己说"是写一个大恶人的故事，这个大恶人叫赫连勃勃。又是写一个大善人的故事，这个大善人叫鸠摩罗什"。[②] 大恶之人匈奴末代大单于赫连勃勃机智、狡猾，胸中怀有天下，他建造了匈奴历史上唯一一座都城——统万城，使匈奴民族从游牧生涯走向定居；西域高僧鸠摩罗什是智慧与善良的化身，在动乱的五胡十六国时期，他将大乘佛教传入中原，从而奠定了汉传佛教的地位。在高建群的眼中，坍塌的统万城不仅仅是一堆残存的遗迹，它并没有随着时间的流逝而逐渐消亡，而是蕴含着深厚的匈奴文化。他始终带着强烈的文化追寻的心理向人们展示匈奴民族的昔日辉煌，他以一种大历史的眼光、大文化的笔触和气魄，重新建构了那个时代风云变幻的历史进程，沿着残存的遗迹去探寻匈奴历史，书写了东方农耕文明与西方基督教文明之间的交错与碰撞。高建群的历史小说具有浪漫神秘的特点，他把自己对历史、历史人物、苦难的现实，以及浪漫的理解融于笔端，书中不乏作者对这些历史人物、历史事件的议论与感慨，形成了独特的表达方式，使他的作品具有丰富的浪漫主义品格。《统万城》

①　高洪波：《解析高建群——兼谈他的四部中篇小说》，《文学评论》，1992 年第 4 期。
②　高建群：《统万城》，太白文艺出版社，2012 年版，第 108 页。

重新建构了那个消失于人们视野的伟大匈奴民族的辉煌历史，为人们再现了赫连勃勃大帝不平凡的一生，在毛乌素沙漠重新筑起那座宏伟的"统万城"，再现了五胡十六国时期动荡的历史现实与匈奴民族的发展史。

（二）采用"合文学目的性"① 进行创作

"合文学目的性"是当代学者梁向阳针对高建群陕北题材小说特点所提出的。关于"合文学目的性"，评论家周政保先生说："（小说）不是历史学意义上的真实记录，不是报告文学或文学报告，更不是风俗画的拼凑与堆砌……它是小说，是一种艺术虚构；它的全部描写仅仅是为了实现某种合文学目的性的表现，而这种文学目的性与小说细节的底蕴及场面设置的内在意义是呈互相适应状态的。"② 纵观现当代文坛陕北题材的小说作品，大体上可分为两类：一类是革命战争与社会建设题材，将人物置身于宏大的历史背景下加以表现，如杜鹏程的《保卫延安》、柳青的《铜墙铁壁》等；一类是现实主义小说，把人物放置在具体的现实生活中加以表现，如柳青的《创业史》，路遥的《人生》《平凡的世界》等。高建群的独特之处在于，他避开前人所运用的纯"现实主义"的创作手法进行创作，对现实生活进行解剖，用诗人的气质、诗化的语言从"一个较为简便的角度，洞观着人类正在经历着的一切"。他在创作陕北题材小说时采用"合文学目的性"的手法，表现他所理解的陕北高原，这使其陕北题材小说具有明显的个性特征。

在高建群的陕北题材小说中，"合文学目的性"首先表现为以心写境，作者的笔触摆脱了具体的时空、人事的纠缠，天马行空般任由心灵驰骋，心到何处就写到何处。高建群的几部陕北题材的中篇小说，都没有过于复杂的故事情节，但都充分表达了作者的心境。如在《骑驴婆姨赶驴汉》中，文中两条线索共进，交代了省城的一个考察队来到黄土高原考察秦直道，回乡青年农民李纪元成为考察队脚夫，与考察队城市小姐麦凤凰猝然相恋而忽视了自身的价值；后来，老父亲李干大用祖传的秦直道图换回了考察队的 2000 元钱，想为儿子找一个媳妇，可是儿子李纪元却在春节前一

---

① 梁向阳：《高建群陕北题材小说浅论》，《榆林高等专科学校学报》，2001 年第 3 期。
② 周政保：《〈遥远的白房子〉：并不遥远……》，《小说评论》，1988 年第 4 期。

天死了……《老兵的母亲》讲述一个"快要被淹没了的、发生在红军时期"的故事，是对屈死的母亲的缅怀，为母亲唱了十三支挽歌。《雕像》讲述艺术家"我"答应为一位红军女烈士塑造题名为《牺牲》的雕像。为了自己塑造的兰贞子形象，画家需要更多地了解女英雄的事迹，老革命者单猛承担了这一工作，在一张旧照片上，凝聚了他半个世纪的感怀。当他道破一切时，画家完成了自己的艺术品，单猛老人也走完了自己的生命历程。

"合文学目的性"的写作方式在很大程度上与作者自身的写作习惯密切相关。作者最初以诗人的身份进入文坛，创作初期也是以诗歌为代表，他的诗人气质影响了其小说创作的纯粹性，这就使其小说带有某些诗化的特点，或者说使他的小说具有个性化的特征。作者自己曾说："我的诗歌创作经历对小说创作有着极重要的影响，结构是诗的，语言是诗的，夸张性的人物、情节是诗的，书的总体命意也是诗的。"① 通读作品我们可以发现，高建群的陕北题材小说具有浓重的诗化气质，他没有严守现实主义创作传统和生活的理性，更多地是以创作诗的手法来构思小说。这样一来，就不可避免地出现一些情节上的夸张和虚构，强烈的议论和抒情淡化了故事本身，但作者深厚的情感赋予了小说更深层次的内涵，丰富了小说的容量，增加了小说的艺术魅力。如《骑驴婆姨赶驴汉》对比强烈，寡妇与麦凤凰、麦凤凰与李纪元之间的不同接触，尤其是乡下青年李纪元同城市小姐麦凤凰初次结识的瞬间印象，都有一种抒情诗的韵律；《雕像》近似于抒情诗与咏史诗之间。② 如《老兵的母亲》，《中国作家》在作为编者的话中是这样介绍这部作品的："正义的冲动，伦理的拷问，复杂的忏悔，通过诗化的语言紧紧交融在一起，也许作者保持了一种必要的距离感和命运感，才使这一传统题材获得了某种新意和凝重的风格。"③ 高建群善于在小说中穿插大量的抒情与议论，善于发挥他的诗人特质，在作品中营造充满诗意的画面。《骑驴婆姨赶驴汉》的引子就是一首精炼的长诗，也可以认

---

① 高建群：《匈奴和匈奴以外》，陕西人民教育出版社，1994 年版，第 58 页。
② 梁向阳：《高建群陕北题材小说浅论》，《榆林高等专科学校学报》，2001 年第 3 期。
③ 梁向阳：《高建群陕北题材小说浅论》，《榆林高等专科学校学报》，2001 年第 3 期。

为它是作者的创作主旨："秋风荡起高原两千年的悲哀，以欢乐曲祭奠那往昔的年代。男人的英雄结合美人的长发，证明这块土地尚有灵性存在。"小说在诗性气质下寄予着作者浓厚的主观情思，使其作品弥漫着浓郁的诗性氛围。

三、民间立场下的平原书写

高建群出生在渭河平原，尽管他由于父亲的原因在幼时就离开故乡，到陕北高原生活，但他从来没有忘记养育他的渭河平原。他在谈到创作《大平原》的动机时说道："《白房子》是我献给新疆的作品，《最后一个匈奴》是写给陕北高原的作品，但是一直没有一部写给生我养我的故乡——渭河平原，这就是我为什么要写这样一部作品。"① 在《大平原》中，高建群刻意将发生在渭河平原上的重大历史事件进行淡化处理，通过民间的文化风俗习俗和关中方言土语向人们展示高家的家族发展史和纯粹的民间生活，展现了关中独特的地域文化和风土人情，具有独特的审美意味。

（一）淡化历史，立足民间

《大平原》讲述的仍然是一个家族故事，但小说在叙述方式上不仅摒弃了同时代作家在叙述家族史时惯常使用的宏大叙事手法，而且不同于作者以往的叙述风格。与《最后一个匈奴》中将家族史贯穿于历史大背景中进行叙述不同的是，在《大平原》中，作者将重大的历史事件做了淡化处理，一笔带过，而将小说叙述的主体放在平民大众的身上，着意展现平民大众的日常生活，这与以往的那种突出重大历史事件的做法形成鲜明的对比，使得故事中发生的人和事在历史线条上更显独特性和真实可感性。这种转变与作者自身写作风格与审美风格的转变紧密相关。

阅读《最后一个匈奴》，我们可以看出作者给人们呈现的那种宏大叙事并不是十分成功，将家族史融合于中国革命史之中在读者看来不无生硬之感，创作过程也不免吃力。再联系当时文坛上所创作的家族小说，大都

---

① 黎峰：《我把每一件作品都当作写给人类的遗嘱——对话高建群》，《江南》，2009年第5期。

是这种与社会历史相连的宏大叙事，不免给读者造成审美疲劳。因此，高建群在创作《大平原》时选择将叙述主体放置在民间，目光投射到广大农民身上，着眼于民众的柴米油盐、婚丧嫁娶，时刻关注他们的喜怒哀乐，自然这不失为一种创新之举。正如著名评论家雷达所说："……《大平原》却不同于以往常见的家族故事，其最大不同在于：它几乎没有写几个家族之间或宅院内部的权力争斗，它也不正面写重大的政治事件；它借助于社会政治背景，却无意于深挖社会政治本身的历史内容，而是把大量笔墨落在自然灾害、生存绝境、土地与人的关系上；它不是向空间扩展，而是一种纵向的时间的绵延。"① 它更多的是"写农耕文化的沉重艰辛；写中国农民的沉默坚韧；写活着很难，有尊严地活着就更难；写社会大转型中正在消失的村庄，如此等等。"②

作品的开头便为小说定下了朴实的基调，借大平原地理环境的质朴引出了高家家族的普通历史。小说开头是这样的："渭河是中国北方一条平庸的河流。它的开始和结束都一样平庸。"③ 尽管作者也写到渭河曾经不平凡的历史，但那已经成为往事，只是后人对渭河平原所做的注解而已。作者在小说中提到了许多重大历史事件，如黄河花园口决堤、李先念过渭河、陕北革命、"大跃进""文化大革命"、毛主席辞世等等，但没有刻意强调这些社会历史事件对于小说故事情节所造成的历史影响，而是弱化这些历史大事件，将故事中高家几代人物的命运变迁作为历史的主线，以普通民众的成长经历来观照历史，使小说更加具有真实性，更能打动人心。这种淡化历史大事件、将历史还原给人民的历史观正是高建群站在民间立场上所形成的独立历史观。

《大平原》还具有"自传"性质。小说主人公黑建是以作者自己为原型的，这自然更加赋予《大平原》真实的特性，也在体现作者自觉靠拢民

---

① 雷达：《乡土中国的命运感——评〈大平原〉兼及家族叙事的创新》，《小说评论》，2010 年第 1 期。

② 雷达：《乡土中国的命运感——评〈大平原〉兼及家族叙事的创新》，《小说评论》，2010 年第 1 期。

③ 高建群：《大平原》，北京十月文艺出版社，2009 年版，第 1 页。

众的大众意识。小说这样写道："他（即黑建——笔者注）看见过苦难，他看见过死亡，他在那一刻是如此的和大地贴近，和社会最底层的草根百姓接近，这种早期教育让他的一生中，都怀有一种深深的平民意识。"① 著名评论家蔡葵对高建群在书中所持的民间历史观予以肯定，认为："《大平原》反映时代，又和某些政治理念强的作品不同，它写的是人生而不是政府，所以它专注的是原生态的日常生活，坚持的是草根百姓的平民视觉，展示的是民族的传统血脉。作品中很少指点江山的文字，甚至有意回避了重大事件的正面描写。小说正是因小见大，通过日常生活反映生活本质，而这种反映往往是更深刻、更真实"。

（二）将丰厚的民间文化融合到文本之中

《大平原》的故事情节充满了丰厚的关中文化和风土人情，具有多彩的浓郁的关中地域民间特色。高建群认为，"民间的生存文化高扬着生命崇拜。这一民间文化的主旋律，造就了一种带有原始况味却又通向永恒的大美"。② 在《大平原》中，民间文化的突出代表就是小说开头所写的关于继承香火的问题，也就是种族延续的问题。种族延续是中华民族几千年来绵延不绝的根本，在中华民族繁衍过程中形成一种集体无意识，也凸显着高建群所说的民间文化的主旋律——生命崇拜。小说开头强调渭河平原上各个村落的形成对种族延续的重要性，"这些同姓同氏族村落散布在渭河两岸，散布在广袤的平原上，组成了中国北方农村的一道风景，成了北方农民支撑他们生存的一个堡垒，成了种族香火不灭千年延续的一个保证"③。接着就写到高家后继无人，于是，如何确保高氏种族延续下去，确保高家不会"断后"就成为这个家族的一个重大问题。小说给人们呈现了高家延续香火的三种方式："一是给女儿招上门女婿，二是将外甥接来顶门立户，三是从自己就近的族人，挑一个侄儿过来顶门。"④ 高家选择了第二种方式，就是将外甥接来顶替门户。这样，高氏家族行将"绝户"的难

① 高建群：《大平原》，北京十月文艺出版社，2009 年版，第 317 页。
② 高建群：《东方金蔷薇》，陕西人民教育出版社，1991 年版，第 5 页。
③ 高建群：《大平原》，北京十月文艺出版社，2009 年版，第 8 页。
④ 高建群：《大平原》，北京十月文艺出版社，2009 年版，第 9 页。

题就被解决了。小说对于种族延续这一问题的特别关注，不但是小说故事情节发展的需要，也有力表达了民间文化中"不孝有三，无后为大"这一非常重要的观念与认识，凸显了后代延续对一个家族的极端重要性。种族延续这个无比重要的观念是中华民族在世世代代传承过程中形成的集体无意识，蕴含着深刻的民族文化心理。这一文化心理根植于中华民族的血液之中，在民间表现尤其突出。作者对于种族延续这一民间文化同样具有强烈的心理认同，"你并不仅仅是你，你并不单单作为一个你活在这世界上，你的身上有你的家族的 DNA 遗传，你的父辈、祖辈，以至更为遥远的一些祖先的遗传获得，现在都是用你承载着的"。[①]

小说所表现的强烈的生殖崇拜，不仅通过种族绵延和香火接续等等文化事项表现出来，也通过一些具有浓厚地域特点的独特事件凸显出来。小说开头呈现了高安氏骂街的场景。骂街这种行为与高安氏作为"乡间美人"的外在形象实在不符。她之所以采用这一极端方式，是考虑到高家家族能否继续延续，关系着高家能否在高村继续生活下去，关系到高家几代人未来的命运，关乎高家家产是否会落入他人之手的重大问题。正是由于高安氏的半年多的骂街才震慑住了高村村民，使得高发生一家在高村得以立足，从而保证了高家家族的延续。

小说还通过道黑建的母亲——顾兰子的形象呈现了中国民间独特的一种文化现象。顾兰子是在逃荒的路上被高发生老汉收留，作为童养媳在高家长大的。关于童养媳的叙述，是作者立足于民间立场的又一具体体现。其实，作者在小说中对于种种民间习俗都是着重表现的，这充分体现了作者对民间文化心理的深入探究和理解。这些都在表征《大平原》的民间性。

（三）方言土语的大量运用

《大平原》的民间立场还在于高建群大量运用陕西关中特色的方言土语以及民谣、俚语、秦腔等多种语言形式，这些都极大丰富了小说的民间意蕴。作者曾经针对他的陕北题材小说这样说道：作为陕北的儿女，文学

---

① 高建群：《大平原》，北京十月文艺出版社，2009 年版，第 317 页。

创作"当然应该从民歌和信天游中汲取营养。但这样往往会使人的注意力只集中到民歌和信天游上。一部优秀的作品，是对人类命运，对其地方生存状态的研究，同时也是作家深刻的生命体验。所以，我们应该认真生活，诚实生活，最主要的是概括生活，提炼生活。作为一个生活气息浓郁的作家，定是由生活在土地上的文化背景培养出来的"。① 这应该也适用于他的平原生活题材的小说创作。由此可以看出，作者注重将民间文化与人物个性与命运相联系，不单是为方言而方言，为口语而口语。《大平原》中的人物，带着满口的关中口音，说着亲切的关中方言和俚语，唱着热情的关中歌谣，活脱脱地将人物的性格展示了出来，使得人物形象更加生动饱满，为人们展示了一幅充满生气的民间生活画卷。《大平原》较为成功地塑造了几个人物形象，例如：高发生老汉，高安氏与"我"母亲顾兰子，就是借重了方言、俚语、格言等语言形式。他们操着一口纯正的方言，高发生老汉口中掉着"瓜松""日怪""相跟""顶门""斜马叉""婆姨""大"等词汇，高发生老汉的性情恍若呈现于眼前了，正所谓"人们通过作家的文字，能够触摸到乡村灵魂扑面而来的实质"。② 而且，这样让人们读起来真实可感，更加容易走进故事发生的当地生活中去。小说同样运用了大量的俚语、俗语，例如："家有千口，主事一人"，"树挪死，人挪活"，"庙太小，挥不开刀"，"嘴大吃四方"，"剃头洗脚，顶住吃药"，"呼噜白雨三后晌"，"桃三杏四梨五年，要吃核桃得十五年"，"上无片瓦，下无立锥之地"等，让小说的语言变得更加精炼，也更为生动活泼，增强了小说的趣味性。有学者认为：民间语言不仅"承载着大量的物质生活民俗"，"反映着民间组织、制度层面的习俗和一些民俗活动"，而且"记载着民众的经验、信仰、伦理等精神民俗"。③ 高建群在《大平原》中所用的特色方言、俚语、民谣等语言形式，确实再现了渭河边上的乡民真实的语言表达习惯，拉近了小说与民间的距离，为小说增添了浓厚

---

① 高建群：《匈奴和匈奴以外》，陕西人民教育出版社，1994 年版，第 71 页。

② 梁鸿鹰：《在中国故事的长河里——谈高建群的长篇小说〈大平原〉》，《南方文坛》，2010 年第 1 期。

③ 钟敬文：《民俗学概论》，上海文艺出版社，1998 年版，第 304 - 305 页。

的地域色彩和生动的趣味性，让读者在阅读过程中轻松活泼，产生强烈的代入感。总之，通过对这些民间化语言的应用，《大平原》向我们展示了丰富多彩、意蕴深厚的民间文化，表达了作者对于渭河平原所包孕的民间文化的深厚情感。

　　然而，从某种程度上讲，高建群的《大平原》也不单单表现民间，它还赋予地域文学书写以新的内涵。小说后半部分写到正在逐渐消失的高村。工业化的发展加快了一切事物更新换代的脚步，高楼大厦正在取代乡间温暖的小屋，所有的世界都在变成一样的钢筋水泥，在这样冰冷的环境中，人们的内心普遍缺乏淳朴温暖的情感。这是被严重物化了的世界，警醒并唤起人们对故乡家园、乡村秩序与乡民之间纯真情感的怀念与向往，对逐渐逝去的乡村诗意的怀念与留恋。正是这种严重物化的社会现实促使作者担负起神圣的历史文化使命，重新构建大众的理性与信仰。面对全新的生活发言就成为文学创作之必需。恰如高建群所言："艺术家请向伟大的生活本身求救吧，因为面对伟大的变革时代，不断出现的新的人物和故事，是艺术长廊里从没出现过的，作为艺术家有责任去表现他们，为时代立传，为后人留下当代备忘录。如果做不到，那是文学的缺位，是作家的失职。"① 基于这样的认识，高建群在《大平原》中不单单要写民间，也要把笔触转向快速"崛起的高新第四街区"，记录正在激变中的中国，留下原本诗意盎然的中国乡村的记忆，让艺术奉献"正在消失或已经消失的村庄"；面对新的历史文化语境和新的写作对象，又在勇敢承担起时代与社会所提出的新的问题与挑战，深入自我内心思考当下，努力与时代接轨。小说后半部分作者成功地塑造了王一鸣、刘芝一这样一些既机敏勇敢，又敢于冒险的城市建造者的形象，以寄托作者的理想与情怀，承载作者与现实共筑美好生活的梦想。这种热切复杂的动机，使得《大平原》在书写中抵达了现代之思的前沿，赋予作品较为宽广的意味。正如雷达所说：小说"以其强烈的主观性和写意性，以其苍凉的命运感，提供了较为

----

① 转引自韩伟：《高建群小说创作论》，《小说评论》，2014 年第 4 期。

丰富的文化信息"。①

结语

高建群以其丰富而独具内蕴的文学创作给新时期以来的陕西文坛带来了很多有价值的作品，甚至在中国当代文坛产生了广泛影响，是中国当代文学不可忽视的重要文学存在。高建群的文学创作深受地域文化的影响，正如何西来所说："在作品的风格中，作家的地域文化心理因素、地域文化知识积累，以及对不同地域文化传统和特色的敏锐感受力，起着关键作用。"② 他的文学创作离不开地域文化，而其小说的主要价值也在于他对独特地域文化的传承与书写。他以一种极具浪漫色彩的笔调向人们展示了充满异域风情的"白房子世界"，这里有边地富有传奇色彩的爱情与地域风情，在边地特有的雄伟、苍茫、孤独、美丽中流露着独特的美学意蕴。高建群又把一支笔伸向陕北高原，挖掘几千年来沉淀下来的历史文化，从文化寻根的角度观照陕北，从少数民族文化中汲取其对中华文化的营养，谋求确立一种现代民族观念，这种努力是可贵的。而他的陕北题材小说中存在的大量丰富而独特的文化意象，呈现了厚重的陕北历史，又使其小说具有了史诗性的意味。高建群还以历史见证者的姿态来写他的出生地——渭河平原，摒弃以往宏大的家族叙事模式，淡化历史事件，将写作主体投放到普通民众身上，运用大量方言土语，将淳朴厚实的民间文化呈现于人们面前。这种书写方式也是颇具创新意味的。

高建群的文学创作是独到的。但是不可否认的是，由于作家功力的不足，限制了其创作的高度和成就。有评论家指出："《最后一个匈奴》上卷比较扎实，下卷行文匆促，形象的东西较稀薄，议论太多，上下卷的衔接也有不够理想之处。总的看来，此书不失为比较成功的长篇。"③ 通读作品我们也可以发现，此类问题在高建群的小说创作中普遍存在。比如，《大

---

① 雷达：《乡土中国的命运感——评〈大平原〉兼及家族叙事的创新》，《小说评论》，2010 年第 1 期。

② 何西来：《文学鉴赏中的地域文化因素》，《文艺研究》，1999 年第 3 期。

③ 梁向阳：《高建群陕北题材小说浅论》，《榆林高等专科学校学报》，2001 年第 3 期。

平原》和《最后一个匈奴》一样存在结构不严谨的问题，上下部之间的衔接过于生硬。诗人气质是高建群文学创作的重要特色，使其小说具有强烈的个性化特点，但是，以构思诗歌的方法来构思小说，往往使得小说结构存在较大的问题。高建群在叙述中天马行空般的叙述姿态也给作品带来了较大的随意性。而小说中穿插的大量主观抒情与个人议论，弱化了故事情节，在表达感情上过于急切，不够深沉含蓄，一些控制不当的叙述给文本造成了一些混乱。由此看来，高建群的小说创作也留下了不少遗憾。

思考题

1. 为什么说高建群是中国当代浪漫派文学"最后的骑士"？

2. 从历史文化角度阐发长篇小说《最后一个匈奴》的深刻内涵。

3. 高建群的长篇小说创作在结构上往往存在明显问题，分析造成这种现象的原因。

叶广芩：多样文学世界的行走与超越

　　叶广芩是中国当代文坛上一位颇具实力的女性作家，独特的家世背景和生命体验使其具有不同寻常的较为宽阔的文化视野和深长的历史意识。叶广芩的文学创作特别是小说创作，始终体现出一种细微的感伤情绪和优雅宽广的文人情怀。她将人生际遇和生存感喟相结合，达到一种水到渠成的写作状态，能够让读者深入故事的内部获得一种超然的生命体验。

　　"所谓'文章憎命达'，从理论上说坎坷的人生和危机的体验是文学的摇篮，因为文学创作本身就是对苍凉人世难以逃脱的苦难和创伤以及超越和救赎的关怀和烛照。"① 叶广芩显然是一位历经磨难后以超脱的生命状态诠释人生意义的作家。显赫的家世背景使她耳濡目染地接受了传统文化的熏陶，农场的特殊劳务使其摸爬滚打于社会底层，留日期间异域文化的不同体验和感受等人生经历使叶广芩在写作题材上拥有了更多的可能性，因此她的文学创作便呈现出丰富性和多样性。

一、凄婉深沉的家族叙事

　　叶广芩出身于北京一个没落的满族贵族大家庭，这使她拥有了不同于平民阶层的情感体悟和文化修养，之后下放陕西和留日的经历又让她能够以一个局外人的角度来重新审视和判断北京，形成了与当代诸多作家大异其趣的贵族文化品格。爱德华·布洛认为，创造和欣赏美的基本原则是与对象保持适当的"心理距离"。这种距离不同于实际的时空距离，而是一

---

　　① 李伯钧：《叶广芩研究》，陕西师范大学出版社，2014年版，第3页。

种美学上的心理距离，是一种介于我们自身和那些作为我们感动的根源或媒介的对象之间的距离。正因为叶广芩远离北平，产生于心灵内部的巨大张力让她把对北平的追忆与思念书写得更加深刻隽永。

（一）深厚的"京味"文化底蕴

"'京味'是由人与城间特有的精神联系中发生的，是人所感受到的城的文化意味。'京味'尤其是人对于文化的体验和感受方式。"① 简言之，京味就是用北京话写出浓郁具体的北京风土习俗、人情世态以及镶嵌在民族、历史、文化传统中的北京人的精神气质和性格特征。叶广芩说："1994 年从小说《本是同根生》开始，那种自我封闭的无意识被冲破了，家族生活、个人体验以及老北京的某些文化习俗，就不由自主地进入笔端，这似乎不是我的主观意志所能左右的。"② 此后叶广芩视点回溯，着力挖掘那些饱含眷恋和痛楚的家族记忆，以独特的艺术手法创作了《谁翻乐府凄凉曲》《梦也何曾到谢桥》《状元媒》《豆汁计》《小放牛》《盗御马》《拾玉镯》《三击掌》《后罩楼》《太阳宫》《鬼子坟》《扶桑馆》《月亮门》等一系列家族小说。她的家族小说用温厚典雅的京腔京调讲述了清末民初日益衰败零落的皇城北京和末世旗主儿。她把对家、对人生的复杂情感以及广大而深邃的文化氛围，历史变迁的沧桑感和人情变异的凄凉感，时代风云与家事感情相扭结的复杂情绪表现得淋漓尽致，勾画出一部凄婉深沉的贵族落寞史。叶广芩作为京味文学的后起之秀，充分展示了京味文学的创作特点——"自觉的风格选择和自觉的文化展示"。③ 在她的家族系列小说中，处处彰显了中国传统文化的丰富性与厚重感，集中体现在作品中凝结在不同人物身上的文化元素，这些文化元素成为表现人物精神气质和命运沉浮的符号，成为贵族精神最富表现力的文化载体。

在《沉思往事立残阳》中，大格格金舜锦对京剧的热爱达到一种迷狂状态，这个生性孤冷高傲的大格格唯独唱戏时才会变得笑容可掬、平易近

① 赵园：《北京：城与人》，北京师范大学出版社，2014 年版，第 23 页。

② 周燕芬、叶广芩：《行走中的写作——叶广芩访谈录》，《小说评论》，2008 年第 5 期。

③ 赵园：《北京：城与人》，北京师范大学出版社，2014 年版，第 29 页。

人。在 20 世纪 40 年代初期北平的名媛义演中，大格格和董戈配合演出的《锁麟囊》"春秋亭避雨"一折中，大格格宽阔婉转、深沉凝重的嗓音衬托出了角色的富足、沉稳、多情、善良。裹腔包腔的巧妙运用，一丝不苟的做派，华丽的扮相，无不令人感心动耳。红极一时的大格格金舜锦在失去琴师董戈嫁到宋家后，红粉凋零，青衣憔悴，最后惨遭抛弃。至死，金家大格格都在断断续续地吟唱《锁麟囊》。金舜锦没有活在现实中，而是活在了戏里，嵌在了文化里，她嗜戏寝馈到了一往情深无法自拔的痴迷地步。在《瘦尽灯花又一宵》中，镜儿胡同的舅姨太太是满族文化的信仰和继承者，她的房间里只有书，她对满文抱有一种尊崇感，不仅对满文的写法要求极高，而且非常在乎是否能用满族语言来交流。小说中出现过一段舅姨太太批阅的曲词《鸟枪诉功》："大清的境况（是）一落千丈，提起他的吗法（就）忒不寻常。伊尼哈拉本姓常，满汉翻译，进过三场，革普他拉尼亚马尼亚拉好撒放，当差最要强。"这段曲词生动地展现出满族文化的浓郁特色。1949 年后，淡泊中的舅姨太太被聘为满文顾问，她深厚的满文功底吸引了众多求教者。"文革"后她寄居金家，在几乎失明的状态下用满文记录自己的日常开销，这位把满族文化镶嵌在骨子里的老人，用其微不足道的力量传承着满文。《曲罢一声长叹》中的七哥舜铨淡泊且不谙世事，一心埋头于书画艺术的绝妙世界中，他对中国传统文化的痴迷和热爱体现在对艺术的追求上，达到了物我两忘的生命状态。"京味文学，是能让人回瞥到故都北京城在现代衰退时散溢出的流兴的文学。"[1] 随着社会的发展和现代化的不断侵入，老北京的胡同与大院被拆除，导致由胡同与胡同文化所承载的京味文学不可挽回的凋残与零落，因此作家有意识地将种种文化形态融入作品之中。

叶广芩小说中的文化意蕴，除了印刻在人物身上的文化元素外，还表现在各种建筑、器物、风水以及风俗民情等多种审美维度上。如《状元媒》中南营房胡同里底层百姓五味杂陈的日常生活令人感怀，卖炸开花豆的老纪，卖炸素丸子的老安，戏园子扫堂的刘大大，澡堂修脚的白师

---

[1] 王一川：《京味文学第三代：泛媒介场中的 20 世纪 90 年代北京文学》，北京大学出版社，2006 年版，第 8 页。

傅……他们在困窘的生存环境中并非表现出一种麻木消沉的生活态度，而是用他们鲜活的生命激情和生活智慧消解着生活的艰难与无奈。《不知何事萦怀抱》中，对古建筑有着深入研究的廖世基先生将建筑视为"生命"与"灵气"的聚合，"太始生虚廓，虚廓生宇宙，宇宙生元气"。① 是廖先生对古建筑风水文化的独特体味与阐发。《曲罢一声长叹》中，七哥舜铨将珍藏已久的绿菊铁足凤罐毫无保留地捐赠给文物局，他对身外之物的洒脱、敬重和释然，体现出对文物保护的一种自主意识和豁达的中国文人气质。

（二）殊途同归的命运悲剧

"北京恢宏的帝王之气与厚重的文化内涵是任何地域都无法替代的，凄美醇净的亲情更是上天得天独厚的馈赠，这也是我走到哪里都不能忘却故土的原因。"② 叶广芩遭遇了复杂的时代风云变幻，耳闻目睹、亲身经历了家庭变故和亲人们凄惨的命运遭际，甚至被当作"反革命"进行过残酷无情的批斗，这些都不断强化着她对自己家族和文化的感触与体悟。她的家族系列小说中限制视角和全知全能视角交互出现，"我"是连接过去与现在的桥梁。"我"犹如上帝般看到父亲，看到母亲，看到金家十四个兄弟姐妹以及底层仆人们的过去和现在，也看到他们各自悲惨的情感纠葛和命运沉浮。

世袭"镇国将军"一品头衔的父亲一生与"雅"相伴，留学日本后研究版本学，后进入北平大学艺术学院教授美术。父亲交友广泛却性格懦弱，一辈子与世无争的他最后落得客死他乡的悲惨结局；母亲这个来自南营房的穷丫头，为了照顾弟弟而迟迟未嫁，最后却阴差阳错地嫁给了大自己 18 岁的旗人金四爷。这个在日本宪兵队来到家门前的时候挺身站在全家前面的朴素坚强的女人，在"文革"的摧残中孤苦无依地死去；老大舜锗因政治斗争对三格格舜钰见死不救，并自私地抢走老七舜铨的恋人柳四咪。《风也萧萧》中金家三兄弟因戏子黄四咪而争风吃醋，因此老二舜镈卷入丢枪的疑案中。新中国成立后，丢枪疑案被作为专案再次提起，金家

---

① 叶广芩：《采桑子》，北京十月文艺出版社，1999 年版，第 153 页。
② 叶广芩：《少小离家老大回——叶广芩自述》，《小说评论》，2008 年第 5 期。

兄弟和顺福都被关进牢房，顺福为保全自己捏造事实陷害金家兄弟，兄弟之间互相构陷反目成仇。老二舜镈不堪重负，最终在枪林弹雨般的批斗游行中自缢。玉女下凡的金家二格格舜锔由于嫁给经商的沈瑞方而被父母断绝了关系，一母同胞的三哥舜锁至死都没有见她。固守着文化糟粕放浪形骸的老五锫因荒腔走板被赶出家门，最终烟瘾发作死于后门桥的桥底下。老姐夫完占泰痴迷修道，辟谷养生，服五行散，带着金家兄弟大练"添油法"，最后招致六格格舜馒的抛弃。七舅爷的儿子钮青雨不思进取，大手挥霍，沿袭着纨绔子弟的浑噩生活，后来堕落成为李会长和日本人的玩物，最终与日本人同归于尽。在叶广芩的家族小说中，众多的兄弟姐妹以各自不同的方式，走向相同的悲剧结局。他们的人生轨迹都被浸染上了厚重的悲剧色彩，形成小说凄凉的感情基调。

（三）对卑劣人性的审视与批判

叶广芩对家族历史的落寞感喟与深切同情，并没有阻碍其对家族、族群问题进行深刻的反思和批判。她站在客观公正的道德立场上，冷静而犀利地叙述了在社会转型的巨大压力下，人性在金钱利益之下被异化，社会、家族和个人面临着巨大的精神危机。尤其在改革开放之后，传统文化的逐渐丧失使传统价值观对人们的影响日益缩小，在金钱利益的诱惑下，个人甘愿放弃家族的训诫和自我原则，迷失在拜金主义的浪潮中。

在《雨也潇潇》中，老三舜锁深受传统文化影响，对一母同胞的妹妹嫁给商人之子反感至极，甚至断言挨着"商"字儿的绝没什么好人。但随着改革开放，在传统道德文化与现代商品经济发生矛盾时，舜锁却不假思索地将"富贵不能淫，贫贱不能移，威武不能屈"的古训抛在脑后，凭着家世背景的光环干起了骗人钱财、倒买倒卖的勾当，以前憎恶商人奸诈，现在自己却有过之而无不及。在得知老五锫讨饭用过的一个碗是文物时，他机关算尽地从侄子金瑞手中将其骗走，将金家大宅门的训诫扔得干干净净，令人瞠目结舌。一向清冷孤傲的六格格舜馒从医院退休后，打着老姐夫完占泰金世宗第二十九世孙的名义卖药。金家祖训"君子矜而不争，群而不党"已名存实亡，成为巨大的讽刺。三哥的儿子金昶放弃编剧改做古董商，以假价买真货，攫取高额利润，宣称"'穷且益坚'只能过瘾，'富且益奸'才能生存"的人生哲学。六格格的孙女博美更是甘心被富豪包养，人格扭曲，反而认为这是"社会的进步"……在这里，利益成为人与人之间关系的纽带，亲族之间的情感越来越淡漠。在一次迁坟的场景中，金家子弟一道给祖母迁坟，墓中挖出了丰厚的陪葬品，这些贵族后裔们将"温良恭俭让"的祖训抛到脑后，生怕自己的利益被侵犯，一窝蜂地将陪葬品就地瓜分。整个社会处于一种汲汲于名利的浮躁狂热之中，传统文化所弘扬的宽厚、仁义、温良的价值观逐渐被金钱思想所取代，利益至上的处世原则轻而易举地摧毁了金家世代积累下来的美德，贵族精神土崩瓦解。

　　叶广芩用一种平缓的叙述语气将人物群像放在历史的维度上观照。"思考大家族热闹的表面下亲属之间情感的淡漠与价值观的对立，认识到陈旧的传统文化精神难以为继且逐步丧失凝聚力的事实，但她将自审与现实观照并置，不囿于表面现象，而是将书写推进到现实的人文关怀，在批判之余试图理解他们的变异背后的社会因素和心路历程，乃至于他们在变异本身中所面临的撕裂与痛苦，展现出一种面对转型期的深切忧虑和群体责任感。"[1] 在她娓娓道来的叙述中始终充满一种感人至深的情感灌注，她的写作看似平静，实则是一种内心翻江倒海而表面不动声色的表达，透露出一种对昔日风光无限的眷恋与怀念。正如关纪新所说："作家没有给她的讲述涂抹上悲怆怨艾的色调，她以沉浮不惊、荣辱两忘的淡淡然，靠近读者受众、不失客观尺度的心态，达成了对过往时空从容信步般的文学叙说，收取了人们对破落大家族异样人物遭逢际遇的深度探寻。"[2]

二、中日文化冲突下的战争反思

　　1990 年，叶广芩留学日本，近距离接触了日本文化，并客观地重新审视了二战给中日两国人民带来的精神创伤，创作了长篇纪实小说《战争孤儿》和中篇小说集《日本故事》。在这些日本题材的小说中，叶广芩站在

---

①　李晨聿：《论叶广芩小说中的族群身份建构与认同——以〈采桑子〉为例》，《名作欣赏》，2017 年第 23 期。

②　关纪新：《满族小说与中华文化》，社会科学文献出版社，2014 年版，第 212 页。

中日两国的不同角度，用悲悯的情怀抚慰残酷战争的遗留伤疤，透过战争窥探潜藏在人性深处的善与恶。

（一）夹缝中挣扎的"战争孤儿"

叶广芩在留学日本期间，参与了二战后"日本遗孤"安置问题的调查和研究。由于中日之间的历史文化和风俗习惯等方面的巨大差异以及语言障碍造成交流沟通不畅，使这些归国的日本遗孤在日本的生存变得十分艰难。

"在日本，人际关系是靠人与人之间直接接触来建立和维持的，在人际关系的维持上起到至关重要的作用的是空间场所。"①《注意熊出没》中的日本孤儿王立山带着妻子回到日本以后，他始终坚持着中国的一些生活习惯，与日本文化格格不入的传统生活理念使其完全无法融入"排外"的日本社会中。他看似回到了祖国，却无法感受到来自祖国的关怀与照顾，他始终是被"边缘化"的少数人，因为他只能站在中日文化的夹缝中，始终无法找到正确的位置与身份，更无法找到内心渴望的"归属感"。当王立山来到忽视血缘关系的日本社会中，缺乏日本文化基础的他始终难以融入居住或生活的圈子，周围的人也没有因为他的日本人身份而接纳他。在他们看来，王立山是日本社会的"异物"，是战败的标志，是不可能被接纳的耻辱。另一个在夹缝中挣扎的"战争孤儿"是金静梓，她的养父母是满族贵族后裔，是社会上有名望的人，所以她从小便接受了良好的教育。她从小生长在中国，并对中国的传统文化有着深厚的天然情感。她的亲生父亲是日本有名的富翁，更是一个狂热的"军国主义"者，热爱中国的金静梓始终无法融入那个冰冷、残忍并且虚伪的家庭。看似柔弱的金静梓敢于挑战父亲的权威，但信奉"男女平等"的她最终因无法忍受日本社会对女性的歧视和桎梏，无法忍受父权对她的束缚和压制，用卧轨自杀来反抗日本家族文化对她的压迫。

文化对个人的熏陶和认知起着不可小觑的作用，"这些由中国父母含辛茹苦抚养长大的，体内流着日本血液却由中华民族文化风俗浸润教育出

①　[日]中根千枝著：《纵向社会的人际关系》，陈成译，商务印书馆，1994年版，第41页。

的‘孤儿’到日本后，从文化观念的冲突到社会意识的冲突，由心理的转变到文化环境的认同，以及完成国籍和民族的归属与重新接纳的确不是一个简单的过程"。他们就像侵入者般打乱了日本社会的原有秩序，理所应当地被认为是社会的异物和破坏者，他们艰难且小心翼翼地存活在历史的记忆里，困难重重。①

（二）中日两国间的文化冲突

儒家文化对日本而言是一种外来文化，日本对儒家文化的接受是不全面、不完整的，在某种意义上甚至可以说是扭曲的。叶广芩以文学的方式，对日本所谓的"扬忠抑仁"的扭曲儒文化进行了深刻的批判与反思。

在中国的正统儒教文化中，"儒家把仁义礼智信作为重要美德，以‘仁'作为统治国家的原则，待人处事的根本。‘道之以德，齐之以理'，‘志士仁人，无求生以害人，有杀生以成仁'，‘仁'是一个至高无上不可亵渎的字眼"。② 然而，中国伦理学的这一前提，日本从未接受。"仁"在日本是被排斥在伦理体系之外的，丧失了它在中国伦理体系中所具有的崇高地位。在日本扭曲的儒教文化中，"仁"的地位被"忠"所替代。"他们将‘忠'提到了道德的首位，儒家的以不违背仁而奉君，在日本则成了‘以忠君而献身'"的极端武士道精神。③ "武士道‘忠诚之道'、‘献身之道'的价值观和道德规范，形成了日本人的强烈的奉献精神、牺牲精神。"④ 在《风》中，深谙儒家文化的日本汉学家西垣秀次，深受儒家孔孟之道的影响，他对战争产生反感和厌恶，抱着"为政焉用杀"的反战思想，反对屠戮却主张文化侵略，这实际上是更加隐蔽的侵略。

王立山和金静梓都是在中国生活了几十年后才回到日本的日本遗孤，和众多日本遗孤的后代相比，他们更加认同中国的传统文化。虽然他们回到了日本，但却始终无法适应日本本土生活，而生活上的不适应本质上是

---

① 孟帅帅：《浅析叶广芩〈日本故事〉对中日战争的反思》，《安徽文学》，2008 年第12 期。
② 叶广芩：《梦也何曾到谢桥》，华文出版社，2002 年版，第292 页。
③ 叶广芩：《梦也何曾到谢桥》，华文出版社，2002 年版，第292 页。
④ 娄贵书：《武士道与日本现代社会的价值理想》，中国社会科学出版社，2014 年版，第262 页。

由两国家族文化的巨大差异造成的。中国的宗法制是"以血缘关系为基础，尊崇公共的先祖，在宗族内部区分长幼尊卑，规定了继承秩序以及宗族成员不同的权利和义务的法则；家族则是由众多有血缘关系的家庭结成，二者有着密切的联系"。① 所以，中国传统家族文化强调家族各成员之间的凝聚性，而血缘关系又为家族的凝聚提供了必要的基础。虽然中国家庭讲究长幼有序的等级制，但同样也重视家族成员之间的亲密性。在中国的家族成员中，长辈和长辈、平辈与平辈、晚辈与晚辈之间都倡导一种亲密和谐的往来关系。因此，中国人更加重视自己的"家族"。而在日本的家族制度中，虽然年幼时的日本孩童可以感受到母亲的关爱，但是父亲永远是神圣不可侵犯的存在，他永远是最有权威且最具话语权的人。成年或者结婚以后的日本人，他们会和自己的原生家庭渐行渐远。

此外，"儒家认为人与人之间的爱，重要的是血缘亲情的爱，所以儒家把'孝'作为'仁'的本源"。② 所以，虽然李养顺从小没被生母抚养过，但血缘是其无法割舍的纽带，是镶嵌在骨子里的东西，因此，他认为赡养母亲是基本的责任和义务。但是从小受日本文化熏陶的次郎对母亲似乎没有太多的情感，他赡养母亲更多是为了得到财产的继承权并维持家族集团的利益，这便激发了兄弟间的矛盾。这是中日文化间的冲突，是重视血缘关系的宗法制社会结构和重视家族集团利益的等级社会结构之间的巨大矛盾和冲突。

（三）日本文化的深层透视

叶广芩站在不同民族的视角上来观照历史、反思战争，深刻地揭露了战争背后所反映出来的日本文化劣根性。

《战争孤儿》中的金静梓端庄典雅、清高孤冷，有自己的主见和想法。虽然她的生父吉冈龙造是日本有权势的人物，但是吉冈家却始终笼罩着一种冷漠的气氛。吉冈龙造刚愎自用、冷漠残忍，他是日本军国主义右翼分子的典型代表。他对静梓的爱是狭隘和片面的，仅仅是想通过关爱静梓来弥补自己对前妻的亏欠。他之所以尊敬静梓的养父母，是因为他们曾经是

---

① 吴小如：《中国文化史纲要》，北京大学出版社，2001 年版，第 34 页。
② 徐克谦：《中国传统思想与文化》，广西师范大学出版社，2007 年版，第 47 页。

"满洲国"的高官，而不是因为感谢他们对静梓的养育之恩。他看似疼爱女儿，但是当静梓揭掉他那伪善面具的时候，他便恼羞成怒，露出其青面獠牙的魔鬼形象。他从来只把女儿当作一个小摆设，以供时刻显示吉冈家的尊严和利益。在他眼中并没有真正的爱，他不仅不在意女儿的想法和需求，对儿子也只有利用和压制。在日本社会里，辈分和性别赋予了日本人极大的方便和特权，吉冈龙造是家中享有最高特权的人，他支配并主导着一切，希望家族里的每一个人都"适得其所""按部就班"地活着。所以他限制女儿自由，让她在家安静地做个所谓的"淑女"；他要求儿子绝对服从他的命令，不能忤逆他的意志；他让儿媳把家庭当作生活的唯一。信奉"等级制"的吉冈龙造强迫家族的所有成员必须忠诚于家族，服从他的意志，将家族利益和荣誉置于绝对地位。"对日本人来说，家族的要求总是高于个人的要求。"① 吉冈龙造活着的意义就是维护家族的最高荣誉，他在静梓的归国仪式上邀请了社会各界名流，却将静梓的姨母故意遗漏；在儿媳出走以后，他并不在乎儿媳的安危，仅仅是怕儿媳丢吉冈家的脸；面对静梓的绝望自杀，为了维护吉冈家的好形象，他便编造了静梓有精神病的谎言来搪塞众人……金静梓就是被禁锢在这样一个由残暴独断的父亲所掌控的冷漠牢笼里，她无法认同父亲的残忍和狭隘，但又无法割断与父亲的血脉关联，所以她陷入深深的苦闷中无法自拔，最终走向死亡的悲剧。

如果说，世界上不少民族对性的压抑和避讳是一个极端，那么日本人对性的膜拜和虔诚则走向了另一个极端，这个极端在科学外衣的掩盖下往往会蕴藏更多的邪恶与毒素。日本人以祖先神灵乱伦创造日本列国的虚妄之说模糊了性罪恶的界限，导致其对性充满开放、赞赏与肯定的态度，这也使得日本人在历史上推出了匪夷所思的"慰安妇"制度。

在叶广芩的短篇小说《雾》中，她选择了"慰安妇"这个敏感群体的代表张英来叙述她悲惨的一生。张英因为一场大雾不幸沦为日军的"慰安妇"，在狱中受尽凌辱。日军投降前夕，张英死里逃生，然而无处安身。

---

① ［日］新渡户稻造等：《日本人四书：洞察日本民族特性的四个范本》，张铭一、李建萍译，武汉出版社，2010 年版，第 38 页。

她不仅受到别的女人的鄙视嘲讽，更要忍受男人的调戏欺辱，这个贫苦女性在过去与现在的梦魇中备受煎熬，她的生活仿佛雾般混沌不清，充满迷茫和无助。"文革"时期的她又受到无端的羞辱，她忍辱负重地生活却始终得不到一个安稳的家。贪婪的继子拿她"慰安妇"的身份状告日本政府，以求得到赔偿金，计划落空后恼羞成怒和张英翻脸；政治家修子打着"女权"的旗号看似在帮助张英，实则只是为了利用张英这个"慰安妇"来彰显自己的"友善"，以扩大自己的政治影响力。最后当昏昏沉沉、目光呆滞的张英坐上回国的飞机时，我们所能看到的不过是一个孤凄无助的老人面对生活的绝望和无奈。张英见证了日本侵略者的罪恶，却因此蒙上了不该属于她的负重感和屈辱感，她的可怖记忆犹如鬼魂般无时无刻无处不在地缠绕在她的周围，以至于"山里一起雾，她就躲在屋里不出来，浑身发抖，一脸惊恐。老万问她为何怕成这样，她说雾里藏着鬼"。① 这个"鬼"便是潜藏在张英等无数"慰安妇"群体中不可磨灭的伤痛和梦魇，我们应该将愤怒的火焰喷向那些制造人间苦难的日本侵略者，同时将同情倾注于那些弱小而受尽苦难的"慰安妇"女性们。如果说日本侵略者给张英的痛苦记忆毁了她的前半生，中国同胞的歧视和冷漠则让她的后半生也悲苦无比。叶广芩在叙述历史悲剧的同时，不仅控诉了日本"慰安妇"制度的惨无人道，同时也深刻反省了人性的卑劣与自私。

叶广芩的这些涉及中日战争的小说重在"凸显战争给两国百姓的生存和灵魂带来的巨大创伤，以普遍的人类情怀批判中日两民族人性中共存的冷漠与残忍，对战争中饱受摧残的生命与灵魂投注深切的哀悯与关怀"。②

三、人性烛照下的生态叙述

2000 年，叶广芩到陕西周至县挂职，将周至老县城作为自己的生活基地，在崇山峻岭中开始了新的人生体验和文学书写。在这个没有现代化打扰，与外界的联系全凭"捎话"的陌生环境中，叶广芩第一次集中关注了秦地文化和关中风情，开始以廓大的生命关怀意识考量人与动物、人与自

---

① 叶广芩：《日本故事》，昆仑出版社，2005 年版，第 81 页。
② 李春燕、周燕芬：《行走与超越——叶广芩创作论》，《小说评论》，2008 年第 5 期。

然之间的关系，创作了《熊猫"碎货"》《山鬼木客》《老虎大福》《墨鱼千岁》《狗熊淑娟》《猴子村长》《长虫二颤》《对你大爷有意见》等多部生态系列小说。

（一）众生平等的生命自然观

叶广芩说："我的笔锋和性格注定了我不是一个能做鸿篇巨制，展示高角度、大视野的作家，我的目光常常向下，于是便看到了许多和我一样的人，看到了许多沟壑林莽中的草和活跃在山中的精灵。我深深地爱上了它们。"[1] 在叶广芩的秦岭小说中弥漫着众生平等的光辉，作者的目光不是居高临下的俯视，而是像看待伙伴一样看待这些生灵，甚至于以动物的眼光来审视和反思人类社会。

在《老虎大福》里，山里的孩子与动植物称兄道弟，不分彼此。《山鬼木客》里的两只小岩鼠更是充满灵气，岩岩机灵调皮，喜欢和研究者们"打交道"并时常顺手牵羊地捎走一些食物，但在冬眠前会郑重和人告别，以示彼此间的友情；鼠鼠则含蓄内敛，矜持中带着害羞。它们两个住在窝棚后面的岩缝里，过着"男耕女织""夫唱妇随""如胶似漆"的恩爱生活；熊猫三三性情温和，除了对异性的积极争夺以外，对一切都表现出它的退让与友好。这些动物们不仅有着淳朴善良的品格和智慧，也有着和人一样的细腻情感。因为"动物与人一样都是生命的主体，拥有独立的内在价值和自由生存的权利，应该得到像人类主体一样的待遇。动物作为生命形式有其自主的生命和价值，从万物平等的观念来看，它们身上拥有一种天赋的道德权利，即不遭受不应遭受痛苦的权利和享受应该享受愉快的权利。所以，我们不应该仅仅将它们视为为人类生存和发展而存在的工具，而应该认可它们身上所拥有的天赋的道德权利，尊重它们的生命与尊严"[2]。叶广芩出身于满族，而满族人在生活传统各方面总是与动物和自然密切相关的，他们对动物有着更为亲切敬重的情感。萨满教是原始多神教，是满族先民在生产力极为低下的社会条件下的"万物有灵"观念的载体。萨满教的灵禽崇拜非常突出，灵兽常被作为氏族部落的守护神，他们

---

① 叶广芩：《秦岭无闲草》，长春出版社，2011 年版，第 8 页。

② 胡志红：《西方生态批评研究》，中国社会科学出版社，2006 年版，第 29 - 30 页。

崇尚自然，对各种动植物及无生命特征的自然物充满崇敬之感，信奉"万物有灵"的观念。在《猴子村长》中，虽然猴群饥寒交迫，但是组织严密，纪律严明，在首领老猴的指挥下，猴群没有因为人类的诱饵而自乱分寸，它们忍饥挨饿，与诱惑抗争，和欲望决裂；母猴在面对猎人的枪时，先冷静地给小猴子喂奶，又果断把奶水挤在小猴够得着的树叶上，然后才坦然赴死。这里的母猴站在与人类同样的高度，成为一个有担当，充满牺牲精神的母亲。萨满教崇尚"万物有灵"，不仅因为这些动物们独立的灵魂，而且还因为它们拥有丰富细腻的情感，更因为它们在面对生死抉择的关键时刻体现出超越人类的果断和冷静。

叶广芩说："能感受到快乐和痛苦的不仅仅是人，动物也同样，它们的生命是极有灵性的，有它们自己的高贵和庄严。我们应该给予理解和尊重。"① 字里行间流露出来的是叶广芩对于动物和自然的敬畏之心，她对大自然的一草一木都怀有深切的敬重之感。

（二）从生态危机角度来反映并重构人性

"从生物进化角度而言，人生之于自然，身上必然流淌着自然野性的基因，但随着人类对自然的单方面祛魅，人类渐渐迷失在改造、征服自然的浪潮之中，遗忘了人类存在的自然之根与初始之心，生命与精神日益荒芜，沦落为一种妄自菲薄、自高自大、孤芳自赏的物种。"② 在《狗熊淑娟》中，地质队员对淑娟的"善意"收养，改变了其原有的生活轨迹。《大熊猫》中，大熊猫"误"入山民家中，山民以礼相待，用他们认为最美味的食物——腊肉、牛奶、米饭和糖果等喂食熊猫，他们用自己的热情款待熊猫，却导致熊猫生了肠道疾病。《熊猫"碎货"》中，人们想当然地认为"碎货"喜欢"衣食无忧"的圈养生活，而不懂得"碎货"最向往的是返归山林，是对纯朴家园的渴望与追求。叶广芩说："有时候我们不要自作多情，自作主张，人为地去指导动物的生活，以为什么都会按照人

---

① 叶广芩：《老虎大福》，太白文艺出版社，2004 年版，第 226 页。

② 高春明：《论当代动物书写的生态批判与理想建构——以贾平凹、叶广芩、红柯的作品为中心》，《宁夏大学学报》（人文社会科学版），2018 年第 Z1 期。

的设计而存在，这实在是人把自己看得太大了。"① 的确，自然万物都是充满灵性的，它们有着自己既定的生存轨迹和生活状态，它们拥有野性的力量和鲜活的生命。如果人类以自己的标准和愿望去驯化它们，"培养"它们，则会让它们失去原始的生命活力，变得呆滞而木讷，毫无生机。驯化动物或许能给人带来一时的利益和快感，但对动物本身的伤害是不可挽回的，它们将失去自己的野性与个性，失去动物最本真最可贵的品质。

《猴子村长》中，猴子集体自杀的情节令人肃然起敬。它们以绝食来向村人发泄自身无故惨遭伤害的愤怒，捍卫它们生命的高贵和尊严的凛然不可侵犯。《老虎大福》中，老虎的出现确实使附近居民的生命和财产受到威胁，但如若不是人们乱砍滥伐，毁坏了老虎的生存环境，它又怎么会沦落到无家可归的地步呢！如果不是因为农夫利欲熏心，用绳子把黑鱼和自己捆绑在一起过河，他又怎么会被一次次压入水底，带进河道主流呢……这些真实的例子都在揭示一个真相：动物对人类的报复乃源于人类对自然的蔑视和践踏。上帝在创造人的同时也创造了形态万千的生命，这些生命是一个统一的有机整体，一方受到威胁的同时也会给另一方带来难以避免的伤害，甚至灭亡。而现实中人类的贪婪之欲正破坏着生态的平衡，人类中心主义导致人类不能平等对待甚至无视自然界中的动植物生命，这最终会让人类自食恶果。世间万物都有自己的运行轨道，只有"道法自然"，尊重自然规律并按规律办事，才能保证生态可持续发展，促进人与自然的和谐发展。然而，人类的欲望是无休止的，他们为了满足自己的私利不惜一再违背自然界的客观规律。在现代化进程中，随着物质财富的暴涨，在金钱利益的驱使下，人类唯利是图、见利忘义和自私狭隘的劣根性暴露无遗。在《狗熊淑娟》中，星星奶粉厂的丁一重利轻义，正是由于他对领养淑娟一事的反悔而使淑娟最终成为人类欲望下的牺牲品。《长虫二颤》中的老佘靠捕蛇而致富，但最终被蛇所伤，断送了自己的宝贵生命。《黑鱼千岁》中的儒以和动物较量、搏斗为乐趣，享受猎取的过程，他这种玩够了再把动物吃掉的残忍行为，暗示了人类心底的深层欲望和罪

---

① 叶广芩：《老县城》，北京十月文艺出版社，2015年版，第153页。

恶。这些叙述表明：人类作为"万物的灵长"，不该唯我独尊，应该对自然生命葆有一种深切的悲悯情怀。唯有心存善念，与众生灵平等相处，才能唤起人类与自然界对命运的一体感，给世界带来深厚的温暖和安慰。

大自然所有的生命都应该是相互联系、不可缺少的，保护自然、与众生灵平等相处成为现代人急需建立的生态意识。在生态问题愈发严重的当下，我们应该重新审视人与自然之间的动态关系。"人与自然之间不是人对自然的单方面的控制、奴役与征服的关系，也不是简单的人对自然神化之后的膜拜与敬畏的关系，而是在生态整体主义基础之上的平等友爱的关系，亦即一种交互性的主体间性的关系。这就要求我们在处理人与自然关系之时，不是以人或自然为中心，而是秉持生态整体主义立场，通过理解、同情、对话与交流的方式解决两者共同面对的生态问题。就人类而言，要消除生存与身心危机，必须扬弃狂妄自大的中心主义意识，转变人类自身的认知和行为方式，将欲望合理化、有限化，并积极培育亲和自然的审美之心，平等友爱地看待人类与非人类之间的关系，唯有如此，才可能实现人与自然的和解，并与之长久地和谐共处。"①

四、探寻历史之谜

《青木川》是叶广芩在陕西周至县挂职多年体验生活的直接产物。在历史真实的基础之上，叶广芩结合中国半个多世纪以来走过的艰辛历程，以古镇青木川为背景，叙述了这个闭塞之地从新中国成立前至改革开放期间的风云变幻，体现了这片土地半个多世纪的历史变革和人性裂变。

（一）还原历史的真相

人们对于历史事件的了解往往基于某些史料记载和传说，这些往往并非"历史真相"。所以，不是所有的历史都代表着正义和真相，事实内部的真相也许正被所谓的历史所掩盖。"历史的吊诡就在于历史本相总是掺杂了许多个人化的东西，不是树叶盖住了树干，就是琐碎遮蔽了视野，往

---

① 高春明：《论当代动物书写的生态批判与理想建构——以贾平凹、叶广芩、红柯的作品为中心》，《宁夏大学学报》（人文社会科学版），2018 年第 Z1 期。

往只能停留在历史的表层。"① 在述说中国百年风云动荡的《青木川》中，叶广芩将带领我们深入事实的内部窥探历史真相之谜。

小说《青木川》以离休老干部冯明故地重游，回忆曾经与青木川一群老人之间的交往的方式展开。故事在曲折发展中还原了历史真相，同时也展现了淳朴善良的人情与人性。"作家并不着意史诗品格的建构，而是从自我半个多世纪以来独特的生命体验入手，努力揭开被宏大历史叙述所遮蔽的历史场景，捡拾起每一块流落民间的文化碎片，重新搭建时空的桥梁，弥合历史的缝隙，质疑和挑战着我们惯性思维中的合法性历史观。"② 小说中，冯明及其革命战友一致认为魏富堂作为一个"烧杀抢掠、无恶不作"的土匪，实行枪决是不容置疑的。但是，小说中又多次描写魏富堂罪证不实，被冤之事。比如：黄花的母亲被杀是与铁血营有关，但却没有确凿的证据指向魏富堂；以刘芳为代表的国民党假装魏富堂的兵团去伏击共产党；魏富堂对魏富明的关押，本意是威胁他同意让儿子去接受教育，最后却被莫名其妙地戴上"私设牢房，关押迫害革命群众"的帽子。这些有失偏颇的不凿之事，最终都变成魏富堂被枪毙的"可靠罪证"。但是，魏富堂为当时落后的青木川引进了现代文明，美轮美奂的西式建筑群，西洋式学堂，聘请校长及各方面的名师让青木川的子弟上学、成才；他通过种大烟努力发展地处穷山僻岭之中的青木川的经济，同时又严格有效禁绝本地人抽大烟。正是因为这个原因，青木川的民众们在半个多世纪过去之后，仍然对"魏老爷"念念不忘，这成为对魏富堂罪证之实的有力回击。当冯明怀着追寻昔日风采的期待重返青木川后，发现自己那段曾经辉煌的历史早已淡出了青木川人的记忆。就连专门到青木川找寻历史真相的冯小羽所面对的也只有不同人物口述的记忆碎片，追寻历史本真变得困难重重。"《青木川》对历史的叙写带有一种独特的消解历史的意味。无论大写

---

① 王鹏程、袁方：《在历史的缝隙里窥视"土匪"的秘密——论叶广芩的〈青木川〉》，《民族艺术研究》，2008 年第 1 期。

② 李春燕、周燕芬：《行走与超越——叶广芩创作论》，《小说评论》，2008 第 5 期。

的历史还是民间的历史，都以一种含混而虚无的状态呈现在我们面前。"①

"我们所看到的历史从本质上说都是后来的撰史者站在各自不同的精神情感立场上，所发出的一种以历史片段为基本素材的叙事行为。"② 叶广芩的《青木川》最大限度地超越挣脱了意识形态立场的束缚，尽可能地还原了历史的真实复杂性，使历史真相更接近于事实本身。

（二）人性的深度叙述

叶广芩笔下的历史是带着人性的温度的，通过对历史的叙写，表现出人性的纷繁复杂性。她用极为细腻深刻的笔触刻画了一个饱满、生动且富于立体感的"土匪"——魏富堂。这是个极富个性化的人物，他的一生充满了传奇与悖谬色彩。作为土匪，他有恶的一面，但更吸引人的却是他身上不断散发出的追求自我精神的人性光芒。这个亦匪亦绅的人物，终其一生都在寻求一种"个体"的生命存在方式，从对物质生存的本能需求到精神追求的逐步提升的过程中，体现出其人性的高境界。

"魏富堂的人生轨迹就是欲望与理性、原始野性与现代文明角逐的过程，包含了人性善与恶、美与丑等多重矛盾，显示出人性的多面性。"③ 魏富堂自幼家境贫寒，为了全家人的生计，心高气傲的他不得不入赘到青木川地主刘庆福家，与刘家恶病缠身的女儿刘二泉成婚。刘庆福虽为青木川首富，但他却为富不仁，欺压当地百姓，作恶多端。魏富堂进门后擅自做主给百姓免息，变卖刘家产业，把刘庆福气死后，他开始掌管刘家产业。后来，他又杀死当地恶霸民团团总魏文炳，抢了汉中军阀的一车大烟，变卖后置办了武力装备，成立了自己的私人小民团。而后，他投奔土匪王三春，当上了铁血营营长。至此，魏富堂开辟出了自己的土匪之路。不可否认，在魏富堂起家之初，他身上的确有凶恶残忍的一面，但他所对付的人，几乎都是奸恶之人，死不足惜。与魏文炳、王三春这样残害老百姓，

---

① 周燕芬、李静等：《历史的诗性传达　人性的深度叙述——叶广芩长篇小说〈青木川〉讨论》，《小说评论》，2007年第3期。

② 李伯钧：《叶广芩研究》，陕西师范大学出版社，2014年版，第254页。

③ 李兆虹：《对人性的多重思考——〈青木川〉人物魏富堂论》，《黄冈师范学院学报》，2010年第1期。

烧杀抢掠、无恶不作的土匪相比，魏富堂更像一个充满正义的江湖义士。脱离王三春后的魏富堂，再次回到青木川，招兵买马，开始建立起自己的独立王国。同时，他也不忘致力于青木川的经济建设和发展，修桥铺路，兴办学堂，聘请名师，要求全镇适龄儿童都必须接受教育，在青木川的文化建设上，魏富堂丝毫不吝啬，捐资让成绩好的学生到大城市接受高等教育。除此之外，由于魏富堂对现代文明的向往与崇拜，促使他向山里引进了电话、钢琴、电冰箱、汽车等一系列让青木川人颇为开眼的西洋玩意儿。对知识的追求与崇尚，让他不惜重金去西安迎娶名门之后。魏富堂对文明文化的崇尚态度以及耗巨资对青木川的建设和改造，模糊了他的土匪身份，这样的他更像是一个致力于家乡文化建设的乡绅。在他的带领之下，青木川不管在经济还是在文化建设上，都迎来了其历史上最为繁荣昌盛的时期。叶广芩对魏富堂的描写着重于人物的性格和心理世界的矛盾对立，以及复杂而多面的人性。他可以是个杀人越货的土匪，也可以是造福一方的乡绅大老爷。不过这个"土匪"有别于其他土匪，他把一个偏僻闭塞的小乡镇，建造成精神与物质并重、远近闻名的富裕繁华之地。魏富堂有自己的道义观念，他做自己认为正确且不悖仁义的事情。比如，在抢劫辘轳把教堂时，他阻止王三春杀害小修女艾米丽；王三春绑架财主陈百万的女儿，言而无信，故意撕票时，魏富堂表现出极度的愤怒，之后便与王三春分道扬镳。对比之下，冯明这样一个单调且虚伪的人物形象就显得渺小了许多，他一直高喊为国为民的空口号，却并没有在民众需要他的时候挺身而出。当年他领导的土改并没有从根本上提高青木川人民的生活质量，改变人民的生活状态，而他却因"出色的成绩"平步青云做了高官。在离开青木川的时候，冯明承诺当地百姓以后有困难都可以找他帮忙，可是当张保国带着病重的父亲张文鹤向他寻求帮助时，却连他的面都见不着。这也许正是青木川人民在半个世纪过去之后，仍旧忘不了"魏老爷"，而早已对冯明模糊的原因所在吧。

　　总之，叶广芩将魏富堂性格的多样性和不稳定性交织起来，从其极富传奇的事迹中找寻人物最鲜明的特征。叙述中寻求真相的曲折感和悬念设定增强了故事的张力，从而渲染出人物最原始的内心质地。这个集爱与恨、生与死、正义与邪恶、浮华与没落于一身的魏富堂在历史的起伏沉落中成为青木川的不朽传奇。

结语

叶广芩是多面的。丰富曲折的生命历程造就了叶广芩看待万事万物不同的审美视角，这些饱含痛苦的历练最终成为其生命书写的宝贵财富，同时成为其拥有更多写作可能性与选择性的资本。无论是淡然地讲述小人物在大时代动荡中的人生境遇，还是对宇宙生命的无限热爱与庄严悲悼，抑或是对抗日战争后特殊生命历程的高度关注与深刻反思，都表现了叶广芩充满悲悯情怀的生命质地和宽广柔和的博大胸怀。她的文字在行云流水中给予人们无限的温暖与力量，熨平了我们被生活催生的粗粝皱纹，让人不经意间拥有了舒适平畅的呼吸，正如米兰·昆德拉说的，它总是"永恒地照亮'生活世界'，保护我们不至于坠入'对存在的遗忘'"。①

思考题

1. 从文学史角度阐述叶广芩"京味"小说的创作特点及价值。

2. 叶广芩的小说创作在取材上具有多面性，结合作品具体分析造成这种现象的原因。

3. 叶广芩文学创作对当代陕西文学具有怎样独特的贡献？

---

① ［捷克］米兰·昆德拉：《小说的艺术》，董强译，上海译文出版社，2004年版，第23页。

第十讲

红柯：诗性·神性·童心·历史

在当代陕西文坛乃至整个中国文坛，红柯都是一位别具一格的作家。著名儿童文学作家曹文轩认为，红柯是一位"风格型的作家"，"在大多数作家以重复面孔出现而让人无法识别时，他是一个让人一眼就能识别出的作家"。① 评论家白烨曾在 1999 年在西安举办的"红柯作品研讨会"中这样讲："红柯的作品在陕西作家群中是个例外，在全国也是个例外。"② 陈晓明甚至说："红柯在中国文坛绝对是最独特的这一个，如果说有少数几个把小说盖住名字也能读出的作者，红柯肯定是其中之一。"③ 红柯以自然感情的流露形成自己独特的风格，不仅才华横溢而且激情四射，第一位发现红柯的评论家李敬泽在《飞翔的红柯》一文中说道："他用'心'写作，很少用'脑'。"④ 红柯面对写作时朴实且纯粹，在当代文坛中独树一帜。

红柯曾在《野啤酒花》的后记中将自己的小说分为三类，即诗性小说、现实小说和另类小说。诗性小说是红柯小说创作的主体，他的很多作品中都充盈了诗意想象，表现了原始而纯粹的壮阔之美。他的"天山系

---

① 李星、曹文轩、金汉：《首届中国小说学会奖得主创作点评》，《海南师范学院学报》（社会科学版），2003 年第 3 期。

② 赵熙、李敬泽、陈晓明等：《回眸西部的阳光草原——红柯作品研讨会纪要》，《小说评论》，1999 年第 5 期。

③ 陈晓明：《童话里的后现代与现代》，红柯：《狼嗥》，陕西师范大学出版社，2016 年版，第 425 页。

④ 李敬泽：《飞翔的红柯》，红柯：《狼嗥》，陕西师范大学出版社，2016 年版，第 400 页。

列"小说基本都是诗性小说，如《乌尔禾》《西去的骑手》《生命树》等。在这些小说中，红柯依靠自己出色的文字驾驭能力和奇崛瑰丽的想象向我们展示了一幅幅充满原始魅力的新疆图画，气魄恢宏且灵气充盈。许多专家学者对红柯小说中的诗性做过专门研究，成果颇丰。与红柯诗性小说相比，他的现实小说和另类小说无疑被冷落了。红柯的现实小说立足于身处的现实环境，作品中诗意想象被削弱了，取而代之的是对现实的对抗和反讽，代表性的作品有《好人难做》《古尔图荒原》等。红柯作品中为我们呈现的那个具有神性大美的新疆实际上是对衬现实的虚构，新疆的辽阔与荒凉几辈几世一切如故，风物人情却潜移默化不断变更，红柯创造出这样一个理想边疆的目的在于祈盼人回归神性，并与虚伪冷漠的社会现实进行抗争。红柯创作的另类小说有《天下无事》（后改名为《阿斗》）《石头与时间》和《林则徐之死》等。《天下无事》是红柯创作的反智小说、黑色幽默，以历来被认为"扶不起"的刘禅的眼光来重新看待三国，对传统文化进行了有力反叛，表现了红柯对现今流行价值观的反思。这部作品的写作风格也与以往大相径庭。

一、"天山系列小说"

金戈铁马、大漠孤烟，红柯在美丽壮阔的新疆生活了十年之久，这十年无疑成为红柯人生经历中不可磨灭的重要经历。新疆有别于关中故土的独特风土人情悄无声息地改变了红柯的外貌，使他成为一个"头发卷曲，满脸大胡子"的"草原哈萨克人"。① 不仅如此，这十年与世无争的生活经历更改变了他的精神气质，使故乡陕西在他的眼里也"陌生起来"。返回陕西以后，红柯一开始并不适应，甚至认为"内地哪有什么孩子，都是一些老奸巨猾的小大人，在娘胎里就已经丧失了儿童的天性。内地的成人世界差不多也是动物世界"。因此，红柯对新疆的追忆越发美好，以至于新疆成了他"生命的彼岸世界""新大陆""极其人性化的诗意生活方式"的代表。对新疆的诗意想象熔铸进作品中，诗意书写、神性书写和童话书

---

① 红柯：《我与〈西去的骑手〉》，红柯：《龙脉》，陕西师范大学出版社，2017 年版，第 178 页。

写几乎贯穿红柯"天山系列"小说的始终。①

（一）诗意书写

诗性智慧是维柯提出的概念。维柯所说的诗性智慧"具有情感性、具体性和创造性"。② 情感性是"移情"，表现在"人们在认识不到产生事物的自然原因，而且也不能拿同类事物进行类比来说明这些原因时，人们就把自己的本性移加到那些事物上去"，"诗的最崇高的工作就是赋予感觉和情欲于本无感觉的事物。儿童的特点就在把无生命的事物拿到手里，戏和它们交谈，仿佛它们就是些有生命的人。"③ 红柯"天山系列"小说的许多描写都体现了诗性的这种情感性特征。在《西去的骑手》中，三十六师白马旅与苏联的轰炸机奋战到最后一刻，最后一匹战马牺牲时，"亚洲腹地古老的声音，被这最后的飞马驮到苍穹之顶，炸弹再也找不到它了，连它的影子都没有了，辽阔的天幕上，马静静地走着，甩着漂亮的尾巴俯视那些可笑的飞机"。④ 战马是骑兵的战斗工具，它们虽然也在流血牺牲，但是它们能感受到痛苦，却并没有对战争的感知，也谈不上承载"亚洲腹地古老的声音"，更不可能认为飞机"可笑"，这种书写就是诗性的移情。小说《乌尔禾》这样说雅丹地貌：在乌尔禾"老天爷好像过意不去"，因此设置了雅丹地貌来吓兔子，而兔子也很配合，"受到惊吓的兔子不知道躲避，反而奔过来了，谁都知道那是吓晕了"，于是乌尔禾变成了远近闻名的"兔子窝"。这同样是诗的情感化。

诗性智慧的具体性表现在总是以"具体的物质形式"⑤ 来表示他们所无法概括的抽象概念。维柯认为，"诗性人物性格必然是按照当时全民族的思维方式创造出来的"，"希腊各民族人民把凡是属于同一类的各种不同

① 红柯：《我与〈西去的骑手〉》，红柯：《龙脉》，陕西师范大学出版社，2017 年版，第 178－179 页。

② 刘渊、邱紫华：《维柯"诗性思维"的美学启示》，《华中师范大学学报》（人文社会科学版），2002 年第 2 期。

③ 维柯：《新科学》，人民文学出版社，1987 年版，第 97－98 页。

④ 红柯：《西去的骑手》，上海文艺出版社，2013 年版，第 69 页。

⑤ 维柯：《新科学》，人民文学出版社，1987 年版，第 250 页。

人物的个别具体事物都归到这类想象性的共性上去"。① 因此，诗性思维呈现在文学作品中，就是作品中人物性格的类型化。② 红柯"天山系列"小说中有许多类型化的人物，他们没有非常鲜明的性格特征，他们的性格统一成一种"新疆性格"来为展现新疆的人性美服务。红柯笔下的新疆男性都豪爽、刚烈且宽容。《玫瑰绿洲》中的父亲带枪追击与小木匠私奔的妻子，甚至目睹了他们偷情的场面，却并没有因此将小木匠杀死将妻子直接带回，而是将自己唯一的一壶水都留给了他们二人，渴望靠温情感化妻子。虽然他的努力以失败告终，他只带回了自己的孩子，但他对妻子却没有怨恨，自己带着孩子也过得安宁幸福。《乌尔禾》中的王卫疆能够原谅朱瑞将燕子从他的身边夺走，并且在再次遇到朱瑞时还能与他一起喝酒，推心置腹交谈，最后朱瑞在他的感染下也原谅了将燕子从他身边带走的小木匠，平常人斤斤计较的儿女情长在他们身上却能显得豪爽大气。红柯笔下的新疆女性大部分都坚韧、勇敢且圣洁，必要时都可以成为男人的精神支柱。《生命树》中的马燕红在丧夫之后与婆婆一起靠卖菜养大自己的儿子王星火，生活虽然艰辛却十分满足。李爱琴在与丈夫离婚之后靠卖面皮来增加收入，生活十分艰难，但在遇见可以使自己摆脱这种艰辛生活的男人之时却拒绝了与他结婚，坚持等待牛禄喜的归来。《狼嗥》中女人为了自己的男人独自带刀去挑战"狼"。《乌尔禾》中奶奶为了与爷爷在一起，果断地杀掉了自己当时的情人。《西去的骑手》中陈秀英宁愿带着孩子一起死也不肯毁坏丈夫的名声。红柯笔下的新疆人都是有魄力的，新疆的壮丽辽阔造就了新疆人的豪爽大气，新疆人的豪爽大气反过来也成为新疆壮丽景象的重要组成部分。

诗性智慧的另一重要特征是创造性，而创造性源自浑身的"强旺的感觉力和生动的想象力"。③ 红柯的作品充满旺盛的想象力，"如诗如歌如酒

---

① 维柯：《新科学》，人民文学出版社，1987 年版，第 423 – 426 页。
② 邱紫华：《维柯〈新科学〉中的诗学理论》，《外国文学评论》，2002 年第 1 期。
③ 维柯：《新科学》，人民文学出版社，1987 年版，第 162 页。

浑莽博大纵逸癫狂"①。《乌尔禾》中张老师和女石人像的搏斗场面非常精彩，石人像突破了客观存在的束缚，自己拥有了生命，"女人只顾埋头拔草，没有发现迎面而来的石人像。大家紧张到了极点，石人像已经到了女人跟前了，女人还没有察觉……"石人像不仅能动，而且拥有自己的情绪，"她听到的全是这个女人恶狠狠的毒誓和咒语，她就动手了……女人一下子就被石人像扭住了，这可是一个女人对另一个女人的搏斗，她们全部充满激情"，"在石人像看来，这个被她擒住的女人缺少女人的柔情"。②《金色的阿尔泰》中说："这么壮的鱼，它会把网当成衣服"，"网果然成了鱼的衣服。最初的鱼鳞乱糟糟的，只有到了那神圣的一天，鱼鳞才成为好看的图案。"③ 鱼是不穿衣服的，鱼鳞也是鱼出生便会拥有的，但在这里，红柯让鱼挣脱不了的网成为鱼鳞，将鱼鳞解释为"鱼的衣服"，这样的处理充满了诗意想象，小说也因此变得奇妙瑰丽，挥洒自如。

（二）神性书写

海德格尔说："'人……以神性度量自身。'神性乃是人借以度量他在大地之上、天空之下栖居的'尺度'。唯当人以此方式测度他的栖居，他才能够按其本质而存在。"④

红柯眼中的新疆是纯粹的没有杂质的，是人类可以最接近神性的地方。在新疆生活的十年里，异族的神话给红柯带来了不同于汉族神话的感染力和冲击力，这些神话和汉民族神话一同出现在作品中，作品中的人物、动物、植物便都拥有了使他们熠熠生辉的神性。

"红柯作品中的神性首先是人性的超越形态，是人性的升华，体现出了红柯对人性超越性意义的肯定。"⑤《刺玫》中，袁立本在母亲去世之后

---

① 李敬泽：《飞翔的红柯》，红柯：《狼嗥》，陕西师范大学出版社，2016 年版，第400 页。

② 红柯：《乌尔禾》，上海文艺出版社，2013 年版，第 83 页。

③ 红柯：《金色的阿尔泰》，红柯：《狼嗥》，陕西师范大学出版社，2016 年版，第362 页。

④ ［德］海德格尔：《海德格尔选集》，上海三联书店，1996 年版，第 471 页。

⑤ 韩春萍：《红柯小说的神性书写》，《湖南科技大学学报》（社会科学版），2010 年第3 期。

浪子回头，从一个游手好闲之徒变成了一个有一技之长的好丈夫好哥哥，将缝纫、做饭等等琐碎生活技能全部学会，认真挽回妻子，期待妻子的回心转意，哪怕她不贞不义。《刺玫》中的袁立本不只是一个全能的男人，更是善良朴实、积极进取、宽宏大度等美好品格的象征。《生命树》中，马燕红在遭受苦难后，人生境遇变得与徐莉莉、王蓝蓝等人大相径庭，但她却是这些女性中最坚韧最澄澈的那一个；她在遭遇强暴之后被送到小村庄休养，却在小村庄中悟得了生命的坚韧与纯粹，毅然放弃了考大学的梦想，选择了与大地万物亲密无间地相处，四棵树村的河流与树木、洋芋与牛都在为她指引放弃眼前浮名虚利、看淡周身险恶与污浊从而回归神性的道路。小说中的劝奶歌、和田玉、玖宛托依、洋芋等无不具有高贵的神的品格，它们为遭遇精神折磨的人带来救赎，让他们从苦难中复活，以潜藏于自身的人性光辉带给自己新的生机。这是马燕红早年守寡却能平淡安乐地度过一生的原因所在。

神性书写往往会令作品中的人物拥有意想不到且常人难以企及的品格，使神的品格可以通过芸芸众生体现出来，其中最突出的表现便是生命的"不死"。《西去的骑手》中马仲英和他的大灰马都是不死的神话。马仲英在战争中数次濒临绝境，一次次地被报告已经死在沙漠中，但敌人总找不到他的尸体，不久后马仲英就会恢复元气卷土重来。虽然马仲英的"不死"归功于他每次都能绝处逢生，但在小说中，马仲英的传奇经历已经被人当作神话，甚至能令敌人闻风丧胆。马仲英的大灰马曾被马步芳的属下们迷倒，秘密扔进了青海湖，但不久后，马仲英来到青海湖边，"奇迹就这样出现了，大灰马从青纯的大海上喷薄而出，它的光芒超过了太阳"，"官兵们眼睁睁看着马骨长出肉，长出筋络和血"，① 尕司令和他的大灰马就成为传奇。大灰马的死而复生是真正的死而复生，神奇的大灰马就是为使马仲英成为骑手而降临的。《金色的阿尔泰》中营长被土匪用枪打成筛子，却还能在裹了白桦树皮后神奇地活下来。红柯在书写传奇人物时，往往会为他们的生命赋予永恒的品格。

---

① 红柯：《西去的骑手》，上海文艺出版社，2013年版，第22页。

红柯神性书写的另一个突出特点是"万物有灵"。在红柯的笔下，万事万物都有自己的规律和变化模式，它们不再是由人操控的傀儡，而是有自己的灵魂。《西去的骑手》中那匹神奇的大灰马不仅能死而复生，而且似乎与马仲英有心灵感应，马仲英数次重伤失踪，但大灰马总能知道应该在哪里等待自己的主人，并且能最快地寻找到马仲英。当马仲英的部队被吉鸿昌打散，马仲英被迫跳下悬崖以后，那匹神奇的大灰马"驮着军旗跑遍了河州的村村寨寨，那些逃散的骑手都被煽动起来……大家都以为尕司令早早躲在这里……第二天天刚亮，土门关那边大道上响起暴雨般的马蹄声，尕司令精神抖擞地坐在马背上"。① 马仲英再次被吉鸿昌打败失踪时，"那匹神奇的大灰马在主人上岸的时候就感应到什么，从黄河上游孟达峡一路狂奔，一天一夜后终于找到主人"。马仲英被驮回孟达峡时称赞道，"马呀马，你的兵比我的还多呀，你就当副司令吧。"② 这匹神奇的大灰马在红柯的小说中不像是马仲英的坐骑，反而像是帮助马仲英打江山的士兵。《乌尔禾》中，当羊遇到懂得如何宰杀它的人时（如海力布叔叔），羊竟能不畏惧即将到来的死亡，反而很慷慨很兴奋，它们知道自己固有一死，只求一个死得其所。无论是《西去的骑手》中的马、《乌尔禾》中的羊还是《生命树》中的洋芋和和田玉，红柯笔下的万物都有灵性，这些灵性甚至能成为人在困苦中的救赎。

（三）童话书写

红柯非常喜欢童话，在中学时期才读到《安徒生童话》的他对童话这一体裁相见恨晚。执教后他大力鼓励学生阅读童话，他认为童话能够让人"进入成人之前最后一次给童心保鲜，永远不要丧失一颗金子般的童心"。对于自己的作品，他坦言："我的大多作品都有童话色彩，特别是天山系列的几部长篇。"③ 红柯小说的主人公，虽然都是凡俗世界的芸芸众生，但却似乎生活在远离尘嚣的童话世界。

红柯的写作似乎总有些"孩子气"，从孩子的视角出发，用孩子的方

---

① 红柯：《西去的骑手》，上海文艺出版社，2013年版，第98-99页。
② 红柯：《西去的骑手》，上海文艺出版社，2013年版，第112页。
③ 红柯：《我爱童话》，红柯：《龙脉》，陕西师范大学出版社，2017年版，第127页。

式来看待问题，用孩子的语言讲述故事。《西去的骑手》中马仲英自始至终是个理想中的英雄。他不屑借外力与敌人相斗，也不在乎一两次的输赢，他在意自己赢得漂不漂亮，输给的对手是不是个值得敬佩的英雄。他身上有着孩童般的天真执着和烂漫，数次放过眼前的送信人，任敌方搬来救兵。在马仲英的世界里，战争是简单的，充满英雄气概的，没有什么下流的圈套，不必考虑卑鄙的阴谋，打仗就是痛痛快快真刀真枪，没什么弯弯绕绕。在他阻止吴应棋杀死哥萨克的求援者时说道："西北军我们都打败了，哥萨克算什么。"① 在他挥兵攻向河州城时，面对守将赵席聘无力抵抗而派出的求援兵时，马仲英也是同样：

尕司令的兵完全可以堵住这个国民军，尕司令不让堵："闪开闪开，他是去兰州搬兵的。"大家举枪要打，"司令灭了他，从古到今哪有给搬兵的人让路的？"尕司令黑下脸："你没长眼睛吗？你往旗杆上看，上边写的啥？黑虎吸冯军，连刘郁芬都没吸来，还想吸冯玉祥？"大家都比尕司令年长几岁，这个顽蛮可爱的娃娃天真烂漫地教训大家："让他搬救兵嘛，把国民军全都搬到城里边，城里塞得满满的，咱往里攻才有意思。核桃吃着香，硬面锅盔有味道。"②

尕司令久经沙场，但总带着少不更事的孩童气，他的战场决策可以说并不明智，但他的生存方式却像孩童一样随心所欲，天真自由。

红柯童话书写的另一重要表现是人与自然的和谐相处。童话中的任何事物都可能会说话，可以成为人类的朋友。红柯笔下的自然万物虽然不能说话，但是它们能够通过各种各样的方式使人与它们产生精神共鸣。红柯笔下的人很少做出蓄意伤害动物的行为，《乌尔禾》中的燕子连蚂蚁这样非常不起眼的小动物都会保护。在红柯的笔下，自然界的所有动植物都是值得人去尊敬和善待的。"《大河》中的童话叙事，正是通过动物与人通灵的方式，消解了现实社会中人与自然、人性与神性的对立，达到了自然、

---

① 红柯：《西去的骑手》，上海文艺出版社，2013年版，第4页。
② 红柯：《西去的骑手》，上海文艺出版社，2013年版，第83页。

人性和神性的融合。"① 在《大河》中托海本是猎人，却在山洞中与女兵和熊一起相安无事地度过了半年时间，走向死亡时是跟随着梅花鹿。《乌尔禾》中怀孕的张惠琴与兔妈妈惺惺相惜，"兔子也认出来它前边的大腹便便的女人是怀了孩子的，兔子就放松了，她们属于同类，都需要阳光，兔子还有一点骄傲，兔子已经生在前边了，兔子是名正言顺的妈妈了"。② 之后，张惠琴对兔子多加照顾，命令丈夫王栓堂也照做；兔子也能够信任张惠琴，敢吃张惠琴夫妇给的食物。在红柯的笔下，人与自然的关系不再是充斥着征服与被征服，残杀与报复，而是和谐地栖居在同一片天空下，共同享有美好的生活。

二、与现实对衬中的历史书写

红柯在他的许多小说中都注入了历史的成分，《百鸟朝凤》和《好人难做》中多次通过周朝开国的历史来展现陕西岐山地区的历史文化底蕴的深厚，也借此呼吁人们回归祖先开创伟业时的淳朴与虔诚；"中篇小说《金色的阿尔泰》以成吉思汗的"创业史"对照新疆屯垦兵团的"创业史"，写出了兵团人不畏艰苦，甘于奉献的精神"《西去的骑手》通过民国军阀混战时期的新疆历史展现了乱世英雄的大豪迈和大气魄；《阿斗》通过刘禅的眼光重新定义了三国时期的历史，对所谓的精英与智慧进行了辛辣的讽刺。红柯对不同地域的不同阶段历史的书写，体现出的是不同的内涵。

《百鸟朝凤》是红柯主要展示陕西文化历史变迁的小说，从周朝一直写到当代，其中也夹杂了一部分对现实的书写。这部小说体现了红柯对陕西文化的复杂情感，他一方面肯定陕西古老的周原文化，另一方面又对陕西的后来的文化持否定态度，对历史和现实的不同态度鲜明地体现在红柯对陕西几个历史时期文化的梳理之中。"龙气"是全文贯穿始终的重要线索，所谓"凤鸣"，意义就在于召唤"龙气"，说得实际一些，就是值得凤

---

① 廖高会：《作为"通灵者"的叙事——红柯小说论》，《中国现代文学研究丛刊》，2015 年第 7 期。
② 红柯：《乌尔禾》，上海文艺出版社，2013 年版，第 24 页。

鸟为之鸣叫的女人身上带着可以使自己的男人出人头地的力量。《百鸟朝凤》中几乎每一个男人都在寻找自己身上的"龙气"，但是自从宋代朱熹创造出"存天理，灭人欲"的理学之后，龙气就在中原渐渐消失了。对于这一点，红柯是矛盾的，他一方面认为朱熹的理学为中原文化保存了一个"黑洞"，"黑洞"之中是中原文化的气脉；另一方面，他又认为宋明理学的存在是对中原男人的一次集体阉割，宋代之后，中原再无血性男儿，剽悍勇猛、骁勇善战的蒙古族和满族进入中原之后也无一例外地被"阉割"，最终灰溜溜地回到了原本属于他们的边疆地带，元代的皇帝撤离中原时甚至无法再驾驭马，只能乘着骡子颜面尽失地逃离。到了现在，一心想要出人头地的周发梁甚至为此气死了自己的母亲。在《百鸟朝凤》中，红柯既对苍莽博大的周原文化保持着纯粹的尊敬和向往，又对后来中原"龙气"消失、腐化堕落的现状痛心疾首。在小说的结尾，红柯这样写道：

　　家里有二胡，有唢呐，周长元毫不犹豫抓起唢呐，呜哩哇啦吹起来，一直吹到街上，引起大家的围观，谁都能听出来这是葬礼上吹的《百鸟朝凤》。周长元吹得那么起劲。周长元泪流满面。谁都知道二胡曲子《百鸟朝凤》不会再有了，成了绝唱。周长元吹啊吹啊一直吹到姜老师的坟前，一直吹到瓦渣庙。一只美丽的大鸟降临凤鸣河畔。那一刻，前妻一家乘坐的飞机从咸阳机场起飞，再也不回来啦。①

　　《百鸟朝凤》不仅从歌颂伟大女性的曲子变成了葬礼上的乐曲，而且成了绝唱，再没有人能唤起凤鸣河畔的凤鸣，龙气再也不会出现在中原大地。中原值得称颂的最后一位母亲远离故土，再也不会回来了。在《百鸟朝凤》中，所叙述的故事越靠近现实，故事中的人物就越冷漠和堕落。《百鸟朝凤》一方面是对周文化的热烈赞颂，另一方面又是对现今中原文化现状的痛惜与反思。

　　《好人难做》是一部主要反映现实的作品，但其中穿插了许多陕西的历史传说，如姜嫄、古公亶父、妙善公主、后唐三公主等人的历史传说。

---

　　①　红柯：《百鸟朝凤》，上海文艺出版社，2013年版，第289页。

对于古公亶父，红柯侧重的是他们不畏艰险，开创伟业的精神，对于后唐三公主等人，红柯主要写她们的善良与慈悲。但在反映现实生活时，红柯的态度却很消极。在这部小说中，红柯用冷峻的笔调细细摹画小圈子中的众人像，在一连串反映当代人尴尬处境的故事背后，是红柯深藏其中的文化反思和悲悯。《好人难做》是一部紧贴生活，远离浪漫，充满了现代人尴尬与疲惫的作品。这部小说开篇第一句是"马奋棋没当上馆长，当了个副的"。① 在开篇就满是现实的失望与压抑。小说中，一部《渭北民间故事集》的第五、六辑勾连起马奋棋、王岐生、薛道成三个不同身份不同理想追求的人物，马奋棋是一个作家，编辑整理出了《渭北民间故事集》第五、六辑并引起轰动，春风得意，名利双收，但女儿的离经叛道毫无预兆地给了他当头一棒。随后，王岐生因不满专家的意见而罢演《凉女婿》，全国巡演就此泡汤，《凉女婿》失去了得到更多关注的机会；原定在渭北大学召开的以"凉女婿"为重点研讨对象的国际会议也在随后因为薛道成的原因而被取消。打击接踵而来，马奋棋一下子由云端跌入谷底，在一连串的困境之中无计可施，只能选择用墨镜和风衣将自己与周围世界隔绝开来，借以逃避他所面对的一系列失意和难堪。王岐生半辈子只潜心创作了一部戏，自认为是不可多得的优秀作品，却遭到专家批评，自我实现的尝试失败。王岐生是一个习惯了以自己为中心，把别人都当傻子的极端自我主义者，根本无法承受他人的否定，由此陷入困顿迷惘之中。薛道成是一个学院派的知识分子，知识广博且功底深厚。他自己心中并无什么杂念，只想潜心研究学术，在自己的领域内实现自我价值，但树欲静而风不止，生活在复杂的社会交际圈中他根本不可能独善其身。在一次次被常建、李光仪等投机钻营分子利用之后，薛道成陷入了如何才能在污浊社会清洁自守的困惑之中，他自己为自己寻找出路但最终归于失败，最终丧失了做出理想研究成果的能力。薛道成研究能力的丧失反映了当代高级知识分子的两难处境。在对薛道成这一形象的塑造中，"红柯希望能为知识分子找到

---

① 红柯：《好人难做》，人民文学出版社，2012 年版，第 1 页。

一个归依之所，哪怕这种努力带有理想化色彩"。① "人生不过是从摇篮到坟墓的旅行，红柯希望众生在这个旅行过程中寻找到一份真实的内省、温暖和自由"。虽然红柯更重视"具普遍意义的有关人的生活状态和生命意识"，并且"也无意于对所描述的生活作社会政治道德的评判与说教"，但在对各个人物不同精神困境的叙述中，红柯忠实地反映了现实生活的某些龃龉与不堪。② 道貌岸然的张万明和梁局长，在外都是冠冕堂皇的人物，但在私下却乱搞男女关系。张万明对此不以为耻，反而以此作为骄傲的资本；梁局长被夹在多个贪得无厌又极为难缠的情妇之中，无力周旋，只能自毁前程。王岐生作为剧团的业务人员，三番五次地冒用别人的智力成果，自己提一个创意便毫不客气地坐收渔利，当别人把"媳妇娶下让别人先开苞，甚至让别人把种子撒上，把孕妇经管上，再送到产房，人家王岐生连产妇都不见，直接去抱娃"这样的难听话说到面前，还能淡淡说一句："人活世上，啥难听话没听过？"③ 完全不以为意，无耻程度令人咋舌。红柯笔下的陕西历史与陕西现实差异太过明显，可以明显地看出红柯对陕西古老历史的赞颂和对陕西现状的失望。

　　与之相对的，红柯在对边疆的历史与现实进行书写时，往往是肯定的，《西去的骑手》《金色的阿尔泰》等小说中呈现的新疆历史都是历史的积极面。红柯在对中原文化失望之后转而投向了边疆文化的怀抱，在他的小说中，中原历史与边疆历史对比非常强烈。《生命树》《乌尔禾》等小说写的都是新疆的现实生活，但红柯都用诗意的笔法将它们进行了美化，红柯对新疆的现实书写都是超现实的。《西去的骑手》讲述了 20 世纪 30 年代新疆的军阀混战。红柯并不侧重揭示战争的血腥与厮杀，而是侧重表现战争中英雄人物一往无前的豪迈气魄。马仲英是一个理想中的英雄，红柯借这个历史人物表达了他对英雄血性的崇拜与赞叹。中篇小说《金色的阿

---

① 王海涛、张昭兵：《当代人生存困境的深度透视——评红柯长篇新作〈好人难做〉》，《小说评论》，2011 年第 6 期。
② 张德明：《给缺陷的世界留点意义——以红柯〈好人难做〉为例》，《扬子江评论》，2011 年第 6 期。
③ 红柯：《好人难做》，人民文学出版社，2012 年版，第 100 页。

尔泰》写兵团人在荒凉的阿尔泰克服各种自然条件限制，开荒农垦的历史。但红柯却并未把目光投放到这段历史本身，并不刻意以自然环境的恶劣去反衬这段历史的伟大，而是自由奔放地以主人公"营长"的超脱生死来讲述这些兵团人的无畏精神和豪迈气概，他们虽然不在战场，但他们的行为依旧在书写历史，他们是为阿尔泰带来绿色生命的开天辟地的英雄。小说中的每一个人物都没有姓名，甚至营长和营长媳妇都没有，红柯不给这些人物命名的原因或许在于，他们所代表的不是那段历史的某个个体本身，而是世世代代为开发大西北做出贡献的卓越生命。这里隐含着红柯对名不见经传却世世代代在为国家做出贡献的人民群众的热烈赞颂。

红柯喜欢书写历史，却并不忠诚于历史，而是将历史朝着他所需要的方向进行改造。红柯醉心于边疆文化，于是边疆文化的负面信息也会被尽力修改成正面信息。如《西去的骑手》中的马仲英被塑造成一个彻头彻尾的英雄，但是历史上的马仲英却"屠湟源，百姓死难二千四百；屠永登，百姓死难三千；屠民勤，百姓死难四千"，① 远不像《西去的骑手》中那样伟岸。历史上的刘禅是个著名的脓包废物，是历代的反面教材，但是红柯在《阿斗》中却为了肯定随遇而安、知足常乐的生活方式而将刘禅写成了唯一的正面人物。红柯在《金色的阿尔泰》中还攫取了成吉思汗一统中原过程中的片段，写美丽的阿尔泰山藏着成吉思汗的眼睛，历史上成吉思汗暴烈刚猛的形象被消解，取而代之的是成吉思汗心有猛虎却能细嗅蔷薇的脉脉温情。红柯的历史书写善于将人们习以为常的历史进行消解，"这里历史人物的功过是非和历史细节的过程细节被淡化以致被忽略了（当然在爱国和卖国上是界限分明的），作者着力开掘的是人物充沛淋漓的生命元气、桀骜不驯的生命霸气、高贵尊严的王者之气"。② 红柯的历史小说着力呈现"大生命"，③ 为了呈现这样一种伟岸的生命，红柯不惜修改了某些历史事实。

---

① 转引自苏鸣：《敬畏着存在》，《当代作家评论》，2003 年第 1 期。

② 陈柏中：《红柯小说：西部精神的浪漫诗化》，红柯：《狼嗥》，陕西师范大学出版社，2016 年版，第 441 页。

③ 红柯：《绝域之大美》，红柯：《西去的骑手》，上海文艺出版社，2013 年版，第 3 页。

三、新疆与陕西比对中的地域书写

红柯出生在拥有丰厚文化底蕴的岐山，对周秦文化、三国故事等从小耳濡目染。然而大学毕业后他赴新疆奎屯定居十年，辽阔的大西北带给他非同一般的文化震颤，他在新疆接触了少数民族史诗，习惯了看新疆人的豪爽大气，以至于十年后调回陕西时对故乡产生了陌生的感觉，认为"内地哪有什么孩子，都是一些老奸巨猾的小大人，在娘胎里就已经丧失了儿童的天性。内地的成人世界差不多也是动物世界"。红柯的地域书写主要集中在陕西和新疆两个地域，"天山系列小说"以热情洋溢的笔墨歌颂了新疆的人情风物和大河山川，红柯认为那里是人最可能回归神性的地方，"代表着一种极其人性化的诗意生活方式"。① 在对新疆的书写中，红柯"自觉传承和弘扬中国文学中'伟大的边疆精神与传统'"，② 张扬了自然崇拜、万物有灵等原始思维。而红柯对于陕西的感觉是"陌生"③ 的。他在书写陕西时，总是存在一些隔膜和贬抑，不像书写新疆那样熟稔和伟岸。

（一）红柯笔下的新疆

红柯笔下的新疆是苍凉壮阔、奔放豪迈的，在他所书写的新疆空间里，无论是人、动物还是植物都是令人敬佩的"大生命"，河流山川等自然景观也拥有内地所不能及的大气象。这里的人或因天性或受到神性事物的启悟而豁达乐观，自由坦荡，他们生活得安闲自在，不为世俗价值观所累，没有蝇营狗苟、汲汲营营等现实中的种种龌龊，人们诗意地栖居在边疆大地。《生命树》中，马燕红遭到强暴，却能在沐浴了"太阳雨"后再次拥有"黄花闺女的女儿香"，④ 在这里红柯鄙弃了世俗对于"黄花闺女"

---

① 红柯：《我与〈西去的骑手〉》，红柯：《龙脉》，陕西师范大学出版社，2017 年版，第 178 – 179 页。

② 陈柏中：《红柯小说：西部精神的浪漫诗化》，红柯：《狼嗥》，陕西师范大学出版社，2016 年版，第 442 页。

③ 红柯：《我与〈西去的骑手〉》，红柯：《龙脉》，陕西师范大学出版社，2017 年版，第 178 页。

④ 红柯：《生命树》，北京十月文艺出版社，2012 年版，第 33 页。

的定义，赋予了马燕红超越世俗的纯净和美。在这样纯粹且富有神性的环境里生存着的人们常处在沉醉忘我的状态，"母羊成为母亲，吮吸着母乳的羊羔成为朵朵莲花……这个圣洁无比的场面还要延续很久。牛禄喜发现自己的时候自己正缩在羊圈外边的暗处，不停地哽咽，满脸喜悦的泪水，那么热的泪"。①

　　新疆地区荒凉封闭，风沙肆虐，暴风雪等极端天气稀松平常，这样的环境按常规来说，给人的会是落后破败的印象，但在红柯的笔下，新疆的自然景物却庄严壮阔，有着与众不同的野性美："两边大戈壁，中间一条河，叫白杨河，白杨河两岸肥沃的土地就是乌尔禾……乌尔禾地方不大，东西狭长的小盆地，也就几十公里的样子，草木茂盛，可藏不住猛兽，老鹰从天上往下一瞥，也就是茫茫戈壁一片绿叶子嘛……老天爷好像觉得过意不去，在乌尔禾东边，也就是白杨河快要消失的地方开设了有名的魔鬼城，全是奇形怪状的史前动物，恐龙、剑龙、霸王龙、能飞的翼龙，我们所熟悉的老虎、豹子、狮子、大象、狼，包括名气很大的各种猛犬，全都侍立一旁，如同奴仆，其实也是雅丹地貌，可那神态活脱脱一群动物，稍稍吹进一股风，它们就吼叫，就长啸，准噶尔盆地都抖起来啦……"② 动物在其中厮杀不会被片面地判定为残忍，人类在这里的搏斗也不是野蛮血腥而是荣耀，是飞扬的生命伟力，一个男人若没有血性会被视为懦夫，被所有人鄙视。

　　《西去的骑手》中，那些跟着尕司令在新疆大地玩命的伤痕累累的河州兵，"跟炭火一样，跟天上的日头一样"。③ 这是新疆大地豪放不羁的原始生命强力，伤疤在这里成为男人的勋章，新疆的"儿子娃娃"们血管里翻涌不息的是豪壮无畏的英雄血液。在这样纯洁坦荡的大地上，性是神圣的，怀孕是圣洁的，不需要有任何顾忌和羞耻，没有任何见不得人，男欢女爱的夜晚"浪漫而辽阔"，怀孕是"丈夫的生命在她身上发芽"。④ 在这

---

① 红柯：《生命树》，北京十月文艺出版社，2012 年版，第 53 页。
② 红柯：《乌尔禾》，北京十月文艺出版社，2006 年版，第 1 页。
③ 红柯：《西去的骑手》，上海文艺出版社，2013 年版，第 45 页。
④ 红柯：《玫瑰绿洲》，红柯：《狼嗥》，陕西师范大学出版社，2016 年版，第 83 页。

样的土地上，死亡也不是在常规意义上的只有难以言喻的悲伤，而是生命的新开始。《金色的阿尔泰》中，营长媳妇刚刚怀孕却被子弹击中，营长媳妇在弥留之际说"我不想死"，营长便将玉米塞进她的伤口和嘴巴。营长说："高贵的生命不会死亡，我们必将在植物中复活。""生命回到了幼芽。""生命回到了大地。"① 新疆流传着很多神话传说，并且许多人对于他们的神都有着非常虔诚的信奉。他们并不认为一个生命的死亡意味着终结，而是相信轮回或是永生。新疆独特的价值观念和豪迈气概使它成为红柯着力塑造的理想生存空间。

（二）边疆——红柯的理想空间

小说是来源于生活却高于生活的艺术形式，作家在小说中呈现的人物、事件、风景、地域等不会全部都是对生活的真实还原，其中或多或少的会有作者的夸张和想象，一些事物也会被作者用来表达某些感情或观念，且红柯是一个习惯于"隔着巨大的地域空间创作"的作家，"红柯的整个创作期都呈现出独特的空间化现象：当他在新疆时，他写陕西的地域和人事，写出《刺玫》《永远的春天》《红原》等写实性的作品；当他回到陕西，远隔千里之外的新疆形象才鲜活起来，关于新疆的独特经验才在心中汨汨流淌成一幅美妙的画卷，成为他笔下的艺术生命之源，充满诗意的新疆系列小说就是明证"。"红柯隔着巨大的空间距离追忆故事发生的地点，新疆变成作者审美化的虚幻建构和专制性幻想，成为其审美经验中的空间，这就将新疆这一故事空间变成作者心中的经验空间。"② 因此，红柯笔下的新疆不是单纯的行政地理意义上的新疆，他在为读者呈现祖国这片荒凉广袤的热土时对其进行了有目的的改造。红柯在"天山系列小说"中的许多描写都是充满想象的，是超现实的。在他的小说中，狼可以被鸟迷住，女人可以与已经死去的狼搏斗（《狼嗥》）；普通人可以听懂鸟的语言，伤口可以长出青草（《乌尔禾》）；热血可以烫化刀刃，大灰马可以死而复生（《西去的骑手》）；洋芋可以成为治病救人的良药，女天神可以变作美

---

① 红柯：《金色的阿尔泰》，红柯：《狼嗥》，陕西师范大学出版社，2016 年版，第 396 - 397 页。

② 陈晓辉：《红柯小说的叙事维度》，人民出版社，2015 年版，第 80 - 81 页。

丽的少女从树洞里走出来（《生命树》）；成吉思汗可以从土地里长出来，营长可以被白桦树皮救活（《金色的阿尔泰》）……一系列神奇瑰丽的想象给予了新疆不可言说的魅力，使新疆成为一个充满希望和光明的地方。红柯笔下的新疆另一个吸引人之处在于圣洁，升腾着人间的烟火却不染尘世的污垢，人民生活艰辛但朴实虔诚。《金色的阿尔泰》中蒙古老妈妈用乳汁喂活营长，"营长不好意思了，他感到自己像个婴儿"，但老妈妈却不顾虑这些，"老妈妈太高兴了，她喂活了一条命。'我把死亡打跑了！'"① 红柯笔下的新疆对于女人的贞洁并不像现实社会那样给女人重重禁锢和精神压迫，女人无论是被强暴还是再婚都会得到丈夫的善待，女人带来的孩子无论是谁的也都会被丈夫当作自己的孩子养大。《生命树》中马燕红遭到强暴之后嫁给王怀礼，夫妻感情和睦，相敬如宾；陈辉的前妻离婚后再嫁，"带着儿子嫁过去了，丈夫待娘儿俩好得不得了"。② 《金色的阿尔泰》中营长媳妇说："不管你生过没生过，到了阿尔泰就是阿尔泰女人，就是金女人。"③《杂种》里的丈夫"沉默里埋着信念"："翔子是我的，你也是我的。婊子也好，烈女也好，非他莫属。"④ 这种超脱世俗的价值观念使新疆人对待生活更加透彻达观。他们拥有更为坚定的生活信念，顽强坚韧，不会轻易为外力打倒，即使被打倒也能在对天地万物的体悟中获得救赎。红柯笔下的新疆圣洁虔诚，能让人在难堪和痛苦中重获希望，得到抬头向前看的人生动力。这片土地贫瘠荒凉却拥有欣欣向荣的生命力，满载希望；生存条件恶劣，生存其中的人却不将眼光放在外在的物质条件上，淳朴真诚，豪迈豁达，不汲汲于名利富贵，生活得诗意而自在。这样的生活状态正是红柯所向往的生活状态。"新疆之于红柯不是地理概念，是一种状态，一个梦想，如诗如歌如酒浑莽博大纵逸癫狂。"⑤ "新疆气质的内涵就是质朴明朗、热情纯真，更多地保留了人之本性。这些新疆经验又经过

---

① 红柯：《金色的阿尔泰》，红柯：《狼嗥》，陕西师范大学出版社，2016 年版，第 363 页。
② 红柯：《生命树》，北京十月文艺出版社，2012 年版，第 91 页。
③ 红柯：《金色的阿尔泰》，红柯：《狼嗥》，陕西师范大学出版社，2016 年版，第 378 页。
④ 红柯：《杂种》，红柯：《狼嗥》，陕西师范大学出版社，2016 年版，第 31 页。
⑤ 李敬泽：《飞翔的红柯》，红柯：《狼嗥》，陕西师范大学出版社，2016 年版，第 400 页。

他的提炼，集中到某些领悟和保持了自然神秘暗示的某些个体人物身上，就更集中，更纯粹，更富有诗意。红柯和世界的紧张性关系，通过对文学新疆的书写得以缓解。"① 新疆是红柯的"理想国"，红柯对于这一理想空间的构造是对缺少神话与诗意的现实世界的不满和对抗。

（三）红柯笔下的陕西

红柯的故乡在陕西，是周文化的发源地，历史底蕴深厚。红柯在小说中也对自己的故乡进行了书写，如《百鸟朝凤》《阿斗》等，但与新疆书写基本都在歌颂光明与美好不同，在对陕西的书写中，红柯更加贴近现实，诗意化的色彩被削弱，在陕西深厚的文化底蕴之外，对人心的险恶进行了毫不留情的揭露。

《百鸟朝凤》源于红柯的一个梦境："1990 年冬天落脚天山脚下快 5 年了，遥远的故乡出现在梦中，黑压压奔腾而来，化作马群和鹰，凝固成青铜大方鼎，悠长的啸声成为古老传说中的凤鸣，故乡一下清晰起来，醒来后我写下了'百鸟朝凤'四个字，初稿于 1990 年冬天的石河子与奎屯。"② 但是促使其创作的文化契机却在于红柯在新疆接触了大量的少数民族文化，这些文化中有不同于中原儒家文化的血性和刚强，"我于是心有不甘，写下了这部书。我觉得我们的文化应该比他们高。这是一个磨合期。后来，我才心悦诚服地认为，人家的文化好多地方比我们好"。③ 在《百鸟朝凤》中，红柯一开始是想肯定故乡的文化，张扬陕西的古老文化的，因此，红柯在这部小说中对宋代以前的文化进行了肯定，对于宋代以后的文化却是否定的。这部小说从周朝开始，对陕西的历代文化变迁娓娓道来，陕西文化就是中原文化的缩影。红柯在小说中寻找自己故乡文化的崇高却归于失败，于是只能陷于矛盾和纠结之中。"22 年写就一部小说，作者为这部小说所需要的话语谱系倾注了太多心力，更寄寓了超出以往的

---

① 陈静：《追寻绝域之大美——红柯西部小说论》，《名作欣赏》，2009 年第 4 期。

② 红柯：《序：天山顶上望故乡》，红柯：《百鸟朝凤》，上海文艺出版社，2013 年版。

③ 红柯、姜广平：《"在'嘉峪关'之外等着红柯的到来"》，《西湖》，2012 年第 6 期。

哲学期待：探寻具有神性价值却无可寄托的人间性。"①

　　《好人难做》也是专门写陕西的一部小说，这部小说通过一系列的现实故事反映了当代知识分子的精神困境，其间，将后唐三公主、周人千辛万苦寻找落脚之地等可歌可泣的传说注入其中，为小说增添了神圣色彩。《生命树》是一部沟通起新疆和陕西两个地域的小说，且在这部小说中，两个地域对照起来差别十分明显。新疆媳妇李爱琴和陕西媳妇春梅对待婆婆的态度天差地别，婆婆在新疆时儿子儿媳都孝顺，心胸开阔，红光满面，见到的人"全都把李爱琴的婆婆当成百岁老人"；② 而在婆婆迫于现实压力返回陕西之后，破天荒去一次西安，却"很淡，没有想象的那么兴奋"，"老太太也笑，但再也笑不到以前跟李爱琴跟那些百岁老人们在一起的程度了，恍如隔世一样"。③ 在牛禄喜母亲身上体现出的强烈反差反映了新疆与陕西在红柯心中的强烈反差，他对陕西文化是有着"忧患意识"④的。陕西是一个充满了勾心斗角和阴谋算计的地方，是一个无法让人"诗意地栖居"的地方。红柯所创作的诗意小说大多写新疆，而在写陕西时，就会更多地加入现实的生活。陕西虽是红柯的故乡，但是红柯对于故乡充满了失望。

　　（四）肯定背后的否定

　　红柯是陕西人，但是他的作品中大量描述的是新疆，评论界也未对红柯的陕西书写给予多少重视，"不知红柯是有意还是无心，他也一再强调新疆十年对他的影响，对其大放溢美之词，但对关中文化避而不谈或极尽批评，这也对评论者具有一定的误导作用，使得评论家一边倒地强调新疆经验而忽略了关中的生活经验"。⑤ 红柯也确乎承认"人家的文化好多地方比我们好"。⑥ 但红柯也说过，对于新疆的书写，"肯定性的背后有某种

---

① 张德明：《飘曳的苦魂与隐含的精神疑难——以红柯〈百鸟朝凤〉为例》，《时代文学（上半月）》，2014 年第 5 期。

② 红柯：《生命树》，北京十月文艺出版社，2012 年版，第 198 页。

③ 红柯：《生命树》，北京十月文艺出版社，2012 年版，第 238 页。

④ 陈晓辉：《当代陕西文学的地理位移》，《小说评论》，2015 年第 5 期。

⑤ 陈晓辉：《红柯小说的叙事维度》，人民出版社，2015 年版，第 28 页。

⑥ 红柯、姜广平：《"在'嘉峪关'之外等着红柯的到来"》，《西湖》，2012 年第 6 期。

否定"，① 只是这种说法未被学界重视。新疆对于红柯来说不只是行政地理意义上的新疆，它更多代表的是一个理想境界，一个精神向往，因此，红柯对于自己理想境界的描述一定是在现实基础上加以美化的。"作家在回忆与想象中打破时空疆界，重建了一个自我经验的新疆，一个属我的世界。"② 陕西是红柯的故乡，红柯在新疆居住十年，别的时间都是在陕西，他从小在陕西长大，人到中年后又在陕西老去，他与陕西相处的时间无疑更多，对陕西文化的理解无疑也更为深刻，因此他在书写陕西时更容易影射现实的生活，因为他在写作时很难与陕西拉开距离。红柯许多描写新疆的小说都是在陕西完成的，空间上的距离和心理上的怀念恰好给了红柯充分的让想象驰骋的空间。在人物塑造上，红柯笔下的新疆人与陕西人有重合之处，如《杂种》中那个蔫溜溜的丈夫默不作声地将别人的孩子养成自己的孩子，《好人难做》中"周怀彬能把大活人张万明学得那么逼真，周怀彬就能把马萌萌生下的娃养成他自己的"，两人都在装疯卖傻中吞咽下了屈辱的果实。红柯笔下的新疆人有如陈辉精于算计、始乱终弃之辈；陕西人也有周怀彬这样的"凉女婿"，有牛禄喜这样的"凉侄儿"，彼此之间肯定中有否定，否定中有肯定，虚虚实实之间归于"混沌"。红柯曾说自己："喜欢一个古词：混沌。我所有的小说写完后才找题目，好多散文也是这样。我不喜欢对一件事，有太明确的洞见，太清楚意味着功利，我喜欢康定斯基对美的谈判，美就是心灵的内在需要。内在的东西都比较模糊，就是中国古老的'混沌'与'气'，可感不可言。"③ 此外，"红柯还将作品中的人物穿梭于西域与关中之间，游弋于草原游牧文化与中原汉文化之间，通过展现不同地域中人物的生活状态与生命体验来抒发心中的喜怒哀乐，通过表现不同文化语境中人物的不同遭遇来表达他的生活认知与

---

① 李勇、红柯：《完美的生活，不完美的写作：红柯访谈录》，《小说评论》，2009 年第 9 期。

② 韩春萍：《红柯小说的神性书写》，《湖南科技大学学报》（社会科学版），2010 年第 3 期。

③ 李勇、红柯：《完美的生活，不完美的写作：红柯访谈录》，《小说评论》，2009 年第 9 期。

价值认同"。①《生命树》中的牛禄喜和《少女萨吾尔登》中的周志杰都在故乡遭受排挤，从而成为自己故乡的"异乡人"。虽然红柯对于陕西所代表的现实世界表达了一定程度的厌弃，但他对陕西的感情还是很深厚的，他运用陕西方言的写作方式即可见一斑。红柯对于陕西的感情，更近似于鲁迅对阿 Q 的"哀其不幸，怒其不争"。所以，在红柯的地域书写中，虽然"扬疆抑陕"是很明显的现象，但他并不是完全肯定新疆，完全否定陕西的，这两个地域都是他表达自己思想情感的叙述空间，因时而用，各有价值。"往返于西域与关中之间，红柯在现实生活和文学想象中遭到了两种不同地域文化的相遇，它们既相互冲突又相互对话，在冲突与对话中形成了互识、互证、互补的多元文化共生的状态"。② 因此，红柯的新疆书写和陕西书写也难说有非常明确的界线。

陕西给予了红柯以儒家伦理为主的"本籍文化"，给予了他看待这个世界的基本方法；新疆给了红柯一个自由想象的空间，令他有了一个寄托理想的地方。"曾有人问他在以后是否会从书写异域转向自己的故乡，他认为，故乡对一个男人并不重要，重要的是他的再生之地。"③ 不同于其他作家的将故乡放在自己写作的首位，将故乡作为反复咏叹的对象，红柯在创作上疏远了陕西，亲近了新疆，我们或许可以将新疆看作是红柯的第二故乡。"新疆之于红柯，有着深刻的文化原乡意义。所以，何处是他乡，何处是故乡？……就此而言，新疆对红柯来说并非'他乡'，甚至恰恰是他的'故乡'——精神之乡。"④ 但是，无论红柯本人怎样刻意弱化陕西，陕西对红柯的影响都是不可磨灭的，两个"故乡"的文化对红柯的影响相辅相成。正是两地间文化的互相碰撞和交融，才令红柯拥有如此广阔的视

---

① 高春民：《"肯定性的否定"：红柯文学创作中的文化反思》，《当代作家评论》，2018 年第 3 期。

② 高春民：《"肯定性的否定"：红柯文学创作中的文化反思》，《当代作家评论》，2018 年第 3 期。

③ 张德明：《给缺陷的世界留点意义——以红柯〈好人难做〉为例》，《扬子江评论》，2011 年第 6 期。

④ 于京一：《论作为文学地理的新疆之于红柯的意义》，《小说评论》，2018 年第 3 期。

野和博大的胸襟，才铸就了"让人一眼就能识别出"① 的红柯。

思考题

1. 在红柯的作品中，你是否能够感受到他对于陕西文化的期望？红柯对于陕西的期望究竟是什么？红柯在对新疆的书写中是否存在否定的方面？他又对什么进行了否定？

2.《石头与时间》的"先锋性"有何表现？如何看待红柯小说的"先锋性"？

3. 新疆地域文化的突出特点是什么？为什么能成为红柯安放心灵之所？

---

① 李星、曹文轩、金汉：《首届中国小说学会奖得主创作点评》，《海南师范学院学报》（社会科学版），2003 年第 3 期。

第十一讲

李汉荣：诗意自然的赞颂者

李汉荣，陕西汉中人，当代著名的诗人、散文家。在《人民文学》《人民日报》《诗刊》《小说月报》《散文》《散文百家》以及台湾的《创世纪》《诗世界》《联合报》副刊等报刊发表诗歌、散文约 3000 多篇（首）。著有诗集《驶向星空》《母亲》《想象李白》，散文集《与天地精神往来》《点亮灵魂的灯》《家园与乡愁》《李汉荣散文选集》《河流记——大地伦理与河流美学》等。

李汉荣的散文创作曾多次获得全国性的重要奖项。2017 年 11 月，李汉荣《河流记——大地伦理与河流美学》荣获第十七届百花文学奖。2018年 6 月，李汉荣《家园与乡愁》荣获中国散文学会第八届冰心散文奖。与此同时，他的多篇散文入选中学语文教科书，像《山中访友》入选人教版初中语文教科书，《与天地精神往来》入选山东省高中语文教科书等。于此可见李汉荣在散文创作上取得的重要成就。尽管如此，目前学术界对李汉荣的文学创作关注不多，研究成果也相对缺乏。值得提及的不过数篇：当代著名作家陈忠实在 2001 年 7 月《陕西日报·秦岭副刊》上曾发表过一篇评论《生命的审视和哲思——〈李汉荣诗文选〉阅读笔记》，对李汉荣的诗文创作给予了高度评价，他说："读李汉荣的诗和散文，我总也不能宁静，无法达到那种欣赏或者品味的闲适境地，而是被感染，被撞击，被透视，被震撼，常常发生灵魂的颤栗。"① 2006 年，杨建民在《海南师范学院学报（社会科学版）》上发表《虔诚的人生艺术感恩——李汉荣

---

① 陈忠实：《生命的审视和哲思——〈李汉荣诗文选〉阅读笔记》，《李汉荣诗文选——与天地精神往来》，华艺出版社，2001 年版，第 4 页。

论》一文，以李汉荣的三部诗文集《母亲》《想象李白》《与天地精神往来》为评论对象，解读其创作背景、思想内容和艺术特色。2012 年，杨建民在《人民日报》文艺评论版发表《安静下来，听自己的心跳——读〈李汉荣散文选集〉》一文，以阐发了李汉荣散文中体现出来的对大自然的敬畏和感恩之情。2014 年，杨建民在《中华读书报》"书评周刊"文学版发表《心灵之灯如何点燃》一文，指出李汉荣创作散文的独特审美方式——"灵魂到场"。同样在 2014 年，李建军在《哈尔滨师范大学社会科学学报》上发表论文《满贮诗意的乡村文化失落的深沉忧思——李汉荣〈一个古老村庄消失的前夜〉解析》，探析了李汉荣散文中体现出来的强烈的生态意识、绵密的意象、充盈的诗意、精妙的结构和诗化的语言。尽管针对李汉荣文学创作的研究成果不多，但是已经可以让我们初步感知李汉荣诗文创作的思想艺术特点。

李汉荣的诗文创作个性突出。他以其敏锐的感知力、充沛细腻的情感和新奇独特的想象，将身心与广袤深厚的大地和充满灵性的自然万物融为一体，创作了一大批柔婉含蓄、意境深邃的诗歌和散文。当代著名作家陈忠实曾评论说："无论诗或散文或随笔，都飞扬着诗人丰富的想象和联通，文字背后透见出诗人鲜活的气质和性情。"① 李汉荣以诗人的眼光欣赏自然万物，以诗化的语言表情状物，并注重从内在的感觉出发赋予自然万物以人的情感性灵，发掘灵性的自然万物与寻常乡村旧物之中蕴藏的深邃的哲学意蕴，抒发对于大地、自然和生命的虔诚与热爱之情，表达对人与自然对峙现实的深沉忧思，在他的创作中充满了诗意，饱含着生态意识。

一、强烈的生态意识

自 18 世纪瓦特发明蒸汽机以来，人类进入了大规模生产的工业化时代，为了满足日益增长的物质资源需求和社会发展要求，人类开始疯狂地攫取自然资源，无节制地破坏生态环境，引发了越来越严重的生态危机。"高科技化、欲望化、物化，使得人类已经成为'地球上的癌细胞'，所到

---

① 陈忠实：《生命的审视和哲思——〈李汉荣诗文选〉阅读笔记》，《李汉荣诗文选——与天地精神往来》，华艺出版社，2001 年版，第 1 页。

之处，生灵涂炭、环境恶化，已经极其严重地威胁到人类自身的生存。"①
人一旦与自然分离，其精神状态也会变得岌岌可危。人类文明史上发生的
三次科技革命，削弱了人的神性，增强了人的动物性，人类找不到自己的
自然家园，更找不到自己的精神家园。面对人的这种异化状态，各国作家
以其敏锐的感知力、深沉的思索和现实的笔触，竭力揭示人被围困的现
状，试图以作家的良知和责任感唤醒人们保护自然的生态意识，以及被欲
念遮蔽的精神追求。李汉荣便是这样一位充满责任感与使命感的作家。作
为一位农村出身的作家，他深知这片广袤深厚的土地是滋养人们灵魂的源
泉，人只有脚踏实地、时刻匍匐于大地之上才能保持本真。于是他主张回
归生命的本真，与自然万物同呼吸共命运，对于人与自然对峙的现实流露
出深沉的忧虑。

（一）与天地精神往来：对土地、自然与生命的虔敬与热爱

李汉荣作为一位出生于秦岭巴山乡村中的作家，与自然有一种天然的
亲近之情，"漫长的农耕岁月和田园生活构成了我们的记忆和文化，对土
地的尊敬和感念、对山河自然的依赖和感激、对草木生灵的依恋和怜惜乃
至同情，积淀成我们每一个人内心里、血脉里最深最浓的情愫。即使在工
业化和城市化快速推进的今天，这种记忆、情感和文化依然是我们灵魂的
原型和底色"。② 从田园中走来的李汉荣，对土地、自然与生命有着天然的
虔敬与热爱之情，同时广袤的自然也使他养成了包容万物的博爱之心和敬
畏生命的感恩之情，为他的诗文创作提供了取之不尽用之不竭的题材。正
如李汉荣在他的散文中所说：我们与万物的关系便是"将心比心，用心换
心"，"交换彼此那颗神秘的、通灵的、有情有义的心"。③ 大自然给予李
汉荣无私的爱，他同样以自己的感恩之心来回馈，比如在散文《草木》
中，他看到了"草木忠厚，草木无言，草木不记仇，尽管草木饱受伤害，
但仍然簇拥着我们，在我们到达的所有地方，草木都提前到达，提前帮助

---

① 张晓琴：《中国当代生态文学研究》，中国社会科学出版社，2013 年版，第 2 页。

② 李汉荣：《写作，是生命在自由呼吸——关于生活、阅读与写作的答问》，《语文学
习》，2017 年第 6 期。

③ 李汉荣：《家园与乡愁》，大象出版社，2017 年版，第 34 页。

我们料理山川，制造氧气，准备粮食，酝酿诗意，布置美学"，"一直觉得自己愧对自然和草木"，因此"希望并且要求自己，除了不断修改自己的毛病，净化自己的人性，我还希望我的身上多一点草木的性情"①。在散文《感恩》中，对植物的无私奉献，他表达着深沉的感恩之情："向西红柿、樱桃、枇杷、梨、苹果、橘子感恩，它们不仅为我们的身体提供了大量的维生素，也为我们的语言和感情提供了维生素，我们的诗歌和日常语言中常常用它们作比喻，它让我们看到了爱情、友谊的颜色和质地。"② 在散文《为蚂蚁让路》中，当他"扛着行李远行，在路的转弯处"看见一群蚂蚁正在排队饮水，他停下了赶路的脚步为蚂蚁们让路："我的双脚犹豫了一会儿，接着停下来，我礼貌地，而且怀着尊敬，我站在他们面前，与他们保持着大约五厘米的距离。"③ 在诗集《母亲》中，他追忆与母亲生活的点点滴滴，以纤细入微的诗情将博大深厚的母爱与包孕万物的自然紧密相连，感恩母亲与自然的养育之情："我还想把溪水和琴弦带回家去／把云霞的图案和雀鸟的歌都带回家去／不！松林啊，请赐给我五十朵微笑／我要献给我五十岁的母亲。"④ 作者看到了大自然的无私奉献，于是便以他的博爱之心向土地感恩，向植物们感恩，向生灵们感恩，向大自然母亲们感恩。

李汉荣不仅以博爱之心感恩自然万物，而且对于自然万物还怀有虔敬的敬畏之情。法国学者阿尔贝特·史怀泽从生态整体观出发，提出了"敬畏生命"的生态伦理观，认为"由于敬畏生命的伦理学，我们不仅与人，而且与一切存在于我们范围之内的生物发生了联系，与宇宙建立了一种精神关系。……由于敬畏生命的伦理学，我们成了另一种人"。⑤ 李汉荣将周围的自然万物看作是人类的朋友，以他敏锐的诗心透过其平凡无奇的表象捕捉其灵动鲜活的精髓，透过世界的物质运动的轨迹，感悟到更加深奥和庄严的精神运动，⑥ 与天地精神往来，使散文在诗化的意境中获得物我合

---

① 李汉荣：《家园与乡愁》，大象出版社，2017 年版，第 4 - 6 页。

② 李汉荣：《李汉荣散文选集》，百花文艺出版社，2017 年版，第 260 页。

③ 李汉荣：《李汉荣散文选集》，百花文艺出版社，2017 年版，第 157 页。

④ 李汉荣：《李汉荣诗文选——母亲》，华艺出版社，2001 年版，第 7 页。

⑤ 王诺：《欧美生态文学》，北京大学出版社，2011 年版，第 92 页。

⑥ 李汉荣：《点亮灵魂的灯》，复旦大学出版社，2017 年版，第 165 页。

一、情理交融的独特品格。在散文《苦瓜》中，他品尝苦瓜，从苦瓜苦涩的滋味中体味到"土地心里藏着太多的苦涩"，"这博大厚实、受苦受难的土地是何等的忍让和慈悲，她受了无尽的苦，又把心里的苦转化成苦药和苦瓜，来救世上的苦。接受了它苦口婆心的开导，我们毒火焚烧的心，渐渐清淡，归于平和"。① 在散文《丝瓜与葫芦》中，从"只崇拜露水、阳光和地气，只听老天爷的话"的丝瓜葫芦中，他"忽然发现了植物的伟大，在这个充满误解、纷争和仇恨的世界上，正是那些纯真的植物，维持了大地的和谐和生存的希望"。② 在散文《扁担》中，他还从扁担"这朴素寂寞的器物身上，看到一种感人的、让人变得沉静的哲学境界。它为万物服役却不与万物竞争，它安静地、无所谓地站在那里，让人感到，任何物体，只要静下来，就有了丰富、神秘的意味"。③ 在诗歌《行于古道，李白看见车前草》中，他从车前草柔弱的外表下看到了"总是她们，守着一些水土/固执着最初的情意"，④ 车前草以柔克刚在历史的车轮下阻止着战争的进程。在诗歌《李白行于原野，看见路上有许多虫子》中，他从诗仙李白的视角出发，"对这些近于无知的虫子们/产生了由衷的怜惜与尊重"，无知弱小的虫子却有着令人类敬佩的高昂的姿态，"除了无条件地尊敬泥土和露水/它们从不向任何帝王脱帽致礼"。⑤ 深邃的哲理与灵动的诗思相碰撞，使李汉荣的散文闪耀着哲学的思辨与诗的韵致的独特光辉，表达了对于自然万物的敬畏之情。

李汉荣"把目光和心意投向广袤的大地山川、万物生灵，以及我们置身其间的历史与生活，去感悟，去言说"⑥，以更清晰、更鲜活和更易于领会的描述，充分地展示了人类与大自然相亲相近、密不可分的联系，⑦ 表

---

① 李汉荣：《家园与乡愁》，大象出版社，2017 年版，第 58 页。

② 李汉荣：《家园与乡愁》，大象出版社，2017 年版，第 21 页。

③ 李汉荣：《李汉荣散文选集》，百花文艺出版社，2017 年版，第 71 页。

④ 李汉荣：《李汉荣诗文选——想象李白》，华艺出版社，2001 年版，第 84 页。

⑤ 李汉荣：《李汉荣诗文选——想象李白》，华艺出版社，2001 年版，第 102 页。

⑥ 孙永庆：《对话李汉荣——尽量多读不朽的经典》，《初中生》，2016 年第 14 期。

⑦ 杨建民：《安静下来，听自己的心跳——读〈李汉荣散文选集〉》，《人民日报·文艺评论》，2012 年 2 月 28 日第 24 版。

达着他对于土地、自然与生命的虔敬与热爱之情。

（二）远去的田园：对人与自然对峙现实的深沉忧思

19世纪以来，随着人类工业生产与科学技术的迅猛发展，对于资源的强烈渴求导致人类物质欲望的恶性膨胀。为了获得更多更优质的资源以供自身发展，人类以其可笑的聪明才智"干扰自然进程、违背自然规律、破坏自然美和生态平衡、透支甚至耗尽自然资源"，① 使原本生机勃发的大自然变得满目疮痍，失去了它鲜活的模样。面对人类这种自杀式的荒唐行径，各国文学家怀着深沉的忧虑，以各种语言、各种方式深刻地指出："人类正以飞速发展的科学技术和工业生产，剥离了自然同自己的密切联系与和谐关系，使得诗意的生存一去不复返了。"② 作为一名深沉爱恋着自然万物，与大自然同命运共呼吸的作家，李汉荣对于人类对大自然的粗暴伤害痛心疾首，他运用沉痛的笔触记录了一幕幕破坏大自然的行径，描绘出城市肆意扩张吞并乡村文明、毁灭自然美景的景象。作者通过饱含忧患意识的艺术思索，在其散文中表达这样的观点：自然万物以它丰美的乳汁哺育着人类，人在其中茁壮成长，人永远也不能脱离自然，一旦脱离自然便会陷入萎靡困顿之中，唯有确保整个自然的持续存在，才能确保人类安全、健康、长久的生存。

李汉荣在他的不少散文中流露出了对人与自然两相对峙的现实的深沉忧思。他在"城市的钢筋混凝土铸成的单元里，在噪音的轰击中，在尘埃的包围里，忆念着我们已经失去和正在失去的田园"。③ 他在城市的"人世间浑浊的气息和用以遮掩浑浊而制造的各种化学气息之外"，努力寻找着"真正的大自然的气息"，思忖着："城市的诗人如果经常嗅一嗅牛粪的气息，他会写出更接近自然、生命和土地的诗"。④ 他"无数次目睹惨遭杀戮痛苦死去的可怜动物，无数次目睹在几乎无法生存的恶劣环境里艰难

---

① 王诺：《欧美生态文学》，北京大学出版社，2011年版，第229页。
② 王诺：《欧美生态文学》，北京大学出版社，2011年版，第232页。
③ 李汉荣：《李汉荣散文选集》，百花文艺出版社，2017年版，第69页。
④ 李汉荣：《李汉荣诗文选——与天地精神往来》，华艺出版社，2001年版，第365页。

挣扎的动物们，无数次得知许多生灵正在灭绝"，决心"走出这苍白的稿纸，走向荒山大野，走向它们的故址，用心去做点什么"。① 他"看着阡陌上可爱的植物们，内心里涌起了很深很浓的感情，对这些野花芳草们充满了由衷尊敬"，认为"它们是大自然的忠诚卫道士，是田园诗的坚贞传人"，并且当他"长久地望着这些温柔的植物们，想起那些关于地球毁灭、动植物灭绝的不详预言和恐怖电影，想起我们充满忧患和灾变的地球生态环境，内心里产生了深深的忧郁和恐惧"，倡议人们："是的，我们必须将纯真之美坚持下去，将自然之诗捍卫到底。"② 李汉荣在他的诗歌创作中也表达了这种观点。诗歌《第一次进城》以红绿灯、售货员、商场等城市意象为描写对象，鞭挞了远离自然的快节奏、欲望化的都市生活，以山雀儿、小白狗、泉水等乡村意象为描写对象，表达了对人与自然和谐相处的田园生活的赞美与向往之情。诗歌《梦与李白登塔》记叙了古人和今人对同一自然景物的不同表现，表达了对现代人审美和诗意的缺失、对现代人践踏和破坏自然的无奈之情，"在六层，李白手执北斗独饮天河/大半个宇宙醉卧在他怀中/一整个长安匍伏在他脚前/我在九层，仍看不见天上的动静/几枚鬼头鬼脑的人造卫星/从金融大厦的上空/抛来冰冷的眼神……"。③

李汉荣以赤子之心，信奉着"万物有灵"的观点，在他的创作中追求着人与自然和谐相处的美好理想，追求着"恢复和保持了与宇宙的原始联系的一种有价值的精神创造活动，一种有深度的生活方式"，④ 表达了对人与自然对峙现实的深沉忧思。

二、诗意氤氲的散文创作

阅读李汉荣散文过程中，我们会有一个强烈感受，他的散文创作具有鲜明的诗化特色。他散文的文字弥漫着诗意，描写的对象蕴含着深妙的诗性意味。"诗意是作品真挚强烈的感情与意象紧密融合而带给人的兴发感

---

① 李汉荣：《李汉荣散文选集》，百花文艺出版社，2017 年版，第 135 页。
② 李汉荣：《李汉荣散文选集》，百花文艺出版社，2017 年版，第 93 页。
③ 李汉荣：《李汉荣诗文选——想象李白》，华艺出版社，2001 年版，第 12 页。
④ 李汉荣：《李汉荣散文选集》，百花文艺出版社，2017 年版，第 173 页。

动。诗意是作者灵魂在作品中的显现，是作家崇尚美追寻美的精神之光的闪烁，体现着作者的精神品位、人格追求。诗意是诗文的生命，标示着文本的精神容量和美学高度。"① 李汉荣作为一名诗人深知，"诗是语言达到的最高状态以及这最高状态的语言里呈现的诗人的性情、精神、感悟"。② 他的散文创作基本是以诗人般灵性的眼光和充沛的情感捕捉生活中的诗意，以散淡随意的语言传达蕴藏在物象背后的深妙的诗性意味，在散文的体裁形式中追求诗的美学特征，营造灵性生动的诗性世界，从而使作品焕发出诗的光彩和韵致。

（一）意象的诗意凝练

袁行霈认为："意象是融入了主观情意的客观物象，或者是借助客观物象表现出来的主观情意。"③ 意象作为作家抒情达意的重要载体，它渗透着作者在特定环境、特定时刻的思想感情，是主观情思与客观物象有机融合的产物。作为一名优秀的诗人，李汉荣深知在散文中通过运用意蕴深刻的意象，能达到含不尽之意见于言外的表达效果。因此，在他的散文中随处可见饱含情思的诗化意象：生活中朴素无华的事物，经过作者诗心的熔铸，融入了作者细腻丰富的思想情感，凝练为独特的艺术形象。

1. 充满灵性的自然万物

英国人类学家泰勒在《原始文化》中提出"万物有灵论"，认为"人们身上普遍存在着这样一种意向，即认为一切生物都是跟他们自身相类似，并把这些他们非常熟悉和他们完全理解的……品格转移到每一种物象上面，以便力求使它们和我们相似"。④ 李汉荣将自然万物看作是人类的朋友，从万物有灵的创作观念出发，凭借着他细致的观察、独特的见解，从生机勃发的大自然、深厚宽广的土地和灵动的生命中发掘出具有美的本质与美的形象的独特事物，经诗化凝练成为主观与客观融于一体的鲜明独特

---

① 李建军：《满贮诗意的乡村文化失落的深沉忧患——李汉荣〈一个古老村庄消失的前夜〉解析》，《哈尔滨师范大学社会科学学报》，2014 年第 4 期。

② 李汉荣：《李汉荣散文选集》，百花文艺出版社，2017 年版，第 8 页。

③ 袁行霈：《中国诗歌艺术研究》，北京大学出版社，2009 年版，第 54 页。

④ ［英］爱德华·泰勒：《原始文化》，连树生译，广西师范大学出版社，2005 年版，第 463－464 页。

的意象。在他的笔下，朴素平凡的自然万物变得充满灵性，饱含诗意。

且看作者笔下那毫不起眼的荠荠菜。荠荠菜虽然微小，"但绝不荒芜自己，很认真地度过自己小小的一生：清晨，很认真地把露珠穿起来，为自己做一些戒指戴在手上；时节到了，就认真地开一束素花，总结自己清洁的一生"。[①] 作者把野地里随处可见的荠荠菜人格化、诗意化了。在万物复苏的春天里，荠荠菜努力地从大地汲取营养，以其旺盛顽强的生命力，蓬勃地生长于漫山遍野，为姹紫嫣红的大自然增添一抹朴实本色。李汉荣以其感知万物的诗心发现了荠荠菜朴实无华的外表下蕴藏的顽强的生命力，从万物有灵的视角出发将其看作脚踏实地、勤恳生活的人格化身，并以饱含怜爱之情的诗意话语赞颂了人世间像荠荠菜一般拥有坚韧意志、脚踏实地、认真生活的可敬人格。在李汉荣的笔下，那些"阡陌上可爱的植物们，它们是大自然的忠诚卫道者，是田园诗的坚贞传人。即使时间走到现代，文明已经离不开钢筋塑料水泥，它们断然拒绝向非诗的生活方式投降，在僵硬的逻辑之外，依然坚持着温婉的情思和纯真的古典品质"。[②] 温柔纯真的植物是大自然孕育的纯洁精灵，面对野蛮粗暴、喧哗浮躁的人类文明，植物依然保持世世代代延续下来的朴实坚韧，与植物相处人感到舒适自在。在此处，作者赋予植物以哲人般的深沉的智慧，在喧嚣浮尘的人世间坚持内心一方净土，同时也表达了试图凭借"眼前这些温存、美好的植物"，让人能够回归本真，诗意地栖居于大地之上的美好愿景。

李汉荣将饱含情感的诗心熔铸于朴实无华的自然万物中，诗意凝练为充满灵性的人化的自然意象，使其散文物我合一，情景交融，创造出一种诗意浓郁、韵味无穷的艺术境界。

2. 凝结着人类智慧的乡村旧物

中国是古代农业文明发展成熟程度最高的国家，也是乡村文化发展时间最长、成熟度最高的国家。起源于黄河流域的中华民族在历经数千年的农耕文明中形成了对土地深深的依赖之情。勤劳的中国人以谦卑的姿态细心侍奉每一寸土地，也从深厚的大地中汲取创造美好生活的渊博智慧，发

---

① 李汉荣：《李汉荣散文选集》，百花文艺出版社，2017 年版，第 95 页。

② 李汉荣：《家园与乡愁》，大象出版社，2017 年版，第 9 页。

明出一件件闪烁着人类智慧之光的劳动工具，这是中国人民勤劳与智慧的结晶，也是人类与土地的天作之合。作为一位从深厚丰富的乡村文明中走出的作家，李汉荣凭借诗人敏锐的眼光和对乡村文明的深厚情感，发现了这些乡村旧物，并以饱满的热情赞美这些乡村旧物的朴实无华，从而创造出具有鲜明个性的乡村旧物意象。

在《父亲和他用过的农具》中，李汉荣从毫不起眼的井绳中悟出审美需要距离："取消距离，美国得到一块冰冷的石头；谦卑地、怀着敬畏守着一段距离，我的父亲披着满身满心的圣洁月光。"① 美好的事物只需要用心去感受，而工业文明则以理性思维、工业技艺、学术语言，将万物的神秘美感肢解剖析，所得到的只是一堆缺乏美感的零件。他从贝壳发簪中目睹了乡村女子从青丝三千到白发万丈，贝壳中蕴藏着海的波涛、浪的轰鸣和大自然的雄伟壮阔，乡村女子的一生中上演的是琐碎、逼仄的现实生活，二者在充满诗意的乡村文明中相遇，于是"平静的乡村深处，涨落着一个谁也看不见的海"。② 他透过散发着松木香气的木格花窗，看到了蔚蓝的天空、静穆的远山、生机盎然的菜园、皎洁的月光，也看到了乡村母亲朴素勤劳的一生，"小小的窗口，小小的母亲，小小的我们，与浩大的天意在一起，我们很小，但是，人世悠远，天道永恒"。③ 在作者诗意的笔下，小小的一扇木格花窗，成为映照人事变迁、历史浮沉的一面镜子。

李汉荣从乡村生活出发，对于乡村文明孕育的凝结着人类智慧的乡村旧物，以饱含充沛情感和深沉理性的心智认识它，理解它，在熔铸为散文意象的过程中，揭示了"城市肆意扩张给古老村庄造成的损毁：自然美景消逝、乡村文化败落、农民精神家园失守"，④ 表达了对乡村文明逐渐失落的深沉忧虑。

①　李汉荣：《李汉荣散文选集》，百花文艺出版社，2017 年版，第 9 页。
②　李汉荣：《李汉荣散文选集》，百花文艺出版社，2017 年版，第 46 页。
③　李汉荣：《李汉荣散文选集》，百花文艺出版社，2017 年版，第 49 页。
④　李建军：《满贮诗意的乡村文化失落的深沉忧患——李汉荣〈一个古老村庄消失的前夜〉解析》，《哈尔滨师范大学社会科学学报》，2014 年第 4 期。

（二）语言的诗意表达

"文学是语言的艺术，作品都是由言语组织而成的。"① 然而，自仓颉造字以来，汉字就被历朝历代的文人进行过无数次的排列组合，语言见过、经历过一切，叙述过一切。正如李汉荣在《散文的诗性》一文中所说的："我们面对的语言是早已失贞、失真了的，是因为被无限滥用而贬值了的，即在整体上已经丧失了表达能力的语言尸骸。"② 杰出的文学家都有自己独特的语言风格，要想用自己的语言发出具有鲜明个性的声音，就必须对早已失真的语言进行"发明性运用"，创造出独一无二的语言风格。俄国文论家什克洛夫斯基就曾提出文学创作的"陌生化"艺术手法，他认为："艺术的手法是将事物奇异化的手法，是把形式艰深化，从而增加感受的难度和时间的手法，因为在艺术中感受过程本身就是目的，应该使之延长。"③ 李汉荣作为一名优秀的散文家，深刻地懂得语言的创造性运用对于形成个性化语言风格的重要性，他曾说："语言是写作活动的最后结果，也是读者面对的最终实体，写作过程几乎就是语言的再生和重组过程。"④ 李汉荣正是在对语言进行"再生和重组"的过程中体现了鲜明的创作个性。具体来说，李汉荣在他的散文中运用了生动传神的拟人、比喻、联想、象征等一系列修辞手法，"清除母语上面堆叠的锈斑和污垢，使其澄明、纯粹，恢复其弹性和张力，使之重新拥有指涉心灵、揭示存在的能力"。⑤ 李汉荣是位出色的诗人，他把散文当作诗一样来经营，诗化的语言，是其散文亮丽的特色。

1. 丰富多样修辞手法的恰当运用

李汉荣散文的语言是一种高度形象化和情感化的语言。通过创造性地运用拟人、比喻、联想以及象征等丰富多样的修辞手法，破除那种缺乏原创性和新鲜感的自动化语言，给人们习以为常的语言重新赋予新的意义、

① 童庆炳：《文学理论教程》，高等教育出版社，2015 年版，第 308 页。
② 李汉荣：《李汉荣散文选集》，百花文艺出版社，2017 年版，第 1 页。
③ ［俄］维·什克洛夫斯基：《作为手法的艺术》，《散文理论》，刘宗次译，百花洲文艺出版社，2010 年版，第 4 页。
④ 李汉荣：《李汉荣散文选集》，百花文艺出版社，2017 年版，第 3 页。
⑤ 李汉荣：《李汉荣散文选集》，百花文艺出版社，2017 年版，第 2 页。

新的生命力，从而创造出一种具有新的形态、新的审美价值的诗化语言。

李汉荣善于以诗人敏锐的眼光捕捉描绘对象的情状特征，运用拟人的手法赋予生灵以人的情感，并以诗意的语言加以真实的、富于情感的描绘。他这样描写一只鸡："它很少大声吵嚷，这也许是因为它的生活里没有令它欣喜若狂的事情发生，也许它生性安宁，不喜欢嘈杂，不论是来自自身的嘈杂还是自身之外的嘈杂，它都一一谢绝了。"① 作者从万物有灵的观念出发，以怜悯同情的心态体悟着这只鸡的孤弱无助，"它远离了鸡的群落，而皈依了人类，它既不属于自然也不属于人类"。② 在他的笔下，小时候房前屋后"那些本分厚道的草木，秉承着大地的深恩大德，环绕着我们的老屋，环绕着我们小小的岁月，用它们的苦口婆心，用它们绵长的呼吸，帮助和护持着我们"，③ 正是这些散发着药香的草木帮助作者度过那段清苦贫寒的日子，养护了他健康的身体。生动形象的拟人手法的运用使得李汉荣的散文语言洋溢着充沛的情感，有着诗句中灵性热烈的语言内核。

他还在语言的排列组合中大量运用了丰富多彩的比喻，使得散文语言获得了逼真如画的造型效果。如他写西医运用高级的精密仪器治疗病人："治疗一个严重的病人，简直就如同在打一场高科技的战争。外科医生走上手术台，活像一个披挂上阵的将军，护士、助手——那不就是他的战地通讯员和作战参谋吗？那是和死神的肉搏战。"④ 作者将外科医生与病魔的作战比作一场没有硝烟的高科技战争，生动形象地表达了技术化和理性化的西医给病人带来的冰冷的威慑力。再如他写他"那漂泊无依的心"寻找到一个停靠点："走在路上，看见一棵古老的树慈祥而大气地站立着，浓荫匝地，巨冠蔽日，我好像看见了从千年之外走过来的祖先，一位忠厚的有着无限阅历和深情的祖父，于是我停下来，坐在树下，安静地靠在树身上，像靠在祖父的身上，倾听他深长绵软的呼吸。"⑤ 作者将古老的参天大

---

① 李汉荣：《家园与乡愁》，大象出版社，2017 年版，第 185 页。

② 李汉荣：《家园与乡愁》，大象出版社，2017 年版，第 186 页。

③ 李汉荣：《家园与乡愁》，大象出版社，2017 年版，第 14 页。

④ 李汉荣： 《李汉荣诗文选——与天地精神往来》，华艺出版社，2001 年版，第171 页。

⑤ 李汉荣：《点亮灵魂的灯》，复旦大学出版社，2017 年版，第 15 页。

树比作忠厚慈祥的祖父，停靠在大树身上就如同倚在祖父的胸膛上，那颗漂泊无定的心便安定下来，生动形象地表达了对于大自然的崇敬和热爱之情。

李汉荣诗化语言的另一特色是"复活语言的暗示、隐喻、象征功能，让语言穿透文化和生存的表面漂浮物，而深入到存在的更深水域，对存在真相和生命体验作深度呈现和揭示"。[1] 他"看见原野上有几头狗，围着一根带点碎肉的骨头在狂吠、打斗、撕咬"，联想到他"所存身的部落，诸公们不也为了抢一根根臭骨头，贪得死去活来，争得伤痕累累，恨得咬牙切齿"。[2] 面对一场狗的战争，他联想到了红尘俗世争名逐利的战争。再如他写朴素无华的夯以它自身微弱之力砸平或夯实某些东西："细想来，我们每个人其实就是命运手中上下起落的一只夯，有时为了夯实一段爱情，有时为了夯实一点友谊，有时为了夯实一种信仰。"[3] 作者在此处寄寓了意蕴深厚的人生哲理，具有诗性意味。通过隐喻、象征等艺术手法的恰当运用，使其散文语言有一种穿透浑浊的物象世界直击灵魂深处的深沉力量，给读者以深刻的思想启迪。

李汉荣在散文中恰当运用丰富多样的修辞手法，以诗人富于深度体验和鲜活语感的言说，破除那种因反复滥用而丧失新鲜感的自动化语言，并从自然中汲取鲜活的血液注入陈旧的语言肌体，复活重生语言的诗性，达到语言的陌生化效果，在散文中创造了一个诗意盎然的鲜活世界。

三、柔婉含蓄的语言风格

张德明在《语言风格学》中说道："所谓柔婉，又叫婉约、柔美等，是指语词柔和委婉，温柔细腻，秀丽妩媚，刻画入微，能表现出微妙的情景和细腻的感情，使人感到情谊缠绵、文笔柔和。"[4] 概而言之，就是以柔

① 李汉荣：《李汉荣散文选集》，百花文艺出版社，2017 年版，第 3 页。
② 李汉荣： 《李汉荣诗文选——与天地精神往来》，华艺出版社，2001 年版，第 140 页。
③ 李汉荣：《李汉荣散文选集》，百花文艺出版社，2017 年版，第 13 页。
④ 张德明：《语言风格学》，东北师范大学出版社，1989 年版，第 255 页。

美的文辞、温婉的笔调抒写细致入微的情感。细细品味李汉荣的散文语言，那温柔妩媚、含蓄不露的细腻笔触引领读者回归自然，回到生命的本然状态，感受人与自然和谐相处的愉悦与纯净。他这样写粮食发出的声音："粮食也发出了它特有的、谁也无法摹仿的声音，磨细的麦面或磨碎的玉米珍从石磨的边缘落下来，麦面的声音极细极轻，像是婴儿熟睡后细微的呼吸，只有母亲听得真切。"① 这里作者以声喻声，以细腻的情感和柔美的笔触仔细斟酌着那一点比拟的尺度，引领读者走进一个新颖独特的微观世界。再如作者回到河流的发源地："河水极清冽，仿佛流淌的不是水，是婴儿的目光。奶声奶气的，极好听，这是河的最初的口音，也是天地最初的口音吗？那么简单又那么丰富，没有意思却含着无穷的意思。"② 作者追踪溯源，回到河流的发源地，就如同回到人类的童年时期，以细腻柔婉的笔调描绘出生命诞生时简单却又意味无穷的境界，引导读者感受着那份生命诞生之初的纯真与美好。

司空图《二十四诗品》谈及"含蓄"时说："不着一字，尽得风流；羚羊挂角，无迹可寻。"③ 所谓含蓄即意在言外，不是采用直接的叙述，而是曲折的暗示，言在此而意在彼，在细节中寄托深情，在有限中包孕无限。李汉荣的散文语言，字里行间总是引而不发，留着启人智慧、开人悟性的空白，引领读者穿透纷繁复杂的物象世界，进入一个生机勃发的灵性世界。作者细心观察动物的眼睛，从小牛纯真透明的眼神到老牛忧郁浑浊的眼睛，引导读者看到动物的眼睛中蕴含的纯洁、正直、尊严等动人的品质，启发读者思考人对动物的戕害和虐杀；④ 作者看到一株野百合开了，"心灵被纯洁的美，圣洁的事物打动"，引导读者感受到"荒废了心，荒废了感动，我们失去了透明的情怀，我们不再或很少能够领略那种纯粹的、有着神圣感的幸福"。⑤ 李汉荣含蓄的诗化语言总是把自己内在的情感深藏

---

① 李汉荣：《李汉荣诗文选——与天地精神往来》，华艺出版社，2001年版，第7页。
② 李汉荣：　《李汉荣诗文选——与天地精神往来》，华艺出版社，2001年版，第280页。
③ 郭绍虞：《诗品集解》，人民文学出版社，1963年版，第21页。
④ 李汉荣：《李汉荣散文选集》，百花文艺出版社，2017年版，第123页。
⑤ 李汉荣：《李汉荣散文选集》，百花文艺出版社，2017年版，第181页。

于细微的意象之中，需要读者调动自身的感官再三咀嚼和品位，才能领略到深层次的诗情和诗味，这使他的散文语言具有了一种柔婉含蓄的独特魅力。

四、驰骋想象的诗歌创作

人类的一切艺术创造过程都离不开想象力作引导，没有想象便没有艺术创造。作为一种追求"言有尽而意无穷，意在言外"的审美效果的文学体裁，诗歌通过运用丰富的想象力来实现这一审美效果。英国浪漫主义诗人柯尔律治曾经说过："诗人的天才以良知为躯体，幻想为服饰，运动为生命，想象力为灵魂，而它是无往不在，存于万物的，并把一切构成一个秀美而具灵性的整体。"[1] 鲜活生动的想象力既是诗人创作的灵魂，也是诗歌的鲜明特征。李汉荣作为具有旺盛想象力的诗人，他的诗歌中驰骋着广阔而丰富的想象。李汉荣在诗文集《母亲》和《想象李白》中，以母亲和"诗仙"李白为抒情对象，运用朴素从容的笔调，乘着想象力的翅膀，打破了时间和空间的界限，使他的想象力得以充分地展示。

"母亲"意象是古今中外诗歌创作中最常见的意象之一，它体现了人类寻求呵护与拯救的集体无意识。"在华夏文明的语境中，'母亲'对整个中华民族而言始终是神秘而永恒的，'母亲意象'作为中华民族的心理原型一开始就脱离了原始的能指和所指的链条，作为中华民族意识形态下的文化符号而存在。"[2] 在诗集《母亲》中，李汉荣将"母亲"作为其诗歌创作的中心意象，不仅指生养他的现实中的生身母亲，而且也指哺育万物的自然母亲。他在诗歌中追忆与母亲生活的点点滴滴，展开广阔的想象，将博大深厚的母爱与包孕万物的自然紧密相连，使母亲平凡朴素的日常生活逐渐获得了复杂深邃的哲学意蕴。《戒指》中，作者运用广阔的想象将母亲那枚朴素的顶针与春夏秋冬、日月星河联系起来，表达对于母亲的感

---

[1] 雷纳·韦勒克：《近代文学批评史》（第二卷），上海译文出版社，2009 年版，第 226 页。

[2] 张璐、程金城：《中国现代艺术歌曲中母亲意象的原型研究》，《兰州大学学报》（社会科学版），2017 年第 1 期。

恩之情，"密密的针孔凿满目光和希冀/那是浓缩的星河，绕着你的手指旋转/流淌着四季如春的呼吸/当太阳在乌云里死去/天狗把月亮吞食/它在卑贱的位置上/闪着日月的光辉……"；① 在《洗衣石》中，母亲在艰辛岁月仍努力保持洁净生活，这种认真的生活态度感动了天上的星星，"艰辛的日子/虽然缀满补丁/却从来拒绝灰尘/入夜，那清越的棒槌声/感动了满天星星/纷纷落下/围在母亲身边/向她索要温情"；② 在《手磨，磨着月色》中，作者展开奇幻的想象，从母亲磨黄豆联想到月亮磨繁星，表达对于自然与母亲的感恩之情："一粒粒黄豆从手里流进了磨眼/饱满的秋天低语着溶进手磨的思索/一股股银溪从磨盘流进了铝桶……此刻，月儿的碾盘已碾碎满天繁星/那也是豆浆吗，那哗哗流淌的银河/啊，伟大的月亮，伟大的母亲/用永恒的暖流，灌溉人间的生活"。③ 李汉荣怀着对母亲的虔敬和感恩之情，以敏锐的感知力捕捉母亲平凡朴素的日常生活，以旺盛的想象力将这些琐碎的生活与浩瀚无垠的宇宙星空联系起来，发现了母亲生活中深厚的诗意。

李白的形象在千百年来的文学作品中形成了一种独特的文化符号。他豪迈不羁、潇洒飘逸的诗仙气质，在现代自由体诗歌中被不同的诗人以具有鲜明个性的方式反复演绎。诗人余光中创作《寻李白》，以"寻"为创作主线，打破时空的界限，将历史与现实相结合，任由想象自由驰骋，创造了广阔的艺术空间，营造了一种大气磅礴的诗歌氛围。全诗中广为流传的句子："酒入豪肠，七分酿成了月光/余下的三分啸成剑气/绣口一吐，就半个盛唐"，④ 便将诗仙李白豪放不羁的气质禀赋表现得淋漓尽致。在李汉荣笔下的李白，虽然没有余光中诗歌中想象的大气磅礴，但却以更加贴近生活、更加具体生动的形象展现在读者面前。在诗集《想象李白》中，李汉荣品读李白的诗歌文集，调动自身丰富生动的想象，以这些流传千年的诗文为创作依据，穿越时空与千年前的李白对话，将一代诗仙拉下神

---

① 李汉荣：《李汉荣诗文选：母亲》，华艺出版社，2001年版，第10页。
② 李汉荣：《李汉荣诗文选：母亲》，华艺出版社，2001年版，第86页。
③ 李汉荣：《李汉荣诗文选：母亲》，华艺出版社，2001年版，第169页。
④ 余光中：《余光中精选集》，北京燕山出版社，2006年版，第83页。

坛，还原成琐碎日常生活中的普通人，想象着他的境遇遭际，言行举止，所思所想，所感所悟，找到与李白的心灵共鸣点，跨越千年成为他的知己好友。诗仙李白是怎样思考，怎样生活的，有什么兴趣爱好，如何对待亲人朋友的？从李汉荣的诗歌题目中我们可以略知一二，如李白的思考：《李白慨叹时间的无穷性》《醉：李白的生命观》；李白的生活：《李白醉卧松林》《李白山中遇樵夫》《李白夜行峡谷，遇狼》；李白的兴趣爱好：《李白论剑》《李白论诗》《李白月夜吹箫》《李白论酒》；李白对亲人好友：《李白致女儿平阳书》《李白致儿子伯禽书》《李白致汪伦》等等。仅仅从列举出的这些诗歌题目中，我们就可以看出李汉荣对李白的想象是多么丰富具体了。深入到诗歌内容中看，李汉荣细腻的感触、丰富的想象生动形象地展现出来。李汉荣想象李白醉酒后在酒馆墙壁上题诗的场景："李白把半缸老窖喝完/抬起醉眼，看见夕阳/也醉醺醺地/瘫在西山/瀑布，早已润好了笔/几行鸟声，拾回来/他遗落梦中的佳句/溪上的白云等他题墨/院中芭蕉展开大开本的纸页……"李白在"这个飘着酒香的黄昏"①用诗来付酒钱，表现出了他潇洒不羁的性格。李汉荣想象自己穿越时空到了大唐时代，与李白把酒言欢，听李白的谆谆教诲："来！吾弟，一杯一杯又一杯/生命是酒，人生无非是/万古一次的饮/举起杯，一口干！吾弟，莫怕酒伤身/莫怕爱伤心。人生无非是持续受伤，留下些美丽伤痕。"② 在作者的想象中，李白潇洒自若的胸怀气度表现得淋漓尽致。李汉荣想象李白在奔波劳碌的旅途中给女儿平阳写家信的场景："吾儿，此刻我在船上/为你写信/船外伸手可触的都是你的笑……船总是颠簸/笔总在抖/把字写工整一些/把身子坐工整一些/在船上，都不容易……吾儿，故园的梨花是否开得正白……一江滔滔，是我/滔滔的心情/吾儿，你听见了吗。"③ 李白艰辛的旅途之苦，对女儿和家乡深深的思念之情都融进这滔滔的江水中，藉由作者丰富细腻的想象表达出来。在李汉荣想象力驰骋的诗歌创作中，李白复活了，并且走下神坛，从诗仙变为普通人，经历着琐碎的日常生

---

① 李汉荣：《李汉荣诗文选：想象李白》，华艺出版社，2001 年版，第 3 页。
② 李汉荣：《李汉荣诗文选：想象李白》，华艺出版社，2001 年版，第 10 页。
③ 李汉荣：《李汉荣诗文选：想象李白》，华艺出版社，2001 年版，第 14 页。

活。繁荣昌盛的唐朝，以博大的胸怀包容了天下的知识分子，文人获得了相对自由的言论空间。在这样的朝代里，李白天生狂放不羁的性格和才华横溢的诗情在他的诗文中展现得淋漓尽致。李汉荣以丰富的想象力穿越时空与李白作精神交流，拉近了诗仙李白与当今读者的距离。

李汉荣还将自己的创作视野投向自然山水、生灵万物，以敏锐的感知力和旺盛的想象力发掘出具有美的本质与美的形象的独特事物，在他的诗文创作中以凝练含蓄的诗意语言加以描述，融入自己的深刻的哲思，表达对于土地、自然与生命的虔敬与热爱之情，以及对人与自然对峙的深沉忧思，追求"人诗意地栖居于大地之上"的美好愿景。李汉荣的散文在陕西新时期的散文创作中，以其具有鲜明个性的诗化特色脱颖于同辈作家的散文创作，也以其诗意的表达、丰富的想象和深刻的哲思赢得了一批读者的喜爱和赞扬。可以说李汉荣是当代散文创作领域具有独特创作风格的优秀散文家。在 20 世纪 90 年代以来追求先锋性和现代性的诗歌创作潮流中，李汉荣的诗歌创作坚持诗意表达和抒情特征的诗歌创作传统，"以更为本色、更为自然的写作方式，在自身诗歌审美和趣味指引下，进行着孜孜不倦的诗歌创作"。① 早在 1999 年，他的诗集《驶向星空》获陕西省作协第八届 505 文学奖最佳作品奖，在陕西新时期的诗人们的诗歌创作中就已初露锋芒。当然，毋庸讳言，李汉荣的诗文创作也存在着明显的局限性，例如，他的整体创作格局较小，创作视野相对而言也比较狭窄，多凝目于对自然的关注；作品中对于人类社会的关注也多是从人与自然和谐相处的生态角度出发来思考的，表现生活的丰富性不够，穿越现代生活的力量有限，艺术构思也较为单薄，创作存在模式化、定型化的倾向。尽管如此，李汉荣在诗文创作上勤勤恳恳、精益求精，还是为我们奉献了不少能够滋养我们心灵的美好佳作。

---

① 宋宁刚、沈奇：《在历史与时潮中：陕西诗歌六十年——从〈陕西文学六十年（1954—2014）作品选·诗歌卷〉看当代陕西诗歌的发展》，《西安财经学院学报》，2016 年第 6 期。

思考题

1. 梭罗的《瓦尔登湖》对于中国当代生态散文的发展有着重要的启示作用，许多当代生态散文作家都受其影响。你能从李汉荣的散文中看到这种影响吗？

2. 李汉荣的散文最主要的特征是其散文的诗化，结合其具体作品，阐述其散文创作的诗化特色。

3. 李汉荣是陕西当代优秀作家，其作品有多篇入选中学语文教科书，产生了广泛影响，但是文学评论家一直忽视他，分析造成这种状况的原因。

第十二讲

伊沙：城市的吟游者

伊沙是继"第三代"诗人之后持"民间"立场的代表诗人之一。自20世纪90年代成名之以来，评论家对他的诗歌创作褒贬不一，常常处于两个极端，但不管怎样都不能否定他在读者中的广泛影响。① 迄今为止，学界对于伊沙诗歌创作的研究主要表现在以下两个方面：一是对其诗歌创作技巧的研究，如董迎春的《话语转义与当下的反讽叙事——以20世纪80年代伊沙诗歌为例》，程继龙的《伊沙诗歌杂语性初探》，柯雷的《拒绝的诗歌？——伊沙诗作中的音与义》等。二是对伊沙诗学主张的研究，如周航的专著《中国诗歌的分化与纷争（1989年—2009年）》，周志强与蒋述卓的论文《边缘的主流——对八、九十年代诗歌论争的一种阐释》，邢晓飞的论文《大众文化视野下的"九十年代诗歌"批评与论争》等。不过直到眼下，关于伊沙诗歌创作的研究专著仍未有出版，也就是说，学界对伊沙诗歌创作以及诗论尚缺乏全面、系统、深入的研究。

伊沙诗歌作品现已集结成五卷本《车过黄河》《鸽子》《蓝灯》《唐》《无题》，伊沙还有诗歌评论集《中国现代诗论》，访谈集《我在我说：伊沙诗歌访谈录（1993—2017）》是重要的伊沙诗歌研究资料。

伊沙诗歌创作具有鲜明的20世纪90年代的文化特征。笔者认为，结合20世纪90年代的文化背景来看伊沙的诗歌创作，能够更准确把握其诗歌创作特点和发展走势。

---

① 洪子诚、刘登瀚：《中国当代新诗史》，北京大学出版社，2005年版，第276页。

一、文学现场：90 年代文化背景下的伊沙与诗歌论争

20 世纪 90 年代的中国已不同于 80 年代，文化的迅速转型，使得中国在类"后现代"的风景线上迅跑，其"现场感"形成 90 年代文化的突出特征之一。许多艺术门类都将"现场"带入大众的视野，摇滚乐、话剧、行为与装置艺术等等都在 90 年代得到了长足的发展。① 这些曾经处于"边缘"的艺术形式凭借 90 年代"后现代"文化热的出现将本来处于中心位置的艺术形式流放到"边缘"，其中之一当属诗歌的失落。② 诗歌逐渐成了一种"圈内"艺术，为大众所不屑。1989 年海子的自杀似乎成为诗歌失落之前的症候，随之而来的"诗人之死"更是给诗歌与诗坛蒙上了阴影，诗人们似乎用这种"行为艺术"来"回避"诗歌失落的事实，进而在自己的死亡中完成与时间的抗衡。这里，戴锦华所指出的"现场感"不仅是 90 年代艺术家们的追求，更取决于大众对"现场"的迷恋，他们开始走出书房，走进现场，真实的目击使他们感受到了前所未有的感官冲击与身体体验，而不仅仅是之前所青睐的脑力锻炼。因此，像诗歌这样的艺术形式若想再次引起人们的注意，"现场感"是诗人们不得不考虑在内的因素之一。

在诗坛沉寂了一段时间之后，也许是时代的变化给诗人们带来的焦虑促使他们考虑了"现场感"这个因素，于是，他们纷纷抛头露面，似乎想通过面谈的方式商讨诗歌的未来。1999 年 4 月，由中国社科院文学研究所、北京市作协、《诗探索》和《北京文学》联合主办的"世纪之交：中国诗歌创作态势与理论建设研讨会"（简称"盘峰诗会"）在北京市平谷县盘峰宾馆召开，在这次会议上，"知识分子写作"与"民间立场"双方爆发了面对面的争论。③ 这场被称为当代新诗史上的第三次诗歌论争，依

---

① 戴锦华：《隐形书写——90 年代文化研究》，北京大学出版社，2018 年版，第 213 页。

② 戴锦华：《隐形书写——90 年代文化研究》，北京大学出版社，2018 年版，第 216 页。

③ 周志强、蒋述卓：《边缘的主流——对八、九十年代诗歌论争的一种阐释》，《暨南学报》，2008 年第 2 期。

然承接了"朦胧诗"论争中有关"知识分子"和"民间"道路选择上的探讨。论争现场，双方的观点激烈交锋，几近兵刃相接。此后，类似于"盘峰论争"的诗歌交流会还在持续进行中，犹以1999年的"龙脉诗会"和2000年的"衡山诗会"为代表。不过，此时的诗人们在经历了20世纪80年代末90年代初的文化转型后，身份变得比较模糊——他们不仅是诗人，更是评论家，有的甚至还是书商。因此，"盘峰论争"不仅是诗人们对道路选择的争论，而且是评论家对新旧传统的指认。钱钟书先生曾认为，"新传统里的批评家对于旧传统里的作品能有比较全面的认识，作比较客观的估计"。①虽然钱先生是从中国古代文学批评史的角度来谈的，但将此判断用于1999年的"盘峰论争"似乎也切合适用。站在"知识分子"立场的诗人，以王家新为代表，他指出，"盘峰论争"是一个阴谋与陷阱。②但伊沙作为"民间"立场的代表诗人在《中国诗人的现场原声——2001网上论争透视》一文中回忆道："王家新前不久还在湖州诗会上抱怨说：'盘峰论争'是一个阴谋和陷阱。这位老兄大概是发誓一辈子都不上网的人吧？最好别上！因为他若上网就必然会发现怎么生活中到处都是'阴谋'和'陷阱'，不得不大叹'世风日下，道德沦丧'云云吗？"③从伊沙对王家新的揶揄中，我们不难发现，伊沙已经不能归为传统诗人的队列，因为他在那时已经懂得动用网络技术来进行自己的诗歌事业。网络作为一个有效的传播媒介使得诗歌的传播方式发生了巨大的变化，这似乎是伊沙在世纪末所捕捉到的有用信息。这也就意味着，伊沙在当时已经察觉到了外部世界对文学产生的巨大影响，即科技的发展、市场经济政策的实施以及大众文化的兴起等等对文学产生的冲击。文学想要在失落之后重新振作起来并非易事，但偏离原来的写作规范是必要的，甚至是必须的，这一点是以第三代诗人为代表的持"民间"立场写作的诗人所达成的共识。不仅如此，施行新的写作方式也颇为重要，知识分子需要跟上时代的步伐不断更新自己，否则就会形成"孤影自怜"的局面。王家新作为老一代诗

---

① 钱锺书：《七缀集》，生活·读书·新知三联书店，2002年版，第3页。
② 伊沙：《中国现代诗论》，青海人民出版社，2015年版，第124页。
③ 伊沙：《中国现代诗论》，青海人民出版社，2015年版，第124页。

人、知识分子，不懂得在诗坛沉寂的那一段时光中观察时代与社会的变化，在这一方面，伊沙的确比王家新更加灵敏。

20世纪末，在消费文化与大众文化的主导下，传统的艺术样式受到打压，其核心的精英文化成为众多艺术家戏仿、消解的对象，而在大众对这种戏仿与消解的消费过程中，逐渐形成一次新的文化革新。倘若传统的知识分子不懂得从这一文化革新中吸取养分，那么，类似于"知识分子"立场的诗人们将难以取胜于第三代诗人，这就是为什么第三代诗人主动偏离当时诗歌写作规范的原因。关于这一因素，刘嘉认为，"第三代"诗人对朦胧诗本质上的认识比较清楚，虽然他们"Pass北岛""Pass舒婷"的文化宣言背后的内涵的确比较复杂，但是他们看出了朦胧诗并未摆脱欧阳江河所说的为集体写作的方向，① 完全回到诗人的个人写作中来。② 因此，与其说第三代诗人注意到了商业因素的钳制作用，不如说他们对偏离写作规范的实践，使得诗歌能够快速地适应20世纪八九十年代文化转型的具体语境，使之更容易进入大众的视野，并在此意义上开始了诗歌个人主义的实践。

伊沙在"盘峰论争"中的发言，可谓明确了对新传统的支持，表明了自己的"民间"立场，并道出了这场论争的本质："我是一个不惮于谈'利益'的人，我以为'盘峰论争'相当重要的一个实质性内容就是在和所谓'知识分子'争'利益'，这个'利益'具体说来就是诗坛的'话语权力'。"③ 在这个文学现场中，伊沙揭开了隐藏在"知识分子"与"民间"立场背后的权力运作，也揭开了"知识分子"一派的"软弱"。伊沙在此澄清的，首先要说明的是"知识分子"一派争夺权力的"虚无"，即消费文化与大众文化大势所趋，纯粹的"知识分子写作"将会加剧诗歌的边缘态势。倘若彻底抛弃商业的因素，诗歌将落入窠臼，成为小圈子里的艺术样式。其次，伊沙对这一文学"现场"的认识与"知识分子"一派不

---

① 欧阳江河：《站在虚构这边》，四川文艺出版社，2017年版，第54页。

② 刘嘉：《"伦理"的阴影——对朦胧诗的一点再反思》，《扬子江评论》，2015年第3期。

③ 伊沙：《中国现代诗论》，青海人民出版社，2015年版，第127页。

同。"知识分子"似乎只是将这一论争限制在所谓的"盘峰论争"中，是他们争夺利益的"战斗现场"，而伊沙看出了"知识分子"一派的目的，他们本质上对利益的渴望本身就毁掉了他们本来"谦谦君子""追求高雅"的形象，其本性暴露无遗。文学现场本该是各个派别探讨问题的正经场域，却在世纪末演变成了一个名利场，实际上已经暴露出商业因素钳制下"知识分子"一派真正的追求。正如他自己在会上说过的，诗会不是用来争论观点的，而是用来表现诗人的性情的。① 借助这个"现场"，以伊沙为代表的"民间"立场诗人，轻松地拿到了攻击反方的把柄，实际上也为"知识分子写作"拉下了帷幕，而"民间"立场诗人们的表演才刚刚开始。

　　实际上，这场论争只是一个开头。随着网络的普及，诗人们越来越愿意在一些诗歌论坛上开始他们的争辩。而从伊沙对这些争辩的参与中，可以发现他的诗歌创作从 20 世纪 80 年代末 90 年代初直至新世纪呈现出一条较为清晰的发展脉络。现在，这条脉络得益于他对这些"文学现场"的勤奋记录，也给读者与研究者提供了有效的例证。一方面，伊沙承接了"第三代"诗人的写作传统，他毫不讳言，说到在 1988 年，正在北师大上大学的他读到于坚的《作品 39 号》和韩东的《我们的朋友》之后，被深深地感动，进而影响了他的诗歌创作。② 从伊沙的诗作中也可看到，他对市民日常生活的开掘与"第三代"诗作一脉相承，并运用朴素的口语书写，呈现出与"知识分子"一派很不相同的写作风格。另一方面，伊沙在此之后虽然承认"第三代"诗人对他创作上产生的影响，但是，在他与于坚的对话中仍显示出一种"独立"的态度。他认为，"我在对修辞的认识，对传统的理解和说法（理论?）的信任程度上，与于师父出现了较大的分野"。③ 伊沙虽然承认十年前他与于坚诗歌上的师徒关系，但是他一反这种当徒弟的姿态，使他成为"自个儿的爹"，也说明了他在"盘峰论争"之后与众多"民间"诗人进行争辩的原因。伊沙似乎想要自立门派，成为一个独立的"民间"诗人，使得诗歌呈现出多元的局面而不是各派林立的

---

①　伊沙：《中国现代诗论》，青海人民出版社，2015 年版，第 393 页。

②　伊沙：《中国现代诗论》，青海人民出版社，2015 年版，第 66 页。

③　伊沙：《中国现代诗论》，青海人民出版社，2015 年版，第 82 页。

场域。

即使如此，伊沙仍不能脱离"民间"派别对他诗歌创作的束缚。到目前为止，伊沙的诗歌创作还是在"民间"路子上的，并未有过多的创新。诗歌的多元化局面虽然在现在已有端倪，但"民间"一派依然是众多学者归类新世纪诗歌的一种说辞。虽然"民间"这一概念仍为众多学者所使用，但是，关于"民间"立场的内涵，众说纷纭。表面上看，在写作内容的倾向上，持"民间"立场的诗人对"日常生活"的写作抱有极大的热情，反之，"知识分子"一派对此表以怀疑态度。例如，伊沙的"口语诗"主张正是让诗歌与市民的日常生活直接对接，打破了诗歌高高在上的俯视姿态。然而，有一部分学者认为这两种立场实际上并不存在，例如周航指出，"论争中浮出水面的'知识分子写作'与'民间写作'两种倾向或立场是虚构的，根本就是无法去认定的伪命题"。① 伊沙事实上并未很好地理解王家新所说的"阴谋与陷阱"，他虽然在"盘峰论争"中点明了论争的实质但仍未看清 90 年代文化转型之后知识分子的群体性焦虑。这里，戴锦华以 1995 年的"人文精神大讨论"为例，论证了他们的焦虑。"事实上，关于'进步'的信念支撑与对于'现代化'的乌托邦冲动，使中国知识分子无法亦不愿反身去推动对'现代性'的思考；而现代化却不断以金元之流和物神的嘴脸制造着挤压、焦虑与创痛"。② 因此，王家新的质疑并非没有道理，而是带有批判的眼光察觉到了隐藏在 90 年代文化的某些端倪，即戴锦华所说的"90 年代的中国文化讨论，常常更像是一场场'能指'的盛筵，一次次'能指'间的碰撞与交锋"。③ 所以，伊沙所极力攻击的"知识分子"一派是否与其产生真正的冲突仍然值得怀疑，但双方的知识分子在 90 年代文化背景下所感受到的焦虑是他们所共有的。而王家新所谓的"阴谋与陷阱"也许指的是隐藏在文化讨论背后的商业、资本与权力运

---

① 周航：《中国诗歌的分化与纷争（1989—2009 年）》，人民出版社，2013 年版，第 7 页。
② 戴锦华：《隐形书写——90 年代文化研究》，北京大学出版社，2018 年版，第 112 页。
③ 戴锦华：《隐形书写——90 年代文化研究》，北京大学出版社，2018 年版，第 71 页。

作，构成了一幅颇为复杂与斑斓的文化图景。

因此，虽然伴随着 90 年代知识分子共有的焦虑和商业对文学的钳制，但是伊沙在 20 世纪末乃至 21 世纪初的诗歌论争中都做出了一定贡献，他在新世纪的创作与参与论争的过程中逐渐成为 90 年代至今"民间"一派的中坚人物，是继"第三代"之后持"口语诗"旗帜的代表诗人。

二、爆裂的"声音"：伊沙口语诗的三首成名作新解

继第三代诗人之后的"民间写作"呈现出越来越多元的口语诗类型。从以于坚为代表的"前口语诗"到以伊沙为代表的"后口语诗"，对"口语"创作的不懈追求是他们最能体现与"知识分子写作"不同的特点所在。在 90 年代文化背景的衬托下，"民间"诗人一反之前诗人的形象，带着他们共有的焦虑，冲向了诗歌的前线——生活现场，意图在对日常生活的观察中最终创造一个平民的生活世界。伊沙强调诗的语感，试图通过富有"音乐美"的诗歌创作书写日常生活，因而口语诗的"声音"是他首要考虑的因素："一流的诗人是用嘴来读的，因为你读到了声音；二流的诗人是用眼来看的，因为你读到了词语；三流的诗人是用脑袋瓜分析的，因为你读到了文化。"① 作者这番创作的意图似乎在有意排除象征与暗示，突破了中国诗歌写作传统的界限，也不失为作者对文化的一种"反拨"。在现有的研究中，对伊沙诗歌声音层面的挖掘非常少，其中以荷兰学者柯雷的《拒绝的诗歌？——伊沙诗作中的音与义》为代表，系统阐述了伊沙诗歌的节奏、语感、翻译等问题。但是，伊沙将"声音"看作口语诗的第一条标准，必与其诗歌创作观念、90 年代的文化背景息息相关。因此，欲探究伊沙诗歌的标志性特点，必须从"声音"出发。其早年成名作《饿死诗人》《车过黄河》《结结巴巴》就显示出"声音"对其诗歌创作的主导力量。也就是从这三首诗始，伊沙诗歌的创作风格已经定型。

（一）《饿死诗人》：用声音撕裂意象

伊沙是一个特别喜欢"反拨"的诗人，换言之，调侃的姿态、反讽的

---

① 伊沙：《中国现代诗论》，青海人民出版社，2015 年版，第 95 页。

修辞在他的诗作中屡见不鲜。由于自小生活在城市，对城市的日常生活了如指掌，这不仅构成了他诗作中对"乡土"题材的排斥，还成为他消解"乡土"意蕴的重要资源。他的口语诗成名作《饿死诗人》就是对过去在文学上所构建的"乡土"意蕴进行的深刻反讽。"那样轻松的你们/开始复述农业/耕作的事宜以及/春来秋去/挥汗如雨收获麦子/你们以为麦粒就是你们/为女人迸溅的泪滴吗/麦芒就像你们贴在腮帮上的/猪鬃般柔软吗/你们拥挤在流浪之路上的那一年/北方的麦子自个儿长大了/它们挥舞着一弯弯/阳光之镰/割断麦秆自己的脖子/割断与土地最后的联系/成全了你们/诗人们已经吃饱了/一望无际的麦田/在他们腹中香气弥漫/城市最伟大的懒汉/做了诗歌中光荣的农夫/麦子以阳光和雨水的名义/我呼吁：饿死他们/狗日的诗人/首先饿死我/一个用墨水污染土地的帮凶/一个艺术世界的杂种。"①　这里，伊沙质疑甚至抗议诗人们对"乡土"的诗意化描写。他以非常暴躁的口语撕开了诗意乡土的面纱，这种反乌托邦式的书写很容易让人联想起海子对乡村的诗意表达。海子将乡村描绘成诗人的乌托邦，散发着神性的光芒。而这种"农业诗歌"在学者薛世昌看来，成为伊沙嘲讽的对象："在这首诗里，伊沙批评了中国当代的'伪农业诗歌'，自然也批评了那些'伪农民诗人'——他们看到海子因为写麦子而大得诗名'，他们以为麦子是诗人的幸运符号和吉祥物，于是群起而效仿之，群起而上演中国当代诗歌的麦子秀。伊沙对此充满了厌恶。他决定要进行无情的嘲讽。"②

不过，伊沙仅仅是要对这些"伪农业诗歌"进行一番嘲讽吗？恐怕不止这么简单。如前论述，伊沙将诗歌的"声音"也即"语感"作为诗歌创作的第一条标准，也就是说，他更强调语言"能指"层面而非"所指"层面。罗兰·巴尔特运用索绪尔语言学中"记号"的概念来构筑他的符号学理论。他曾指出，"索绪尔在规定意指关系时立即去除了象征一词（因为此词包含有理据性），而代之以作为能指和所指结合体的概念（类似于一

---

① 伊沙：《车过黄河》，浙江文艺出版社，2016 年版，第 26－27 页。
② 薛世昌：《伊沙：以诗歌的方式进行杂文的事业》，《文艺争鸣》，2013 第 9 期。

页纸的正面与反面），记号也可以看作是一个音像和一个概念的结合体"。① 语言学中的意指关系在索绪尔看来并不能用"象征"二字概括，因为"象征"仍带有其他领域中约定俗成的指涉，并不是语言学的研究范围。而在文学领域，"象征"作为一种修辞具有文学传统遗留下来的固定的意指关系，例如海子诗作中的麦田意象，陶渊明笔下的桃花源意象，《楚辞》中的渔夫意象等等，都已经成为人们耳熟能详的象征表达。因此，索绪尔将语言中夹杂着其他领域约定俗成的指涉抽离，使语言呈现出比较纯粹的状态，进而展开研究。罗兰·巴尔特将这种研究的方法用于他的符号学研究上，进而发现，抽离掉意指关系中固定的能指与所指之后，意象并不具备它原本固定的涵义，而成了一个"符号"。这一"符号"的概念一举摧毁了意象约定俗成的涵义，也一举摆脱了传统意象对作者创作的束缚。能指与所指的关系并不像之前那样僵化，这使作者不仅可以自己创造意象，也可以更新意象在具体语境中的涵义。意象在罗兰·巴尔特的说辞中成为"符号"，其所指层面的涵义并不能成为读者在阅读过程中首先注意到的表征，而其能指层面的音像表征得以突显出来，引起了读者的注意。

在海子的诗作中，作者运用"麦子""麦地""村庄""草原"等传统意象将自然的神性突显出来，给人以舒适、神圣的乌托邦之感，但在伊沙的笔下，这些农业意象中固定的能指与所指的意指关系被摧毁了，抒情的文学传统被他"割断"了，反讽的修辞将文人对土地的那点神思消耗殆尽，自此，"一个用墨水污染土地的帮凶""一个艺术世界的杂种"出现了，这就是伊沙自己。他以"自渎"的方式解构了"农业诗歌"，"麦田"等农业意象的所指涵义似乎消失了，剩下的只有能指的音像表征。作者正是在这意象转变为符号的过程中突出了能指的音像特征，进而使得农民干农活与诗人无病呻吟的写作构成强烈的对照。作者在农民割断麦子、谴责诗人之后突然演变成一场咆哮，将诗歌推向高潮，表现出作者敢于激怒诗人的批判精神。这正如伊沙本人所说："意象和隐喻内在的技巧规律，使

① ［法］罗兰·巴尔特：《符号学原理》，李幼蒸译，中国人民大学出版社，2008 年版，第 25 页。

我的同胞中绝大多数同行找到了终生偷懒的办法。这种把玩，与在古诗中把玩风花雪月异曲同工。"① 因此，"所指"在伊沙诗歌中的"缺席"，正是他对诗歌意象传统的反叛，对诗歌技巧传统的反叛，也揭露出文化转型之后后现代解构话语的兴起。

（二）《车过黄河》：用声音调动感官

对声音表征的突出，大大削弱了伊沙诗歌中的象征与暗示，反之，在爆裂的声音中，读者的感官得以最大程度地被调动起来，诗歌的意味转变为一种身体上的快感——《车过黄河》就是这样一首诗。

梅洛-庞蒂在他的"身体"理论中，重点论述了身体与语言的关系。在《作为表达和说话的身体》一文中，身体与语言的紧密联系，主要表现在口形声音与身体动作的内在联系上。

"身体把一种动力本质转化成叫喊，把一个词的口形风格展现为声音现象"，②"我们面前称之为词的动作意义的，它是本质的，比如说，在诗歌当中就是如此"。③ 梅洛—庞蒂并不认为身体动作与语言能够彻底分开，相反，他在提醒人们："所谓心灵之间的交流最终是建立在身体沟通的基础之上的，只不过我们总是自以为生活在自己的语言和思想中，而遗忘了语言和思想有身体上的渊源。"④ 人的思想和语言与其身体的二元对立的观点自柏拉图开始就已经成立，甚至认为意识与身体分属于"形而上"与"形而下"，本身就无法相提并论。但是，梅洛—庞蒂的意识—身体一元论显然已经承接了尼采对"身体"的看法，即"身体"并不依附于"意识"，它本身也不属于上帝、统治阶级，它就是它自己的主人。因此，与其说伊沙的诗歌创作注重声音的表征，使"所指"消失，不如说他将"能指"与"所指"合二为一，构成了一个整体。传统的"所指"不见了，

---

① 伊沙：《中国现代诗论》，青海人民出版社，2015 年版，第 143 页。
② ［法］梅洛－庞蒂：《眼与心——梅洛－庞蒂现象学美学文集》，刘韵涵译，中国社会科学出版社，1992 年版，第 17 页。
③ ［法］梅洛－庞蒂：《眼与心——梅洛－庞蒂现象学美学文集》，刘韵涵译，中国社会科学出版社，1992 年版，第 24 页。
④ 唐清涛：《沉默与语言：梅洛－庞蒂表达现象学研究》，中国社会科学出版社，2013 年版，第 67 页。

"能指"对"所指"的依附性消失了，"能指"以符号的形式呈现出它本来的面貌。所以，声音即是肉体的表达。在这种情况下，意象的智性功用几乎被排除。通过声音的传递，肉体的感官得以调动。

伊沙对传统意象的强烈背叛，完成了他对"身体"的强调。在他笔下众多的城市空间中，他更关注"市民"对日常生活的"现实感"，即一种身体体验，进而在城市景观与身体体验的对立中，形成一种幽默的反讽。在《车过黄河》中，作者自身的身体体验与"黄河""历史"等意象的崇高感背道而驰，并形成一种嘲讽式的解构，使人在阅读时体验到身体的快感与传统意象的迂腐、凝滞所形成的一种可笑对照："列车正经过黄河/我正在厕所小便/我深知这不该/我应该坐在窗前/或站在车门旁边/左手叉腰/右手做眉檐/眺望像个伟人/至少像个诗人/想点河上的事情/或历史的陈账/那时人们都在眺望/我在厕所里/时间很长/现在这时间属于我/我等了一天一夜/只一泡尿的功夫/黄河已经流远"。① 在说到创作这首诗的灵感时，伊沙却毫不掩饰："我用身体语言代替了韩东的诗人语言（我得声明：此点无错）。灵感来自那年夏天，从西安到北京的列车经过黄河时我正在厕所泻肚，一泡尿的灵感来自一泡屎。我的创作总是这样，一旦案头运作时就问题多多，破绽百出，一旦回到身体就变得坚挺有力、酣畅淋漓。选择'黄河'的文人气和一泡恶尿撒出去的爽组成了我的大学习作《车过黄河》……"② 伊沙将自己的身体体验过于真实地展现出来，本身就带有一种世俗的幽默，加之他对"身体语言"的强调，说明伊沙诗歌的创作非常重视诗人主体的"体验"。这种"身体写作"成为他日后创作的一个突出特点，并得到了长足的发展。但仅从这首诗来看，诗人对诗歌语言的重视，着力点在于追求身体体验下的"口语"风格，即从现象出发直达语言的本质，进而调动诗人与读者的感官。

不仅如此，作者通过这样的"身体语言"表达了自己在现代列车，也就是这趟工业文明列车上人最基本的生理体验，而又通过对"如厕体验"的放大，对"黄河"等传统意象的嘲讽，创造了一个"现场"，即过去的

---

① 伊沙：《车过黄河》，浙江文艺出版社，2016年版，第9页。
② 伊沙：《中国现代诗论》，青海人民出版社，2015年版，第73页。

事物都是荒诞的，它们已经被这趟工业文明列车扔在了后面，现在的身体体验才是最真实的。换句话说，在现代工业城市中，诗人主体的身体快感正是用来抵抗现代人在工业文明的摧残下逐渐失去自我/主体的事实。这种夸张甚至有些污秽的身体表达，不同于现实生活中人们看到"黄河"与"历史"的正常反应，这实际上构成了诗人对现实中人们对这两个意象仍有崇拜意识的反讽。因此，这一调动诗人与读者感官的"现场"并不是真实的现场，而是诗人用来反讽、用来突出身体以及人的存在方式的"现场"。这种用身体语言来完成抵抗的形式，完成了"口语诗"在"声音现象"层面对身体的自然表达，这大概是伊沙试图从一个普通市民的角度对城市空间的开掘，其中包括诗人主体所感知的工业文明对人类生存的挤压。

因此，作者从声音层面对诗歌进行有力的开掘，进而强调诗人主体对过去事物的抵抗（表现在对过去诗歌"意象"的消解上，是一种变相的"抵抗"）。对身体感官的调动，也让读者在"能指"的狂欢中感受到90年代人们所追求的"现场感"。

（三）《结结巴巴》：用声音找回个性

在罗兰·巴尔特的说辞里，把失语症患者的语言定义为一种"纯个性的语言"，因为"他不能理解别人的话，不能接受与本人语言模式相符的信息"。在罗兰·巴尔特看来，个性的语言除了表现在失语症患者之中，还表现在作家的风格和某种"写作"的语言，它们是未被彻底形式化的言语。①

从形式上来说，伊沙的第三首成名作《结结巴巴》不仅能够代表作者的写作风格，还能将其文风与追求个性的语言相联系。自此，《结结巴巴》算是完成了一次有效的诗歌声音实验。在《为阅读的实验》一文中，伊沙曾经点明这首诗的创作初衷为的是进行一场有效的诗歌声音实验，进而突破"实验诗"难以阅读的困境。② 他在努力追求诗歌语感的路上进行了较

---

① ［法］罗兰·巴尔特：《符号学原理》，李幼蒸译，中国人民大学出版社，2008年版，第10页。
② 伊沙：《中国现代诗论》，青海人民出版社，2015年版，第147页。

为爆裂的尝试，就像他自己所说的："旧有的业已习惯的语感模式被打破了，因'口吃'这一契机而形成的新的语感带给人全新的体验，这里非但没有排斥阅读，反而加强和刺激了阅读的快感……诗评家陈仲义称之为'摇滚诗'，我想它能够给人'摇滚'的感觉全在于激发了语言自身的律动性与节奏感，是对'语感'强化的结果。"① 作者非常喜欢摇滚歌手崔健，总是希望自己的作品能够像这种摇滚乐一样给人以强烈的快节奏感，进而完成其所谓的声音实验。而《结结巴巴》异于一般诗歌的节奏之快实在让人瞠目结舌。

在《结结巴巴》这首诗中，伊沙从一个生理有缺陷的身体出发，将一个口吃病人的日常说话表现得淋漓尽致。"结结巴巴我的嘴/二二二等残废/咬不住我狂狂狂奔的思维/还有我的腿//你们四处流流流淌的口水/散着霉味/我我我的肺/多么劳累//我要突突突围/你们莫莫莫名其妙/的节奏/急待突围//我我我的/我的机枪点点点射般/的语言/充满快慰//结结巴巴我的命/我的命里没有鬼/你们瞧瞧瞧我/一脸无所谓。"② 作者首先从一个有缺陷的身体出发，发出一种异于常人的叫喊，达到一种不一样的语感节奏，正如他自己所说的"点射般的语言"。其次，让人匪夷所思的是，在正常人反复朗读这首诗之后会出现一定的"口吃"反应，这似乎构成了口吃患者对正常人的反讽。诗中，口吃患者的形象是那样地无所谓，从对正常人言语节奏的不屑转而对正常人世界秩序的质疑和讽刺，因此，他想要"突围"。这种不断突围现有秩序的精神的确与摇滚精神有相似之处。因此，从内容上，作者将自己的反叛精神进行到底，呈现出一个失语症患者在自己未成形的语言系统中所流露出的无意识状态，这正是与身体缺陷密切相关的，是作者对既定语言或曰既定文化的反叛态度。

尼采强调"权力意志"，突出"身体"，展示了他蔑视"传统"的锋芒。伊沙创作诗歌的用意与之相似，他在反叛的路上试图为"个人"而写作，这一点，"知识分子"一派也有所提及。欧阳江河就曾指出，要想将

---

① 伊沙：《中国现代诗论》，青海人民出版社，2015年版，第147-148页。
② 伊沙：《车过黄河》，浙江文艺出版社，2016年版，第37-38页。

写作返归到"个人"上来，就必须摆脱为集体写作的方向。① 从伊沙的诗歌特点来说，"身体"必须独立、突显，成为声音能指的表征，在深入挖掘市民日常生活的同时注意生理欲望的流露与表达。作者从处于边缘的口吃者出发，使身体成为旁观者，在"突围"的同时也成为一个独立的个体，这种"突围"的涵义与"个性"对等，流露出作者将诗歌拉下神坛，回归个人写作的创作观念。

不过，从内容上来说，伊沙塑造了一个口吃患者的形象，但这仍不能使人停留在语感的表面。诗评家沈奇挖掘出了这首诗所抵达的表征意义，即存在于失语病人狂言碎语之下的文化失语。② 从 20 世纪 90 年代的诗歌现状来看，这种"文化失语"表现在诗歌边缘化之后诗人们的创作受到影响之后的"失语"；从媒介的更新换代来看，图像产品的兴起使印刷品的消费遭到了打压，诗人们在消费文化中失去了"话语权"。大众似乎都身陷"娱乐"的图像之中，再也没有人听诗人的喃喃自语。于是，当代诗人似乎患了口吃，其主体精神则陷入了空前尴尬的处境。③ 诗作中的"口吃"现象被沈奇视作 90 年代诗人的集体"失语"，虽然的确有违作者诗歌创作的基本观念，但也不得不称作一次有效的误读，揭露出 90 年代文化转型后诗歌这种艺术样式的全面失落和大众文化娱乐、消费的本质。除了对于声音的追求，这种误读也是作者所不惧的——正是因为能够产生有效的误读，伊沙的诗歌才具备他所强调的"可读性"，他的诗歌"实验"才能称之为"为阅读的实验"。

因此，从以上三首诗来看，伊沙对声音进行了有力的开掘，试图恢复语言的纯粹性，打破了传统意象的意指关系，使意象成为作者把玩的"符号"。身体在作者把玩"符号"的过程中得以突显出来，成为一个独立的个体，显示了作者诗歌创作的个人主义观念。他还将大量的反讽修辞融入这一过程中，用声音调动人的生理感官，显示出现代城市人抵抗工业文明对人主体的摧毁，表明了其"城市诗歌"的创作视角。作者在诗歌的声音

---

① 欧阳江河：《站在虚构这边》，四川文艺出版社，2017 年版，第 54 页。
② 沈奇：《拒绝与再造》，西北大学出版社，1999 年版，第 253 页。
③ 沈奇：《拒绝与再造》，西北大学出版社，1999 年版，第 255 页。

中摆出了自己的先锋姿态，处处显出其诗歌"后现代"的解构特点，也成为他日后写作风格的导向标。

三、"身体"的语言：伊沙诗歌中的"身体写作"

对声音有力的开掘间接地显示出伊沙对"身体"的重视。他将"身体"的地位大大抬高以显示出他的"个人写作"的倾向。实际上，在"民间"诗人的创作中，都不同程度地重视了"声音"因素在诗歌创作中的作用，用以表现人们的日常生活，突出人的主体意识。

应该说，"民间"诗人与"知识分子"一派同样重视理论的运用，其中有关海德格尔的"存在主义"就是他们在对日常生活的写作中强调人主体意识的学理依据。于坚曾指明："诗歌的'在途中'，指的是说话的方法。诗歌是穿越知识的谎言回到真理的语言活动。诗歌的语感，来自生命。没有语感的东西乃是知识。"[1] 知识作为文明的产物，在于坚看来是与真正的"生命"格格不入的东西，体验真实的方式唯有动用自己的身体去感受。于坚《0 档案》中对这种感受的表达呈现出一种碎片化的形式正与生活中的一地鸡毛类似，崇高和伟大在这种叙事方式中烟消云散。事实上，"身体"这个概念的确与存在主义联系紧密，并以尼采的"权力意志"为代表，摧毁了"身体"的依附性。学者汪民安表示，身体成为现代西方民主政治的重要载体，它不再属于上帝，不再属于统治阶级，而属于个人，因此，"从这个意义上而言，身体是否是主权的载体，就成为古代政体和现代政体的一个基本差异"[2]。 于是，"身体"成了私人与个人的隐喻，而对国家和集体，它的依附性相比于古代已经减少了很多。因此，从这个层面上来说，"民间"诗人借助存在主义的学理依据，为他们诗歌创作的个人主义实践奠定了一定的理论基础，"身体写作"亦成为他们在此实践的写作方式。

（一）作为"观赏"的身体

在 20 世纪 90 年代的文化语境中，"行为艺术"作为一种身体的艺术

---

① 于坚：《于坚的诗》，人民文学出版社，2000 年版，第 401 页。
② 汪民安：《身体、空间与后现代性》，江苏人民出版社，2005 年版，第 25 页。

不断被人注视与观望，其所隐含的巨大的"身体"内涵的转变，正接近于西方的视觉符号文化。"身体"在现代社会不再指向其内部，而重视其外部符号性质的消费，因此，如今的"身体"，"是让身体成为消费对象的历史，是身体受到赞美、欣赏和把玩的历史"。① 身体的视觉画面所传达出的价值观或曰社会标准，成为大众追逐、消费的对象，成为现代化进程中的一个重要转变。身体不能呆板，而是要做出种种动作来吸引大众的目光。在表演与观看的过程中，身体因注视的目光而变得更加有意义，它不仅表达了自我，而且将大众的狂热带入这现场的剧院中。这里，古老的"诗学"再次发挥了它重要的作用，巨大的90年代文化现场将亚里士多德的戏剧理论运用得淋漓尽致，只不过这一次，它将被应用在大众文化的传播上，艺术家的表演与其真实的生活状态合二为一，成为文化现场巨大的"存在"表演。

叙事诗是伊沙所选择的路。他排除了朦胧诗中普遍的象征与暗示，创造了一种易读易懂、爽快明朗的叙事特点和叙事风格。诗歌中，伊沙对身体动作的创造性"摹仿"，不仅是他对客观世界的具体描绘，而且构成了过去与现在的对照，形成了他惯常的反讽特征。因此，对传统主题的戏仿与解构是构成他反讽特征的重要源泉。作者将"身体"置于过去与现在、传统与现代的对照中，在身体动作的"表演"中找到一个生活现场，并将一地鸡毛般的生活搬上舞台。《江山美人》中"我"的落魄是对这一传统主题的解构，其中"江山"的形象俨然是一片"城市废墟"："我总得拎点什么/才能去看你/在讲究平衡的年代/我的左手/是一条河流 一座高楼/一块被废弃的秤砣/在我的右手/美人 我不能真的一无所有/我一直纳闷/这样残破的江山/却天生你这尤物……说正经的给你/假如我拥有江山/也就拥有江山里的你"。② 作者将"我"在城市生活中的窘迫心理细细道来，但在结尾处却情意绵绵，表现一个在"城市废墟"中仍不忘浪漫的市民形象。"江山美人"这一传统主题在作者笔下通过河流、高楼、秤砣等意象描绘了一个现实的城市场景，而"拎"这一动作则消解了古代统治阶级的

---

① 汪民安：《身体、空间与后现代性》，江苏人民出版社，2005年版，第21页。
② 伊沙：《车过黄河》，浙江文艺出版社，2016年版，第10－11页。

贵族姿态。在与传统江山美人主题的对照中,《江山美人》呈现了一个市民窘迫的身体外观下的真情实感,突出了小人物身处城市的简单诉求。《梅花:一首失败的抒情诗》中,作者一开头就开始对传统主题进行了一番戏谑:"我也操着娘娘腔/写一首抒情诗啊/就写那冬天不要命的梅花吧。"① 作者一反一般知识分子对梅花的喜爱之情,将抒情诗人眼中的梅花写得一钱不值。"梅花"在作者看来并未返归到它本身,而是作为一个文化象征,这正是作者力图要反对的。在作者反复观察梅花之后,诗人不仅无法抒情,更将一种反文化的意图表现在诗中:"梅花梅花/啐我一脸梅毒。"② 在对梅花进行反讽的过程中,身体脱颖而出,成为一个感知当下的反智形象,反抗并建立了自己的观看标准:眼见为实,拒绝想象与暗示。这使得"身体"越来越接近于坚所说的"生命",是排除思维、利用感官的主体。

除了通过戏仿与结构塑造"身体"形象,强调自我感官之外,对各式各样市民"身体"形象的塑造也在伊沙创作的范围之内。因伊沙笔下多种形象的出现,学者程继龙认为伊沙在创作时具有"痞子""小市民"和"知识分子"三种身份,③ 但笔者认为,这正是伊沙将自己的创作基于城市景观的一个特点,这些形象的出现与其说是作者身份的变化所造成的视角变化,不如说作者在对城市景观的仔细观察和勤于动笔中塑造了这些人物。《强奸犯小C》《老张》中写到强奸犯和恋尸癖的行径,突破了诗歌主题的界限,将极其世俗的场景带入到他的诗歌创作中。《强奸犯小C》中,首先给人们划定了一个城市的空间范围——"监狱"。监狱是具有强大管理和统治能力的极端强化性的空间代表,身体在此被监视和规训。④ 在这样一个封闭的空间内,人的本性于无形中被压制,理性占据了上峰。因此,"我"于小C的态度不仅没有责怪,反而持一种避而不谈的态度:"但是她怎样告诉法律/但是法律怎样揍你/这是国家的监狱/关于法律和强奸/

---

① 伊沙:《车过黄河》,浙江文艺出版社,2016年版,第43页。
② 伊沙:《车过黄河》,浙江文艺出版社,2016年版,第44页。
③ 程继龙:《略论伊沙诗歌写作的三重身份》,《楚雄师范学院学报》,2010年第2期。
④ 汪民安:《身体、空间与后现代性》,江苏人民出版社,2005年版,第104—105页。

我们都不要谈/抽烟吗？小 C。"① 虽然我们无从知道"我们都不要谈"的原因，但城市文明对人原始强力的压制所导致的人的异化大概是作者于这一片寂静中所要表现的。小 C 的身体被城市文明压制，犯罪是他异化的一个最明显的特征。作者通过自己的探监经历重述小 C 的犯罪行径，突出展示了城市对个人身体的压制，于是，身体成为城市舞台上最明显的标志，城市的风貌也通过身体的表演得以展现。

伊沙诗作中也有直接描写身体动作的。例如《畅通无阻的秘诀》中，整首诗一共只有三句话，却将身体置于舞台的中央，达到一种语不惊人死不休的效果："你怎样穿过/拥挤不堪的人群/一声大喝：'硫酸!'"② 再如《诺贝尔奖：永恒的答谢词》："我不拒绝/接受这笔卖炸药的钱/我要把它全买成炸药/尊敬的女士们先生们/尊敬的瑞典国王陛下/请你们准备好/请你们一齐——/卧倒!"③ 身体在这里成为制造轰动效果的载体，似乎唯有通过这种方式，身体才能吸引目光。作品在这"人群"与"硫酸"，"金钱""名利"与"炸药"的对立之下呈现出了反讽的张力，身体动作的动态以"穿过人群"和"卧倒"得以表现，完成了身体本身对既定文化的消解。同时，这一身体动作伴随它发出的叫喊构成了语词能指的声音现象，是作者对诗歌声音效果的实践。

因此，伊沙创作于 20 世纪 90 年代的诗歌大体可以从对传统事物的反讽、对市民"身体"形象的书写、对声音效果的不懈追求三个角度来归纳，其对"身体"的展示在 90 年代文化背景中具有"行为艺术"的意味，并承接第三代诗人的学理依据，强调人对生命与现实的真切感受。

（二）身体与城市空间

伊沙的笔下很少写到乡村。作为一个在西安长大的市民来说，他更熟知的，是城市的生活。与其说他善于书写城市意象，不如说他善于书写城市空间内的各种现象。人的异化、物化，动物在城市的生存现状等等都是作者的写作对象。在井然有序的城市空间内，身体被当作景观或符号，呈

---

① 伊沙:《车过黄河》，浙江文艺出版社，2016 年版，第 58－59 页。
② 伊沙:《车过黄河》，浙江文艺出版社，2016 年版，第 176 页。
③ 伊沙:《车过黄河》，浙江文艺出版社，2016 年版，第 60 页。

现了城市的外貌，传递着城市的信号。

首先，作者写到了现代工业城市中人的异化与物化。在长诗《点射》中，人的思维在城市中已经发生了异化，例如，"是谁/教会我们怀疑/怀疑一个瘸子的步履/怀疑他假肢内部的/发报机"，① 为了走路，瘸子的假肢本来并无异议，但对于到处都是机器的工业城市来说，人们对假肢的看法已经发生了变化，外观残缺的人不是没有受人歧视，而是被人视作一种机器的附庸。再如"看见自个儿的墓志铭/我他妈笑出了眼泪/——生如行尸走肉/——死无葬身之地"② 无疑将城市中人的生存状态展露出来，更有类似的如《天花乱坠》中"一个人死了/那是在平安夜的一个大 Party 上/他死了 但无人发现/因为他是坐在沙发上咽气的/大家以为他只是醉了 累了睡了"。③ 这些例子都将身体置于一个非常危险的禁地，即健康对于一个人的身体来说已经无足轻重，身体景观的呈现已经与身体内部脱离关系。为了追求身体的观赏价值，人在城市中的焦虑、疲劳等负面情绪并不为人们所关心，他们只是在不断运作中追求感官的刺激，就像作者对自己墓志铭的想象十分生动贴切又让人哭笑不得，身体内在的价值已经崩裂，生与死不再是身体首先需要考虑的问题。而后面的例子直接写到这种对感官的极致追求所导致的严重后果，人在不断消耗精力的过程中逐渐走向毁灭。但最让人触目惊心的还不止这个，身体的健康程度被人们视作儿戏，死亡并不凌驾于任何的刺激，所谓"过把瘾就死"的娱乐态度深入人心，以至于没有人注意到死亡的来临。作者将这种触目惊心的场面用朴实真切的语言表达出来，警醒身陷城市、娱乐至上的人们。

除此之外，作者还写到了消费文化的现象。例如《点射》中"'文物局长算不算文物？'/他准备出售他的爹"，④ 类似的如《对生活的爱需要被唤醒》中"有那么一个老者/干脆不走了/蹲在推车前看他/然后问我/

---

① 伊沙：《车过黄河》，浙江文艺出版社，2016 年版，第 203 页。
② 伊沙：《车过黄河》，浙江文艺出版社，2016 年版，第 213 页。
③ 伊沙：《鸽子》，浙江文艺出版社，2016 年版，第 227 页。
④ 伊沙：《车过黄河》，浙江文艺出版社，2016 年版，第 236 页。

'买一个儿子/要多少钱？'"① 这里，身体被当作交易的筹码，似乎只有在交易的过程中才能发挥它的价值。作者不单单写出了这种"交易"，而且将城市人的感情问题也置于这种"交易"中。前者将买官的行径通过"卖爹"的交易呈现出来，表现为达目的不择手段不顾亲情的乱象。后者通过描写一个孤寡老人在超市中的孤单境遇，他说出的这一句话，足以看出现代社会人对情感的漠视和老人对这一现象的控诉，这也成为作者对"交易市场"最有力的反讽。又如《点射》中对"自杀"的戏谑表达："一生都在使用伪劣商品/但最后 用来上吊的那根绳子/是名牌的 绝对结实/耗尽了他一生的积蓄。"② 主人公的一生似乎仅仅为了那一根名牌的上吊绳，他的身体价值在上吊的那一刻具有了价值，且是一种观赏的价值。就像之前所论述的，身体的毁灭在工业城市中不再是一件大事，而这毁灭过程的观赏性才是人们所重视的。这种身体价值的严重错位不仅将人的情感置之度外，还使人逐渐走向物化的极端，由此生发多种城市乱象。

还有一种比较有趣的现象，是作者对动物人格化的描写，尤其在动物与人的性质发生倒置之后，呈现出一种喜剧效果。如"他垂钓的危机在湖上弥漫/雾 一般他看不见/鱼儿在水下集结/密谋着：'把这个胖子钓下来！'"（《点射》)③"在中国/我是熊猫我怕谁。"（《风光无限》)④"地铁的建筑/更进一步证明我们是/都市的老鼠"。（《点射》)⑤ 人与动物性质的倒置再一次印证了身体在城市中的尴尬处境：站在食物链顶端的人虽然凌驾于动物之上，但现今城市空间对人的统治与规训竟使人的处境与动物相似。熊猫这类稀有动物成了人们制造消费场域的筹码，而这种对筹码的重视很容易使人的身体遭到贬斥。像地铁这类工业文明不断侵蚀人的身体，像老鼠一样穿梭在固定的城市空间内。幽默之余，是作者于城市之光中看到了人的生存状态，并在这种人与动物境遇的置换中，完成了对这一现象

---

① 伊沙：《鸽子》，浙江文艺出版社，2016 年版，第 21 页。
② 伊沙：《车过黄河》，浙江文艺出版社，2016 年版，第 239 页。
③ 伊沙：《车过黄河》，浙江文艺出版社，2016 年版，第 215 页。
④ 伊沙：《车过黄河》，浙江文艺出版社，2016 年版，第 295 页。
⑤ 伊沙：《车过黄河》，浙江文艺出版社，2016 年版，第 218 页。

的讽刺。

最后，伊沙诗作中对比较固定的城市空间的书写构成了他比较显见的"互文"现象。例如《我留下 送君一座小雁塔》《某晚经过广场》《城市的风景》等等。其中，《某日经过广场》中，对"广场"这一城市空间的塑造不难使人想起欧阳江河的《傍晚穿过广场》。在 20 世纪 90 年代的文化语境中，学者戴锦华对"广场"这一城市空间作了系统的论述。借用英文单词 Plaza，"广场"成为城市的中心，其中超市、快餐连锁店、商场等建筑群成为人们争相涌入的去处，感受着所谓的时尚。不止如此，"广场"在国人的文化记忆中还指代一个重要的政治舞台，它承载着革命与进步，当它专门指天安门广场时，"广场"几乎是当代中国的政治中心。① 因此，欧阳江河以近乎挽歌的笔调书写了时代的裂变，是诗人对 20 世纪八九十年代转型期的敏锐的观察。欧阳江河注意到，对于城市来说，商业逐渐占据了"广场"的位置，过去知识分子所追求的革命与进步都化作了这些建筑群玻璃上的反光："广场周围的高层建筑穿上了瓷和玻璃的时装。/一切变得矮小了。石头的世界/在玻璃反射出来的世界中轻轻浮起，/像是涂在孩子们作业本上的/一个随时会被撕下来揉成一团的阴沉念头。"② 所以，诗人对"广场"的疏离感间接地表达了人与城市不再被主流意识形态统一，"广场"的崛起预示着多元化的世界逐渐走入人们的视野，知识分子被大众失落了，诗人意识到"我没想到这么多的人会在一个明媚的早晨/穿过广场，避开孤独和永生。/他们是幽闭时代的幸存者。/我没想到他们会在傍晚离去或倒下。/……毕竟我和那些倒下去的人一样，/从来不是一个永生者"。③ 而在伊沙的笔下，"广场"并没有非常明显的象征与暗示，反而充斥着俗人俗事的描写："一股臭咸鱼的味道袭来/说明我已经开始进入广场/全市最大的水产市场/……东侧是科技馆/……/而西侧是少年宫/初三

---

① 戴锦华：《隐形书写——90 年代文化研究》，北京大学出版社，2018 年版，第 251 - 253 页。

② 欧阳江河：《如此博学的饥饿：欧阳江河集 1983—2012》，作家出版社，2013 年版，第 84 页。

③ 欧阳江河：《如此博学的饥饿：欧阳江河集 1983—2012》，作家出版社，2013 年版，第 87 - 88 页。

那年我一个人／偷偷溜进去／去看人体奥秘的展览／我在一幅女性生殖系统的模具面前站了很久／最终还是没有看透。"① 作者笔下的"广场"与戴锦华所指涉的"广场"的确有出入，它并不是一个城市的商业中心。但是，这里的"广场"仍有 20 世纪 90 年代文化转型之后文化多元之意，广场虽然不是以玻璃高楼群的方式展现出来，但"水产市场"也是交易的场所。换句话说，伊沙所要指涉的，不仅没有脱离戴锦华所指的商业中心之意，反而将商业中心这一概念进行扩大，用来指涉大多数进行交易的场所。消费文化随之而来，不仅仅存在于时尚的高楼大厦中，诗歌末尾作者又写道，"我还看到有两个人／已经脱队／是两名成年男子／手牵着手／向广场的东侧跑去／车子向西开远／我没有看清／他们究竟是去了哪里"。② 相比于欧阳江河《傍晚穿过广场》中哀婉的笔调，伊沙诗末尾处的两个手牵手的男子形迹古怪可疑又令人捧腹，使诗歌带有了一丝幽默。伊沙没有在诗歌中表达诗人游离于城市的失落之感，反而将此感觉诉诸不可控的未来，以表达诗人的乐观。因此，不管身体与城市空间的关系怎样，是疏离还是紧密，日常生活中点点滴滴的感受才是诗人所重视的。

所以，身体成为城市景观之后，消费文化和人对感官的极致追求使得人在城市空间逐渐异化与物化。伊沙于城市游吟之后的观察，在其诗作中流露出来。

（三）身体的复制与消费

说到伊沙在诗歌创作中多运用到的"戏仿"手法，就不得不提他在新世纪创作的一首长诗《唐》。他将自己读古诗的感受和对古诗的"戏仿"融为一体，并用惯常的口语风格打破了古诗的优美意境。

与早年成名作《车过黄河》不同的是，《唐》并不是一味地反讽传统主题以强调人的"存在"，而更加强化了古诗中的"隐逸"主题。在《唐》中，作者写到了大量的隐逸主题，例如作者在一开头就借屈原来讽刺执着追求政治事业的官员们："以草木自比的人／成了幸福的草木／自比

---

① 伊沙：《车过黄河》，浙江文艺出版社，2016 年版，第 162 页。
② 伊沙：《车过黄河》，浙江文艺出版社，2016 年版，第 163－164 页。

为美人的人/就是堕落的男人。"① 再如,作者将"唐(朝)"的精神比作一个隐居者,且讽刺了统治阶级意识形态对身体的束缚:"他可以仰望飞鸟/也可以俯瞰夕阳/情为何物/精又是什么东西/诚更是什么劳什子/唐时的朋友/我已经穿越了你的心情/干吗要了解您的抱负呢。"② 作者将自己现代人的理想与感受渗透在这巨大的互文系统中,并试图将主体置于一个消失的境地,他崇拜王维的诗意,一种隐士的诗意:"真正的诗意/在他的暗示/未归的牧童/正是他自己。"③ 这种诗意虽然是自由精神的象征,但也象征着主体的毁灭与身体的重塑。学者汪民安曾表示:"我们回到的主体不是认知主体和真理的主体,而是欲望、本能式的主体。"④ 换句话说,承载着追求认知与真理的主体消失不见了,意识与肉体的二元对立崩裂了,肉体对形而上之物的依附性取消了,取而代之的是尼采所谓"权力意志"的一元论,身体是独立的、表征的、突出的。于是,身体不但具有了观赏的价值,还具有诋毁历史的作用。历史的叙事形态将身体控制住,来建构它的宏大与威仪,这正是一种线性的、供人膜拜的历史。⑤ 直到身体回到其本体中来,这种历史叙事的形式开始崩塌,身体得以在机械时代开始疯狂地"复制"自己以达到诋毁历史的作用。这种身体景观的大面积出现使得历史逐渐失去了"灵光",就像本雅明所论述的,在机械复制时代,艺术作品"灵光"消失(也就是失去其膜拜价值)的原因在于其自身的"复制",⑥ 但是他未点明艺术作品失去膜拜价值的实质乃是身体对历史的诋毁。因此,伊沙《唐》中大量有关古代"隐士文化"的书写并不意味着他对这种文化的歌颂,反而是他借此点明用来建构历史的主体消失了,身体在此得以大放异彩。王维的真正诗意被伊沙理解为个体精神的实践,未归的牧童仿佛出现在众多的身体景观中,成为一个复制品。

① 伊沙:《唐》,浙江文艺出版社,2016年版,第1页。
② 伊沙:《唐》,浙江文艺出版社,2016年版,第3页。
③ 伊沙:《唐》,浙江文艺出版社,2016年版,第17页。
④ 汪民安:《身体、空间与后现代性》,江苏人民出版社,2005年版,第193页。
⑤ 汪民安:《身体、空间与后现代性》,江苏人民出版社,2005年版,第191-193页。
⑥ [德]本雅明:《迎向灵光消失的年代:本雅明论艺术》,许绮玲、林志明译,广西师范大学出版社,2004年版,第61-62页。

自此，《唐》对古诗原作的直接运用摧毁了古诗原作原初的膜拜价值，反而成为作者广泛应用口语风格的实践场："冠盖满京华/那还用说吗/斯人独憔悴/那还用说吗/千秋万岁名/就这么定了/寂寞身后事/就这么定了。"① 伊沙通过文学上的互文修辞和口语技巧的运用使古今形成了一种颇有张力的反讽，而在反复运用这一手法的同时也达到了"复制"的效果，即对古诗原作所传达的一些价值观进行颠覆，以达到一种摧毁原作膜拜价值的效果，完成身体对历史的诋毁。其中，对口语技巧的运用，比较极端的例子当属在诗作中掺杂方言以打破古诗原作古雅、恬静的意境："清川映着荒草/老马踏着古道/流水载着落花/落日照着暮禽/孤城临着野渡/隐者回到嵩山/这里的和谐/是如此被打破的/他老迈的公鸭嗓音/从草屋的窗口传出/'弄啥咧！弄啥咧！/快把门给俺/关上！关上！'"② 最后一部分"老迈的公鸭嗓音"的确让人捧腹，方言的使用使得诗歌从平缓一下子达到了高潮，呈现出一幅日常的粗野画面。同样，对身体景观的重塑也在《辋川》这首诗中呈现出一种反讽的对立："高速公路路牌上/刚一出现此地名/便见有人/头戴斗笠脚穿草鞋/横穿而过/声泪俱下一声高呼：'王——维！'"③ 高速公路这一工业化产物与古人状貌的主人公形成一种鲜明的对照，隐含着他想要逃离城市空间的迫切愿望。这里的隐士文化被主人公一声"王维"的叫声带出，实际上并不带原初的隐士文化涵义，相反，作者试图通过主体的消失和身体景观的重塑创造一个属于他自己的诗歌乌托邦，并指向粗野的现实。这正如汪民安所说："结果，永远流动的欲望机器冲垮了一切既定的秩序，不论这种秩序采纳的是什么形式，只要它是僵化的形式。就此，欲望机器最终生产的是一个欲望乌托邦，身体乌托邦，快感乌托邦。"④

因此，伊沙《唐》给人们呈现出借互文修辞和口语技巧所达到的一种反讽效果，而这一效果所表现出的身体景观是隐含其中、间接书写的。换

---

① 伊沙：《唐》，浙江文艺出版社，2016 年版，第 12 页。
② 伊沙：《唐》，浙江文艺出版社，2016 年版，第 149 页。
③ 伊沙：《蓝灯》，浙江文艺出版社，2016 年版，第 112 页。
④ 汪民安：《身体、空间与后现代性》，江苏人民出版社，2005 年版，第 194 页。

句话说，人们在阅读的过程中能想象到的粗野画面正是身体景观的重现，它象征着一个感性的、突出的、欲望的身体。

应该说，伊沙诗歌总体呈现出的反讽、对立、撕裂、复制都具有一种摧毁的效果。其文本的易读性不仅有目共睹，而且使人在阅读的过程中几乎排除思考，给人一种"现实感"。伊沙曾经指出一流的诗歌应是排除智性思维的、用声音创造出来的，说明了作者在诗歌中运用"身体"的事实。实际上，伊沙从阅读的角度完成了一次身体行动的转变。他将身体引入了阅读，使得读者在阅读过程中捕捉快感而不是完成精神的交流。在一次又一次的"复制"中，《唐》对于读者而言再也不是用来欣赏古诗意境美的文本，而是用来捕捉身体快感的工具。阅读中频频发出的笑声就是身体行为的印证，快感主导了阅读，这使得人们的阅读活动乐此不疲而不是苦于思索，"现实感"也就成为获得快感之后的一种体验。这种"复制式"的诗歌创作将语言艺术逐渐演变成一门"表演"艺术，或曰语言的狂欢，在引起读者快感的同时也将这种创作带入消费文化与大众文化之中，成为市民争相效仿的对象。快产出、快阅读促进了文化工业中的消费，伊沙的诗歌创作不免也有这一特征。而关于他的口语诗阵地"新世纪诗典"，从2011年至今，还在如火如荼地进行中。由伊沙主持的"新世纪诗典"诗歌点评专栏作为一块网络时代下的"口语诗"阵地，其收录的诗歌大部分出自平民百姓之手。由于口语诗不要求诗歌文本具有高超的写作技巧，所以该典所收录的诗歌不仅量大而且对诗人的身份、年龄没有限制。这种趋向于"全民写诗"的方式实际上迎合了大众与消费文化的需求，使得伊沙的口语诗事业在21世纪获得了较高的赞誉。但是，笔者在此不禁猜想，处于网络时代的口语诗实践，这样做是否有效？抛弃对诗歌写作技巧的追求之后，诗歌是否还能称之为诗歌？伊沙在新世纪以来虽然不乏好诗出现，但从身体快感所主导的阅读体验出发，是否会使他的诗歌创作呈现一种更加粗野的姿态而不知节制？其中不少诗歌的"下半身写作"是否能够立足成为口语诗实践的主要趋势？

伊沙的诗歌创作，将"身体"放置于首要的位置，对其进行把控、赏玩、消解和复制。这种创作方式的确迎合了西方结构主义等纷繁复杂的理论范畴，但就其诗歌本身来说，它使文学成功地走出了"象牙塔"，成为大众愿意触及的文学样式。伊沙不惧误读，也正表明了他开放的态度。然而，口语诗在 20 世纪 90 年代兴起之后，消费文化与大众文化对其推波助澜，致使口语诗背后具有非常复杂的文化内涵。从这个角度出发，伊沙口语诗的创作在文学层面上到底具有多大的价值仍需探讨。

思考题

1. 从经典诗学理论角度评价伊沙的口语诗创作。

2. 大众与消费文化是否主导了伊沙新世纪的诗歌创作？请结合具体创作进行分析。

3. 口语诗是新世纪以来诗歌创作的一大趋势。试问，口语诗在新世纪的有力实践是否呼应与承接了黄遵宪"我手写我口"的写作观念？

第十三讲

陈彦：秦腔与时代的歌者

陈彦1963年出生于陕西商洛，是一位"为小人物立传"① 的优秀作家，他的创作具有浓烈的人文关怀。三十余年来，他笔耕不辍，始终以旺盛的创作生命力活跃于戏剧、小说、散文、书法等多个领域，成绩斐然。从1994年推出现代戏《留下真情》起，陈彦的创作一发不可收，不断向文艺界投放了现代戏"西京三部曲"《迟开的玫瑰》（1998）、《大树西迁》（原《西部风景》2002）、《西京故事》（2008）和长篇小说《装台》（2015）、《西京故事》（2016）、《主角》（2018），每一部作品的问世都引起文坛的巨大反响：《迟开的玫瑰》荣登2005—2006年度"十大精品剧目"榜首，《大树西迁》荣登第三届"中国戏剧奖·曹禺剧本奖"获奖作品榜首，《西京故事》荣登2010—2011年度国家舞台艺术精品工程"十五部精品剧目"榜首；《装台》荣登中国小说学会2015年度中国小说排行榜长篇小说榜首。陈彦遂成为陕西文坛一颗耀眼的新星。陈彦是坚守优秀传统文化，坚持讲好底层故事，又具有时代创造精神的作家，他给陕西文学带来了很多新的质素。陈彦的创作具有强烈的现实主义精神，他一再强调创作要"关注现实，关注当下，努力为时代发言"，② 他在作品中执着地展示中国社会底层民众的生活现状，同时迷醉于中国传统戏曲，几乎本能地将戏曲注入各个领域的创作，从而达到洗礼灵魂与救赎人类的目的。

目前学界还没有系统研究陈彦创作的专著出版，可收集到的有助于陈彦创作研究的资料，大致可分三类。第一类是陈彦本人所写的创作感悟及

---

① 陈彦：《装台》，作家出版社，2015年版，第431页。
② 陈彦：《陈彦精品剧作选：西京三部曲》，太白文艺出版社，2018年版，第364页。

文艺评论。一般出现在作品的序言和后记，这可以说是研究陈彦的第一手资料，对于了解他的创作主张及创作经历具有直接性。如《陈彦精品剧作选：西京三部曲》的序言《文学是戏剧的灵魂》和后记《努力对时代发出有价值的声音》，作家不仅在阐述自己创作戏剧的主张和立场，而且将创作实践升华到普遍的创作理论。第二类是关于陈彦戏剧创作的研究。主要有戴静的《陈彦与他的现代戏创作》（《中国戏剧》2007 年第 4 期），从戏剧题材的差异看作品主题思想的统一，从戏剧结构的差异看作品艺术风格的统一，从优美隽永的唱词看作品文学性和戏剧性的统一；杨云峰的《戏曲现代戏叙事主体的回归与叙事模式的根本转变——简论陈彦"西京三部曲"的价值走向》（《戏曲艺术》2011 年第 32 期）一文，以传统叙事主体（政治）和叙事模式（宏大）为参照，详述"西京三部曲"是以芸芸众生的生存状态为书写对象，以社会主义核心价值观的大众化舞台演绎为表现内容，从而使戏曲艺术成为能够引起老百姓共鸣的艺术形式。第三类是关于陈彦长篇小说的研究成果，如吴义勤、王金胜的《俗世人心　自有庄严——评陈彦的长篇小说〈装台〉》（《当代作家评论》2016 年第 5 期），从生活之"重"与艺术的可能、由摹写现实到烛照生命庄严、俗世的庄严及其美学流脉三方面对作品进行剖析；李敬泽的《修行在人间——陈彦〈装台〉》（《西部大开发》2016 年第 8 期），从对装台这个行业的阐述上升至古典传统小说的主题——色与空、心与物、欲望与良知、强与弱等内容；吴义勤的《如何在今天的时代确立尊严？——评陈彦的〈西京故事〉》（《当代作家评论》2015 年第 2 期），从城乡演变视角出发，对作品的人物、艺术结构及语言进行分析；吴义勤的《作为民族精神与美学的现实主义——论陈彦长篇小说〈主角〉》（《扬子江评论》2019 年第 1 期），从传统戏曲与现实主义叙述重构、教谕、化育与朴素的现实主义，技、道、生命与现实主义的文化含量，文化记忆书写与民族共同体建构四方面对小说进行深入剖析；陈琼的《试论陈彦长篇小说的文体意识和文化意识——以〈主角〉和〈装台〉为例》（《扬子江评论》2018 年第 6 期），从文体意识和文化意识视角出发，讨论陈彦长篇小说的个性化叙事、典型人物塑造、多样化写作和平民情怀、戏剧精神等问题；高春民的《恰适存在与精神叩问——陈彦小说创作论》（《小说评论》2019 年第 3 期），从现实主义传统出发，以作品为关照对象，从叙事视角的演绎、生活本相的揭示与恒常价值的守护三个方面阐述陈彦小说创作的现实关怀与艺术价值等。

陈彦对当代陕西文坛创作已形成巨大影响力。其作品在反映现实的同时藏蕴着伟大的民族精神，颇有极早梳理、阐发的必要。本文试图结合已有研究成果，从创作理想、作品主题意蕴及所取得的重要文学成就等方面系统论述陈彦的文学创作，探讨其对当代陕西文学的重要价值和意义。

一、一个当代陕西作家的坚守和呐喊

陈彦酷爱文学，从小与书本为伴，17 岁开始尝试文学创作，并在省级期刊《工人文艺》上发表第一部短篇小说《爆破》。作品的刊登对陈彦来说意义重大，小小的他体验到写作带来的喜悦和成就，"作家"梦开始缓缓包裹这颗热爱文学的心灵。1981 年，陈彦创作了人生首部戏剧剧本《她在他们中间》，荣获省级二等奖，这更坚定了陈彦走文学创作道路的信心。终于，一颗文学创作的种子生根发芽，迎来了"陈彦年"：1983 年推出《丑家的头等大事》、1984 年推出《风暴过蓝湖》。当社会出现拜金主义、奢靡之风时，陈彦自觉担负起作家的使命感与责任感，接连创作了《沉重的生活进行曲》（1985 年）、《爱情金钱变奏曲》（1986 年）、《山乡县令》（又名《聂焘》《山乡知县》，与汪效常合著，1987 年），后又创作了现代戏《我的故乡并不美》和方言歌剧《走红的歌星》，陈彦对戏剧创作的热情不减。1990 年，陈彦被调入陕西省戏曲研究所，眉户戏《九岩风》是他为此准备的一份"礼物"，也是他进入 90 年代的第一个作品。此后他持续探索戏剧创作，1994 年推出《留下真情》，一度风靡文坛。1998 年，陈彦升任陕西省戏曲研究所青年团团长，同年创作了眉户现代戏《迟开的玫瑰》，荣获多种奖项。此后陈彦荣升一级编剧并创作了《十里花香》。2002 年陈彦升任陕西省戏剧研究院副院长，创作了《大树西迁》（《西部风景》），2008 年创作了现代戏《西京故事》，2015 年创作了《大河村纪事》和《天使之光》（后改为《迎接天使》）。他始终怀着虔诚的赤子之心从事文学创作，并从戏剧转向小说创作获得丰硕成果，《装台》《西京故事》

《主角》每一部都获得文坛的热捧和学界的高度认可。陈彦的创作超越了当代陕西的一般作家，他在创作艺术精品的同时，一边感悟，一边探索如何能够创作出无愧于时代和人民的优秀作品。

（一）"中国的脊梁"：优秀传统文化与民族精神

所谓"中国的脊梁"，用鲁迅的话说就是，"我们从古以来，就有埋头苦干的人，有拼命硬干的人，有为民请命的人，有舍身求法的人，……这就是中国的脊梁"。① 陈彦作品中所塑造的民族脊梁便是鲁迅所言"中国的脊梁"的化身，无论那些人物的身份地位如何，他们在人格精神层面都体现着中国优秀的传统文化，闪耀着伟大民族精神的光芒。

陈彦在创作感悟和访谈中多次提到戏剧创作一定要重视中国传统文化和民族精神的价值。在他所涉及的创作领域中无不渗透着传统戏曲文化的精髓，"中华文化是一个庞大的生命体系，戏曲正是从源头活水直接汲取生存养料的大众艺术"。② 戏曲是"构成元素最为复杂的古老戏剧样式。就文学因素而言，它是'言志'的诗词、'述事'的史传和娱情的说唱技艺的交汇融合"。③ 其中渗透着儒、释、道等传统主流文化，又积淀着民俗民间文化，具有鲜明的民族特色，折射着中华民族的精神世界。陈彦认为，"写现代戏，更要深刻地研究历史传统；写古典戏，更要认真仔细地阅读现实……我们越想深度融入现实社会，越想对当下社会做出有价值意义的判断发言，就越是要深刻认识我们的历史传统，在丰厚的历史传统中，去判断现实走向，去发掘真正的时代价值"。④ 陈彦的创作大多源于优秀的历史文化传统，即使对于现实题材的创作，他认为，"除了深入生活，研究生活，汲取现实生活的养料外，更需要从历史传统中，寻找靠得住的思维和精神资源……现实题材创作更是对历史文脉的本质继承与延续，我

---

① 鲁迅：《鲁迅全集·杂文、散文、小说、诗歌：全6册》，人民日报出版社，2012年版，第1033页。

② 陈彦：《说秦腔》，上海文艺出版社，2017年版，第8页。

③ 郑传寅：《中国戏曲文化概论（修订版）》，北京大学出版社，2012年版，第6页。

④ 陈彦：《努力对时代发出有价值的声音——戏曲现代戏创作感言》，《艺术评论》，2015年第7期。

们应该有一种在历史长河中续写一段历史的忠诚、老实与敬畏"。① 在接续历史的过程中，陈彦很重视秦腔的作用和价值。他说，秦腔"具有生命的活性与率性，高亢激越处，从不注重外在的矫饰，只完整着生命呐喊的状态"，② 因此，陈彦在创作中自觉高扬秦腔的审美优势，在创作中凸显秦腔的阳刚之气与冲决之力。于是，秦腔便成为陈彦文学创作承载中华民族优秀传统文化的重要载体。

陈彦文学创作中的民族文化书写究其实是为了表现民族精神。他这样谈道："要做到真正的文化自信，就需要以更加开放的胸襟去比较、辨识世界与我们各自的文化特性、生命体能"，③"作为创作实践者，我深切的感受到，一切灵魂、一切生动故事、一切打开时代与人物心灵的钥匙都在与民族精神情感的同频共振之中"。④ 民族精神是中华民族在岁月长河中积淀的精神样态，陈彦作品中塑造的富有正能量的人物性格凝聚着自信、自立、自尊、自强的民族精神特质。陈彦认为这种民族精神是有永恒价值的，他说："现实题材创作，尤其需要在恒常价值上开掘，这个耐久，并最靠得住。"⑤ 陈彦在小说《西京故事》中借东方雨之口阐述了民族精神在"消费社会"中的塔基意义：

"罗天福在我心中的形象变化，是与这个时代的价值倒错一道与日俱增的。罗天福是一个小人物，但他也是鲁迅所说的那些民族脊梁之一。他以诚实劳动，合法收入，推进着他的城市梦想；他以最卑微的人生，最苦焦的劳作，撑持着一些大人物已不具有的光亮人格。我对他挫折频出的梦想充满期待，那两个来自乡村的孩子，如若不被城市急功近利的超级利己主义臭气所熏染，而以父亲的人格理想作依托，一点点去丰满自己的羽

---

① 陈彦：《陈彦精品剧作选：西京三部曲》，太白文艺出版社，2018 年版，第 1 页。

② 陈彦：《说秦腔》，上海文艺出版社，2017 年版，第 22 页。

③ 陈彦：《经典的生命力源自人性"微奥"的探究》，《文艺报》，2017 年 3 月 3 日第 3 版。

④ 陈彦：《民族复兴需要中国精神》，《人民日报》，2014 年 10 月 21 日第 24 版。

⑤ 王淑凌、张炎：《陈彦：现代戏的灵魂是要接地气》，《陕西日报》，2011 年 4 月 12 日第 7 版。

毛，我就觉得罗天福的西京梦是有价值的……"①

"作家不仅受社会的影响，他也要影响社会。"② 陈彦的创作源于生活，但他的作品往往在高扬伟大的民族精神同时，也引导着人们在灵魂的升腾堕落中做出良知选择，在时代的洪流裹挟中追寻传统审美。传统文化与民族精神构成陈彦创作的核心主张——伸扬"中国的脊梁"，从而使得陈彦创作透射出一种大境界、大气象、大格局。

（二）"为小人物立传"：注重现实性与人民性

"一个作家的社会立场、态度和意识形态不但可以从他的著作中，而且可以从文学作品以外的传记性文献中加以研究。"③ 陈彦的创作一直扎根于滚烫的现实，他立足中国社会底层民众，在《装台》的后记中他这样说道："我的写作，就尽量去为那些无助的人，舔一舔伤口，找一点温暖与亮色，尤其是寻找一点奢侈的爱。与其说为他人，不如说为自己，其实生命都需要诉说，都需要舔伤，都需要爱。"④

陈彦在创作中希望为时代发声，对社会发言，揭示这个社会不为人注意的那一面。"戏剧让观众看到的永远是前台，而我努力想让读者看幕后。就像当初写《装台》，观众看到的永远是舞台上的辉煌敞亮，而从来不关心、也不知道装台人的卑微与苦焦。其实他们在台下，有时上演着与台上一样具有悲欢离合全要素的戏剧。"⑤ 这都必须从深切的体验中获得。文学是对现实生活的反映，"作者应该生活于现实世界，体验它的各种彼此矛盾的要求，而不可表达仅仅从书本上讨得的情感"；在各种复杂的矛盾和诸多情感体验中，作者要"展示在精神和道德方面社会最先进的部分的命运，揭示蕴含于现今世态习俗的历史的发展"。⑥ 因此，陈彦特别重视现实

---

① 陈彦：《西京故事》，太白文艺出版社，2016 年版，第 381 页。
② ［美］勒内·韦勒克、奥斯汀·沃伦著，《文学理论》，刘象愚等译，浙江人民出版社，2017 年版，第 91 页。
③ ［美］勒内·韦勒克、奥斯汀·沃伦著，《文学理论》，刘象愚等译，浙江人民出版社，2017 年版，第 86 页。
④ 陈彦：《装台》，作家出版社，2015 年版，第 433 页。
⑤ 陈彦：《用浓烈的生命体验浇筑创作》，《文艺报》，2018 年 2 月 2 日第 6 版。
⑥ ［意大利］葛兰西：《论文学》，人民文学出版社，1983 年版，第 146 页。

题材的选择，努力寻找现实生活中与他所要表达的东西最相契合的故事，以真诚的笔触、真挚的感情"为小人物立传"，常常会触及比较尖锐的社会问题，将现实生活中的种种疑问表现在作品中，一并为读者呈现出来。这是深切的关注，书写的是充分显示社会症象、捕捉社会敏感问题的文学。"文学作为某一社会文化的一部分，只能发生在某一社会的环境中"，① 我们的社会是为人民大众，特别是为贫困无助的小人物争取福祉的社会，人民大众、数不胜数的小人物其实就是我们社会的主体。陈彦书写小人物，为小人物立传，就是抓住了我们社会的主题，是忠诚于我们时代和社会的表现。这自然要有深厚的情感和敏锐的社会洞察力。我们的生活中，尽管人人都是社会变迁的参与者，但并非人人都能感知到时代的节奏和韵律，一个优秀作家的创作却要求能够切入社会深处，碰触并叩问人们的灵魂，以敏锐的感知力和果决的判断力审视生活的内核。

陈彦为小人物立传的创作也是我国社会主义文艺人民性的充分体现。从历史唯物主义的角度看，我们的文学应该是"人民文学"。列宁在谈到党的文学的时候说："这将是自由的写作，因为它不是为饱食终日的贵妇人服务，不是为百无聊赖、胖的发愁的'几万上等人'服务，而是为千千万万劳动人民服务，为这些国家的精华、国家的力量、国家的未来服务。"② 陈彦的创作是为底层人民发言，带有鲜明的人民性。他在创作《迟开的玫瑰》时曾说："整个社会都只盯着成功人士，盯着白领，盯着塔尖上的人物，而漠视普通人的存在，甚至嘲弄他们的生存方式，鄙视他们的生命意义与价值，这是不行的。社会的宝塔尖，是靠坚实而雄厚的塔基撑持起来的，长期漠视甚至消解社会'底座'的价值意义，这个社会是会出问题的。"③

陈彦创作的现实主义题材作品，牢牢把握人民性这一特点，坚持"为

---

① ［美］勒内·韦勒克、奥斯汀·沃伦著，《文学理论》，刘象愚等译，浙江人民出版社，2017 年版，第 95 页。

② ［苏联］列宁：《党的组织和党的出版物》，《列宁论文学艺术》，人民文学出版社，1983 年版，第 71 页。

③ 陈彦：《努力对时代发出有价值的声音——戏曲现代戏创作感言》，《艺术评论》，2015 年第 7 期。

小人物立传"，把一切精力都用在对平凡生活和故事的本质探索中，用在洞察普通人的心灵上。他的作品饱蕴着对优秀传统文化与民族精神的高度褒扬，彰显着现实性与人民性的高度统一，始终为民众呐喊，坚守社会主义的优良文艺传统。

二、陈彦文学创作的主题意蕴

陈彦创作领域广阔，有意模糊体裁界限，将人物置于时代洪流之中，挖掘文化的生命活力，以民族精神浇灌人物成长。围绕底层人民和城乡冲突，陈彦在作品中书写了多个主题，对这些主题的探究是理解陈彦作品的关键。这里，我们重点解读两个方面，即时代洪流中小人物的精神特质与执着坚守以及城乡转型下的人性挖掘与现实反思。

（一）时代洪流中小人物的精神特质与执着坚守

习近平总书记在 2014 年 10 月 15 日召开的全国文艺工作座谈会上强调："我国作家艺术家应该成为时代风气的先觉者、先行者、先倡者，通过更多有筋骨、有道德、有温度的文艺作品，书写和记录人民的伟大实践、时代进步要求，彰显信仰之美、崇高之美，弘扬中国精神、凝聚中国力量，鼓舞全国各族人民朝气蓬勃迈向未来。"① 陈彦就是这样做的，他常常通过描写底层民众的生存状态，来展现社会和时代的历史变迁，表达自我人生理想和美学追求，作品中的小人物始终坚守着优秀传统文化与民族精神。陈彦创作的思想性和艺术性都达到了一定的高度。

自强不息的奋斗精神是中华民族精神的重要特质。《装台》以"装台"这一边缘行业为中心，建构了底层小人物谋生的"装台世界"。小说中的人物都自尊自爱且坚定地生存着，"这里有一个人，他叫刁顺子，这个人竟然不听招呼不听安排，他竟然在一次次理当被世界碾成纸片的时候，一次次晃晃悠悠又站了起来，他这不仅是挺住，简直是要跟这世界没完没了

---

① 中共中央宣传部：《习近平总书记在文艺工作座谈会上的重要讲话学习读本》，学习出版社，2015 年版，第 7 页。

了"。①《装台》这部小说着重表现的就是主人公刁顺子在生活的重压下一次次顽强地站起来的身姿。刁顺子的爱情婚姻非常坎坷。他先后有四任老婆，第一任老婆田苗嫌弃顺子生活穷困，丢下女儿刁菊花跟着广东老板逃走了。第二任老婆赵兰香带着女儿韩梅嫁给顺子，她体贴心细，勤劳温柔，是过日子的一把手，顺子幻想着"一家四口，和睦得就跟从来没有过任何缝隙的浑鸡蛋一样。他甚至估摸着，再奋斗几年，就能在尚艺路买一套一百二十平方米的住房"，②但赵兰香不幸患癌症去世，留给他的只有一笔巨债。第三任老婆蔡素芬能下苦，能背亏，不计较，不是非，对顺子一家都照顾得很好，但因冷酷的刁菊花百般刁难而离开顺子。第四个老婆是跟着他装台的农民工大屁的遗孀周桂荣，带着毁容的女儿丽丽跟着他。爱情的错失与重获使顺子充满了强烈的奋斗精神，更加坚信生活的美好，刁顺子在情感的磋磨中变得越加坚韧。在人生道路上，刁顺子还经历了亲情的破裂。刁顺子的大女儿刁菊花人丑心恶，脾气古怪，好吃懒做。小说多次这样描写她的外貌："人也长得丑些，随了他（刁顺子）的相貌，脸上到处都显得有些扁平，菊花也花钱修理过几次，可到底还是底版弱了些"。③相貌的丑陋与出身的卑微使刁菊花性格扭曲，对继母蔡素芬心怀敌意，恶语相加，对妹妹韩梅大打出手，结果逼得继母出走，韩梅远嫁。家庭的破裂并没有让刁顺子萎靡不振，他在破裂的亲情关系中重新站了起来，重新开启新的生活。小说结尾刁菊花问顺子是否找了新的老婆，他坚定地点头，洋溢着坚毅不止的气息。刁顺子的生活是充满艰辛与苦难的，但他并未沉沦堕落，而是继续前进。这样的姿态是具有生存意味的，凸显着主体性的自我生存方式。

陈彦的创作不追求宏大的历史叙事，而是将历史和时代浓缩为当下经验，将视角聚焦于草根一族，聚焦于小人物的生存困境与生存抉择，审视叩问人类的存在状态。不过作家塑造的刁顺子太没有脾性，过于忍辱负

---

① 李敬泽：《在人间——关于陈彦长篇小说〈装台〉》，《人民日报》，2015年11月10日第14版。

② 陈彦：《装台》，作家出版社，2015年版，第284页。

③ 陈彦：《装台》，作家出版社，2015年版，第11页。

重，反而缺乏真实感。

吃苦耐劳的坚忍品格是中华民族精神的另一重要特质。《西京故事》中的"文庙村"可谓当代中国社会的缩影与象征。"西京故事"就是中国故事。小说主人公罗天福不仅是边远塔云山的民办教师，还是村支书，很受当地人的敬重。他的两个孩子罗甲秀和罗甲成都考上了西京城的同一所重点大学，罗天福和妻子淑惠为供两个孩子上大学，来到西京城买烧饼，开始了农民工的新生活。

初到大城市的罗天福遭遇了各种心酸。最初罗天福因在街边摆摊影响市容而遭城管卫生部门的清查；蛮横无理的房东郑阳娇因意大利真皮拖鞋找不见，怀疑质问罗天福，指桑骂槐，无理取闹。此时的罗天福对城市文明产生了质疑；在最为尴尬的困境中，罗天福开始悄悄以捡拾垃圾谋生，因误闯工地被他人打成重伤，"他突然动摇了继续在西京打工的信心，他听说过各种打工者遭遇横祸的故事，他想，自己不偷、不抢、不贪、不占，万事谦恭、仁厚、礼让、吃亏为先，不信还能招惹祸患"。① 最让他生气的是儿子甲成的事情。因房东儿子金锁纠缠女儿甲秀，甲成对金锁出手埋下祸端，郑阳娇蛮横傲慢，借此对罗天福进行敲诈，善良的罗天福又花钱又受气，生病中仍默默地扛起家庭的重担。出身贫困而自卑敏感的罗甲成，有强烈的仇富心理，与室友关系恶化，暗恋教授女儿童薇薇失败，竞选学生会主席失败，后愤然离校出走。

在这一系列遭际中，罗天福依然坚守自己的人生原则，我们看到的是他身上吃苦耐劳的坚韧精神，尽管他活得艰难，但他是一个有精神依托和价值根基的人。罗天福是一个知识者与农民意识同构的符号人物，是传统伦理与传统文化的化身，具有深刻的崇高感与悲剧感。在他身上，形象地诠释了陕西人"不惹事、不害人、能下苦、肯背亏"的特质以及老一代中国儿女的精神气魄和人生格局。罗天福是千千万万奔波于城市中农民工的代表，这个在城市中以卖饼谋生的漂泊者身上传承了中华传统文化中的优秀民族精神，勇毅负责、坚韧隐忍、吃苦耐劳、默默无闻，他们的滚烫血

---

① 陈彦：《西京故事》，太白文艺出版社，2016年版，第95页。

液中始终蕴藏着传统民族精神的精髓，恪守做人的本分，并将这弥足珍贵的传统代代传承。

无私奉献的崇高精神是中华民族精神的又一重要特质。陈彦作品中的人物，不是高高在上的大英雄，而是普普通通的小人物，但他们是历史的创造者，是社会大厦的基石，在艰难的环境背后，他们不只有苦难，还有无私奉献的崇高精神。眉户戏《迟开的玫瑰》中的乔雪梅是个闪耀着纯美之光、践行着高尚道德的人物形象。她的生存状态与普通中国人毫无二致。她有自我的理想追求，但是母亲因车祸去世，父亲常年瘫痪在床，在这样的人生困境中，乔雪梅毅然放弃上重点大学的机会，回归家庭并扛起了家庭重担。这样的决定显露着人性的至美，伟大的亲情在此散发着无私奉献的崇高光辉。乔雪梅面对的不是尔虞我诈的官场上的斗争或是商场投机的较量，也不是宏大历史事件中为国捐躯和对仁义道德的坚守，而是瘫痪父亲的轮椅和弟弟妹妹的温饱与求知渴望。她藏起自己的梦想，投身于家庭，除了每天忙于柴米油盐酱醋的琐屑掐算，还有同代人诱人的学术光圈和庸俗的时尚圈子的灼伤刺激，但她为亲人奉献小我，让抑郁绝望的父亲重新体验到生活的明媚和快乐，更重要的是让弟弟妹妹成功抵达彼岸，"三不亏二妹成功弄潮水，四不亏三妹读完博士回。五不亏四弟英才文武备，六不亏老父寿终含笑归"。① 戏剧结尾，作家将乔雪梅这种无私奉献的精神放大化：父亲含笑而终后，雪梅自筹经费开办了老年公寓，把对家人的小我奉献化成对社会的无私大爱。

秦腔《大树西迁》中的知识分子身上同样有着无私奉献的崇高精神。戏剧题材源于 20 世纪 50 年代全国瞩目的重大工程——交大西迁。作家并未将自己囿于浩瀚的史料当中，而是以点带面，举重若轻地虚构了上海一家三代人西迁四十年的奋斗史，记录了拓荒者情移西部的心理路程，展示了拓荒者扎根西部的精神风貌，讴歌了拓荒者为教育无私奉献的崇高精神。主人公孟冰茜随丈夫苏毅来到西北，但时刻处于回归上海与坚守西部的矛盾挣扎中，为了爱情、亲情、师生情以及事业，她理性地选择了留在

---

① 陈彦：《陈彦精品剧作选：西京三部曲》，太白文艺出版社，2018 年版，第 80 页。

西部。待晚年回到故乡了却心愿时，她才发觉此刻的自己早已与故乡格格不入，而留住了她一生最宝贵年华的黄土地却让她魂牵梦绕、难以割舍："爱播在那个地方，情洒在那个地方，血流在那个地方，根扎在那个地方"。① 她决定回家，回到"历尽坎坷、荣辱相傍、血肉依恋、桃李芬芳的第二故乡"。②《大树西迁》中投身西部建设的知识分子的崇高精神令人十分感动。

总之，陈彦的创作追随时代洪流，在寻常的小人物、普通人物身上善于挖掘不平凡的精神，发现不平凡的人生意义，进而展现生命中代代相传的民族精神，讴歌它的崇高与伟大。

（二）城乡转型下的人性挖掘与现实反思

"在文学理念中，时代是与'当下'、'现在'紧密相关的一个概念，'时代性'又是一个与'永恒性'、'长久性'对应的概念。时代总是表现为时代潮流、时代风气、时代精神、时代审美趣味等。"③ 研究一位作家创作的特性，通常应当把这位作家放置在他创作的时代环境中，环境包括风俗习惯、时代精神等，统称为精神气候。像自然的气候对植物的发展起"自然淘汰"的作用一样，艺术的发展也受精神气候的选择与清理。"群众思想和社会风气的压力，给艺术家定下一条发展的路，不是压制艺术家，就是逼他改弦易辙。"④ 陈彦经历了从"乡村时代"到"城市时代"的转型，深切感受着中国社会由城乡二元结构向城市化发展的进程中，整个群体发生的集体质变。作家直面商品经济大潮冲击下沉渣泛起的现实，将笔触伸向底层民众，生动塑造了不同类型的形象以探问人性，挖掘人性的光辉与贫弱，张扬与推崇伟大崇高的民族精神。

"现实主义小说倾向于通往历史、社区、亲缘关系，以及体制来把握个体人生。自我是在这些框架中被呈现的。"⑤ 小说《西京故事》构建了

---

① 陈彦：《陈彦精品剧作选：西京三部曲》，太白文艺出版社，2018 年版，第 172 页。
② 陈彦：《陈彦精品剧作选：西京三部曲》，太白文艺出版社，2018 年版，第 173 页。
③ 刘再复：《克服时代，排除时代的病毒》，《华文文学》，2017 年第 138 期。
④ ［法］泰纳：《艺术哲学》，傅雷译，商务印书馆，2018 年版，第 43 页。
⑤ ［英］特里·伊格尔顿：《文学阅读指南》，范浩译，河南大学出版社，2015 年版，第 75 页。

一个物质与道德失衡、竞争与公正错位、意识与行为背离、激情与理性脱节、进取与受挫并存、群体与个体摩擦的"文庙村"。作家站在人性的角度，审视城乡转型下的社会现象。小说对新一代青年知识者在城乡转型中面对的精神命题给予了深刻回答，这是对中国当代代际冲突小说的深化与发展。当下的中国正处于一个价值多元并混乱的时代，应该追求什么样的人生价值以及如何实现人生价值再次成为严峻的现实问题。

　　小说中罗甲成的生活位置，牵涉到家庭和社会的多个线索。他是从边远山区刚刚进入繁华都市西京一所名牌大学的新生，新的环境和新的人生位置，使他敏感的心灵发生了扭曲和变异。社会底层的文庙村与名牌大学压在罗甲成的心上。初来西京的罗甲成跟着父亲进入了文庙村，堂堂名牌大学的学生却要睡在脏乱的地铺上，他嫌弃父亲租住的地方肮脏破旧，让他很不舒服。父亲卑微的社会地位使他难以张扬自信，姐姐罗甲秀在校园捡废品卖钱的行为又让他觉得失掉了自尊。他无法脱离家庭去维系自己的生存，又要时刻面对身边傲慢的优裕者，尤其三个有着优越家庭、不断攀比的室友。他对室友言语行为间无意或有意的炫耀本能地排斥。他喜欢的女生童薇薇是个学术名人的千金，身份的巨大落差使他不敢表露心迹。身处这种反差极为悬殊的社会背景和生活位置里的罗甲成，每天拼命学习争取取得第一的好成绩，却被别人看成是死读书。他时而得意，但痛苦处随行。他的性格渐渐扭曲和变异，竟然在学生会竞选中使用卑劣手段，被人戳穿后身败名裂不得不离家出走。

　　自信与自卑就这样胶结着罗甲成的心理，难以调和。文学世界中的高加林、孙少平、于连式的人物都曾产生过这样的矛盾心理，这不是某个个体独有的，而是处于社会底层人群的普遍心理状态，是一种普遍社会心理的涵盖。只要贫富差距、城乡差距、社会等级不消失，这种矛盾心理就会存在。作者塑造罗甲成这样一个符号式人物的存在，在于给混乱喧嚣的当下社会以警醒，逼迫每个人做出认真反思和正确选择。然而，面对物质、金钱、权力欲望的诱惑，我们该如何抉择呢？沉沦还是救赎？答案在于你自己的内心。可是不管怎样，在以苦难的人生考量人性的复杂面前，像罗甲成那样为摆脱贫困家庭的束缚，在苦难中任其弱点自我膨胀，以自我放逐的方式对抗苦难，结果只会丧失自我。应该学习东方雨老人。东方雨老人是传统文明的代表，传统文化作为人生的信仰制约救赎着这个个体。作家在东方雨老人身上寄托了对现代知识分子的美好希冀，也让罗甲成在东方雨这里洗涤心灵与灵魂，重新找回自我："关中大地正飘着漫天雪花。西京城被包裹在一片银白中……罗甲成分明已闻到了西京城的气味，是寒气？是暖气？是香气？是废气？还是冬天腐殖质遭遇暖流时所散发出的那种霉变之气？在这复杂难辨的气味中，他似乎也闻到了属于罗家千层饼的那一息气味。"① 小说对于罗甲成最后精神获救、人性获救的处理，其实是带有某种理想主义色彩的，但这背后突显的是陈彦对于人性、文化和传统人文价值的坚定信念。

小说《西京故事》还刻画了城乡转型中的暴发户——西门锁的人物形象，用来揭示人的复杂精神世界，挖掘人性问题。小说中的西门锁不是脸谱式的人物，而是放纵与收束、错误与悔过、恨与爱等多重因素交织的结合体。西门锁原本是西京城中村的居民，因出租房一夜暴富。小说中他以荒诞的方式出场："房东家两口子和另外一个被打得头破血流的女人从房里跑出来了。"② 这是因为婚外情的缘故，郑阳娇大打出手，才把局面搞得不可收拾。婚外情事件有着自我堕落与自我放逐的意味，在这里作者对西门锁充满了理解与同情。西门锁是有难言之隐的，处在自我精神的困境中，需要得到救赎。西门锁有两任妻子，第一任名叫赵玉茹，是一位人民教师，她善良温柔，因西门锁出轨带着学习成绩优异的女儿映雪离开了。西门锁的第二任妻子是郑阳娇。这个女人无所事事，蛮横跋扈，原来是通过打麻将使手段俘获西门锁的，他们有一个儿子叫金锁，不学无术。西门锁对自己的家庭失望极了。他人到中年，良心发现，想要弥补赵玉茹母女，却一再被拒。直到前妻患上癌症，西门锁才得到赎罪的机会。他一边应付着郑阳娇无休止的争吵，一边对前妻进行无微不至的照顾，在夹缝中遵循内心的选择，也赢得了女儿的认可接纳。在对待罗天福一家人身上，西门锁也显示出宽容的一面。《西京故事》中，罗天福一家与西门锁一家

① 陈彦：《西京故事》，太白文艺出版社，2016 年版，第 430 页。
② 陈彦：《西京故事》，太白文艺出版社，2016 年版，第 4 页。

虽然代表着城市寻梦的不同阶层，但都代表着挣扎于生活苦难中的底层小人物。总之，陈彦的这部作品心怀传统文化与时代意识，一支笔伸入底层生活，展示现代社会的人生百态，描摹人物内心的情感历程，审视人心灵的精神困境，重构社会文化的心理结构，传达对个体生存的人文关怀，深刻反思城乡转型中的人性复杂与现实困境。然而不管怎样，陈彦坚信传统价值可以救赎人类，我们在阅读过程中能从他的作品中感受到时代洪流中小人物的精神特质与执着坚守，感受到作家强烈的历史责任感和深切的文化关怀意识。

三、时代性、小说戏剧化与文化关怀

"以往中国文学对时代精神的强调，往往与典型的矛盾冲突、典型的人物等宏大叙事联系在一起，从而成为一种相对固定的文学表现时代的模式，至今这个模式仍然是主流社会评价文学时代内涵的主要标准。"① 陈彦并未受这种模式影响，他的创作是"反史诗""反家族"模式。自创作以来，陈彦就将目光聚焦于小人物的书写，正如他在创作《西京故事》时说："我不知多少次说过，写这个故事，源自我居住的西安文艺路的那个农民工群体……我开始细心关注他们的生活，应该是在这个市场存活十几年后的事了……我总觉得他们有故事，有很多鲜活的、感人至深的故事。"② 陈彦在作品中展示给读者的是千千万万普通个体一地鸡毛般的庸常生活，然而在中国社会变迁中，它们总是能够呈现出贪婪而又良善的复杂人性与崇高伟大民族精神内核的延续。刘再复曾在写作《性格组合论》时谈道："在一段历史时期中，我们的土地上发生了种种奇异的精神现象，其中有一件就是竟然把天底下最复杂、最瑰丽的现象——人，看得那么简单，英雄象天界中的神明那么高大完美，'坏蛋'象地狱中的幽灵那样阴森可怖。这种人为地把人自身贫乏化，导致了文学的贫困化，也导致了民

---

① 温儒敏、赵祖谟主编：《中国现当代文学专题研究》，北京大学出版社，2013年版，第275页。

② 陈彦：《西京故事》，太白文艺出版社，2016年版，第431页。

族精神世界的僵化。"① 陈彦在创作中可谓自觉规避了这种问题，他的作品生动刻画了小人物的复杂性与多变性，浸透着丰富的民族精神内核。例如，现代戏《西京故事》，除了反映城乡转型中农民工的身份认同危机和贫困大学生自卑敏感的心理危机外，还有一个值得关注的是剧中父子两代人围绕"卖不卖老家那两棵老紫薇树"展开的价值冲突，是选择一夜暴富还是选择勤劳致富呢？在陈彦的动情叙述中，传达出的是自强不息、诚实劳动的民族精神，同时批判了人性的精神物质化、灵魂龌龊化、自我巨大化、欲望无限化，这也是当下机械浮躁的现代文明中人类所正遭遇的精神困境。

小说戏剧化是中外文学史上共同性的文学现象。欧洲文学分为叙事艺术、抒情艺术与戏剧艺术，叙事艺术注重对客观外部世界的再现；抒情艺术注重对主观内心情感世界的表现；戏剧艺术则是二者的综合，既注重"事件情节"因素又注重"人物心灵"因素。戏剧艺术部分源于叙事艺术，而叙事艺术的发展也赖于抒情艺术与戏剧艺术的丰富，正如钱锺书在《谈艺录》中指出的："说教文体亡而后抒情体作，戏剧体衰而后小说体兴。"② 三种文体的互相渗透与演化成为文学创作的必然规律。别林斯基评价果戈理的《塔拉斯·布巴尔》和库珀的《拓荒者》是"对于人类心灵的最深刻、最高贵的秘密的揭露"，③ 也指出小说侵入戏剧领域，后来作家开始有意识将戏剧重要理论纳入小说创作中，拓展小说诗学领域，形成小说新的审美意象的现象。贺拉斯在《诗艺》中就叙述手法与读者的关系谈道："情节可以在舞台演出，也可以通过叙述。通过听觉来打动人的心灵比较缓慢，不如呈现在观众的眼前，比较可靠，让观众自己亲眼看看。"④ 由此可见戏剧艺术更能与读者产生共鸣。陈彦从戏剧创作转向小说创作，加之多年在戏曲界的从业体验，创作中不可避免地出现了小说戏剧化的倾

① 刘再复：《艰难的课题——写在〈性格组合论〉出版之前》，《读书》，1986 年第 6 期。

② 钱钟书：《谈艺录》，中华书局，1993 年版，第 36 页。

③ ［俄国］别林斯基：《别林斯基选集》（第三卷），上海译文出版社，1980 年版，第 48 页。

④ 贺拉斯：《诗艺》，人民文学出版社，1982 年版，第 146 页。

向。其一是小说结构的戏剧化。传统小说常采取单线推进、双线平行或多条线索并进的结构模式，而陈彦采取按照人物命运或事件性质，以点切入，将人物、事件的前因后果一一铺展开来，形成逐层叙述、达到高潮、平淡收尾的戏剧结构模式。《主角》开始从忆秦娥改名说起，"她叫忆秦娥。开始叫易招弟……易招弟为了进县剧团，她舅给改了第一次名字，叫易青娥。"① 作家将忆秦娥改名事件作为所有情节的起始，改名与她的人生成长相随，借忆秦娥四十年的个人历程记录了四十年中国社会的改革变迁，从20世纪70年代末、80年代到90年代初三个时代，作品中的人物命运、秦腔走向、剧团发展时刻牵动着读者的心，忆秦娥获得"秦腔皇后"的荣誉、旧戏重排上演的风靡、秦腔在中南海上演的荣耀，不断的高潮推出震撼着读者，结尾"板鼓越敲越急。那节奏，让她像刚上场'跑圆场'一般，要行走如飞了"。② 年过半百的忆秦娥将一生所学传给宋雨，离开耀眼的舞台，人生落下帷幕，呈现出典型的戏剧化倾向。

其二是人物性格的戏剧化。陈彦在塑造人物时，更注重个体性格，同时在多个人物之间设置性格形象的冲突对立，呈现出戏剧化倾向。胡三元是忆秦娥的舅舅，脾气急躁，在剧团负责敲鼓，他的敲鼓技术堪称一流，看不起郝大锤的鼓艺，还经常因为别人唱得不好开骂，但他对敲鼓的热爱达到无以复加的程度，在当时被看作白专典型，也为此付出代价。剧团的极"左"分子黄正大与胡三元经常因敲鼓发生冲突，在毛泽东刚去世的时候，全国禁止一切娱乐活动，胡三元却偷偷在房里搞娱乐活动——用一本书当板鼓，开始练鼓艺，被极"左"分子黄主任发现检举，在劳改中仍不忘敲鼓，"看似是在挑石头，实际上，他是在石头上敲着鼓呢。嘴里好像还在咕叽着打击乐谱。"③ 作家塑造的胡三元性格丰满，鼓艺精湛，尽管人生起起落落，但总能克服难以完成的困难，呈现出明显戏剧化的特征。

其三是小说语言的戏剧化。戏剧语言的突出特点是抒情、雄辩，色彩浓厚，极具表现力。陈彦将方言俚语、戏剧专业术语、戏曲创作理念纳入

---

① 陈彦：《主角》，陕西师范大学出版社，2018年版，第1页。
② 陈彦：《主角》，陕西师范大学出版社，2018年版，第1077页。
③ 陈彦：《主角》，陕西师范大学出版社，2018年版，第53页。

小说创作，或幽默诙谐，或义正词严，或一语中的，构成独特的戏剧化倾向。小说中大量使用方言俚语，如"马尾穿豆腐——提不上串""半夜听着鸡笼门响——胡（狐）敲哩""雨后剜荠菜——擎着篮篮拾了"……方言俚语的灵活运用，促使生动性和传神性成为整个叙事的有机部分。《主角》中还吸纳了戏剧的行话，如"过趟趟""卧鱼""夭戏""灯""吹火""水袖"……行话的大量使用，给读者耳目一新之感，饶有趣味。陈彦创作时还将自己对戏曲的理解融入小说，例如，"任何艺术，都应该有自己不能改动的个性本色。一旦改动，就不是这门艺术了。戏曲的本色，说到底就是看演员的唱念做打……唯有演员的表演，通过表演传递出的精神情感与思想，能带来无尽的美感与想象空间……一味地效仿，反倒会死得更快"。① 作家回到自己熟悉的语言体系中，夹杂着西安文人语言、陕南关中平民语言及戏剧专业用语，形成一种活泛从容的表达，具有戏剧化的鲜明特征。

最后，小说着意表达对戏剧的文化关怀意识。陈彦有长期从事戏曲工作的经验和体会，这就使他在走向小说创作时，无法忘却对戏曲的深厚情感，传统戏曲中包裹的那份沉甸甸的民族智慧、民族文化精神和强大而朴素的道德意识，促使他在创作时有意识地思考现实主义小说与古典戏曲之间的关联。"在传统仪式中，经常伴随有戏剧的表演，从而加强了借表演以表达意愿的效果，因此在传统社会中，民间戏曲不但非常蓬勃，而且种类极为繁多"。② 陈彦看到现代社会戏曲行当的萎缩衰退，除了时代挤压的原因，还与从业者已无"大匠"生命形态有关，于是塑造了忆秦娥这一主角，这一主角的塑造与陀思妥耶夫斯基《白痴》中的年轻公爵梅诗金相似，即理解又宽恕他人。一个主角的诞生伴随着荣誉与诽谤的同行，意味着非常态，无消停，难苟活，不安生，这就要求她需要一份憨痴与笨拙，要能够学会隐忍、受难、牺牲、奉献。陈彦写作《主角》的意图就是"力图把演戏与围绕着演戏而生长出来的世俗生活，以及所牵动的社会神经，

---

① 陈彦：《主角》，陕西师范大学出版社，2018 年版，第 883 页。
② 李亦园：《民间戏曲的文化观察》，《李亦园自选集》，上海教育出版社，2002 年版，第 258 页。

来一个混沌的裹挟与牵引。我无法企及它的海阔天空，只是想尽量不遗漏方方面面。这里是一种戏剧人生，因为戏剧天赋的镜子功能，也就不可或缺那点敲击时代地心的声音了"。①

因为熟谙秦腔这一民族传统戏曲，《主角》以忆秦娥为中心，以时代变迁为轴，围绕着舞台和剧团，写编戏、排戏、演戏，在编排演戏这一环节，写编剧、导演和演员的关系，写团长和其他行政环节的表现，写历史戏重排和现代戏创排的起由始末。小说将人物置于社会变迁和时代变革的洪流中，写活了与舞台和剧团相关的各色人等，揭示个人在历史中的无奈，生动刻画各色人物的众生相，上演了近半个世纪以来戏剧界的兴衰沉浮大戏。《主角》中还以扎实的故事来传达理论性很强的戏曲观念，即戏曲的守与变。如忆秦娥成功的原因就在于基本功扎实，会唱老戏，拥有老戏的绝技，这是传与守；忆秦娥把自己的所学传给养女宋雨，退出主角位置，这是变与新。传统戏曲中守与变的问题一直困扰着中国戏曲界，始终在实践中，难以产生理想答案。《主角》中，作家借秦八娃阐述了这一困境并做出判断："戏曲天生就是草根艺术。你的一切发展，都不能离开这个根性。所谓市场，其实就是戏曲的喂养方法。如果一味要挣脱民间喂养的生态链，很可能庙堂、时尚性，什么也抓不住了。民间性更是会根本丢失的……那就是拼命向传统的深处勘探。"② 陈彦坚持自己的戏剧理念，坚守戏曲的恒常价值。他不仅有大量丰富的戏剧实践和理论表述，而且通过将戏曲揉碎在小说中来传播。他通过曲折婉转的人物命运变化、波澜壮阔的社会生活，写出历史的人文坐标，写出历史的本质，表现了历史的深度，获得历史的美感，这也正表明了陈彦对传统文化具有深切的关怀意识。

陈彦将自己的人生历程、人生思考和人生感悟融入创作，始终坚持"为小人物立传"，坚守传统文化与民族精神，不断在作品中注入时代性与人民性，使其具有强烈的现实主义色彩。他的作品始终深深根植于三秦大地的经济发展变革与文化精神底蕴之中，可以说陈彦是陕西当代戏剧的领

---

① 陈彦：《主角》，陕西师范大学出版社，2018 年版，第 1083 页。
② 陈彦：《主角》，陕西师范大学出版社，2018 年版，第 928 页。

航者，更是陕西当代的优秀小说家。

思考题

1. 你读过陈彦的哪部小说作品？能否结合阅读印象，对其做简要评论？

2. 阅读戏剧《迟开的玫瑰》《大树西迁》《西京故事》，分析陈彦戏剧语言的突出特点。

3. 陈彦的《西京三部曲》曾作为高雅艺术进入高校，结合舞台影视创作理论，评价该作品的"二度创作"。

后 记

本教材是我和陕西理工大学文学院 2018 级中国现当代文学专业的硕士研究生，还有一位我指导的 2017 级中国现当代文学专业硕士研究生共同编写的。根据多年的教学经验，事先我编制了编写教材的大纲，然后说明并强调了收集材料的方式、编写的体例与要求，再把任务分配到每一位同学，才开始进入实质性的资料搜集和写作阶段。大概花了两三个月的时间，学生的初稿基本完成。这时，我又和每位同学对接，针对每一个初稿提出切实的修改意见和建议，继续让他们完善，这又花费了三个月左右的时间。同学们交定稿已经是 2019 年了。整体来讲，学生提交的稿子质量不错，但是也有个别稿件问题突出，为此我做了很大的改动，花费了一个月的时间。当然，即使是质量不错的稿件，我也必须在论文观点、结构和文字表述上把关。大概经过我至少两遍的细致修改，本教材才有了我们今天看到的模样。

本教材的具体编写分工如下：

陈一军：编制大纲、书写前言、统稿及稿件修订

倪静：第一讲

田金玉：第二讲

牛浩宇：第三讲

孟影：第四讲

李春娜：第五讲

262

郑奕然：第六讲

吴瑶：第七讲

陈娟娟：第八讲

吴志新：第九讲

武佳杰：第十讲

吕文雪：第十一讲

杨晨馨：第十二讲

尉少雄：第十三讲

本教材尽管花费了我和同学的不少气力和时间，但是，由于时间仓促，仍然遗留了不少问题。比较突出的问题主要表现在三个方面：一是对相关问题的重要研究资料掌握不全，这必然影响到稿件的质量；二是一些稿件对已有材料总结和概括得不够好，引述别人的东西过多；三是稿件质量不一。尽管如此，还是基本实现了我们预定的目标。

本教材的编写很好地锻炼了学生，有效提高了他们的专业素养和学科水平。在这种情况下，又得以完成学院交给的陕西理工大学"一流专业"教材建设项目任务，使我们在今后教学中有了一部较能体现自己特色的实用教材，真是两全其美的事情。

由于水平有限，书中肯定还存在讹误之处，恳请方家批评指正。

陈一军

2019 年 11 月

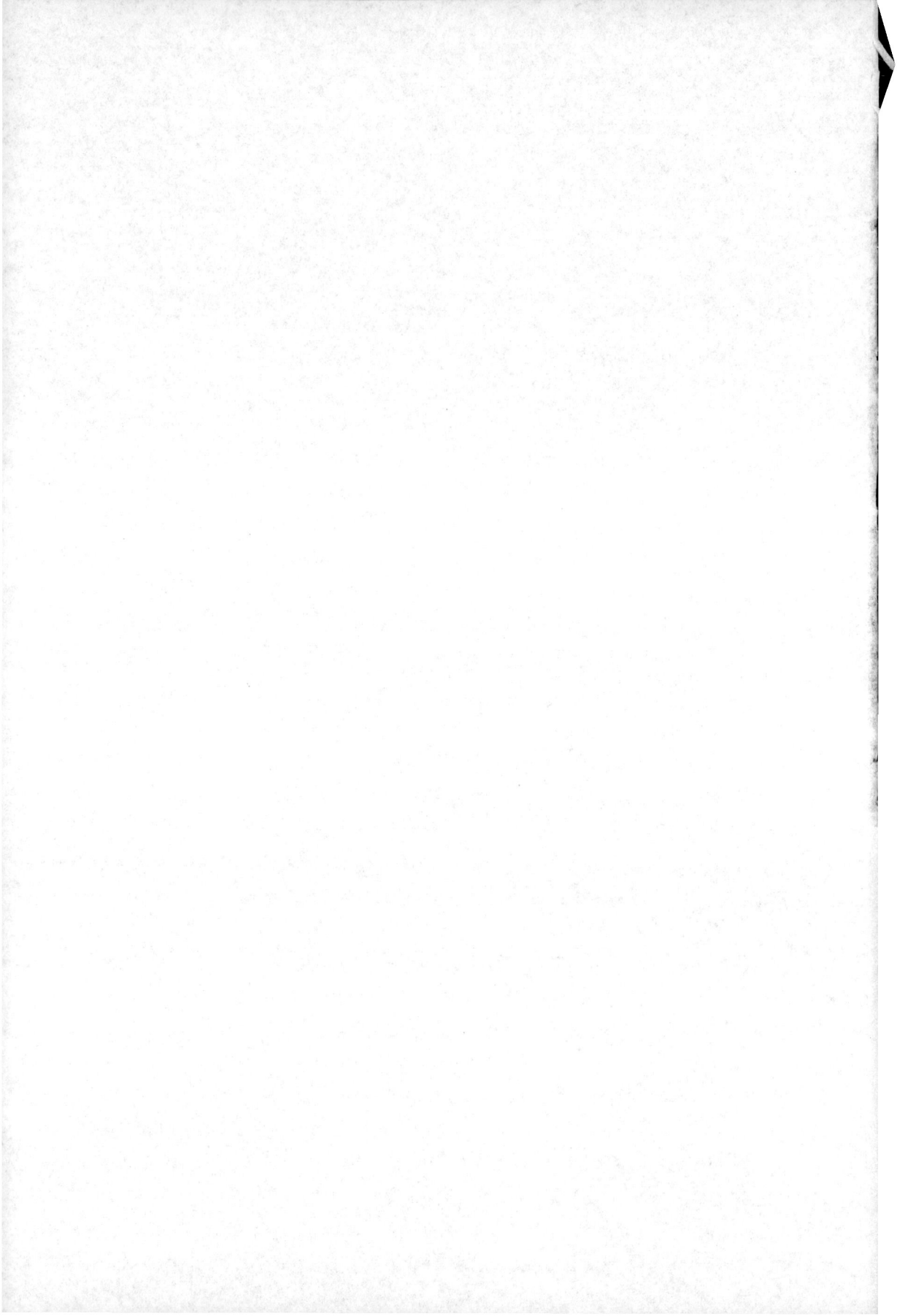